愛拉傳奇 4

橫越冰原（下）

The Plains of Passage

珍奧爾◎著

林欣頤◎譯

貓頭鷹

愛拉傳奇4
橫越冰原（下）
作　　者　珍奧爾（Jean M. Auel）
譯　　者　林欣頤
企畫選書　陳穎青
責任編輯　陳怡琳
特約編輯　許雅芬　陳季蘭
校　　對　魏秋綢
美術編輯　謝宜欣
封面繪圖　崔永嬿
地圖繪製　張靖梅
封面設計　林敏煌
系列主編　陳穎青
行銷業務　楊芷芸　陳雅菁　陳綺瑩
總 編 輯　謝宜英
社　　長　陳穎青
出 版 者　貓頭鷹出版
發 行 人　凃玉雲
發　　行　英屬蓋曼群島商家庭傳媒股份有限公司城邦分公司
104台北市民生東路二段141號2樓
劃撥帳號：19863813；戶名：書虫股份有限公司
購書服務信箱：service@readingclub.com.tw
購書服務專線：02-25007718~9（周一至周五上午09:30-12:00；下午13:30-17:00）
24小時傳眞專線：02-25001990~1
香港發行所　城邦（香港）出版集團　電話：852-25086231／傳眞：852-25789337
馬新發行所　城邦（馬新）出版集團　電話：603-90563833／傳眞：603-90562833
印　　刷　成陽印刷股份有限公司
初　　版　2009年7月
定　　價　新台幣330元／港幣110元
ISBN　978-986-6651-77-9

讀者意見信箱　owl@cph.com.tw
貓頭鷹知識網　http://www.owls.tw
歡迎上網訂購；大量團購請洽專線
（02）2356-0933轉264

城邦讀書花園
www.cite.com.tw

國家圖書館出版品預行編目資料

橫越冰原（下）／珍奧爾（Jean M. Auel）著；
林欣頤譯. -- 初版.-- 臺北市：貓頭鷹出版：
家庭傳媒城邦分公司發行, 2009.07
面；　公分 .-- (愛拉傳奇；4)
譯自：The plains of passage
ISBN 978-986-6651-76-2（上冊：平裝）
ISBN 978-986-6651-77-9（下冊：平裝）
874.57　　98010914

第二十三章

愛拉坐在嘶嘶背上凝視著前方，有種莫名的不安與恐懼，讓她背脊發涼。她閉上雙眼，用力搖搖頭，想甩掉這種恐懼。然後張開眼睛，再次看著眼前一大群馬，愛拉定住心神，告訴自己：不過就是一群馬，何必怕成這樣？

眼前的馬群瞪大眼睛望著他們，嘶嘶也好奇地緊盯著這些同類。愛拉注意到沃夫興致勃勃，迫不及待想衝過去，連忙示意沃夫：「站好，別動！」她知道，一般的狼逮到機會便惡狠狠地撲上前去獵殺馬兒，大啖一頓。因此，眼前的馬群肯定不喜歡沃夫太過靠近。

愛拉不確定情勢會如何發展，因此仔細觀察馬群。她發現其中大多是母馬及幼馬，也判定最前頭那匹帶著挑釁意味的，就是領頭母馬。她還看到稍遠處另有一小群不顯眼的單身公馬。這時，愛拉的注意力被一匹公馬吸引住，這是她這輩子見過最不尋常的馬。

大部分的馬和嘶嘶一樣，擁有一身暗黃色毛皮，差別只在有些色澤偏褐，有些呈淺黃。像快快這種深棕的毛色，已經算是與眾不同了。而眼前這群種馬的毛色，居然呈現一種非常罕見的淺色。不過，再怎麼罕見，也比不上這一匹步步逼近的成熟種馬——牠的毛色竟是一身純白！

這匹白馬在發現嘶嘶之前，一直留神警戒，不讓其他公馬靠近母馬。現在並不是交配季節，但爲了維持自己是唯一能進入母馬群的公馬，牠必須把其他公馬隔絕在一定距離外。不過，隨著嘶嘶這隻陌生母馬突然出現，牠開始好奇地盯著嘶嘶瞧，其他馬兒也一樣。

馬是很特別的群居動物，母馬一旦成群，便不會拆夥。其他群居動物彼此之間大都有親緣關係，可是馬群不同，母馬和母馬之間並沒有血緣。年輕母馬在兩歲成熟後就得離開，尋找自己的馬群。同一馬群裡，還有階級高低之分，階級高的母馬及幼馬享有優先取得水源和覓食區的權利與福利，彼此也透過理毛和其他友善行爲，來鞏固自己的階級地位。

公馬小時候會互相嬉戲、打鬥。等到牠們四歲大，長成一匹成熟種馬後，就會開始爲日後爭奪交配權，認眞地鍛鍊自己。公馬會互相理毛，但爭奪優勢地位才是單身種馬群的主要活動。一開始是推擠，接著是儀式化的排便、嗅聞。慢慢地，競爭逐漸擴大成高舉前腿而用後腿站立、咬對方脖頸、互相撞擊膝蓋、用後腿踢蹬對方的臉、頭和胸。這種激烈拼鬥，在春季發情期間尤其常見。經過幾年較量下來，單身種馬群中的公馬才能贏得年輕母馬的青睞，甚至取代原本的馬群種馬。

這會兒，嘶嘶成了闖入馬群的落單母馬，受到整群母馬及單身公馬的強烈關注。愛拉實在不喜歡那匹白馬一步步朝他們逼近的方式，既驕傲又粗野，好像在宣告：你們全都屬於我的！

「行了，沃夫，去做你想做的吧。」愛拉對沃夫比出解除禁令的手勢，看著牠奔向馬群。對沃夫來說，眼前是一大群的快快和嘶嘶，牠想和牠們玩耍。愛拉確信牠的舉動不會對馬群造成嚴重威脅，因爲牠根本撂不倒這麼強壯的動物——這得靠一群狼分工合作才能辦到。更何況狼群很少會攻擊成熟壯年的動物。

愛拉示意嘶嘶返回營地。嘶嘶猶豫了片刻，最後還是乖乖聽命。畢竟牠對這個女人的服從，勝過了牠對同類的好奇。就在嘶嘶緩慢而遲疑的步伐中，沃夫衝向馬群，開心地追逐牠們。愛拉很高興看見馬群散開來，不再注意嘶嘶。

愛拉回到營地，一切都已準備妥當。喬達拉立起三根木竿，搭好帳篷，不必擔心他們的食物會招來飢餓的動物。另外，先前挖出的洞也鋪上石頭，他甚至用幾顆石頭圍出一個火堆。

「你看那座島，」喬達拉指著綿延河谷中央的沖積地，點綴了莎草、蘆葦及幾棵樹。「那裡有一整群鶴，有黑也有白。我還看到牠們降落呢。」他滿意地笑了：「我好希望妳快點回來，眞的很好看！牠們俯衝、翺翔，甚至在空中翻轉，然後收起翅膀，從空中直直墜落陸地。就在落地的那一刻，翅膀又展開了。看樣子，牠們是要往南飛，可能明天早上就離開了。」

愛拉望過水面，瞧見了嘴長、腿也長的大鳥，正機伶活躍地覓食。牠們奔走在陸地和淺水區，用強而有力的長嘴，捕捉魚、蜥蜴、青蛙、昆蟲或蚯蚓。從牠們啃咬後甩到岸邊的野牛殘骸研判，牠們也吃腐肉。儘管顏色不同，兩個品種的外形相當類似，只是白鶴的翅膀邊緣呈黑色，而黑鶴的腹部是白色。遠遠看過去，白鶴數量較多，散落各處；黑鶴則在飽餐一頓後，悠閒地待在水裡。

「我們回程途中看見一大群馬，」愛拉伸手去拿雷鳥和鷓鴣：「有很多母馬和幼馬。有一匹馬群種馬站在旁邊，全身都是白色。」

「白色？」

「對，就像白鶴一樣白，連腿都是白的。」她邊說邊解開行囊馬鞍籮筐的細皮帶：「在雪地裡，一定看不見牠。」

「白色很稀有，我從來沒看過白馬。」喬達拉說完，立刻想起若莉雅和初夜交歡禮。當時床榻牆上就掛著一張白馬皮，上頭裝飾了大斑啄木鳥的紅頭。「我眞的……只看過白馬皮。」他說。

他怪裡怪氣的語調，惹得愛拉特地瞧了他一眼。知道她在看，喬達拉臉紅地轉身離去，搬抬嘶嘶的裝載籮筐，感覺有必要進一步解釋。

「在……哈杜瑪氏的儀式中。」

「他們獵馬？」愛拉摺好馬墊，拿著鳥走到河邊。

「嗯，他們的確會獵馬。怎麼了？」喬達拉緊跟在後。

「你記不記得塔魯特說過，有關獵捕白色猛獁象的事？對馬木特伊氏來說，那非常神聖，因爲他們是猛獁象獵人。」愛拉接著說：「假如哈杜瑪氏在儀式中用到白色馬皮，或許也表示，他們把馬視爲神聖的動物。」

「有可能。可惜我們跟他們相處不夠久，不得而知。」喬達拉說。

「他們眞的獵馬？」她開始拔除鳥羽毛。

「對，索諾倫遇到他們時，他們正在獵馬。剛開始他們還生我們的氣，因爲我們趕跑了他們正在追捕的馬群。問題是，我們根本不知道啊。」

「晚上我會替嘶嘶套上籠頭，把牠拴在帳篷旁邊。」愛拉說：「如果外頭有獵馬的人，我要牠乖乖待在附近。還有，我也不喜歡那匹白色種馬接近牠的方式。」

「妳說的對，我也應該把快快拴在木樁上，雖然我不介意看到那匹白色種馬。」喬達拉附和著。

「我可不願意再看到牠，牠對嘶嘶太有興趣了。不過牠很特別，而且非常美。你說得沒錯，白色確實很稀罕。」愛拉俐落地拔著鳥羽，弄得羽毛滿天飛揚。她停頓了一會兒，又說：「你記得雷奈克說過，黑色也很稀罕嗎？我相信他也在暗指自己，雖然他是棕色，不是眞正的黑。」

聽到差點就和愛拉配對的男人名字，喬達拉心裡湧上一陣嫉妒的刺痛，儘管她最後還是跟著自己離開了。「妳遺憾沒有留在馬木特伊氏，和雷奈克配對嗎？」他刺探性地問。

愛拉停下手邊工作，轉頭看著他：「喬達拉，我和雷奈克訂婚的唯一理由，是我認爲你不再愛我了，而他卻眞心愛我……沒錯，我是有點遺憾，原本我可以留在馬木特伊氏。假如不是先認識你，我和雷奈克應該會快樂地在一起。我承認，我對他確實有某一種愛，不過那跟我對你的愛是不一樣的。」

「好吧。無論如何，妳的回答很誠實。」他的眉頭皺了起來。

「我也可以留在夏拉木多伊，可是我想跟你在一起。你想要回家，我就決定跟你一起回家。」愛拉繼續解釋。她注意到他皺著眉頭，知道那不是他想聽的答案。

「喬達拉，是你自己問我的，我也誠實說出我的感覺。所以，當我問你的時候，我也希望你能說出你的感覺。就算我沒問，要是你發現什麼問題，你也應該告訴我。我真的不希望去年冬天那場誤會再發生一次。當時，我不明白你的意思，你也不講清楚。或者，你猜測我感覺到什麼，可是卻不來問我。我要你答應我，永遠別把問題悶在心裡，好不好？」

她的神情嚴肅而且真摯，讓他愛憐地微笑起來：「我答應妳，愛拉。我也一樣，永遠不想再經歷那種情況。老實說，我受不了妳和雷奈克在一起，尤其當我明白他如何地吸引女人：風趣友善，還是優秀的雕刻匠、眞正的藝術家。我母親一定也會喜歡他，如果我不是跟他競爭，我也會喜歡他。他讓我想起了索諾倫，雖然外表不同，但他擁有馬木特伊氏人的坦率和自信。」

「他是馬木特伊氏人。」愛拉說：「我懷念獅營，也懷念人。可惜我們這趟旅程沒遇上很多人。喬達拉，我不知道你旅行了多遠，也不曉得整個陸地到底有多大。我只知道，在這片廣大的土地上，人類居然那麼少。」

太陽緩緩落下，西邊的雲朵簇擁著這團火球，恣意散發出一抹粉紅色光芒。愛拉與喬達拉用餐時，落日餘暉沒入耀眼雲層，逐漸暗淡下來。愛拉起身收拾一大半剩餘的鳥肉；喬達拉則將烹煮石放回火堆，準備泡晚茶。

「好吃！」喬達拉說：「眞高興妳沒要我把剩餘的肉全部吃完。」

愛拉不經意瞥向島嶼，倒抽了一口氣，眼睛瞪得大大的。喬達拉聽見她「呃！」了一聲，連忙抬頭查看。

有幾個人帶著標槍出現在暗處，一步步走向火光邊緣。其中兩人披著一身馬皮，乾燥的馬頭像兜帽一樣戴在頭上。喬達拉站起來，其中一個男人把馬頭兜帽往後一撥，快步走向他。

「齊—蘭—朵—妮—氏！」男人指著高大金髮的喬達拉大喊，接著拍拍自己的胸膛：「哈杜瑪氏！傑倫！」說完便咧開嘴，高興地笑了。

喬達拉仔細地看了又看，也跟著笑了起來：「傑倫！是你嗎？大媽啊，我眞不敢相信！眞的是你。」

男人開始說著喬達拉聽不懂的話，一如他的話也讓傑倫一頭霧水，但兩人都明白對方臉上友善的笑容。

「愛拉！」喬達拉示意她過來。「這是傑倫，他是哈杜瑪獵人，就在索諾倫和我往另一個方向前進時，阻擋了我們。在這裡遇上他，眞是太意外了！」兩人仍舊愉快地咧著嘴笑。傑倫望著愛拉，然後朝喬達拉點點頭，笑容裡閃現了讚賞。

「傑倫，這是愛拉，馬木特伊氏的愛拉。」喬達拉正式爲兩人介紹：「愛拉，這是傑倫，哈杜瑪氏人。」愛拉伸出雙手：「歡迎來到我們的營地，哈杜瑪氏的傑倫。」

傑倫明白她的意思，雖然他的族人從來不這樣問候。他把標槍放進背上的固定套，握住她的手說：「愛拉。」他只知道那是她的名字，其他的話，他完全聽不懂。他再度拍拍自己的胸膛：「傑倫。」接著又說了一些只有他自己才懂的話。

忽然，傑倫發現愛拉身旁出現了一隻狼，嚇得連忙跳開。看見他的反應，愛拉立刻跪下來，伸手抱住狼的脖子。傑倫吃驚地瞪大眼睛。

「傑倫，」她站起身來，做出一番正式介紹：「這是沃夫。沃夫，這是傑倫，哈杜瑪氏人。」

「沃夫？」他還是一臉擔憂。

愛拉把手放在沃夫鼻子前，讓牠聞她的氣味，然後跪在狼旁邊，再度伸手抱牠，親暱而沒有一點害怕。她碰碰傑倫的手，把剛才的動作再示範一次，希望傑倫試著做做看。只見傑倫慢吞吞地伸出手來，顯得很遲疑。

沃夫用溼涼的鼻子碰了碰他的手，隨即往後退了一步。早在夏拉木多伊時，牠就經歷過許多次類似的引介，明白愛拉的意圖。接著，愛拉抓著傑倫的手，抬頭看著他，緩緩將他的手放到沃夫頭上，教他如何撫摸沃夫。傑倫會意地微笑看著她，並主動輕拍沃夫的頭，這時愛拉才放鬆了下來。

傑倫轉身看著其他人，又朝著狼比了個手勢：「沃夫！」然後說了一些話，當中還提到愛拉的名字。於是四個男人一起走上前來，愛拉則比出歡迎的手勢。

一直在旁觀看的喬達拉微笑表示讚同：「愛拉，你做得很好。」

「你覺得他們是不是餓了？我們還剩好多食物。」她說：「你要不要問問看？」

她拿出盛裝鳥肉的猛獁象牙淺盤，又拿起一整隻包裹在枯草裡的煮熟雷鳥，把它們端給傑倫一夥人。禁不住空氣中飄著那股香味，傑倫掰了一隻鳥腿啃起來，鮮嫩多汁的腿肉，讓他露出滿意的笑容，激勵了其他四位同伴。

愛拉又端出一隻鷓鴣，再把植物根和穀類配料準備好，放在一組臨時拿來充當的器皿上。這些碗和小碟子看起來很特別，有編織的，也有象牙製和木頭製。愛拉讓客人隨自己喜好分享食物，又拿出自己做的大木碗，裝滿水，開始泡茶。

用餐完畢，客人們顯得輕鬆愉快，就連愛拉帶著沃夫去嗅聞他們時也一樣。他們捧著茶杯圍坐火堆，除了友善親切的微笑之外，開始嘗試進一步溝通。

喬達拉起頭問：「哈杜瑪？」

傑倫面露哀傷搖搖頭，用手朝地上比了比。愛拉了解那代表哈杜瑪已經回到大地母親的懷抱，喬達拉也明白他非常喜愛的老女人已經過世了。

「塔敏？」他問。

傑倫露出微笑，誇張地點頭，然後指著另一人說了一些話，還提到塔敏的名字。這時，一個男孩對著他們微笑。喬達拉發現他長得很像塔敏。

「塔敏，嗯，」喬達拉笑著點點頭：「他應該是塔敏的兒子或孫子。眞希望塔敏在這裡。」他對愛拉說：「塔敏年輕的時候曾經長途旅行到齊蘭朵妮氏，稍微聽得懂我們的族語，我跟他可以簡單地交談。」

傑倫環顧營地，然後對喬達拉說：「齊—蘭—朵—妮—氏……索……索諾倫？」

這回輪到喬達拉面露哀傷地搖搖頭，接著便朝地上比了比。傑倫看起來很驚訝，不過他馬上點頭表示了解，然後又問了一個詞語。喬達拉聽不懂，求助地看著愛拉：「妳知道他問什麼嗎？」

不管是哪一種陌生語言，愛拉只要聽過，都會有一種熟悉感。傑倫又再問了一遍，他的表情或語調當中，有些什麼提示了她。她把手掌擺成獸爪，然後像穴獅一樣低吼。

她的聲音逼眞得讓所有人嚇了一大跳，只有傑倫會意地點點頭。原來他是問：索諾倫是怎麼過世的？而她回答了他的問題。其中一人對傑倫說了一些話，喬達拉在傑倫的回答裡聽見一個熟悉的名字，若莉雅。發問的男人對喬達拉微笑，先指指喬達拉，再指指他的眼睛，然後又笑了。

喬達拉心裡一陣激動，難道若莉雅眞的懷了藍眼睛的寶寶？隨即他又起了懷疑，說不定他只是聽說有個藍眼睛的男人和她行初夜交歡禮？他實在無法確定。其他男人都指著喬達拉的眼睛微笑。他們是爲藍眼睛的寶寶而笑？或者他們在笑若莉雅與藍眼睛的男人交歡？

他想說出若莉雅的名字，然後做出抱著嬰兒搖晃的動作，一瞥見愛拉，又立刻忍住。他不曾向她提過若莉雅，也不曾談論過哈杜瑪第二天宣告，大媽賜福的那場儀式，會讓年輕女人生出眼睛像他的孩子，而且取名喬達。他知道愛拉想幫他生孩子……或者出自他的靈的孩子。一旦知道若莉雅已經生下那樣的孩子，愛拉會做何感想？換作是自己，他可是會嫉妒的。

愛拉指著火堆旁邊，示意客人們該睡覺了。他們點點頭，起身準備要去拿鋪蓋捲。他們先前把鋪蓋捲藏在下游，之後才走向他們嗅聞的火堆，心裡懷著期待，但不確定能不能受到友善對待。當愛拉看見他們繞過帳篷，愈來愈靠近她拴馬的地方，她快步跑到他們面前，舉起手阻攔。接著，愛拉消失在黑暗中。客人們你看我、我看你，滿臉疑惑，打算繼續往前走。這時，喬達拉比畫出「等候」的手勢，他們會意地點頭微笑。

愛拉牽著兩匹馬再次現身，他們的表情變得害怕起來。她站在兩匹馬中間，試圖用動作，甚至用穴熊族的手勢，告訴他們：不可以獵捕這兩匹特殊的馬。不過，她和喬達拉都不確定他們到底聽懂了沒有。喬達拉還擔心對方誤以爲她有召喚馬的特殊法力，特地帶來這兩匹馬讓他們獵捕。他告訴愛拉，恐怕得實際示範一次才行。

喬達拉從帳篷裡拿出一根標槍，做出要刺快快的動作。這時，擋在中間的愛拉雙手交叉，堅決地搖搖頭。傑倫困惑地抓了抓頭，同行的其他獵人也看不懂。終於，傑倫點頭了。他從背上的固定套拿出一根標槍，先用它瞄準快快，接著將它刺入地面。喬達拉不確定對方是不是完全理解，明白愛拉只是要他們別獵捕這兩匹馬，或者，他們以爲愛拉不准他們獵馬。不管怎樣，傑倫似乎已經抓到了重點。

那晚，獵人朋友們都睡在火堆旁。第二天，天才剛剛亮，他們就起身。傑倫對愛拉說了些話，喬達拉隱約聽出他是在感謝昨天的晚餐。沃夫嗅聞傑倫，讓他再次撫弄牠。傑倫一邊撫摸，一邊抬頭對愛拉微笑。她試圖邀請他們共進早餐，但他們沒有留下來，急匆匆地離開。

「眞希望我聽懂他們的話。」愛拉說：「有他們來拜訪眞好！可惜大家談不上話。」

「是啊，我也希望跟他們聊一聊。」喬達拉眞希望查明若莉雅是不是眞的生下藍眼睛寶寶。

「穴熊族各部落常用的某些話，不一定所有人都懂，但是大家都了解一種無聲的手語，永遠都可以用它來溝通。」愛拉說：「要是異族之間也有這種共通的語言，那該多好。」

「沒錯，尤其旅行的時候。不過我很難想像所謂的共通語言。妳眞的以爲各地的穴熊族都能理解同一種手語？」喬達拉問。

「他們生來就知道那種語言，不需要學習。那種古老的語言儲存在記憶裡，而他們的記憶可以回溯到最早的時候。你想像不到他們能回溯到多久以前。」愛拉說著說著，意識不由得飄向了遠方。

她想起克雷伯當初爲了救她，甘冒違背傳統的大忌，帶著她和他們一起回溯。即使已經事過境遷，愛拉仍然恐懼得打起寒顫。根據穴熊族不成文的慣例，克雷伯應該讓她死的。然而，對部落來說，她確實已經死了。她忽然想到這一切有多麼諷刺：布勞德咒她死，但他沒有適當理由，不該那麼做；而克雷伯則有充分理由，因爲她犯了穴熊族最大的禁忌。或許他應該確認她死了，但他沒有。

兩人開始動手拔營，很有默契地把帳篷、鋪蓋捲、烹煮器具、繩子及其他配備，一一收到行囊馬鞍籮筐。傑倫和手下的獵人們返回時，愛拉正在河邊裝水。他們笑著說出答謝的話，還遞給愛拉一個新鮮的牛皮包裹，裡面是剛剛才宰殺完畢的柔嫩牛臀。

「謝謝你，傑倫。」愛拉說完，給了他一個燦爛的笑容。同樣的笑容，總能讓喬達拉融化在一股愛意中。傑倫似乎也產生了類似反應。喬達拉看見傑倫臉上癡癡愣愣的表情，內心漾出了微笑。傑倫好一陣子才回過神來，他轉向喬達拉開始說話，非常賣力想表達什麼。瞧見喬達拉無法理解，他停頓下來，然後對其他同伴說話，接著又轉向喬達拉。

「塔敏，」他邊說邊往南走，示意他們跟上來。「塔敏。」他重複說著，招招手又說了幾句話。

「我認爲他是要你跟他一起走，」愛拉說：「去見你認識的朋友，那個說齊蘭朵妮氏語的人。」

「塔敏，齊—蘭—朵—妮—氏，哈杜瑪氏。」傑倫再度對兩人招手。

「他一定是要我們去拜訪塔敏。妳覺得呢？」喬達拉問。

「應該是這樣沒錯。」愛拉又說：「你要暫停行程，去拜訪他嗎？」

「那代表要往回走，」喬達拉回答：「我不知道得走多遠。假如我們早一點遇到他們，我倒不介意中途停下來。可是我們已經走到這裡了，我不想回頭。」

愛拉點點頭：「你得想辦法告訴他。」

喬達拉對傑倫微笑，然後搖搖頭。「抱歉，」他說：「我們必須繼續往北走。北邊。」他重複說著，手指著北方。

傑倫苦惱地搖搖頭，閉上雙眼，好像在想事情。他走向兩人，從腰帶拿出一根短棒。喬達拉注意到短棒頂端的雕刻，知道自己看過那樣的東西。他努力回想，到底是在哪裡看到的？傑倫在地上清出空間，用短棒畫先出一條線，然後再畫一條和它交叉的線。接著，他在第一條線下方畫出隱約像馬的圖像；在指向大媽河水道的第二條線末端，他畫了一個圓圈，又在圓圈外畫了幾條放射狀的線條。愛拉仔細盯著圖，看了又看。

「喬達拉！」她興奮地說：「馬木特教我看過這個符號，它代表『太陽』。」

「那條線指向日落的方向，」喬達拉先是指著西方，然後又指著南方：「這就代表他畫馬的地方是南方。」

傑倫用力點頭。緊接著，他皺起眉頭指著北方，走到他所畫的線條北端，面向他們站著，雙手交叉，搖頭表示反對，就和愛拉嘗試告訴傑倫不要傷害嘶嘶和快快一樣。愛拉與喬達拉彼此對望，然後轉向傑倫。

「他是不是想告訴我們，別往北走？」愛拉問。

喬達拉開始明白傑倫企圖傳達的訊息。「愛拉，我想他不只是單純要我們跟他去南方，我覺得他還想告訴我們其他事情，警告我們不要往北走。」

「警告我們？難道北方有危險的東西？」愛拉說。

「不會是大冰壁吧？」喬達拉也很納悶。

「我知道有冰層。當初和馬木特伊氏一起獵捕猛獁象的地方，就在那附近。那裡很冷，但不算危險吧？」

「這些年來，冰層是在移動沒錯，」喬達拉說：「季節變換的時候，移動的冰層甚至會把樹木連根拔起來，只是速度不會快到讓人來不及閃避。」

「我不認爲他指的是冰層，」愛拉說：「可是他一直告訴我們別往北走，而且還很擔心。」

「你說的對。問題是，我想不出什麼東西會有那麼危險。」喬達拉說：「沒離開家鄉去長途旅行的人，有時候會把外面的世界想像得很危險，因爲和自己熟悉的一切都不一樣。」

「我不覺得傑倫有這麼膽小。」愛拉說。

「說得也是。」喬達拉說完轉向傑倫：「傑倫，我眞的很希望知道你想跟我們說什麼。」

傑倫一直觀察兩人，也從表情看出他們了解他的警告。他在等待他們答覆。

「你認爲我們應該跟他走，去和塔敏談一談嗎？」愛拉問。

「我現在不想浪費時間回頭了。我們要在冬天結束前到達那條冰川。假如我們繼續往前走，應該很快就會走到，而且還有多餘的時間。如果被其他事情耽擱了，很可能會碰上春天融冰，到時候要渡過冰川就太危險了。」喬達拉說。

「所以我們應該繼續往北走。」愛拉附和著。

「沒錯，只是我們得非常小心。如果能知道應該小心什麼，那就好了。」他又望著傑倫：「傑倫，謝謝你的警告。」他指指南方，然後搖搖頭，再指著北方：「但是我們必須繼續往北走。你放心，我們會非常注意安全。」

傑倫再度搖頭表示反對，但最後還是放棄，點頭接受了，畢竟他已經盡力。他轉身和另一個戴著馬頭披肩的同伴交談了一會兒，回過頭來表示：他們得走了。

愛拉和喬達拉揮揮手，目送傑倫和獵人們離去。他們完成打包工作後便出發，小心翼翼往北走。

他們走過一大片中部草地的北端，地形從平坦低地變成崎嶇的山丘，偶爾出現了高地。高地一部分沒入內陸盆地，一部分連結到從東北向西南貫穿平原的山脈沉積岩斷塊。因爲先前的火山爆發，高地土壤肥沃，在高處孕育了松樹、雲杉、洋松林；斜坡低處有樺樹、柳樹；而乾燥的背風面則是灌木叢和草原禾草。

踏上崎嶇山丘，兩人辛苦繞過凹洞和破碎岩層。愛拉感覺愈來愈冷，懷疑土地貧瘠可能是季節的關係。他們從高地回頭俯看先前走過的土地。落葉木稀少得可憐，灌木叢光禿禿沒有一片葉子，只有中部草原覆蓋了餵養生物過冬的黃灰色乾草。

大型食草動物有些成群聚集，有些獨來獨往。愛拉特別留意馬兒，感覺馬的數量最多。但其實巨鹿、赤鹿、馴鹿也不少，尤其在北部平原，馴鹿特別多。野牛一大群朝南方遷徙，這些長有巨大黑角的壯碩動物，密密麻麻通過北部草地的起伏山丘，不時引起愛拉和喬達拉駐足觀看。牠們揚起的塵埃，像一層朦朧帷幕，罩在移動中的龐大牛群上；重重踩過的蹄腳撼動著大地，一波波巨大深沉的咕嚕聲與吼叫聲，結合成雷鳴似的轟隆聲響。

他們倒很少看見往北遷移的猛獁象，像這種巨大的長毛動物，大老遠就能引起注意。現在不是繁殖季節，母猛獁象小群聚集，彼此照應。偶爾有落單的猛獁象加入母象群一起同行。他們看到的落單猛獁象全是母象。那些近親母象組成的永久龐大象群，由足智多謀的老邁祖母象領頭，有時會有一兩隻姊妹象，帶著牠們的女兒及孫輩。母象群很容易辨認，因爲牠們的長牙稍小，也沒那麼彎曲，而且都有幼象隨行。

毛犀牛很醒目卻最罕見，也最不會聚集在一起，只有母牛帶著自己的小牛。公牛單獨行動，交配期才靠近母牛。猛獁象和犀牛除非太小或太老，牠們多半不怕那些四隻腳的獵食動物，包括巨大穴獅。公獸可以獨來獨往，母獸則必須成群合作，保護幼獸。

體型較小、類似山羊的長毛麝牛，會基於防衛而全部集結在一起。受到攻擊時，成牛會頭部朝外，圍成一圈，把小牛保護在圈子中央。愛拉與喬達拉攀爬到山丘上，看見了幾頭岩羚羊與原羊，牠們只有在冬天快到的時候才會出現在低處。

許多小動物會往地底深處挖巢穴避冬，在裡頭貯存種籽、堅果、球莖和植物根。鼠兔還會把草咬斷，成堆晾乾。兔子和野兔毛色轉變成淺雜色，而不是白色。他們在綠綠的山丘上，看見了海貍和樹松鼠，喬達拉用標槍投擲器，把那隻海貍射下來。最後，珍貴、營養而油脂豐富的海貍尾巴，被單獨叉在火坑上燒烤。

利用標槍投擲器獵捕大型獵物，兩人都很專精。喬達拉力氣大，擲得遠；愛拉則經常用拋石索，射獵小動物。

他們發現水獺、獾、雞貂、貂、水貂的數量很多，不過沒有動手獵捕牠們。在草原上，還有狐、狼、猞猁、大型貓科動物，牠們以小型獵物或其他食草動物維生。儘管路程中很少捕魚，喬達拉知道河裡有大魚，包括鱸魚、大眼狗魚和特大的鯉魚。

接近傍晚，他們發現了一個大洞穴，決定一探究竟。兩匹馬一步步靠近洞口，沒有一絲緊張。兩人因而覺得，這是個好兆頭。進入洞穴後，沃夫好奇地這裡聞聞、那裡嗅嗅，也沒有豎起頸毛。愛拉看到動物輕鬆自在的模樣，確信洞穴裡沒有不善的住客。兩人決定留下來過夜。

生起火之後，他們拿著火把往洞穴裡走。各種跡象顯示，洞穴的前段曾經有動物待過，喬達拉從牆上的刮痕判斷是熊或穴獅。沃夫聞到一旁的糞便，但已經乾燥，而且久遠得難以分辨是什麼動物留下的。他們還發現遭到啃食的乾燥大腿骨，從碎裂方式和齒痕判斷，愛拉覺得是穴鬣狗用強而有力的下顎咬碎的。想到這一點，她厭惡地甩甩身子。

鬣狗並不比其他動物惡劣，牠們吃的是自然死亡或其他動物獵殺的腐屍。眞要說起來，狼、獅子和包括人類在內的掠食者，狩獵時都一樣殘酷，何況鬣狗還是很有效率的集體獵食者。愛拉對牠們的痛恨並非出自理智，對她來說，鬣狗就是醜惡到令人無法忍受。

洞穴所有痕跡都是從前留下來的，包括人類在淺坑裡遺留的火堆木炭，表示這裡已經很久沒有動物來造訪了。愛拉和喬達拉往洞裡走了一段距離，感覺盡頭還很遙遠，尤其過了乾燥的前段洞口就沒有任何被利用的殘跡。洞穴濕冷的內部，被底部或頂端長成的石柱給獨占了。

來到轉彎處，他們好像聽見洞穴深處有流水聲，決定回頭。因爲火炬很快就會熄滅，兩人都不想走到伸手不見五指的洞穴深處，那會完全看不見入口的昏暗光線。他們摸著石灰岩壁折返，很高興看見黃褐色乾草及西邊鑲著耀眼金光的美麗雲朵。

愈是深入中部草原北方的高地，愛拉和喬達拉發現地形變化愈巨大。到處都是坑坑洞洞，還有很多洞穴、大洞窟、落水洞，從長滿草的碗形陷落，到沒辦法走的高落差陡降，這裡統統都有。這種特殊地貌讓他們感到不安，明明地表沒有溪流、湖泊，偶爾卻會聽到地下傳出詭異的流水聲。

古老而溫暖海洋裡的未知生物，造就出這片陌生又難以捉摸的土地。幾千年下來，海底堆積出厚厚一層貝殼、骸骨。又過了無數年，衝撞的地質活動，抬升了硬化的沉積鈣質，成爲碳酸鈣構成的石灰岩。廣袤陸地下方的地洞，大多由石灰岩形成，而那些堅硬的沉積岩，則在特定條件下溶解消失。

石灰岩幾乎完全不會溶解在中性的水，但只要略帶酸性的水就能侵蝕它。在溫暖季節或潮濕天候，循環的地下水帶走植物中的碳酸，飽含了二氧化碳，進而溶解大量的碳酸鹽岩。

地下水沿著平坦岩層流動，流下了與石灰質厚岩層垂直相交的小裂縫。慢慢地，小裂縫逐漸拓寬、加深，不僅帶走了溶解的石灰岩，也刻蝕出崎嶇地表與錯綜複雜的溝槽，注入了滲流與泉源。受重力影響而往低處流的酸性水，把地下裂縫擴大成洞穴，慢慢又變成開口狹窄而垂直的大洞窟、溪流水道，最後相互連結，形成完整的地下水系統。

地面下的岩石溶解，深深影響到上方的陸地，讓這種岩溶地形呈現出與眾不同的獨特景觀。一旦洞穴愈來愈大，洞頂愈來愈靠近地表時，便會坍塌，產生壁面陡峭的落水洞。偶爾還會有大洞窟頂部的遺跡殘留，形成了天然橋。地表上的小溪、河流會突然消失在落水坑，轉而在地下流動，有時還會留下先前河流形成的高聳乾涸山谷。

地表的水愈來愈少，因爲流水都迅速沒入了岩石中的大洞窟或壺洞，就連大雨過後，水也幾乎立刻消失無蹤，地面上看不見溪流和小河流。有一次，他們必須走到滲穴底部的小水潭取水。還有一次，大量的水突然冒出來，流過地表一段時間，又再度沒入地下，消失不見。

土地貧瘠，岩石眾多，表層土壤只有薄薄一層，露出了下方的岩石。動物稀少，除了一些巨角彎曲的歐洲盤羊，牠們全身捲曲的羊毛在冬天長得很濃密。兩個旅行者也看見幾隻岩鼠。這些敏捷靈巧的小動物非常擅於躲避掠食者，不論來者是狼、北極狐、隼或金鵰，負責守望的岩鼠會尖聲叫喊，警告同伴：趕緊逃進洞裡！

包括沃夫在內，想要追捕牠們也徒勞無功。倒是愛拉，因爲騎在馬上，可以用拋石索射下幾隻，因爲對岩鼠來說，馬並不具威脅。這種毛茸茸的小囓齒動物在冬眠前夕長得相當肥美，嘗起像兔肉，只是體型稍小了點。夏季之後，他們又得經常在大媽河捕魚，當作主食。

最初心中那股不安，讓兩人謹慎地穿過古怪岩層和坑坑洞洞的岩溶地帶，一旦熟悉了地形狀況，也就不再那麼擔心憂慮。爲了讓馬兒稍作休息，他們徒步行走。喬達拉用長繩子操控快快，讓牠能隨時停下來吃一大口乾草。嘶嘶沒套上籠頭，也一樣可以適時塞了滿嘴的草，然後跟著愛拉繼續往前走。

「我懷疑傑倫要警告我們的，就是這片坑坑洞洞的貧瘠土地。」愛拉說：「我不太喜歡這裡。」

「我也是。我不知道這裡的地形會是這樣。」喬達拉說。

「你沒來過嗎？我還以為你們都走這條路，」她顯得很驚訝：「你說你們沿著大媽河走的。」

「我們的確沿著大媽河走，但不是走這一邊，而是從對岸一直走到更南邊。我以為回程走這邊比較容易，而且我也想走走看。河流在離這裡不遠處有個急轉彎，到時我們會往東走。我只是想見識一下迫使大媽河轉往南流的高地，因為這是唯一的機會。」

「要是你早說清楚就好了。」

「有差別嗎？我們還是沿著河流走啊。」

「可是我以為你對這一帶很熟悉，結果並不是。」愛拉不知道自己為什麼這麼困擾，大概是先前指望他清楚會遇上什麼狀況，卻發現他跟自己一樣，什麼也不知道。愛拉對這個陌生的地方開始緊張起來。

兩人邊走邊談，就算沒爭吵，也心有不滿，因此沒有太留意前方的路況。忽然間，在愛拉身旁小跑步的沃夫，邊叫邊推碰她的腿。兩人轉頭查看，立刻停下腳步。愛拉一陣驚駭，喬達拉嚇得臉色蒼白。

第二十四章

這對男女看著地上，前面空空的，什麼也沒有，陸地就這樣到了盡頭，他們差點跨過懸崖邊緣。喬達拉俯瞰陡降處，鼠蹊部出現熟悉的緊縮感。他也詫異地發現，遙遠的下方是一片平坦綿長的綠地，有一條溪流貫穿其中。

大落水坑底部，通常覆蓋著由石灰岩殘餘物構成的厚土壤層，幾個深落水坑會連結成綿延的窪地，產生遠遠低於正常地表的大片土地。有了土壤和水，下方的植被茂盛宜人，問題是兩人都沒看到能走下陡坡的路。

「喬達拉，這裡不太對勁。」愛拉說：「上面這麼乾燥貧瘠，幾乎沒有生物能存活；下面美麗草地有溪流、有綠樹，卻沒有生物到得了——任何嘗試下去的動物都會摔死。我被搞亂了！這裡眞的不對勁。」

「的確不對勁。或許你說的對，傑倫可能就是要警告我們，這裡沒什麼獵物，而且很危險。我從來不知道有這種地方，走著走著，居然還得擔心一腳踩空，從懸崖掉下去。」

愛拉彎下身來，捧住沃夫的頭，用前額碰牠的額頭。「沃夫，謝謝你在我們沒留意時警告我們。」她說。沃夫饒有感情地低聲嗚叫，隨後舔舔她的臉。

兩人退後，靜靜引領馬兒繞過深坑，不發一語。愛拉甚至不記得他們差點吵起來的爭執有什麼重要性，只知道絕對不能再這麼心不在焉，連路都沒看清楚。

他們持續往北走，左側的河流開始穿越因懸崖岩石愈堆愈高而加深的峽谷。喬達拉一方面納悶究竟該緊依著河水，或繼續走在上方的高地，一方面也慶幸他們沿著河道走，沒有企圖渡河。因爲岩溶地帶出現的大河多半流入兩側陡峭的石灰岩峽谷，而不是流到有青草斜坡和寬闊平原的山谷。走在沒有堤岸的水道已經很不容易了，要渡過水道更是難上加難。

想起遙遠南方那個沒有堤岸的綿長大峽谷，喬達拉最後決定繼續走高地。持續攀高的過程中，他寬慰地看見細長溪水洩落岩石表面，注入下方河流。雖然這條瀑布位在河對岸，卻代表高地也會有水源——那些少數沒流進岩溶裂縫的水。

岩溶地形有很多洞穴，多到讓愛拉、喬達拉、馬兒接下來的兩夜都不必搭帳篷，可以靠天然石牆抵擋寒風。幾次探查，兩人開始知道哪種洞穴適合他們。

地底深處注滿水的大洞窟會愈來愈大。相反的，地表附近能夠進去的洞穴多半不會變大，內部空間反而愈來愈縮小，而且在潮濕狀態有時還會急遽緊縮，在乾季時則幾乎不會改變。有些洞穴在雨季會注滿水，只能在乾季進去；有些洞穴不分季節，隨時可以進入，但底部有溪水流過。他們挑選的乾燥洞穴通常位在高處。無論什麼樣的洞穴，都是由水和石灰岩共同形塑、侵蝕而成。

雨水緩慢滲過頂部岩石，沿途吸收溶解的石灰岩。每一滴石灰水——即使連空氣中最微小的水滴，都飽含了會重新沉澱在洞穴的碳酸鈣。這種硬化礦物通常是純白色，可能呈現美麗的半透明狀，也可能夾雜灰色或略帶紅色、黃色。洞穴裡會產生石灰鋪面，還有無法移動的石幔裝飾壁面。從頂部垂下的鐘乳石，隨著每一滴水而延伸，逐漸靠近由底部往上長的石筍，兩者交會，形成了兩端粗、中間細的石柱，然後在不斷變遷的循環中，隨著時間逐漸增厚。

日子一天比一天寒冷多風，愛拉和喬達拉慶幸這裡到處都是洞穴，減弱了風挾帶的寒意。他們通常會檢查洞穴是不是被四足動物捷足先登，也發現比他們更敏銳的動物同伴會提前發出危險警告。想都不必想，只要聞到煙味，他們就知道有人，因為人是唯一使用火的動物。可是他們沒有遇到任何人，連其他動物也難得一見。

他們來到一處植被茂盛的區域，眼前景象和之前有著天壤之別。由於石灰岩不同，依照溶解的難易和不溶解的比例，便會產生極大的差異，導致部分石灰岩地帶肥沃豐饒，地表有正常溪流，旁邊還有草地、樹木。這樣的地貌也會出現在下陷的土地、洞穴、地下河流，但數量較少。

瞧見一群馴鹿在一大片挺立的乾草中覓食，喬達拉微笑看著愛拉，然後掏出標槍投擲器。愛拉點點頭，驅策嘶嘶跟隨他與快快。這裡除了少許小動物，周遭空無一物，沒什麼機會打獵，加上河流又遠在下方峽谷，也沒辦法捕魚。基本上，他們都仰賴乾糧和緊急旅行口糧維生，甚至還得分一些給沃夫。馬兒也很難捱，那些薄薄土壤中掙扎長出來的稀疏禾草，幾乎滿足不了牠們。

喬達拉將兩人獵殺的小角母鹿喉嚨切開來放血，再把鹿屍抬進拴在拖橇上的碗形船，然後開始尋找附近的紮營地點。愛拉想晾乾部分的肉，熬煉這頭鹿的冬季脂肪；喬達拉則期待吃到大塊烤臀肉和柔嫩的鹿肝。他們預計停留一天，尤其附近有草地，馬兒眞的需要好好飽餐一頓。沃夫發現大量的野鼠、旅鼠、鼠兔等小生物，興奮地四處探索、獵食。

他們抵達先前在山腰上發現的隱密洞穴，雖然稍微小了點，空間卻還足夠。兩人卸下拖桿和負載，任由馬兒去吃草，再將籮筐放在洞穴旁，拖動拖橇，放上籮筐，分頭收集木本灌木和乾糞。

愛拉期待用新鮮鹿肉好好煮一餐，用心想著要搭配什麼食材。她在草地上收集些許乾燥種籽和穀類，到洞穴偏北的小溪旁採了一把莧草的黑色小種籽。她回來時，見喬達拉已經生好火，於是請他拿水袋去溪邊裝滿水。

他裝水回來之前，沃夫靠近洞穴，露齒嗥叫威脅，讓愛拉頸背寒毛豎起。

「沃夫，怎麼了？」她一邊說，一邊在拋石索和標槍投擲器之間，不假思索地選擇了拋石索，並掏出一顆石子。狼緩緩走進洞穴，喉嚨不時發出深沉低吼。愛拉跟隨在後，低下頭走進漆黑的小岩洞，眞希望自己手上拿了火炬。然而，她的鼻子嗅出了眼睛看不見的東西，那種味道她已經很多年沒聞到，卻永遠忘不掉。忽然間，她腦海中浮現了好久以前的第一次經驗。

他們在各部落大會不遠處的山麓丘陵，她以背負斗篷支撐著兒子坐在她臀上。雖然年輕又是異族，愛拉卻走在女巫醫的位置。大夥兒停下來，凝望巨大穴熊。牠背靠著樹皮，旁若無人地摩擦著。

這種比普通棕熊大上兩倍的大塊頭，是穴熊族最崇敬的圖騰，布倫部落的年輕人從未見過活生生的穴熊。他們的洞穴附近沒有穴熊，只有乾獸骨證明牠們曾經出沒過。那隻穴熊終於邁著沉重步伐離開，四周仍然瀰漫著牠的特殊氣味。克雷伯取下幾束附著在樹皮上的穴熊毛髮——那帶有強大的法力。

愛拉示意沃夫跟著自己退出洞穴。她瞧見手上的拋石索，苦笑地塞進腰間。拋石索怎麼對抗穴熊？那隻熊開始冬眠，並沒有因她和狼的侵入而受打擾，這讓她覺得慶幸。迅速在火堆上灑土、將火踩息，愛拉把自己的行囊馬鞍籮筐搬移洞穴遠處——幸好他們還沒拿出很多東西。她回頭去拿喬達拉的行囊，又拖走拖橇。喬達拉帶著裝滿的水袋出現時，她正要把自己的行囊挪得更遠。

「愛拉，妳在做什麼?」他問。

「洞裡有一隻穴熊。」看他面露擔憂，她又補上：「牠已經開始冬眠了，只不過在這種初冬的時候，偶爾還是會因爲受打擾而起來活動。至少大家都這樣說。」

「誰說的?」

「布倫部落的獵人。我曾經在他們談論打獵時觀察他們……有時候。」愛拉解釋，接著露齒而笑：「不只是有時候啦，我會盡可能觀察他們，尤其開始練習拋石索之後。那些男人不會注意一旁忙碌的小女孩。我知道他們永遠不會教我，只能趁他們交流狩獵經驗時，觀察他們，這是我唯一的學習方式。如果他們發現我在做什麼，可能會很生氣，但我不知道懲罰會有多嚴厲……直到後來。」

「要是有人了解穴熊，那一定是穴熊族。」喬達拉說：「妳覺得待在這附近安全嗎？」

「我不知道，但我不想待在這兒。」她說。

「妳把嘶嘶叫回來吧。我們還有時間在天黑前，找到其他落腳地點。」

他們在開闊處紮營，第二天清早就上路，想更遠離那隻穴熊。喬達拉不想花時間晾乾肉，他說服愛拉：氣溫已經低到足以讓那些肉保鮮了。他急著遠離那一帶，因爲出現一隻熊，通常代表還有更多熊。

抵達山脊頂端，他們停頓下來。空氣凜冽而清淨，四面八方的壯麗景象一覽無遺。正東方被雪覆蓋、海拔高度略低的山最爲醒目，也讓他們注意到東部山脈靠得更近，並且在周圍轉折。儘管沒有特別高，冰川覆蓋的山成爲他們北方的制高點，形成一排鋸齒狀的白色頂峰，透著一股冰川藍，烘托著蔚藍的天空。

北方覆冰的山，位在彎曲弧線的寬大外環，這兩名旅行者身處弧線最內部的山麓丘陵。四周圍繞著山脈，腳下踏著的山脊，一直延伸到形成中部平原的古老盆地北端。巨大冰川厚實的堅固冰塊，從北方向下蔓延，覆蓋了將近四分之一的陸地。末端像山一樣的冰壁，隱藏在遙遠頂峰的另一邊。西北方海拔較低，卻距離較近的高地，聳立在地平線上。北部的冰川在遠方閃閃發亮，看起來就像懸在近處高地的朦朧地平線。西方更高聳的巨大山脈則消失在雲層中。

圍繞四周的遠山宏偉壯麗，然而最驚心的景致近在咫尺。大媽河在下方的深邃峽谷轉向，河水改由西方流過來。他們從山脊俯瞰搖擺不定的上游河道，感覺自己好像也抵達了轉捩點。

「我們要橫越的冰川，就在這裡的正西方，」喬達拉語調悠悠然，似乎陷入思緒中：「我們會沿著大媽河走一段距離，之後，河道會略轉向西北，然後再轉西南，直到我們抵達冰川。那條冰川不大，只是東北有一帶地勢較高。等我們上去之後就是一片平坦了，就像是高高的大冰原。橫越冰川，我們再朝西南方前進。從這裡開始，我們基本上會一路向西，走回家鄉。」

河流在穿越石灰岩與結晶岩山脊的過程中，好像拿不定主意似的，先轉往北，再偏向南，然後又往北流，形成圓突形路徑，最後才往南流過平原。

「那是大媽河嗎？」愛拉問：「我的意思是，那就是完整的大媽河，或只是大媽河的一條河道？」

「那就是完整的大媽河，規模還是很大，只是不像我們先前看的那麼壯闊。」喬達拉承認。

「我們那時沿著河走了好久，我不知道會有這種轉變。看慣了沒完全岔開的波濤洶湧，我以爲我們是沿著一條河道走，因爲先前渡過的支流規模更大。」愛拉說著，有點失望龐大洶湧的大媽河變成只是一條大水道。

「我們因爲在高處，從這裡看大媽河顯得小了點，事實上它比妳想像中還大。」他說：「我們還有幾條大支流要渡過，有些河段會再次分支成很多河道，河流也會愈來愈小。」喬達拉默默望著西方一會兒，又補充：「現在冬天才剛剛開始，我們應該還有充裕的時間可以走到那條冰川……假如沒被其他事情耽擱。」

兩名旅行者順著高聳山脊轉往西行，沿著河灣外側緩緩前進。河流北側的高度持續增加，一直到他們抵達略偏南的圓突形河道的上方高點。西邊的陡降落差非常大，他們往北走下稍微和緩的斜坡，穿過散布的灌木叢。斜坡底的支流從東北方彎彎地繞過高突處的基部，切割出深邃的峽谷。他們往支流上游一直走到可以渡河的地點。河對岸盡是起伏的山丘，他們騎馬沿著支流再度抵達大媽河，然後繼續朝西前進。

寬闊的中部平原只有幾條支流，現在卻看到許多河流與溪流從北方注入大媽河。那天稍晚，他們又遇到另一條大支流，渡河時把腳給弄溼了。這個時節可不比夏天，就算渡河打濕了也不要緊。現在已經是冬天了，夜晚溫度會降到冰點，冰冷的水讓他們冷得發起顫來，於是決定在另一邊的河岸紮營，讓濕濕冷冷的身體暖和起來。

兩人直直朝西越過丘陵地帶，再度走在低地。這片沼澤草地不同於下游溼地，這裡的酸性土壤又濕又軟，苔蘚密密扎扎一層堆過一層，長久下來，堆積成泥炭地，形成了泥炭蘚溼地。某一天他們紮營時，無意間在一小塊乾燥泥炭上生起火來，發現泥炭可以燃燒，於是第二天便收集了一些，作為日後生火之用。

他們遇到了匯入大媽河而形成寬闊扇形三角洲的湍急大支流，決定往支流上游走一小段，看看能不能找到更容易渡河的地點。抵達支流與另一條河流會合的分岔處，兩人選擇沿著右邊的支流走，然後來到又有另一條河流交會的分岔處。馬兒輕鬆涉過較小的河，中間的支流雖然大卻容易渡過，可是中間與左側支流間的土地，有泥炭蘚的沼澤低地，很不好走。

最後一條支流比較深，渡河時沒法不打濕身體。他們在另一岸驚動了一隻有龐大掌形鹿角的巨角鹿，決定追趕牠。長腿巨鹿輕易擺脫粗壯結實的馬兒，不過快快和沃夫倒是讓牠跑得挺痛快。拉著拖桿的嘶嘶追趕不上，但經過一陣快跑，大夥兒心情都很愉快。

喬達拉掛著微笑迎著風回來，臉色紅通通的，毛皮兜帽早已往後掀開。看到他騎馬迎向自己，愛拉感受到一種愛與渴望所產生的莫名痛楚。他蓄起了淡黃色鬍子。為了臉部少受點風寒，他經常在冬天留著她一直很喜歡的鬍子。他喜歡說她美，但在她心裡，他才是美男子。

「那隻鹿可真會跑！」他說：「妳看到那對壯觀的鹿角嗎？牠的一隻鹿角鐵定有我的兩倍大！」

愛拉也露出微笑：「牠好大好壯，又好美。幸好我們沒有追上牠。對我們來說，牠也太大了。我們帶不走所有的肉，在非必要的時候獵殺牠，實在太可惜了。」

他們騎馬回大媽河，身上衣服差不多都乾了。他們還是很高興能紮營更衣。換下的濕衣服披掛在火堆附近，可以乾得更徹底。

第二天，他們動身往西前進，而後河流轉向西北方時，他們看見前方另有一道高聳山脊。那片高突地帶一路延伸到大媽河，成了幾乎從一開始就伴隨他們的指標——標示出巨大山脈的西北端，而那是他們最後會看見的高山。先前，山脈在他們西邊。當他們沿著大媽河下游繞過山脈寬闊的南緣，再從蜿蜒的中游河岸騎上中部平原時，白色山峰在他們東邊排列成一道彎彎的大弧線。他們再順著上游河段往西行，前方的山脊成爲最後的特殊地景。

他們一直往西走，幾乎走上了山脊，才又有支流匯入長河。兩人因此知道必須再一次置身河道之間。這條支流在岩岬底部從東邊匯進來，是大媽河北部河道的終點。從那裡開始，河流的這一岸是山脊，對岸是高丘。高聳岩岬基部附近，還有足夠的低地河岸，他們可以騎馬穿過。

兩人一到山脊另一面便開始渡過另一條大支流。這條支流的大山谷隔開了兩組山脈，西方的高丘是西方龐大山脈東部前沿的極東點。當山脊落到他們身後，大媽河再度分支成三條河道。他們沿著最北邊的溪流外圍河岸，穿過中部平原，往北延伸到較小窪地中的大草原。

很久很久以前，在中部窪地仍是大海的時候，這片青草茂盛的寬闊河谷、泥沼鬆軟的河邊溼地，以及北方的草地，遍布著遠古內陸水體的進水口。東部山脈鏈所形成的曲線內側，有著堅硬地殼的脆弱縫隙。從縫隙中大量流出的火山物質，結合了遠古海洋沉積物和隨風飛揚的黃土，產生了豐饒肥沃的土壤，一年四季只有冬天才會見到枯木。

強勁的北風吹颳，河邊幾棵樺樹枯枝和光禿枝幹被吹得嘎嘎作響。河岸滿布乾燥灌木、蘆葦、死去的蕨類。那裡的冰層逐漸增厚，堆積出鋸齒狀堤岸，所謂的春季大浮冰就是由這裡產生。山谷分界的北面與地勢較高處，一陣又一陣的強風，把大片挺立的灰色乾草吹得如巨浪般翻騰。而捉摸不定的狂風又闖入隱蔽南坡，搖撼雲杉、松樹的暗綠粗枝。空中的細雪四處翻飛，最後輕輕觸落地面。

天候明確轉冷，但小風雪不構成問題，馬、狼，甚至連人都習慣北部黃土大草原的乾冷及些許冬雪。唯有大雪才需要擔心，那會阻礙行進，累得馬兒疲憊不堪，而且更難找到草吃。此刻，愛拉擔心的是遠方出現的馬，而嘶嘶和快快已經注意到牠們。

喬達拉不經意回頭，看見遠方好像有煙飄出來，就在剛剛繞過山脊的河流對岸高丘上。他納悶是不是有人在附近，後來又多次轉身查看，卻沒再看到煙霧。

接近傍晚，兩人沿著一條小支流往上游走，穿越枝椏光禿的柳樹和樺樹構成的開闊林地，眼前出現了一叢石松。寒夜讓附近的平靜水潭覆上一層透明的冰，小溪邊緣也已經結凍，只有中央還潺潺流著水。他們在小溪旁紮營，飄落的乾雪染白了面北的斜坡。

自從遠遠看到其他同類，嘶嘶一直躁動不安。愛拉跟著緊張起來，決定當晚要替嘶嘶套上籠頭，用長繩拴牢在堅固的松樹上。喬達拉也將快快的引導繩綁在附近另一棵樹上。兩人收集枯死倒木，折斷攀附在松樹活枝椏下方的死樹枝。喬達拉的族人總將這種植物喚作「女人樹」，大部分的針葉樹上都找得到，它們連在最潮濕的環境都經常乾燥不濕，不需用斧頭或刀子就能採集。他們在帳篷開口外生火，把皮蓋敞開，讓熊熊的火溫暖帳篷內部。

一隻毛色轉白的野兔衝過營地，喬達拉碰巧將前幾晚製作的新標槍放在標槍投擲器上，正在檢視把手。他幾乎是瞬間投擲出去，驚訝這支以燧石而非骨頭製成的小標槍正中目標。他走過去拎起野兔，試圖拔出槍柄，但不太容易，於是掏出刀子切下槍尖，很滿意他的新標槍沒有受損。

「今晚吃兔肉吧！」喬達拉把野兔遞給愛拉：「我幾乎懷疑牠是來幫我測試新標槍的。這種標槍又輕又好用，妳一定要試試看。」

「我會的。至於這隻野兔嘛，更大的可能是我們就在牠出沒的地方紮營，」愛拉說：「但你也擲得俐落漂亮！我會想試試新標槍，不過現在得先煮兔肉。我還要去附近轉一轉，看看能不能找一些食材，讓我們的晚餐更豐富。」

她清空野兔的內臟，爲了保留冬季脂肪，沒有把兔皮剝掉，直接叉在削尖的柳枝上，架在分岔樹枝間烤火。愛拉破冰挖出幾條香蒲根、些許休眠的草蕨地下莖，用圓石在木碗裡和著水，一起搗爛，萃取強韌的纖維。她讓白色澱粉漿沉澱碗底，然後轉身翻找還有什麼其他補給品。

澱粉沉澱了，液體變得很清澈，愛拉小心倒出大部分液體，加進乾燥的接骨木藍漿果。等待漿果膨脹、吸收更多水分的同時，她剝除樺樹外皮，刮下裡面軟甜可食的形成層，放入澱粉根與漿果的混合物。她把收集來的石松毬果放在火上烤，很高興看到其中幾個受熱裂開後，裡面有硬殼大松子。

野兔已經烤熟，她剝下些許變黑的皮，用內層摩擦火堆裡的幾顆石頭，把油脂塗在上面，再拿出少量混合了漿果、香甜草蕨莖、樺樹形成層濃稠甜樹液的澱粉糰，把它放在滾燙的石頭上。

喬達拉在一旁觀看，驚訝她對植物的豐富知識。大部分人都知道上哪兒找到可以吃的植物，尤其女人。但他從沒遇過懂這麼多的人。未發酵的餅糰煮熟後，他拿了其中一個來品嘗。

「眞好吃！」他說：「愛拉，妳太厲害了。沒幾個人能在寒冬找到可以吃的植物。」

「現在還不到寒冬，喬達拉，要找東西吃沒那麼難。等地面結了一層硬梆梆的冰，那才算寒冬。」愛拉說完取下野兔，剝除焦黑酥皮，再把肉放在猛獁象牙淺盤裡，兩人開始吃了起來。

「我認爲到時候妳還是找得到東西吃。」喬達拉說。

「也許就不是植物了。」她說著，給了他一隻柔嫩兔腿。

兩人吃完野兔和香蒲根餅，愛拉把剩餘食物連同骨頭都給了沃夫。她開始泡鹿蹄草茶，照例加了少許樺樹形成層，隨後拿起火堆邊的松毬。他們坐在火堆旁喝茶，用石頭、有時也以牙齒弄碎松子，配著茶吃。用餐完畢，兩人為第二天提早上路預作準備，確認兩匹馬安然無恙後，躺進溫暖獸皮被裡，安安穩穩睡著了。

愛拉俯視洞穴綿長蜿蜒的通道，一排火照亮了路徑，垂掛的美麗鐘乳石映著火光，其中一個看起來像平滑的長馬尾。她往前靠近，灰黃色的動物嘶鳴著，颼颼搖動暗色尾巴，彷彿在招引她。她動身跟隨，但岩洞轉暗，四處充滿了石筍。

她低頭留意腳步，抬起頭時，發現招引她的其實不是馬，似乎是個男人。她努力想看清楚，吃驚地看見克雷伯踏出陰影。他示意她繼續走，催促她快點跟上，然後轉身一跛一跛走遠了。

她準備跟隨克雷伯，卻聽見馬嘶聲，環顧四周尋找黃色母馬，看到暗色馬尾沒入一群同樣是暗色馬尾的馬群。她追了上去，但馬群化為平滑石頭，繼而轉成錯落的石柱。她回頭一看，克雷伯已經消失在漆黑的隧道。

她一路追到分岔處，不知道克雷伯走哪條路。慌亂中左看右瞧，最後挑了右邊那條，發現有個男人站在中央阻擋她的去路。

是傑倫！他岔開雙腿占住整個通道，手臂交叉，搖搖頭表示「不可以」。她央求著要過去，他卻聽不明白，用雕刻的短棒指著她身後的牆。

她轉過頭，看到暗黃色馬匹奔馳，後面有個黃髮男子追趕。突然間，男子被馬群團團圍住而不見蹤影，她恐懼得整個胃糾結起來。她跑向他，聽見了馬嘶聲。克雷伯在洞口急切地招手，要她快一點，否則就太遲了。砰砰馬蹄聲愈來愈響亮，她聽見馬兒嘶鳴，還另有一匹馬尖聲鳴叫。她整個人陷入了驚恐。

愛拉驚醒，喬達拉也跟著起身，因爲帳篷外出現了騷動。馬兒嘶鳴，蹄腳重重踩踏著，兩人聽見沃夫咆哮，接著傳出痛苦吠叫。他們掀起被子，衝出帳篷。

外頭一片漆黑，只有銀白色月亮射出些許光線。他們什麼也看不見，只聽出松樹林裡不只有他們那兩匹馬。愛拉循著馬聲跑過去，絆到裸露的植物根，重重摸倒在地。

「愛拉！妳還好嗎？」喬達拉緊張地探問。他只聽見倒地聲，急得在黑暗中搜尋她。

「我在這兒，」她粗聲喘著氣回答。她感覺到身體壓著雙手，扭動身子試圖爬起來。馬聲迅速遠離，她撐起身體站起來，兩人跑向拴馬的地方，嘶嘶不見了！

「牠走了。」愛拉大喊，吹起口哨，叫喚牠的名字，遠方傳來馬嘶回應。

「是嘶嘶！牠跟著那些馬走了，我得去帶牠回來。」女人快步尾隨馬兒，在黑暗中跌跌撞撞闖進了樹林。

喬達拉沒走幾步便趕上來：「愛拉，等一等！我們不能現在去。天這麼黑，妳連自己的腳步都看不清楚。」

「我得去帶牠回來，喬達拉！」

「明天早上我們一起去。」他摟著她說。

「到時候牠們就走遠，找不到了。」她哀號。

「天一亮，我們可以追蹤地上的足跡找上牠們，把牠帶回來。愛拉，我保證我們會把牠帶回來。」

「噢，喬達拉，沒有嘶嘶，我怎麼辦？牠是我的朋友。有好長一段時間，牠是我唯一的朋友。」愛拉被他說服了，卻也崩潰地痛哭著。

男人擁著她，任由她哭了一陣子。他提醒她：「現在我們要去看看快快是不是也不見了。還有，我們也得找到沃夫。」

愛拉陡然想起聽見沃夫痛苦吠叫，開始擔心牠和年輕種馬。他吹口哨召喚沃夫，然後發出用來叫喚馬兒的聲音。

兩人先聽見馬嘶聲，接著是一陣哀鳴。喬達拉去找快快，愛拉循著沃夫的痛苦嗚聲找到牠，伸手安撫，感覺到濕濕黏黏的。

「沃夫！你受傷了！」她想把牠抱到火坑旁，重新生火看個仔細。她承受著牠的重量，一步一步蹣跚而行。牠疼痛吠叫，掙脫她的懷抱站起來，自己走回營地。她知道那費了牠好大一番力氣。

喬達拉牽著快快返回營地，愛拉正在努力把火挑旺。「繩子拉住了牠。」他說著。他已經習慣用強韌的繩子控制快快，因爲他一直無法像愛拉駕馭嘶嘶，那麼輕鬆地控制牠。

「眞高興快快沒事。」她說著摟摟快快的脖頸，再退後一步仔細檢查，以防忽略了任何傷口。「喬達拉，我爲什麼不用更堅固的繩子呢？」愛拉對自己生起氣來：「如果我小心一點，嘶嘶就不會跑走了。」她和母馬關係親密，嘶嘶是她的朋友，會心甘情願照著她的期望去做，所以愛拉只稍微用繫繩拴好，避免牠遊盪得太遠，一直以來這樣也就夠了。

「愛拉，這不是妳的錯。那群馬不是在追蹤快快，牠們要的是母馬，不是種馬。如果不是受到那些馬召喚驅使，嘶嘶是不會走的。」

「可是我知道這裡有馬，就應該想到牠們會來找嘶嘶。結果，牠走了，連沃夫都受了傷。」

「傷勢嚴重嗎？」喬達拉問。

「我不知道，」愛拉說：「我摸摸牠，想確認傷勢。但是牠太痛了，可能是肋骨嚴重瘀傷，或者斷了。牠一定是被踢到。我會先幫牠止痛，早上再試著檢查……在我們去找嘶嘶之前。」她突然撲向他。「喬達拉，假如找不到牠怎麼辦？要是我就這樣永遠失去牠，怎麼辦？」她哭喊。

第二十五章

「愛拉，妳看。」喬達拉說著，單腳屈膝檢視布滿馬蹄印的地面。「那整群馬昨晚一定來過這兒，足跡很清楚。我跟妳說過，天亮就容易追蹤牠們。」

愛拉低頭看看足跡，接著抬頭望著馬群可能前往的東北方。他們靠近小樹林邊緣，她可以遠遠望著開闊的綠草原，但再怎麼努力也看不到一匹馬。她心想，這裡的足跡是很清楚，可是到底要走多遠才能追上牠們？

自從被那陣騷動吵醒，發現最親愛的朋友不見了，這個年輕女人一直都沒睡覺。她在天才剛剛破曉，由漆黑轉亮成紫藍色就起身，不過那時天色還是太暗，什麼也看不清楚。她挑旺火堆，開始煮水泡茶，天空也逐漸轉爲愈來愈淺的藍。

沃夫悄悄走近時，她專注凝望著火焰，牠藉由哀鳴才喚起注意。她趁機仔細檢查牠，雖然徹底診察觸摸讓牠很畏縮。還好，最後發現骨頭沒斷，她覺得很感激，雖然瘀傷已經夠糟了。早茶泡好不久，喬達拉也醒來了，但天還是不夠亮，沒法搜尋足跡。

「我們動作快點，立刻出發，才不會落後牠們太遠。」愛拉說：「可以把所有東西都堆到碗形船上面……不對……不能這麼做。」她忽然意識到，少了她要找的嘶嘶，他們不可能這樣打包上路。「快快還沒學會拉拖桿，所以我們不能帶拖橇或碗形船，連嘶嘶的行囊馬鞍籮筐都帶不了。」

「要趕上那群馬，我們得一起騎快快，那代表我們甚至無法帶牠的行囊馬鞍籮筐。我們要把負載減少到最精簡。」喬達拉說。

兩人停下來思索失去斷斷後面臨的新處境，了解必須做出困難的抉擇。

「假如我們只帶鋪蓋捲和充當矮帳篷的鋪地布，把它們捲在一起，我們騎快快時，應該可以放在後面。」

「矮帳篷應該夠了。」愛拉表示認同。「跟部落獵人出去，我們也只帶矮帳篷。到時候就用木棒支撐前面，再找岩石或粗骨頭壓住邊緣。」她開始回想先前和幾個女人陪伴男人們打獵的時光。「除了打獵用的標槍，所有東西都由女人攜帶，而且我們必須快一點才能跟上男人們，所以只好輕裝上路。」

「妳們還帶了什麼？妳覺得我們能多輕便？」喬達拉的好奇心被激起了。

「我們需要生火用具和一些工具，用來砍木柴或支解獸骨的斧頭。我們也可以燒乾糞、草，但要有東西切斷草莖。通常就是一把剝皮刀和一把切肉的利刃。」愛拉開始細數。她不僅想起和獵人同行的時光，也想到離開部落獨自旅行的情景。

「我會戴有套環的腰帶，把斧頭、象牙把手刀掛在上面，」喬達拉說：「妳也應該戴上腰帶。」

「挖掘棒永遠派得上用場，而且可以用來撐起帳篷。還要多帶幾件溫暖衣物，不但可以應付天候變冷，也可以遮蓋食物。」她繼續說。

「多帶一套靴子襯裡，好主意！束腰上衣、褲子、露指皮手套……如果有必要，我們可以把獸皮被直接裹在身上。」

「一兩個水袋……」

「水袋也可以繫在腰帶上，假如天氣太冷，水袋貼掛身體就不會結凍了。還有，要帶足夠的細繩，用來編製纏繞手臂的套環。」

「我需要醫藥袋，或許也應該帶不占空間的編織工具，還有拋石索。」

「別忘了標槍投擲器和標槍。」喬達拉補充，「妳覺得我應該帶敲燧石的工具，或者燧石毛坯嗎？

萬一刀子或什麼東西壞了？」

「我們帶的東西不能超過我能負荷的重量……啊，如果有背負籮筐就好了。」

「要背也應該由我來背，」喬達拉說：「可是我沒有背筐。」

「我確定我們能做出背具，也許可以利用行囊馬鞍籮筐和繩子或細皮帶來做。不過如果由你背，我怎麼坐在你後面呢？」愛拉問。

「可是我要坐在後面……」兩人相視而笑。他們連怎麼騎馬都必須講清楚、做出決定，而且各執己見。喬達拉注意到整個早上愛拉第一次露出笑容。

「你得控制快快，所以我必須坐後面。」愛拉說。

「妳在前面我也能控制牠，」這個男人說：「假如妳坐在後面，妳就只看得到我的背。我不認為你看不見前方會開心，而且我們倆都得留意足跡。在堅硬地面或者有其他痕跡把足跡弄模糊了，那就比較難追蹤。更何況妳比我更擅長追蹤。」

愛拉笑得更燦爛了：「你說的對，喬達拉。我不知道自己能不能忍受看不到前方。」明白他和她一樣憂心要追蹤馬兒的足跡，甚至顧慮到她的感受，她內心滿溢著愛意，瞬間熱淚盈眶。

「別哭，愛拉，我們會找到嘶嘶的。」

「我不是因為嘶嘶哭，而是想到自己有多愛你，眼淚忍不住冒了出來。」

「我也愛妳。」他說著，伸手抱她，感覺喉頭哽塞。

他懷裡的她突然在他肩上啜泣，淚水一部分也是因為嘶嘶。「喬達拉，我們一定要找到牠。」

「會的，我們會一直追蹤到發現牠為止。現在妳就幫我做個背包，讓我可以把標槍投擲器和標槍放在外側，方便取用。」

「那應該不難。我們當然也得帶點旅行乾糧。」愛拉說，用手背抹了抹眼睛。

說。

「你覺得我們要帶多少？」他問。

「看狀況。我們會去多久呢？」她問。

這個問題使兩人都頓住了。他們會去多久？找到嘶嘶並帶牠回來，這會花多少時間？

「說不定幾天內就能追上那群馬，找到嘶嘶。但我們或許應該帶足半個月亮周期的分量。」喬達拉說。

愛拉停頓了一下，思索那個數字代表的意思。「那多於十天，或許和三隻手的手指一樣多，也就是十五天。你覺得要那麼久嗎？」

「不，我不認爲，但是有備無患啊。」喬達拉說。

「我們不能拋下這個營地那麼久，」愛拉說：「會有動物毀了這裡，狼、鬣狗、狼獾或熊……不對，熊在冬眠。總之，那些動物會咬爛帳篷、碗形船、所有皮革和食物。我們該怎麼處理那些帶不走的東西？」

「讓沃夫留下來看守營地，妳覺得怎麼樣？」喬達拉皺起眉頭說：「如果妳要牠待著，牠不會照辦嗎？何況牠已經受傷了，留下來休息不是比較好嗎？」

「對，這對牠比較好。可是牠不會一直待著，很可能只待一段時間。假如我們一整天都沒回去，牠就會來找我們。」

「也許我們可以把牠綁在營地附近……」

「不！牠痛恨被綁！」愛拉驚呼：「喬達拉，你不會喜歡被迫待在你不想待的地方！何況如果眞的有狼或其他動物過來，很可能會攻擊牠，可是牠卻不能對抗或逃走。我們只能想其他方法，保護那些東西。」

兩人默默走回營地，喬達拉有點懊惱，愛拉則持續擔憂著。兩人還在設法想出怎麼處置他們留下的物品。走近帳篷時，愛拉靈機一動。

「我有個主意，」她說：「也許我們可以把所有東西都放進帳篷，然後把帳篷封起來。我還有一些用來避免沃夫亂咬的驅狼劑，徹底軟化後塗在帳篷上，或許能阻止一部分動物靠近。」

「也許可以，至少能維持一陣子，就算下雨，也要一段時間才會被沖刷掉。可是，驅避劑不能阻止動物在帳篷底下挖洞。」喬達拉頓了一下：「我們何不把所有東西收攏，用帳篷包起來？妳再塗上驅避劑……但我們不該就把帳篷放在地上。」

「嗯，我認爲必須讓帳篷遠離地面，就像處理肉一樣。」愛拉以更興奮的語氣接著說：「也許我們可以掛在木竿上，用碗形船罩住，還可以擋雨呢。」

「好主意！」喬達拉說，然後又頓了一下。「不過穴獅可能撞倒木竿，那些堅持不肯放棄的狼或鬣狗也一樣。」他環顧四周想辦法，注意到一大叢懸鉤子中央，蔓生出布滿尖刺的無葉長莖。「愛拉，」他說：「妳覺得我們能不能把三根木竿插在那些懸鉤子中間，將木竿中段捆在一起，放上包起的帳篷，再用碗形船整個罩住？」

他說話的時候，愛拉綻開微笑：「我們可以先小心割下一些莖，然後靠近去，把木竿插上去、捆好，再把東西放上去，最後將那些莖縫回去。小動物還是接觸得到帳篷，不過牠們大多在冬眠，或者待在巢穴過冬。那些尖刺可以避免大動物靠近，連獅子都會避開尖刺。喬達拉，我想這個辦法行得通！」

挑選少數必須攜帶的物品，這需要深思熟慮。他們決定多帶一點燧石、少許基本處理燧石的工具、些許備用的繩子和細皮帶、盡可能多的食物。愛拉從行李翻找出當初被獅營收養時，塔魯特贈送的猛獁象牙匕首和特殊腰帶。腰帶上穿有細皮帶，拉出來可以當作套環，攜帶東西，尤其那把匕首。除此之外，還可以把其他實用的東西掛上去，方便取用。

她把腰帶繞過臀部，繫在毛皮外衣上，拿出匕首東看西看，考慮要不要帶。雖然匕首尖端非常鋒利，但儀式性多於實用性。馬木特以這種匕首畫開她的手臂，用沾了血的匕首，在她脖子上掛的象牙飾板刻記號，將她納爲馬木特伊氏的一份子。

她也看過用類似匕首的尖端在皮膚上刺青，再用梣木黑炭塗抹刺青形成的傷口。她不知道梣木有天然殺菌效果，能有效抑制感染。告訴她這個方法的馬木特似乎也不太清楚爲什麼有這種功效。她只清楚知道，刺青時只能用燒過的梣木來塗黑傷痕。

愛拉把匕首放回生皮鞘，掛在腰帶上，接著拿起另一個皮鞘，裡面的象牙把手小燧石刀極爲銳利，是喬達拉爲她做的。她將皮鞘穿進腰帶的套環，再把他給的短柄斧把手穿進另一個套環，石製斧頭也包在皮革裡加以保護。

她判定標槍投擲器沒理由不掛在腰帶上，也隨手把拋石索塞進腰帶，最後綁上裝有拋石索需要的石子囊袋。愛拉覺得腰帶沉甸甸的，不過在只能攜帶極少東西時卻很方便。她把自己的標槍和喬達拉已經裝進背包的標槍放在一起。

兩人花了比想像中還久的時間決定要帶什麼，又花了更多時間妥善存放留下來的東西。愛拉憂心行程耽擱太久，到了中午，他們終於騎上馬兒離開。

出發之後，沃夫起初跟在他們旁邊小跑步，但很快就落後，顯然因爲疼痛。愛拉擔心牠，不確定牠能走多遠或多快，決定讓牠以自己的步伐跟隨。假如牠跟不上，就得趁他們停下來時追上。兩隻動物都令她擔心，還好沃夫就在身旁，雖然受了傷，她確信牠能復原。而嘶嘶可能去任何地方，他們耽擱愈久，牠可能離得愈遠。

他們循著馬群足跡，大致朝東北方走了一段距離。接著足跡無端端地改變了方向，兩人超過轉向處，一度認爲他們跟丟了。他們掉頭往回走，再度找到足跡往東走，時間已經是下午稍晚了。兩人在接近黃昏時來到河邊。

那群馬顯然渡了河。這時，四周昏暗，看不清楚馬蹄印，兩人決定在河邊紮營。問題是要紮在哪一側河岸？如果他們現在就渡河，早上之前濕衣服可能已經乾了。然而，愛拉擔心如果在沃夫追上他們之前渡河，牠會找不到他們，於是決定就地紮營等牠。

他們的裝備精簡，營地因此搭得簡陋。一整天下來，他們只看到足跡，沒看到馬群。愛拉開始擔心他們可能追錯了馬群，也擔心沃夫。喬達拉試圖安撫她，可是一直到夜空布滿了星星，沃夫都沒出現。愛拉非常擔憂，守候到很晚很晚。喬達拉終於說服她一起躺進獸皮被裡，她雖然累了卻還是睡不著。就在幾乎打起盹來，她感覺到濕冷的鼻子磨蹭著自己。

「沃夫！你辦到了！你來了！喬達拉，你看！沃夫來了。」愛拉興奮地大喊，感覺牠在懷中瑟縮。喬達拉很欣慰，也很高興看見牠，雖然他認為自己的開心大部分是因為愛拉，她總算可以小睡一下了。不過她先起身，拿出預留給牠的晚餐，由乾肉、植物根和旅行食物塊燉煮成的。

她在稍早前把乾柳樹皮茶混入一碗水，準備給沃夫喝。牠渴得舔光具有止痛功能的整碗水，蜷縮在鋪蓋捲旁。愛拉用一隻手臂環抱著牠沉沉睡去。喬達拉依偎在她身旁，用一隻手臂抱著她。在冰冷無雲的夜裡，他們和衣而睡，只脫掉靴子和毛皮外衣，沒有費事再搭矮帳篷。

第二天早上，愛拉認為沃夫有好轉的跡象，但還是從水獺皮醫藥袋拿出更多柳樹皮，熬汁後加進牠的食物裡。他們全都得渡過冰冷的河，她不確定那對沃夫的傷勢會有什麼影響。也許牠會受凍過度，可是另一方面，冷水或許能舒緩傷口疼痛和內部瘀傷。

這個年輕女人不急著過河，並不是她害怕浸在冷水裡。實際上，她經常在更冷的水裡洗澡，她只是不想在近乎冰凍的空氣中，穿著溼褲子和腳套。正要纏緊高筒靴上半部類似鹿皮的皮革時，她突然改變了心意。

「我不要穿靴子下水，」她宣告：「我寧願不穿鞋，把腳弄濕，過河後至少還有乾腳套可以穿。」

「這主意好像不錯。」喬達拉說。

「事實上，我也不打算穿這些。」愛拉說著，脫掉褲子站在那裡，束腰上衣以下都是赤裸的。喬達拉露出了微笑，想要做追蹤馬兒以外的事情。但他知道愛拉太擔心嘶嘶，不會想調情。

儘管看起來滑稽，他得承認她的想法很聰明。這條河並不特別大，雖然看起來湍急，他們還是可以光著下半身騎快快渡河，抵達對岸後再換上乾衣服。這麼做不僅比較舒服，也可以縮短受凍的時間。

「愛拉，我想妳是對的，最好不要弄濕這些。」他說著也脫下腿套。

喬達拉背起背包，愛拉則抓住鋪蓋捲，確保不會弄濕。這個男人覺得下半身赤裸騎上馬有點愚蠢，但兩腿間感覺到愛拉的肌膚，使他不再介意。她注意到他的想法所產生的明顯結果，倘若不是如此迫切需要趕路，她也可能想多待一會兒。她暗自想著下回兩人也可以純粹爲了好玩共騎一匹馬，但現在不是找樂子的時候。

褐色種馬闖過邊緣的覆冰，進入了冰冷溪流。水勢湍急，而且很快就深及大腿中段，馬兒依然站穩了步伐，因爲水深還不足以讓牠必須游泳渡河。兩人騎在快快身上，剛開始設法彎起腿來遠離河水，但很快就對冷水失去知覺。大約到了河中央，愛拉轉頭搜尋沃夫，牠仍在河邊來回踱步，一如往常般不肯跳進水裡。愛拉不斷吹口哨鼓勵牠，終於看見牠跳下去。

兩人順利抵達對岸，途中始終覺得冷，再加上下馬後，寒風吹著溼淥淥的腿，更無助於緩解寒冷。他們用手撥去大部分的水，連忙穿上褲子及氈合了柔軟羚羊毛襯裡的鹿皮靴。這是夏拉木多伊人的臨別贈禮，此刻讓他們格外感激。兩人的腿和腳在恢復溫暖的過程中有些刺痛。沃夫游到岸邊，爬上堤岸，甩甩身子。愛拉確認牠的傷勢沒有因爲在冷水裡游泳而惡化。

他們輕易找到足跡，重新騎上年輕種馬。沃夫再次設法跟上，但很快又落在後頭。愛拉憂心看著牠愈來愈落後，前一晚牠找到他們，稍稍減緩了她的恐懼。她安慰自己，牠也經常獨自去狩獵或四處探索，而且總能追上他們。她不願丟下牠，但他們必須找到嘶嘶。

他們終於遠遠看到馬群，這時已經是下午過了一大半。隨著一步步接近，愛拉努力想在馬群中找出她的朋友。她覺得自己好像看見熟悉的乾草色皮毛，但又不太確定，畢竟毛色相近的馬太多了。當風把他們的氣味吹向馬群，牠們很快便離開了。

「這些馬從前曾被獵捕過。」喬達拉評斷，卻慶幸及時忍住，沒有大聲說出他接下來想說的：這一帶必定有人類偏愛馬肉。他不想加深愛拉的不安。馬群迅速遠離了載著兩人的年輕種馬。他們繼續往前追蹤足跡，暫時也只能這麼做了。

那群馬因爲某種原因轉往南方，重新朝大媽河前進。不久，地面開始向上傾斜，變得崎嶇多岩石，草也更稀疏。兩人一直走到高於其他地帶的寬闊空地，看見下方濺著水花的河水，才領悟他們所在的高原，就位於幾天前曾繞過邊緣的高突處頂端。他們渡過的河在注入大媽河之前，緊緊依著高突處的西面流過。

馬群開始吃草，他們趁機靠得更近。

「牠在那裡，喬達拉！」愛拉興奮地指著某一匹動物。

「妳確定嗎？那裡有幾匹馬顏色很相近。」

雖然牠的毛色和其他馬類似，這個女人太清楚她的朋友獨特的體型，一點都不懷疑自己會認錯。她吹起口哨，嘶嘶抬起頭張望。「我就說吧，是牠！」

她再吹了一次口哨，嘶嘶開始走向她。一匹優雅而略暗的灰黃色領群大母馬，看見新成員離開，立刻繞到前面阻攔，馬群種馬也過來助陣。這匹令人驚豔的淡黃色大馬有著又高又直的銀色鬃毛，灰色條紋延伸到背部，滑順的銀色馬尾颼颼揮動著，看起來近似白色，牠的下半截馬腿也呈現銀灰色。牠囓咬嘶嘶的踝關節，把嘶嘶趕向其他緊張好奇的母馬，然後慢跑回來，挑戰年輕種馬。牠先用前蹄扒地，接著以後腿站立嘶鳴，挑釁快快上前跟牠較量一番。

褐色的年輕種馬恐懼地退開，牠的人類同伴無法誘使牠靠得更近，覺得十分挫折。牠從安全距離外呼叫母親，兩人聽見嘶嘶回應出熟悉的嘶聲，雙雙下馬商討對策。

「怎麼辦，喬達拉？」愛拉哀號：「牠們不讓牠走。我們怎麼去帶牠？」

「別擔心，我們辦得到。」他說：「必要的話，可以用標槍投擲器，但我不認爲有需要。」他的保證安撫了她。她沒有想過使用標槍投擲器，非到必要，她並不想殺馬。可是，爲了帶回嘶嘶，她願意做任何事情：「你有什麼計畫嗎？」

「我非常確定這群馬先前被獵捕過，因爲牠們怕人，而這是我們的優勢。那匹種馬可能認爲快快想要挑戰牠，所以才和那匹大母馬合作，避免牠搶走牠們的成員。我們必須把快快帶開。」喬達拉開始述說他的策略：「妳吹口哨召喚，嘶嘶就會過來。如果我能讓那匹種馬分心，妳就可以協助牠避開大母馬，直到妳靠近到能騎上牠。假如妳對大母馬喊叫，甚至在牠推擠嘶嘶時用標槍戳牠，我想牠會跟嘶嘶保持距離，一直到妳騎遠。」

愛拉寬慰地微笑：「聽起來很簡單。那快快呢？」

「往回走一小段路，那裡會有一塊岩石，附近長了幾棵灌木，我可以把牠拴在樹上。要是牠眞的抗拒，灌木會撐不住。不過牠已經習慣被綁著，應該會乖乖待在那裡。」喬達拉牽著年輕種馬的引導繩，大步往回走。

兩人走到那塊岩石，喬達拉說：「來，帶著妳的標槍投擲器和一兩根標槍。」他卸下背包：「我要暫時把背包留在這裡，行動才不會受到限制。」他從固定套裡拿出自己的投擲器和標槍：「一旦帶回嘶嘶，妳就可以帶快快回來找我。」

高地從東北向西南轉折，北邊的斜坡和緩，靠近東邊則陡峭得多。西南端突出像懸崖，大幅陡降的西側，面向著他們先前渡過的河流。然而，靠近南邊及大媽河，有一道垂直下降的高聳絕壁。兩人回頭走向馬群。這時天氣晴朗，儘管早已過了正午，太陽仍高掛天空。他們從陡峭的西緣眺望，嚇得連忙退開，害怕一個失足或絆倒，不小心摔了下去。

更接近吃草的馬群時，他們停下來設法尋找嘶嘶。這群馬包括了母馬、小馬、滿一歲的馬，全都集中在一片高度及腰的乾草中吃草。只有種馬略微遠離了其他的馬，一邊吃草，一邊警戒著。愛拉彷彿看見她的馬在偏南邊的遙遠後方。她吹起口哨，灰黃色母馬抬起頭，開始朝著她走過來。喬達拉手裡拿著標槍投擲器，標槍也準備就緒，他緩緩移向淡黃色種馬，試圖走到牠和馬群之間。這時愛拉已經走向母馬群，決心把嘶嘶帶回來。

她努力接近嘶嘶，其中幾匹馬停止吃草，抬起了頭，卻沒注視她。忽然間，她感覺有點不對勁，環顧四周尋找喬達拉，意外看見了一縷煙，接著又看到另一縷。她注意過這股煙味，乾草原中有幾處著了火，透過煙霧，她忽然看見幾個身影。他們大叫著揮舞火炬，衝向馬群，把牠們趕往空地邊緣的陡降處，而嘶嘶也在其中！

馬兒開始驚慌起來，她彷彿在尖叫聲中聽見另一個方向傳來熟悉的馬嘶。她往北看過去，發現快快身後拖著引導繩，匆匆跑向馬群。爲什麼牠會掙脫繩子？喬達拉在哪裡？空氣中不僅充滿了煙，也讓她感覺情勢緊張，嗅出馬兒逃離火源時，散播著一股恐懼。

馬兒在四周推擠，她已經看不到嘶嘶，只見快快驚慌失措地急奔而來。她吹出又長又響亮的口哨，並快步衝向牠。快快減緩速度，朝著她跑過來，耳朵朝後平貼，嚇得眼睛打轉。她伸手去抓從牠籠頭垂下的繩子，拉著牠掉頭。馬群往牠周圍逃竄，牠尖叫著揚起前蹄。愛拉手中的繩子在牠用力拉扯下變得發燙，但她緊緊握著，死也不肯放。牠放下前蹄時，她趁機抓住牠的鬃毛，迅速躍上馬背。

快快再度揚起前蹄，愛拉差點摔下來，幸好她抓牢了。這匹馬依然充滿了恐懼，但因為習慣背上負重，更何況這個熟悉女人騎在背上，對牠有安撫的作用。牠鎮定下來繼續奔跑。無奈的是，她很難控制喬達拉訓練的馬。雖然騎過快快幾回，知道這匹馬了解的信號，她卻不習慣用籠頭或繩子控制馬。喬達拉能熟練地使用籠頭和繩子，讓種馬明白他明確而篤定的指令。愛拉剛開始試探性的嘗試，讓快快反應不過來。她一邊設法安撫快快，一邊搜尋嘶嘶。由於迫切想找到她的朋友，愛拉分神了，無法專注地查看路況。

奔跑的馬群聚集在四周嘶鳴尖叫，她的鼻腔吸滿了馬兒吐露的恐懼氣息。她又吹出響亮刺耳的口哨，不確定聲音能不能穿透喧囂，而且她知道馬群奔跑的衝勁非常強大。

突然間，在朦朧煙塵中，愛拉看見一匹馬緩緩離開，似乎沒有感染到火帶來的恐慌。牠逐漸跑過身旁驅趕的馬兒，雖然牠的毛色與令人窒息的空氣顏色相同，愛拉知道那是嘶嘶。她又吹起口哨鼓勵牠，看見她至愛的母馬遲疑地停下來。嘶嘶跟隨馬群一同奔跑的本能依舊強烈，但那哨音向來代表著安全和愛。何況牠沒那麼怕火，因為牠生長在有煙味的環境，那象徵人類就在附近。

愛拉看到嘶嘶站在原地，其他馬匹擦身而過，或在試圖避開時撞上牠。女人驅策快快前進，但母馬開始回頭走向女人。看似一塵不染的淺色馬匹驟然出現，這頭大種馬試圖阻攔牠，對快快大聲叫囂。即使情況危急而充滿恐懼，牠也想讓新來的母馬遠離更年輕的公馬。這一次，快快也回以大聲嘶叫，騰躍並用前蹄扒地，動身走向那匹更大的動物。激動與興奮，讓快快完全忘了自己年輕又缺乏對抗成熟種馬的經驗。

不知道是突然改變心意，或者感到恐懼，那匹種馬轉身踩著重步離開，嘶嘶跟隨過去，快快也急忙追趕。馬群愈跑愈靠近懸崖邊緣，一旦墜下，必死無疑，不論是乾草色母馬、牠所生的年輕棕色種馬，或是騎在種馬背上的女人，全都會在馬群帶領下衝向懸崖！愛拉堅決地在嘶嘶面前拉住快快，讓牠停下來。牠恐慌地嘶鳴，想和其他同類一起奔跑，卻受控於這個女人，以及被訓練要服從的指令。

然後，所有的馬轟隆隆地衝過她身旁。當嘶嘶與快快還站在那裡嚇得發抖，最後一匹馬從懸崖邊緣消失。愛拉因馬兒遙遠的嘶鳴尖叫而顫慄不已，接下來的寂靜更使她震驚。嘶嘶、快快、她自己都有可能和牠們一起摔下去。她為這千鈞一髮的一刻，深深吸了一口氣，然後轉頭搜尋喬達拉。

她沒看到他。風吹向空地西南緣，而烈焰彷彿自有主張，往東南方蔓延。她四處張望，卻不見喬達拉的蹤影。愛拉和兩匹馬孤零零站在煙霧瀰漫的空地，感覺喉頭湧起了恐懼與焦急，喬達拉怎麼了？

她滑下快快的背，手裡握著牠的引導繩，然後輕鬆躍上嘶嘶的背，回到兩人分開的地方。她仔細查看那一帶，來回走動尋找足跡。地面上滿布了馬蹄印。她從眼角瞥見某樣東西，跑去看那是什麼，撿起喬達拉的標槍投擲器時，她嚇得心臟差點吐出來。

她定下心神仔細查探，看出那些腳印顯然屬於許多人，其中清楚可見喬達拉的大腳穿著破舊靴子所留下的腳印。她在他們紮營的地方看過太多這種腳印，不可能弄錯。接著，她看見地上有深色髒污，伸手觸摸，指尖染上了紅色血漬。

她張大眼睛，喉嚨又湧現恐懼。她定定站著，避免攪亂足跡。愛拉仔細環顧四周，想辦法拼湊出到底怎麼回事。這個經驗豐富的追蹤者以她訓練有素的眼睛，很快就看出有人傷害了喬達拉，把他拖走。她循著足跡往北走了一陣子，記住周遭環境，以便再次回頭尋找足跡。她手裡緊握快快的繩子，再騎上嘶嘶的背，轉往西行，準備回去拿背包。

愛拉滿臉怒氣往西方騎去，極度憤怒的皺著眉頭，清楚表露她的感受。她必須把事情想清楚，決定該怎麼做。有人弄傷喬達拉，還帶走了他，而沒人有權力那樣做。也許她還不完全了解異族的行為模式，但她知道那樣的行為是不被允許的，也知道自己必須把他帶回來，雖然還不知道該怎麼做。

看到背包一如他們離開時傾靠著岩石，她鬆了一口氣，倒出所有東西，做了些許調整後，讓快快背在背上，接著又忙著打包起來。那天早上她脫下笨重的攜物腰帶，把所有東西塞進背包。她拎起腰帶，檢查套環裡的儀式用銳利匕首，意外被刀尖刺傷了。愛拉凝視冒出來的小血滴，有一種想哭的衝動。如今有人帶走了喬達拉，讓她又得孤零零獨自面對一切。

她陡然繫上腰帶，把匕首、刀子、短柄斧、狩獵武器塞回去。他不會離開太久的！她把帳篷放在快快背上，自己帶著鋪蓋捲。誰曉得會碰上哪種天氣？她也隨身帶了一個水袋，然後拿出一塊旅行食物，坐在岩石上。她並不飢餓，只知道要追蹤足跡找到喬達拉，必須維持旺盛的精力才行。

除了失蹤的男人，她也一直擔憂失蹤的狼。在找到沃夫之前，她沒辦法就這樣離開去尋找喬達拉。不只因爲牠是她所愛的動物夥伴，她也需要牠來追蹤足跡。她希望牠會在傍晚前現身，思考著沿原路往回走能不能找到牠。但假如牠去狩獵了呢？她可能錯過牠。儘管心煩意亂，她還是決定等待。

她設法靜下來想想自己能做什麼，卻連可行的方向也想不出來。傷害人，並把他帶走，這種行爲對她來說太不可思議，她很難再多想下去，因爲這完全不合邏輯。

聽見哀鳴聲後傳來吠叫，打斷了她的思緒。她轉頭看見沃夫跑過來，顯然很高興看到她，讓她大大鬆了一口氣。

「沃夫！」她高興地大叫：「你辦到了，而且比昨天還快！你好點了嗎？」慈愛地問候完，她仔細檢查牠，很高興再次確認牠雖然瘀傷，但骨頭沒斷，而且似乎好轉了許多。

她決定馬上出發，趁天色還亮時重新找到足跡。她把快快的引導繩綁在固定嘶嘶馬墊的皮帶上，然後騎上母馬，召喚沃夫跟隨，開始回頭朝足跡前進，一路騎到她發現腳印、標槍、血跡的地方。地面上的血污此刻變成略帶褐色的污跡，她下馬再次檢視這個區域。

「我們必須找到喬達拉，沃夫。」她說。這隻動物疑惑地看著她。

她乾脆坐在地上，更仔細查看腳印，努力辨識，估計有多少腳印，並記住大小和形狀。沃夫等在一旁，坐著凝視她，覺察有不尋常且重要的事情。最後她指指血漬。

「有人傷害了喬達拉，把他帶走。我們必須找到他。」這隻狼嗅聞血跡，搖搖尾巴吠叫。「那是喬達拉的腳印。」她指著足跡中較大的清楚腳印。沃夫再次嗅聞她所指的地方，然後望向她，彷彿在等待下一步指示。「他們帶走了他。」這回她指著其他人類足印。

她突然站起來走向快快，從快快背上的行囊取出喬達拉的標槍投擲器，蹲下來讓牠嗅聞。「我們必須找到喬達拉，沃夫！有人帶走他，我們要去帶他回來！」

第二十六章

喬達拉緩緩意識到自己醒著，謹慎地躺著不動，直到他理清楚到底哪裡不對勁，他知道一定是出了問題。他的頭抽痛。他把眼睛睜開一條縫，光線很微弱，卻看得見自己躺在厚厚的冰冷灰塵上。感覺臉上有東西乾燥結塊，他想伸手確認是什麼東西，這才發現雙手被綁在背後，雙腳也被綁住了。

他翻身側躺，環顧四周，知道自己待在一個木造框架覆蓋獸皮的圓形小建物，也判斷小建物涵蓋在更大的建物裡，否則應該會有風聲、氣流、獸皮鼓動，何況空氣冰涼，卻沒有到達冰點。他突然意識到自己身上的毛皮兜帽外套不見了。

喬達拉掙扎坐起來，感覺一陣暈眩，頭部左邊的太陽穴上方持續抽痛，而乾燥結塊處附近劇痛得難以忍受。聽見人聲接近，他停頓下來。兩個女人說著陌生的語言，他彷彿聽見幾個字眼有點像馬木特伊氏語。

「哈囉，我醒了。」他用馬木特伊氏語大喊：「有人要替我鬆綁嗎？沒有必要把我綁起來，我相信其中一定有誤會。我完全不想傷害任何人，也沒有要阻擋任何事。」人聲停止了一會兒又出現，可是沒有人回答或走進來。

喬達拉面朝下躺在灰塵上，試圖回想自己怎麼會來到這裡，以及可能做了什麼舉動，才讓別人把他綁住。在他的經驗裡，只有舉止瘋狂而企圖造成傷害的人才會被綁起來。他想起一道火牆，馬兒奔向空地邊緣的陡降處。一定有人在獵捕那些馬，而他闖了進去。

他記得看見愛拉騎著快快，而且很難控制牠，也納悶被綁在灌木上的種馬怎麼會出現在倉皇逃竄的馬群中。

然後喬達拉幾乎恐慌起來，害怕種馬本能地跟隨其他同類，載著愛拉衝下懸崖。他想起自己跑向他們，標槍已經放上標槍投擲器。儘管他深愛那匹棕色種馬，必要時還是會在愛拉被帶下懸崖前殺死牠。那是他所能想起的最後一件事，接著一陣劇痛後，眼前一片黑暗，對於往後發生的事再也沒有印象。

一定有人用了什麼東西打了他，喬達拉心想，而且對方下手很重，因爲我完全不記得被帶到這裡，我的頭到現在還在痛。這些人認爲我破壞他們的狩獵計畫嗎？第一次遇到傑倫和他手下的獵人，也是處於類似的狀況。他和索諾倫無意間趕跑被獵人們趕向陷阱的馬群。過了氣頭後，傑倫明白那是無心之過，他們還成爲朋友。難道我破壞了這些人狩獵？

他又嘗試坐起來，側身做好準備，彎著膝蓋，奮力翻身並往上擺動，想要坐著。他試了幾次，頭部因施力而抽痛，最後總算成功。他閉上雙眼坐著，希望疼痛很快平息。當疼痛稍稍減緩，他開始擔心愛拉和那些動物。嘶嘶和快快也和那群馬一起墜下懸崖嗎？快快是不是帶著愛拉一起墜落下去？

她死了嗎？光是想到這一點，就令他心驚膽跳。愛拉和馬兒都不在了嗎？那沃夫呢？牠帶著傷努力回到空地，卻什麼也找不到。喬達拉想像牠四處嗅聞，試圖追蹤通往斷崖的足跡。牠會怎麼做？狼擅長狩獵，一旦受了傷，獵捕食物會有困難？牠一定會想念愛拉和其他「同伴」，一向不習慣獨來獨往的牠，往後要怎麼活下去？遇到野狼群，牠會怎麼樣？懂不懂得自我防衛？

沒有人要過來嗎？我想喝水，喬達拉心想，他們一定聽見我的呼喊。我也餓了，但口渴更迫切需要解決。他的嘴愈來愈乾，愈來愈渴望水。「喂，來人啊！我渴了！沒人可以給我水喝嗎？」他大聲嚷嚷：「你們是什麼人？把人綁起來，連水都不給喝！」

沒有人回應。繼續喊了幾次，他決定保留氣力，因爲叫喊只會讓他更渴，而且他的頭還在痛。他想躺下來，但起身那麼費勁，他不確定自己還能不能辦到。

隨著時間流逝，他開始憂鬱起來，在虛弱瀕臨昏迷的情況下，逼眞地想像出最壞的狀態。他說服自己愛拉和馬兒都死了，想像可憐的沃夫負傷無法獵食，孤獨無助地流浪尋找愛拉，還被當地的狼、鬣狗或其他動物攻擊……不過，也許這總比餓死好吧。他懷疑自己會渴死，沮喪到一度希望眞的渴死算了——如果愛拉已經死了。他確信沃夫的境況就如同自己所想像，斷定他們倆是這群結件旅行者最後生還的成員，而且很快也會死去。

趨近的人聲把他拉出沮喪，小建物的入口垂簾往後掀開，透過開口處，他看見火炬的光影映照出一個身影。她岔開雙腳站著，兩手扠在腰臀，尖聲發號施令。兩個女人進入屋裡，分別走到兩側，把他抬起來拖出去，強迫他跪在那個女人面前。他的手腳仍然被捆綁，頭部再度抽痛，他搖擺傾靠其中一個女人，卻被她推開。

指使別人將他帶來的女人低頭看了他一陣子，然後放聲大笑。聲音粗嘎得像破鑼嗓子，狂亂又刺耳地折磨人，喬達拉不由地退縮，嚇得發抖。她對著他尖聲說了幾個字，他聽不懂，設法直起身子看著她。視線模糊的他搖擺不定，女人滿臉怒容又厲聲交代了幾句，然後轉身邁著大步離開。把他撐起的女人們放下他，和另外幾人一同尾隨而去，喬達拉暈眩虛弱地側身倒在地上。

他感覺腳上的繩子被割斷，接著水灌進他嘴裡。他差點嗆到，但仍然急切地設法喝下一些水。拿著水袋的女人以厭惡的語調說了幾個字，把膀胱水袋遞給年長男人。他上前把水袋放在喬達拉嘴邊，往上傾斜倒水進去，動作並沒有比較輕柔，只是多了一些耐性。喬達拉因而可以喝下幾口水，終於緩解了極度的口渴。

他還沒喝夠，女人突然不耐地說了一個字，男人只好把水拿開。她拉著喬達拉站起來，暈眩搖晃的他被推著往前走出庇護處，來到一群男人之中。天氣寒冷，卻沒有人把他的毛皮兜帽外套還給他，甚至不幫他鬆綁，讓他能摩擦雙手，獲得一絲溫暖。

然而，冰涼的空氣使他清醒。他注意到有些男人的手也被綁在身後，因此仔細看了看身邊這群人。他們涵蓋了各種年齡層，從實際上更像男孩的年輕人到老人都有，一個個看起來瘦弱骯髒，衣著破舊單薄，頭髮凌亂糾結。

喬達拉試著用馬木特伊氏語和站在身旁的男人說話，他只是搖搖頭。喬達拉認爲他聽不懂，改用夏拉木多伊氏語。男人別開目光，一個女人就在此時拿著標槍走過來，用標槍脅迫喬達拉，尖聲吼出指令。他聽不懂她的話，但她的舉動相當清楚。他懷疑那個男人不說話，到底是因爲聽不懂，還是他聽懂，只是不想說話。

幾個女人拿著標槍圍繞這群男人，其中一人喊出幾個字，男人們開始走動。喬達拉趁機環顧四周，想知道自己身在何處。這個聚落由數間圓形居所構成，他對這片鄉野完全陌生，卻隱約有一種熟悉感，讓他覺得奇怪。不久，他領悟到原因出在那些居所，它們類似馬木特伊氏的土屋。雖然不完全相同，建造方式看起來卻很類似，可能是以猛獁象骨當作支撐架構，覆蓋茅草之後，再鋪上草皮、淤泥。

他們開始走上山丘，喬達拉的視野變得更加開闊。這片鄉野大多是茂盛草地或凍原——位在結凍底土上、缺乏樹木的平原，夏天時表面會融化形成漆黑泥濘。凍原只能長出矮小香草，醒目的花朵爲春天增添美麗色彩，並且供養了麝牛、馴鹿，以及其他能夠消化香草的動物。這片鄉野還有幾處針葉林帶，而那些低矮常綠樹的高度一致，頂端好比被某種巨大的切割工具修剪過，實際上也是如此。冰凍的風吹送針狀凍雨和多砂黃土的尖銳微粒，足以削短任何膽敢超越同伴的細枝或尖端。

往高處跋涉的過程中，喬達拉看見一群猛獁象在遙遠北方吃草，稍近處則有馴鹿。他知道附近有馬出沒——這些人曾經獵捕牠們，也猜測溫暖季節裡，野牛和熊經常出現在這一帶。相較於東方乾燥的茂盛大草原，這片土地較類似他的故鄉。儘管優勢植被不同，至少生長的植物類型相似，出沒的動物可能也一樣。

喬達拉從眼角瞥見左邊有動靜，及時轉頭看見白色野兔被北極狐追著衝過山丘。那隻大兔子突然跳到另一個方向，越過部分腐爛的毛犀牛頭蓋骨，迅速竄進巢穴。

喬達拉心想，有猛瑪象和毛犀牛的地方，就有穴獅及其他群居性動物，可能有鬣狗，一定也有狼。充滿了大量有肉有毛皮的動物及食用植物，這是一片富饒的土地。做出這種評估是他的第二天性，大部分人在某種程度上也是如此。畢竟他們靠土地為生，有必要仔細觀察土地資源。

抵達位於山腰高處的平地，人群停下了腳步。喬達拉從山腰上俯瞰，察覺生活在這一帶的獵人擁有獨特的優勢。不僅遠遠就能看見動物，而且數量及種類繁多的動物在這片土地上漫遊，還必須經過下方河流與石灰岩峭壁間的狹窄通道。他不禁納悶：他們為什麼還要到大媽河附近獵馬？

激動的哀號將喬達拉的注意力拉回周遭環境。一個細長灰髮散亂的女人，被兩個較年輕的女人支撐著，她悲傷地哀號哭泣。忽然間，她脫身跪趴在地面的物體上。喬達拉緩緩往前移動，想要就近觀看。他足足比大多數男人高出一個頭，沒走幾步就明白女人悲痛的原因。

這顯然是一場葬禮，地上躺了三個年輕人，看樣子年紀大概是十八、九歲或二十出頭。其中兩個有鬍子，無疑是男性。最魁梧的似乎最年輕，淺色鬍鬚稀稀疏疏。灰髮女人伏在另一個男子身上啜泣，他有棕色頭髮和顯眼的短鬍鬚。第三個年輕人相當高瘦，軀體及躺臥方式，讓他懷疑那人生理上有問題。他沒看到鬍子，剛開始以為是女性，但也可能是刮掉鬍子的高挑年輕男子。

從衣物看不出更多線索。三人全都穿著腿套和寬鬆束腰上衣，遮掩了明顯特徵。衣服看起來很新，但沒有任何裝飾，好像有人不希望他們在另一個世界被認出來，刻意讓他們沒有特徵。

先前試圖攙扶的兩個女人把灰髮女人架起來，幾乎是用拖離的方式讓她遠離年輕男人，不過動作並不粗暴。另一個女人走上前，喬達拉忍不住多看了一眼。她的臉奇特地歪斜，古怪而不對稱，一側似乎往後縮且略小於另一側。她無意隱藏自己的臉，把灰色淺髮向後撥，在頭頂上挽成髮髻。

喬達拉認為她的年齡與自己的母親相仿，舉止也同樣優雅端莊。當然，她長得並不像母親瑪桑那。撇開輕微的畸形不談，這個女人還算有些魅力，她的面容引人注目。與她四目相交時，他才意識到自己盯著她瞧，她很快移開視線。她開始說話時，他明白她正在主持葬禮。他心想，她一定是和靈界溝通的馬木特——這些人的齊蘭朵妮。

他不由自主地轉頭望著人群旁邊，另一個女人正盯著他瞧。她高大且十分健壯，面貌姣好，頭髮呈淺棕色，眼珠烏黑。他看著她時，她沒有別開目光，反而大剌剌地打量他。她的身材體形正是通常會吸引他的女性外表，他心想，然而她的笑容令他渾身不自在。

他注意到她岔開腿站著，雙手扠放在腰臀，突然想起她就是那個笑聲極具威脅的女人。他有股衝動，想往後躲進其他男人之中，隨即又忍住了，因為他知道就算嘗試也躲藏不了。他不但高出別人一個頭，而且遠比其他人都健康強壯，無論站哪裡都很醒目。

這場典禮看起來相當馬虎，彷彿是令人厭惡的必要儀式，而不是莊嚴肅穆的重要場合。沒有包裹下葬屍衣，三具屍體只是一一被抬進單獨的淺墓穴。喬達拉注意到，他們在被抬起時依然柔軟，表示不可能過世很久，因為身體還沒僵硬，也沒發出惡臭。那副高瘦的軀體首先背朝下被放入，紅赭土粉灑在頭部，奇怪的是，也灑在有力的生殖部位——骨盆，這使得喬達拉懷疑那或許真的是女性。

另外兩具屍體以不同方式處理，而處理方式更加古怪。棕髮男子被放進普通墓穴，從喬達拉的角度看來，位在第一具屍體左邊，但身體右側朝下，面朝第一具屍體，一隻手臂往外伸，放在另一隻手灑上紅赭土的區域。第三具屍體幾乎是被扔進墓穴，他面朝下，身體右側先放入。兩人的頭部都灑上了紅赭土，這種神聖紅粉明顯意味著保護，但要保護誰呢？要對抗的又是什麼？喬達拉怎麼也弄不明白。

成堆的疏鬆泥土被挖回淺墓穴，灰髮女人再次掙脫，衝向墓穴丟了一些東西。喬達拉看見了兩把石刀和少許燧石槍尖。

黑眼睛的女人怒氣沖沖大步走向前，指著墓穴，粗聲命令一個男人。只見他畏畏縮縮，完全沒有任何動作。巫師搖著頭上前說話，另一個女人憤怒又挫折地對她大聲叫嚷，她仍不爲所動繼續搖頭。女人退後，伸出手背甩了巫師一巴掌，現場眾人倒抽了一口氣。憤怒的女人隨即邁著大步離去，一群帶著標槍的女性立刻尾隨她身後。

巫師對那一巴掌一點反應也沒有，甚至沒用手撫摸臉頰。喬達拉從自己所站的位置，看見她的臉逐漸泛紅。土壤迅速被塡入墓穴，混雜著幾塊疏鬆木炭，以及部分燃燒的木頭。喬達拉心想，這裡一定生起過大火堆。他俯瞰下方的狹窄通道，靈光一現地想到這處高地是絕佳的瞭望台，可以在動物或任何東西靠近時，生起火來發出信號。

屍體掩埋完畢，男人們立即被帶下山丘，來到一處有高柵欄圍繞的區域。經過修整的樹幹一棵棵緊鄰放置，並捆在一起形成圍籬，某一段旁邊還堆著猛獁象骨，喬達拉猜想象骨的作用。可能是協助撐起柵欄吧，他想。喬達拉獨自被帶回土屋，再度被推進獸皮覆蓋的圓形小封閉空間。在進去之前，他已經觀察出搭建的方法。

堅固的框架是以細長樹木製成的竿子建造，較粗的底端埋入土裡，上端彎曲相交，獸皮則鋪在框架外側。類似大門的關閉物，阻隔在先前他看到的入口垂簾外面，利用繩結可以牢牢把門關上。

進去之後，他繼續檢視建物，裡面空盪盪，連睡墊都沒有。他只有在正中央才能站直，卻選擇彎身靠近側邊，緩緩繞行黑暗的小空間，十分仔細地查看。他注意到獸皮陳舊破損，有些碎得近乎腐爛，而且縫合草率，好像匆忙完成。他可以透過接合處的縫隙，看到狹窄隔間外的部分區域，於是他乾脆坐在地上，觀察敞開的土屋入口。有幾個人走過去，但沒有人進屋。

過了一陣子，他想小便。因爲手被綁住，他甚至無法掏出男人工具排尿。假如沒有人快點來替他鬆綁，他就會尿溼褲子了。此外，他的手腕因爲繩子摩擦而破皮。他開始生氣。這一切簡直太離譜了！

「喂，來人啊！」他大喊：「爲什麼這樣關著我？讓我活像陷阱裡的動物？我又沒有傷害任何人，快點解開我手上的繩子。再不替我鬆綁，我就要尿濕褲子啦！。」他等了一會兒，又再度大喊：「來人啊！快點解開我的繩子！你們到底是什麼奇怪的人啊？」

他站起來，傾靠建造精良卻有點裂痕的建物，接著往後退，用肩膀猛撞框架，想把它撞破。框架的裂痕稍微擴大，他又撞了一次，滿意地聽見有塊木頭斷裂。他退後準備要再試一次，聽見有人跑進土屋。

「總算有人來了！讓我出去！現在就讓我出去！」他大喊。

他聽見有人窸窸窣窣解開大門，接著入口垂簾往後掀起，出現幾個女人手拿標槍指著他。喬達拉不理會她們，強行推擠走出入口。

「放開我！」他說，側身讓他們看到他舉起綁在身後的雙手。「把這些繩子解開！」

曾經協助他喝水的年長男人走上前。「齊蘭朵妮氏！你們……遙……遠。」他生疏地說著，顯然在努力回想正確的用語。

喬達拉沒有意識到自己在憤怒中說了母語：「你會說齊蘭朵妮氏語？」他驚訝地對男人說，迫不及待想優先解決他急切的需求：「那就告訴她們，把這些繩子解開，趁我尿得全身都是之前！」

這個男人對一個女人說話，她搖著頭回應，他又開口說話。她終於從腰間的刀鞘拔出刀子，命令其他女人把喬達拉圍起來，用標槍指著他，然後上前示意他轉身。他背對她，等待綁在手上的繩子被割開，忍不住心想，這裡一定需要好的燧石匠，她的刀鈍了。

時間漫長得好像經過了一輩子，他終於感覺繩子鬆脫，立刻伸手解開褲襠，急迫得顧不得困窘，掏出陽具發狂地尋找角落或偏遠地帶，可是手握標槍的女人們不讓他走動。他憤怒而挑釁地轉身面向她們，如釋重負地尿出來。

長長的黃色水柱從膀胱透過陽具流出來，冒著蒸氣噴洩在冰冷的地上，散發出濃郁的氣味。他觀察在場所有人。發號施令的女人大驚失色，但試圖不表現出來。兩個女人別過頭或轉開視線，其他人著迷地盯著瞧，彷彿從沒見過男人小便。年長男人非常努力不露出笑容，卻掩藏不住一種大快人心的愉悅。

尿完之後，喬達拉把陽具塞回褲襠，轉身面對折磨他的人，執意不讓他們再綁住自己的手。「我是齊蘭朵妮氏的喬達拉，我在旅行。」

「你旅行遙遠，齊蘭朵妮氏。也許……太遠了。」

「我旅行到更遠的地方。去年冬天，我和馬木特伊氏在一起，現在正要回家。」

「之前聽你說話時，我就這麼猜想。」老人改用自己更流利的語言說：「這裡很少人聽得懂猛獁象獵人使用的語言。馬木特伊氏通常從北邊來，可是你從南邊來。」

「如果你之前聽到我叫喊，爲什麼不過來？我相信其中一定有誤會。你們爲什麼把我綁起來？」

老人搖搖頭，喬達拉悲傷地回想這荒謬的一切。「你很快就會明白了，齊蘭朵妮氏。」

女人突然破口大罵，打斷兩人交談。老人只得拄著拐杖跛行離去。

「等一等！別走！你是誰？這些人是誰？那個要她們把我帶來這裡的女人又是誰？」喬達拉發出一連串問題。

老人停下腳步回過頭來：「喂，我叫阿德門。這些人是沙木乃氏，那個女人是……阿塔蘿。」

喬達拉沒有注意到老人強調了那個女人的名字。「沙木乃氏？我之前在哪裡聽過這個名字……等一下……我想起來了。拉度尼，蘿莎杜那氏的首領……」

「拉度尼是首領？」阿德門說。

「對，我們往東旅行時，他跟我們提過沙木乃氏，當時我弟弟不想耽擱停留。」喬達拉說。

「你們沒來是好事，很不幸你現在來了。」

「為什麼?」

指揮眾標槍手的女人再度打岔，尖聲命令。

「我曾經是蘿莎杜那氏。不幸的是，我做了一趟長途旅行。」阿德門說著，一拐一拐走出土屋。

他離開之後，發號施令的女人尖聲對喬達拉說了幾個字。他猜想她是要帶他去別處，當下決定假裝一個字也聽不懂。

「我聽不懂妳的話，」喬達拉說：「你得叫阿德門回來。」

她更加生氣地再度對他說話，接著用標槍戳他。標槍畫破皮膚，鮮血從手臂滴下來，他的眼中冒出了怒火，伸手撫摸傷口，看著染血的手指。

「不需要……」他正要開口。

她用更為憤怒的言詞打斷他，其他女人拿著武器圍住他。這個女人走出土屋，她們抵著喬達拉，逼迫他跟隨。屋外冷得讓他發抖，他們走過柵欄圍起的區域，雖然他看不到裡面，卻感覺到裡面的人正透過裂縫盯著他。整個狀況令他困惑，動物有時候會被趕進那種圍籬而脫逃不了。但是，那是獵捕動物的方式。為什麼他們要把人關在裡面?而裡面到底關了多少人?

柵欄不太大，他心想，裡面不可能關太多人。他想像用木樁圍出這一小塊區域，必須做多少事情。山腰上樹木稀少，少數木本植物又長得像灌木，因此用來打造柵欄的樹木應該來自下方山谷。他們得把樹砍下來，削去樹枝，然後搬運上山，再挖掘夠深的凹洞，把樹垂直固定在洞裡。不只這樣，他們還要製作粗繩和細繩，把樹綁在一起。為什麼這些人願意在這麼沒道理的事情上費那麼多力氣?

他被帶往表面大多結冰的小溪。阿塔蘿和幾個女人在那裡監看，一些年輕男人掙扎搬運著巨大沉重的猛獁象骨。那些男人一個個看起來挨餓虛弱，他納悶他們哪來的力氣去做這麼粗重的工作。

阿塔蘿僅僅上下打量過他一次，就不再理他。喬達拉等待著，依舊想不透這些人的怪異行徑。過了一陣子，他開始發冷，轉身上下跳躍，拍打手臂，設法讓自己暖和起來。他對整個荒謬狀態愈來愈生氣，最後決定不繼續站在那裡，準備往回走。在土屋裡，他至少不必忍受這種刺骨的寒風。他突然移動，讓眾標槍手大吃一驚，紛紛舉起標槍。他用手臂推擋，繼續前進，完全不理會那些女人的吼叫。

走進土屋，他還是覺得冷，四處找東西讓自己暖和。他大步走向圓形建物，扯下覆蓋的皮革，把自己包裹起來。幾個女人就在此時闖進來，再次揮動武器。先前戳他的女人也在其中，惱火地用標槍刺向他，卻被他機伶地閃避開來，連標槍也被他攫住。忽然一陣刺耳邪惡的笑聲，讓兩人停下彼此的爭鬥。

「齊蘭朵妮氏！」阿塔蘿冷笑，然後說了些他聽不懂的字眼。

「她要你到外面來。」阿德門說。喬達拉沒發現他在門口。「她認爲你很聰明，太聰明了。我想，她要你待在她手下能包圍你的地方。」

「要是我不想出去呢？」喬達拉說。

「她可能當場殺了你。」這句話出自一個女人，她說的齊蘭朵妮語流利得一點口音都沒有。喬達拉驚訝地望著說話者，是那名巫師！「如果你出去，阿塔蘿可能會讓你活久一點。你引起了她的好奇，但是她終究會殺了你。」

「爲什麼？她把我當成什麼？」喬達拉問。

「威脅。」

「威脅？我從來沒威脅過她。」

「你威脅到她的領導權，她會想殺雞儆猴。」

阿塔蘿打斷兩人，喬達拉聽不懂，看她怒不可抑的言詞，似乎是針對巫師。年長女人謹愼回應，顯得無所畏懼。交談過後，她又對喬達拉說：「她想知道我跟你說了什麼，我都告訴她了。」

「告訴她，我會出去。」他說。

接收到訊息，阿塔蘿大笑，說了幾句話就漫步離去。

「她說什麼？」喬達拉問。

「她說，她就知道男人爲了苟且活下去，願意做任何事。」

「也許不是任何事。」喬達拉說著，動身走出去，又回頭對巫師說：「妳叫什麼名字？」

「我是沙木乃。」她說。

「我想也是。妳把我的母語說得很流利，你是在哪裡學的？」

「我跟你的族人生活過一段時間。」沙木乃說，隨即制止他顯露的好奇心：「但是說來話長。」

他期待沙木乃反過來詢問他的出身，偏偏她只是轉過身去。他只好主動開口：「我是齊蘭朵妮氏第九洞穴的喬達拉。」

沙木乃驚訝地睜大眼睛：「第九洞穴？」

「對。」他本來要說出母親的名字，因爲她的神情而打住——雖然他不明白其中的含意。她的表情一閃而逝，讓喬達拉懷疑一切是否出於自己的想像。

「她在等了。」沙木乃說完離開土屋。

阿塔蘿坐在戶外泥土高台，上頭鋪著毛皮座椅，那是從她正後方的半地下土屋底部挖出來的。他走過圍起的區域，前往她所在的另一邊，再次感覺到有人透過柵欄裂縫觀看他。

他走近時，確信她坐的是狼皮，毛皮外套上往後掀的兜帽也裝飾著狼毛；脖子上戴的項鍊，主要以狼的銳利犬齒製成，少數取自北極狐，至少包含一顆穴熊牙齒。她手裡握著雕刻的棒子，類似塔魯特在討論議題，或解決爭議時用的發言棒。爲了維持發言秩序，拿到發言棒的人才有權利說話。其他人想說話，必須先請求擁有發言棒。

她手裡的棒子還有其他眼熟的地方，他不確定是什麼，難道會是雕刻嗎？上面雕有一個端坐女人的典型輪廓，以一連串擴大的同心圓代表胸部、腹部。頭部雕成奇特的三角形，下巴瘦削，容貌難以辨認。那不像馬木特伊氏的雕刻風格，但他覺得曾經看過。

阿塔蘿身邊圍繞幾個手下，他之前沒見過的女人們也站在旁邊，少數還帶著孩子。她觀察了他一會兒，然後看著他說話。阿德門站在一旁，開始結結巴巴翻譯成齊蘭朵妮氏語。喬達拉正要建議他說馬木特伊氏語，立刻被沙木乃打斷。她對阿塔蘿說了一些話，接著望著他。

「由我來翻譯。」她說。

阿塔蘿輕蔑地說了幾句，旁邊的女人都笑出聲音來。沙木乃沒把那些話翻譯出來，只是面無表情地說：「她在對我說話。」坐著的女人再度開口，這回是對喬達拉說話。

「我現在以阿塔蘿的身分說話。」沙木乃說完便開始翻譯：「你爲什麼來這裡？」

「我不是自願來這裡，是被綁來的。」喬達拉說話時，沙木乃幾乎同步翻譯。「我在旅行，或者該說，我原本在旅行。我不明白你們爲什麼要綁住我，沒有人告訴我原因。」

「你從哪裡來？」阿塔蘿完全不理會他的話，繼續透過沙木乃發言。

「我去年冬天和馬木特伊氏在一起。」

「你說謊！你明明從南方來。」

「我繞了遠路，因爲想拜訪大媽河附近的親戚，他們住在東部山地的南端。」

「你又說謊！齊蘭朵妮氏住在西方，離這裡很遠，你怎麼可能有親戚在東方？」

「我沒有說謊。我和弟弟一起旅行，夏拉木多伊人歡迎我們，不像沙木乃氏。我弟弟和那裡的女人配對，我透過他，所以有了親戚。」

喬達拉義憤填膺地繼續發言，這是他第一次說話有人聽：「你不知道旅行的人享有通行的權利嗎？大部分人都歡迎訪客，互相分享經歷。可是，這裡不是！我的頭被你們打傷，沒有人替我療傷。沒人給我水或食物，你們還拿走我的毛皮外套，連逼我到戶外時都不還給我。」

受到十分惡劣的對待，他愈說愈生氣：「我被帶到寒冷的戶外罰站。漫長的旅程中，沒有其他族群這樣對待過我，連平原上的動物都共享草地和水，你們到底是什麼樣的人啊？」

阿塔蘿打斷他：「你爲什麼要偷我們的肉？」她發火了，但試圖不表現出來。儘管她知道他說的字字屬實，卻不想聽見自己不如其他族群，尤其是在自己族人面前。

「我根本沒打算偷你們的肉。」喬達拉極力否認她的指控。沙木乃翻譯得又快又流暢，他又如此迫切需要溝通，讓他幾乎忘了有人在幫他翻譯，感覺是直接和阿塔蘿交談。

「你說謊！有人看見你拿著標槍，跑向我們正在追趕的馬群。」

「我沒有說謊！我只是要救愛拉，她騎在其中一匹馬背上，我不能讓牠們帶走她。」

「愛拉？」

「你們沒看見她嗎？她是和我一起旅行的女人。」

阿塔蘿大笑：「你和騎在馬背上的女人一起旅行？太可笑了！如果你不當編故事的旅行者，那可就浪費了你的天賦。」接著她往前傾，用手指戳他，再三強調：「你說的所有事情都不是眞的。你既是騙子，也是小偷！」

「我不是騙子，也不是小偷！我說的是實話，而且什麼也沒偷。」喬達拉堅定地反駁。他心裡其實並不責怪她不相信自己。除非有人看見愛拉，否則誰會相信他們騎馬旅行？他開始擔心怎麼說服阿塔蘿，相信他沒說謊，並且無意干擾他們打獵。但假如他眞的明白自己的處境，就不會只是擔心了。

阿塔蘿審視站在面前這個高壯英俊的男人。他身上裹著從牢籠扯下來的獸皮，注意到他的金色鬍鬚顏色比頭髮稍微深了點，引人注目的眼睛呈現不可思議的亮藍色。她強烈受到他吸引。但這樣的反應使她想起平復已久的痛苦記憶，反倒激發出強大卻異常扭曲的反作用力。她不允許自己再被任何男人吸引，只要一產生感情，很可能會讓自己受對方擺布。她永遠不會再讓任何人擺布自己，尤其是男人。

她拿走他的毛皮外套，刻意罰他在寒冷的戶外枯站，理由就和不給他食物與水一樣。匱乏，會讓男人更容易受控制，只要他們還有力氣反抗，就有必要綁住他們。可是，這個齊蘭朵妮氏男人裹著他不該擁有的獸皮，還顯得無所畏懼的樣子。看著他充滿自信地站在那裡，她的思緒翻攪，一時停不下來。

他這麼傲慢自大，甚至敢在所有人面前批評她，包括那些被扣留的男人。他沒有畏縮討饒，也沒像其他人一樣急著取悅她。她發誓，最後一定會讓他屈服。她下定決心要打倒他，讓所有人看看她怎麼控制那種男人，然後……殺了他。

不過在打倒他之前，她對自己說，我要先逗逗他。他這麼強壯，如果他決心反抗，到時恐怕很難控制。現在他滿腦子疑惑，完全不信任我。我得先卸除他的防衛，讓他變得脆弱——沙木乃會知道怎麼做。阿塔蘿對巫師招手，私下對她說話，然後望著男人微笑。笑容中透露出一股強烈的惡意，使喬達拉感覺背脊冷颼颼。

喬達拉不僅威脅了她的領導地位，也威脅到她以病態心理創造的脆弱世界，甚至威脅到她勉強掩蓋卻愈來愈難掌控的眞相。

「跟我來。」沙木乃離開阿塔蘿時說道。

「去哪裡？」喬達拉問完，走到她身旁。兩個帶著標槍的女人尾隨在後。

「阿塔蘿要我治療你的傷。」

她引領喬達拉來到聚落遠端的居所，類似阿塔蘿坐處附近的大土屋，但空間比較小，而且更像圓頂狀，低窄的入口經由短走廊，通往另一個低矮開口。喬達拉彎身屈膝走了幾步，再踏下三個台階。除了小孩，沒有人能輕易進入她的居所。但他一走進去就能挺直身子，而且頭頂上居然還有空間。兩個尾隨的女人沒跟進來，待在屋外看守。

喬達拉的眼睛適應了屋裡的幽暗後，開始注意到遠遠牆邊的床台鋪了某種白色毛皮……對他的族人來說，珍貴罕見的白色動物代表神聖。他在旅途中發現，牠們對許多其他族群也具有相同意義。屋頂支架掛著乾燥草藥，牆邊架上的眾多籮筐和碗裡，可能還有更多草藥。任何一位馬木特或齊蘭朵妮搬進來都會覺得熟悉，只有一件事例外。大多數族群的大媽侍者住處或火堆地盤，都是舉辦儀式的區域，或者位在儀式區附近，而寬敞的空間也是訪客停留的地方。可是這裡不是，從舉行儀式和接待訪客來說，沙木乃的住處不夠大，也不夠舒適，反而有一種封閉隱密的怪異感覺。喬達拉確信沙木乃一個人住，而且其他人很少進來她的地盤。

他看著她把火挑旺，加入乾糞和幾根木頭，把水倒進一個發黑的袋狀容器，這個容器附在骨頭框架上，原本是動物的胃。她從架上的籮筐抓了一小把乾燥材料放進去。當水開始滲出來，她直接把容器移到火上。只要裡面有液體，就算沸騰了，容器也不會著火。

喬達拉不知道她放了什麼，容器飄出熟悉的氣味，引發他莫名地想起了家鄉。回憶突然浮現，他明白了原因：那是齊蘭朵妮火堆經常散發的味道，他們用這種藥汁來清洗傷口。

「妳的齊蘭朵妮氏語說得很好。妳和齊蘭朵妮氏一起生活了很久嗎？」喬達拉問。

沙木乃抬頭看著他，似乎在考慮怎麼回答。「幾年的時間。」她說。

「那麼妳一定知道齊蘭朵妮氏歡迎訪客。我不了解這些人，我到底做了什麼事，竟然要遭受這種對待？」喬達拉說：「妳接受齊蘭朵妮氏款待，爲什麼不說明訪客有通行的權利，並且應該受到禮貌對待。事實上那不只是一種禮貌，也是對訪客的義務。」

沙木乃什麼也沒說，只是嘲諷地瞥了他一眼。

他自知沒有掌握好狀況，卻難以置信竟會有這番遭遇。他發現自己太天眞了，以爲只要解釋清楚該怎麼做，就能讓狀況獲得改善。他決定嘗試另一種方式。

「既然妳在那裡住了那麼久，我想妳或許知道我母親。我是瑪桑那的兒子……」他本來要繼續說下去，但她略微畸形的臉上露出的表情，使他停頓下來。她震驚到容貌變得更加扭曲。

「你是瑪桑那的兒子，誕生在約科南的火堆地盤？」她終於開口，卻更像在詢問。

「不，那是我哥哥約哈倫。我誕生在達拉納的火堆地盤，是我母親後來的配偶。妳認識約科南？」

「對，」沙木乃說，低下頭把注意力轉回幾乎沸騰的皮製容器。

「那妳一定也認識我哥哥！」喬達拉興奮不已：「如果妳知道瑪桑那，就知道我不是騙子，她絕不容許孩子說謊。我知道這一切聽起來難以置信，如果不是了解情況，連我自己也不相信。但是，和我一起旅行的女人，她真的騎在被趕下懸崖的馬群中的其中一匹馬上。那匹馬是她從小養大的，並不屬於那群馬。現在我甚至不確定她是不是還活著。妳一定要告訴阿塔蘿，我沒有說謊！我必須去找她，我得知道她的下落！」

女人對喬達拉的激動請求無動於衷，目光甚至沒離開她正在攪拌的沸騰水袋。和阿塔蘿不同的是，她沒有懷疑他。阿塔蘿的手下獵人曾經害怕地告訴她，看到一個女人騎著馬群中的一匹馬，以為自己看到了幽靈。沙木乃相信喬達拉的故事有幾分真實性，但她不知道那是實際存在，或是超自然現象。

「妳真的認識瑪桑那吧？」喬達拉走到火堆旁吸引她的注意。他先前因為提起母親而獲得她的回應。

她面無表情抬起頭：「對，我以前認識她。我年輕時被派到齊蘭朵妮氏第九洞穴接受訓練。來，過來坐在這裡。」她說完便將框架移開火堆，轉身去拿軟毛皮。她用準備好的殺菌液清洗他的傷口。他畏縮著，但確信她的藥有效，畢竟那是她向他族人學習來的。

清潔完畢，沙木乃仔細檢查傷口。「你被打了一段時間，情況不嚴重，會自然痊癒。」她轉移視線接著說：「不過你可能會頭痛，我給你一些頭痛藥。」

「不，我現在什麼也不需要。我很渴，我能喝妳水袋裡的水嗎？」喬達拉說著，走向她用來把水注入容器的潮濕膀胱大水袋。「如果妳希望的話，我可以再替妳裝滿水。有杯子可以借我用嗎？」

她遲疑了一會兒，從架上拿出一個杯子。

「我可以去哪裡裝滿水袋？」他喝完後問：「附近有合適的地方嗎？」

「別擔心水。」她說。

他走上前去看著她，明白她不會讓他自由走動，即使只是裝水。「我們完全沒有要獵捕他們追趕的馬。就算有，阿塔蘿也該知道我們會彌補。實際上，那一整群被趕下懸崖的馬應該足夠你們吃上好一陣子，不需要我們再彌補什麼。我只希望愛拉沒和牠們一起摔下去。沙木乃，我得去找她！」

「你愛她，對吧？」沙木乃問。

「對，我愛她。」他說完，看見她的表情再次改變，其中包含了幸災樂禍的嘲諷，也包含了一種更柔和的義涵。「我們正要回家鄉配對。不過，我也要告訴母親，關於我弟弟索諾倫的死訊。我們一起出來旅行，但是他……死了。她會非常難受，失去孩子很痛苦。」

沙木乃點點頭，卻沒有評論。

「稍早的那場葬禮，那些年輕人怎麼了？」

「他們不比你年輕多少，」沙木乃說：「年紀已經大到足夠替自己做出錯誤的選擇。」

喬達拉認爲她看起來很不自在。「他們怎麼死的？」他問。

「他們吃了有害的東西。」

喬達拉覺得她沒完全說出眞相。他還來不及再說什麼，她就把獸皮覆蓋物交還給他，引領他走出兩個女人看守的入口。她們分別走在他左右兩側，這回他沒被帶回土屋，而是被帶到柵欄圍起的地方。柵欄大門只敞開到足夠將他推進去的程度。

第二十七章

愛拉在午後生起的營火旁喝茶，茫然凝視青草茂盛的景致。她停下來讓沃夫休息，注意到藍色天空襯托出東北方的大岩層。當醒目的石灰岩山丘隱入遠方雲霧，眼前的景象在記憶中逐漸模糊，她注意力轉往內在思緒，擔憂著喬達拉。

她的追蹤技巧，加上沃夫敏銳的嗅覺，使他們設法一路追蹤到她確信是帶走喬達拉那批人留下的足跡。往北走下高地的和緩斜坡，他們改往西行，一直到抵達先前渡過的河。他們並沒有渡河，而是沿著河往北走，離開比較容易追蹤的足跡。

第一晚愛拉在流動的溪水邊紮營，第二天繼續追蹤。她不確定自己追蹤的對象究竟有多少人，只是偶爾會在泥濘河岸上看到幾對腳印，其中有兩對她已經認得出來。然而裡面完全沒有喬達拉的大腳印，她開始懷疑他是不是還跟著那些人一起走。

她回想到偶爾會有巨物被放下來，壓平了草地，或者在塵土和潮濕地面留下壓痕。她又想起，打從一開始就看到那種痕跡，伴隨著其他足跡。那不會是馬肉，她推論，因爲馬已經被趕下懸崖，而這個負載物是從高處運下來。她判定是喬達拉被放在某種擔架上搬運，感到既擔心又寬慰。

如果他們必須搬運他，表示他不能自己行走，所以她發現的血跡確實代表傷勢嚴重。假如他死了，他們絕不會費事搬運他。她推論他還活著，但傷得很重。她衷心盼望他們會把他帶到可以療傷的地方。她一直不懂的是，先前爲什麼有人傷害他？

她追蹤的對象移動快速，隨著足跡愈來愈淡，她知道自己逐漸落後了。那些行進的足跡有時很難找，因而減慢了她的速度，連沃夫都感覺追蹤困難。如果沒有沃夫，她不確定自己能不能追蹤那麼遠，尤其有些遍布岩石的地面完全沒留下任何蛛絲馬跡。愛拉迫切想要加快腳步，也為沃夫看起來日漸康復而心存感激。

那天早上她帶著強烈的預感醒來，很高興看到沃夫急於上路。到了下午，她看出牠累了，決定停下來泡杯茶，讓牠休息，也讓馬兒有時間吃草。

再度啓程不久，她來到河流分岔處。雖然曾經輕鬆渡過幾條從高地流下的小溪，她不確定該不該渡過這條河，也不知道要沿著東邊的支流，或者渡河沿著西邊支流走。最後她決定沿著東邊支流迂迴行走了一段路，繼續尋找足跡。傍晚時，愛拉終於發現了讓她清楚知道該往哪裡走的特殊跡象。

儘管光線昏暗，她明白突出水面的柱子別有用途。這些敲入河床的柱子，鄰近倒落堤岸的幾根圓木。自從認識夏拉木多伊人，她便知道這種構造物是某種水運工具的簡易渡頭。原本她打算在旁邊紮營，後來改變主意，轉而落腳在河灣附近。因爲她完全不了解自己所追蹤的對象，只知道他們傷害了喬達拉，並且帶走他。她不希望在沉睡而缺乏防備時，這些人突然出現在身邊。

第二天早上渡河前，她仔細檢查沃夫。這條河並不特別寬，但河水又冷又深，牠必須游泳渡河。牠的瘀傷被碰觸時還是會痛，幸好已經大幅好轉，而且牠急著要走，似乎和她一樣，想盡快找到喬達拉。

愛拉再次決定脫下腿套之後，再騎在嘶嘶背上，確保腿套不會弄濕。她完全不想花心思晾乾衣物。愛拉驚訝沃夫沒在岸邊來回踱步，而是毫不猶豫地跳進水裡，跟在她後面打水，好像不願讓她離開視線，就如同她也不願讓牠離開自己視線一樣。

抵達對岸，愛拉閃避在一旁，穿上腿套，以免這些動物甩開身上的水時被濺濕。雖然沃夫用力甩動身體，看起來沒什麼不對勁，她還是再檢視一遍以求安心。之後，他們開始搜尋足跡。就在他們上岸處稍微偏下游的地方，沃夫發現了追蹤對象用來渡河的工具——就藏在水邊生長的灌木和樹木間。她花了一段時間才明白它的用途。

她原本以爲這些人使用的船，類似夏拉木多伊人的船，是一種製作精美、頭尾呈尖形的獨木舟，或者像她和喬達拉那種呆板卻實用的碗形船。沃夫發現的是圓木平台，而她並不熟悉木筏。在了解用途後，她認爲這種工具雖然有點簡陋，卻十分靈巧。沃夫好奇地繞著粗製的木筏嗅聞，在某處停了下來，從喉嚨深處發出低吼。

「怎麼了，沃夫？」愛拉仔細查看，發現一根圓木上有棕色污跡，神情略顯驚慌。她確定那是乾涸的血，可能是喬達拉的血。她拍拍這隻犬科動物的頭說：「我們會找到他。」不僅讓牠安心，也讓自己安心。只是她一點都不確定找到的時候，他是不是還活著。

從渡頭延伸的路徑，他們穿過了混雜生長著灌木叢的一片片高高的乾草之間，追蹤變得容易許多。問題是，這條路太常被利用了，她不確定自己追蹤的對象是不是也走上這條路。愛拉很快便加倍感激帶路的沃夫，因爲沒多久牠就停止追蹤，皺起鼻子，露齒咆哮。

「怎麼了？沃夫？有人來了嗎？」愛拉說完，掉轉馬頭離開小徑，前往濃密灌木叢，示意沃夫跟隨。一旦高高的禿枝和青草掩蓋住他們，她滑下母馬的背，抓住快快的引導繩，把馱著行囊的牠牽到母馬後面，然後藏身在兩匹馬之間。她單膝跪地等待著，一隻手臂環繞沃夫的頸脖，讓牠保持安靜。

她的判斷沒錯。不久就有兩個年輕女人跑過，顯然要前往河流。她示意沃夫留下，利用小時候追蹤食肉動物學會的技巧，暗地跟蹤她們往回走，穿過草地匍匐接近，躲在灌木叢後面觀看。

兩個女人一邊交談，一邊挪開木筏。她注意到兩人說的陌生語言與馬木特伊氏語有點類似。但她聽不太懂兩人說什麼，只隱約了解其中一兩個字的含意。

她們把圓木平台幾乎推入河裡，取出底下的長竿。將大捆繩子的一端綁在一棵樹幹上，然後爬上平台。其中一人開始以竿子撐船過河，另一人不斷放出繩子，在靠近另一岸水流較不湍急處，轉往上游繼續撐渡過去，一直到抵達渡頭。她們用繩子把木筏牢牢綁在突出水面的柱子上，然後踏上嵌在堤岸的圓木，留下木筏，開始沿著愛拉來時的路往回跑。

她回到動物身邊，思索著下一步該怎麼辦。她確信那兩個女人很快就回來，但「很快」可能是當天、隔天或再隔一天。她想盡快找到喬達拉，卻不想在繼續追蹤足跡時被她們追上。在更了解她們之前，她也不願意直接與她們打交道。最後，她決定尋找看得到她們過來，但不會被發現的地方等待。

她很高興自己沒等太久。到了下午，她就看到兩個女人和其他幾個人一起回來，用擔架搬運屠宰的肉和支解的馬。雖然抬著東西，這些人的移動速度快得驚人。他們靠近時，愛拉發覺這群打獵隊伍當中完全沒有男人，所有獵人都是女性！她看著她們把肉放在木筏上，利用繩子作為引導，撐船渡河，卸下東西後把木筏藏起來。但她們竟留下引繩橫跨河面，令她十分困惑。

愛拉再次驚訝她們走上小徑健步如飛，在她幾乎還沒察覺時就已經消失無蹤。她等了一段時間，才開始遠遠地跟隨。

柵欄內的狀況令喬達拉驚駭，裡面唯一的遮蔽物就是龐大簡陋的遮棚，幾乎不能遮擋雨雪，只有柵欄本身稍微可以擋點風。那裡沒有火，水也很少，食物則根本沒有。扣留區裡只有男性，而且看起來都很悽慘。他們站出庇護處，緊盯著他瞧，每個人都消瘦骯髒、衣不蔽體，沒人有足夠的衣物抵禦天候。看樣子，他們必須擠在遮棚裡互相取暖。

他認出其中一兩人也上山參加葬禮，想不透這些男人和男孩為什麼住在這種地方。幾件令人費解的事情忽然拼湊在一起：持標槍女人的態度、阿德門的古怪說詞、男人參加葬禮時的行為、沙木乃的沉默、他的傷口延誤檢視並普遍受到嚴厲對待。也許這一切並不是因為誤會，也不是他說服了阿塔蘿自己沒有說謊，就能脫身。

他歸納出來的結論實在太違反常理，但徹底的頓悟，粉碎了他的懷疑。他懊惱自己竟然那麼久才看出這些顯而易見的事實——那些女人強行把這些男人關在這裡！

可是，原因是什麼？爲什麼把能夠提升群落福祉的男人關在這裡？這是非常浪費的錯誤舉動。他想到繁盛的馬木特伊氏獅營，塔魯特和圖麗籌畫了讓所有人獲益的活動，每個人都有所貢獻，並且還有充裕時間做自己的事情。

阿塔蘿！有多大程度是她造成的？她顯然是這個營地的女頭目或首領，就算責任不完全在她，至少她也執迷不悟地維持這種變態的狀況。

喬達拉心想，這些男人應該去打獵、採集食物、挖掘儲物坑、建造新的庇護所，或者維修舊的庇護所，而不是擠在一起取暖。難怪時節已經這麼晚了，他們還得外出獵馬。他們儲存的食物足夠過冬嗎？這麼近就有絕佳的打獵場所，爲什麼偏偏要到那麼遠的地方打獵？

「你就是他們說的，齊蘭朵妮氏男人。」一個男人用馬木特伊氏語說著。喬達拉認出他是其中一名雙手被綁著去參加葬禮的男人。

「對，我是齊蘭朵妮氏的喬達拉。」

「我是沙木乃氏的艾布蘭。」他又諷刺地補充著：「奉萬物母親木乃之名，歡迎你來到扣留區。阿塔蘿喜歡稱呼這裡爲扣留區，我們則有不同的名稱：男人營地、大媽的冰凍地獄、阿塔蘿的男人陷阱。總之，名稱很多，隨你怎麼說。」

「我不明白，爲什麼你……你們所有人會在這裡？」喬達拉問。

「說來話長，不過總歸一句，我們都中計了。」艾布蘭擺出嘲諷的苦臉，繼續說：「我們甚至被設計建造這個地方，或者該說，建造了絕大部分。」

「爲什麼你們不翻牆逃出去呢？」喬達拉說。

「然後讓艾帕朵和她手下的刺槍手把我們戳得遍體鱗傷嗎？」另一個男人說。

「歐拉門說的對。而且我也不確定有多少人還有力氣。」艾布蘭補充：「阿塔蘿喜歡讓我們保持虛弱……甚至更糟。」

「更糟？」喬達拉皺著眉頭。

「讓他看看，聖阿莫登。」艾布蘭對一名憔悴高瘦的男子說。他的灰色頭髮糾結，長鬍子幾乎呈白色，一臉堅強粗獷。消瘦的面容凸顯出高聳的長鷹鉤鼻和濃眉，最引人注目的是眼睛。那雙迷人的眼睛，就像阿塔蘿的眼睛一樣黑，但不帶惡意，而是蘊含了深邃的古老智慧、神祕和慈悲。喬達拉不確定他的舉止或態度如何，只感覺這個男人備受尊敬，即使是在這麼悲慘的情境下。

老人點點頭，帶路走向遮棚。他們靠近時，喬達拉看見裡面還有幾個人，他低頭走進傾斜的遮棚，一股強烈的惡臭襲來，可能來自躺在木板上的男人。他身上只蓋著破裂的獸皮，老人拉開獸皮，露出側邊腐爛的傷口。

喬達拉嚇呆了：「他怎麼傷成這樣？」

「艾帕朵的刺槍手幹的。」艾布蘭說。

「沙木乃知道嗎？她可以幫忙啊。」

「沙木乃？哈！你憑什麼覺得她會幫忙？」和其他人一起跟來的歐拉門說：「你認爲是誰先幫阿塔蘿的？」

「可是她清理了我頭上的傷口。」喬達拉解釋。

「那表示阿塔蘿對你另有企圖。」艾布蘭說。

「對我另有企圖？什麼意思？」

「她希望年輕力壯的男人去工作，但是要先控制得了他們。」歐拉門說著。

「如果有人不想做她指派的工作呢？」喬達拉問：「她怎麼控制他們？」

「限制食物或水。如果行不通，就威脅親人。」艾布蘭說：「假如知道你火堆地盤的男人或兄弟可能被關進牢籠裡，沒有食物或水，你通常就會照她的期望去做。」

「牢籠？」

「你之前被關的地方。」艾布蘭說完，挖苦地微笑：「就是你拿到那件華麗罩袍的地方。」其他男人也露出微笑。

喬達拉看著自己從土屋建物扯下來，裹在身上的破爛獸皮。

「幹得好！」歐拉門說：「阿德門告訴我們，你還差點撞壞牢籠。她一定沒料到你會這樣。」

「下回她會蓋更堅固的牢籠。」另一個男人加入了談話，但他顯然不熟悉馬木特伊氏語。艾布蘭和歐拉門的馬木特伊氏語非常流利，讓喬達拉忘了那不是他們的母語。其他人多少也都聽懂一些，大部分人也明白先前的對話。

地上的男人發出呻吟，老人跪下來安撫他。喬達拉注意到遮棚更後方還有幾個人形晃動。

「那不是重點。如果沒有牢籠，她會威脅要傷害你的親人，逼迫你照她的期望去做。假使你在她成爲女首領之前配對，又不幸有兒子誕生在你的火堆地盤，那她就能逼你做任何事情。」艾布蘭說。

喬達拉很不喜歡其中的暗示，深深皺起眉頭：「爲什麼火堆地盤有兒子是不幸？」

艾布蘭瞥向老人：「聖阿莫登？」

「我去問問他們，想不想見這個齊蘭朵妮氏人。」他說。

這是聖阿莫登第一次開口，喬達拉納悶這麼瘦的人怎麼能發出如此深沉嘹亮的聲音。他走到遮棚後面，彎下腰對蹲縮在傾斜屋頂及地上的人說話。眾人聽得見他低沉圓潤的嗓音，卻聽不到他說什麼，接著傳來年輕人的說話聲。在老人協助下，一個年輕人站起來，一跛一跛朝他們走過來。

「這是阿多班。」老人介紹。

「我是齊蘭朵妮氏第九洞穴的喬達拉，奉大地母親朵妮之名問候你，阿多班。」他非常正式地自我介紹，對年輕人伸出雙手，感覺這個男孩極需要受到尊榮對待。

男孩試圖站得更直，並握住他的手。喬達拉看見他痛得畏縮著，正要伸手扶他，卻不小心絆住了。

「我其實比較喜歡別人叫我喬達拉。」他微笑說著，想要掩飾他的尷尬。

「我叫多班，不喜歡人家稱呼我阿多班。是阿塔蘿叫我阿多班，她還要我稱呼她聖阿塔蘿，我再也不這麼叫她。」

喬達拉一臉疑惑。

「這很難翻譯，是一種尊稱。」艾布蘭說：「是指最受尊敬的人。」

「多班再也不尊敬阿塔蘿。」

「多班恨阿塔蘿！」年輕人高聲嘶吼，顫抖而吃力地轉身跛行準備回遮棚裡。聖阿莫登攙扶著年輕人，一邊揮手示意他們離開。

「他怎麼了？」走到稍微遠離遮棚的地方，喬達拉問。

「他的腿被用力拉扯，扯到和臀部連接的地方脫臼了。」艾布蘭說：「阿塔蘿幹的，或者應該說，是她叫艾帕朵幹的。」

「什麼！」喬達拉張大眼睛難以置信：「她故意讓那個孩子的腿脫臼？這女人這麼可惡？」

「她也對另一個男孩做了相同的事，而且歐岱文的年紀更小。」

「她拿什麼理由做這種事？」

「那個更年輕的孩子用來殺雞儆猴。男孩的母親阿芳諾不喜歡阿塔蘿對待我們的方式，希望她的配偶回到火堆地盤。阿芳諾有時會設法溜進來這裡和他過夜，而且經常偷偷帶食物給我們。不只她這麼做，她也煽動其他女人。她的男人阿莫登……反抗阿塔蘿，拒絕工作。阿塔蘿把氣全部出在那個男孩身上。她說，七歲已經夠大了，可以離開母親，和男人一起生活，但她先要讓他的腿脫臼。」

「另一個男孩只有七歲？」喬達拉搖搖頭，恐懼得直發抖：「我從來沒聽過這麼恐怖的事。」

「歐岱文很痛苦，而且很想念母親。可是，阿多班的經歷更糟糕。」說話的是聖阿莫登，他剛離開遮棚，加入了眾人。

「還有更糟的事？這實在太難想像了。」喬達拉覺得不可思議。

「我認為他遭受背叛所受的苦，多過於身體的痛。」聖阿莫登說：「阿多班把阿塔蘿當作自己的母親，他的親生母親在他小時候就死了。阿塔蘿收養他，可是她不把他當作孩子扶養，而是像玩具一樣對待他。她喜歡讓他穿女孩子的衣服，用愚蠢的東西裝扮他，不過也讓他吃得好，經常給他打牙祭，偶爾甚至會抱抱他。心情好就帶他上床一起睡，一旦厭倦他，便毫不留情地把他趕出去，要他睡地板。幾年前，阿塔蘿開始認為大家想毒死她。」

「大家都說她毒死了她的配偶。」歐拉門插話。

「她害怕自己被毒死，要阿多班先嘗過她的食物。」老人繼續說：「他逐漸長大，有時甚至會被她綁住，因為她認為他會逃跑。他一直把她當成唯一的母親，敬愛她，想要取悅她。他對待其他男孩，就像她對待男人一樣，他也開始學著她對男人頤指氣使。當然，這一切都是受她慫恿。」

「他當時很討人厭。」艾布蘭補充：「好像整個營地都歸他管，而且他讓其他男孩過得很悲慘。」

「後來呢？」喬達拉問。

「他長大成人了。」聖阿莫登看到喬達拉疑惑的表情，接著解釋：「大媽化身為年輕女人，來到他的夢中，讓他變成男人。」

「當然，所有年輕男人都有這種經歷。」喬達拉說。

「阿塔蘿發現後，火冒三丈，」聖阿莫登說：「好像他故意變成男人，目的就是為了激怒她。於是她對他大聲吼叫，用難聽的字眼叫他，把他的腿弄脫臼，驅逐他到男人營地。」

「歐岱文的腿比較容易脫臼，」艾布蘭說：「因為他年紀小。我甚至不確定她們是不是一開始就打算拉鬆他的關節。我原本以為他們只是要讓他母親和他母親的配偶聽他尖叫而受煎熬。但事情發生後，我想阿塔蘿認為那是讓男人殘廢的好辦法，可以迫使他更容易受控制。」

「阿德門就是個例子。」歐拉門說。

「他的腿脫臼也是她造成的？」喬達拉問。

「從某方面來說，」聖阿莫登回答：「那是意外，發生在他想逃走的時候。當時阿塔蘿不讓沙木乃幫他，雖然我相信她想幫忙。」

「要讓十二歲的男孩殘廢更困難，他拚了命地反抗吼叫，卻無濟於事。」艾布蘭說：「而且聽過他受的折磨之後，這裡的人再也不生他的氣了，因為他付出的代價，遠遠超過他先前幼稚的行為。」

「她真的告訴那些女人，所有男孩子的腿以後都會脫臼，包括未來出生的孩子？」歐拉門問。

「阿德門是這麼說。」艾布蘭確認。

「她認為自己能指使大媽？強迫她只造出女寶寶？」喬達拉堅決地說：「我想她嚴重觸犯了掌控命運的大媽。」

「可能吧，」艾布蘭說：「恐怕也只有大媽自己能制止她。」

「齊蘭朵妮氏人或許是對的。」聖阿莫登說：「我想大媽已經在警告她了。看看這幾年出生的寶寶就知道，數量這麼少。這種傷害孩子的暴行，超過大媽容忍的極限。孩子應該受保護，而不是被傷害。」

「我知道愛拉聽了一定會受不了，她完全無法容忍這種事。」喬達拉說完，皺著眉，低頭想念她：

「可是我連她是不是還活著都不知道。」

眾人面面相覷，猶豫要不要開口，儘管他們都在想同一個問題。最後是艾布蘭說了出來：「她就是你說的，能騎在馬背上的女人？如果她能那樣控制馬，一定是法力強大的女人。」

「她不會這麼說自己。」喬達拉微笑：「但我認爲她比自己認爲的更『法力強大』。她不是所有馬都騎，只騎她自己養大的母馬。雖然她也會騎我的馬，但那匹馬比較難控制。問題就出在這一點……」

「你也會騎馬？」歐拉門的語調顯得懷疑。

「我會騎一匹……呃，我也會騎她的馬，不過……」

「你的意思是，你告訴阿塔蘿的故事是眞的？」艾布蘭說。

「當然是眞的。我爲什麼要編造那種故事？」他望著眾人狐疑的臉：「也許我應該從頭說起。愛拉把一匹小母馬養大……」

「她從哪裡找來小母馬？」歐拉門問。

「她獵殺了小母馬的母親，然後看到了那匹小馬。」

「那她爲什麼要養大那匹馬？」艾布蘭問。

「那匹馬孤零零的，而她也是……說來話長。」喬達拉巧妙迴避了問題：「她想有個伴，決定收養那匹小母馬，幫牠取名叫嘶嘶。牠長大之後，剛好在我們相遇時生下一匹小公馬。她教我怎麼騎馬，讓我訓練那匹公馬，我替牠取名叫快快。那在齊蘭朵妮氏語中代表跑很快的人，而牠喜歡快跑。我們從馬木特伊氏夏季大會一路旅行，騎馬繞過東方山脈的南端。那眞的跟特殊法力沒有關係，重點在於她從牠們剛出生就開始養育牠們，就像母親照顧寶寶一樣。」

「這個嘛……隨便你怎麼說嘍。」艾布蘭一臉不予置評的樣子。

「我說的是事實。」喬達拉反駁，隨後認定爭論這個話題沒有意義。這些人必須親眼看到才會相信，而他們已經不太可能看見，因爲愛拉和兩匹馬都死了。

這時大門打開，眾人轉頭去看。艾帕朵和幾個手下進來。喬達拉對她已經有了更多認識，因此仔細觀察這個實際下毒手，對兩個孩子造成如此巨大痛苦的女人。此刻，他已經不確定是提出點子的人比較邪惡，或者執行點子的人比較惡毒。他不懷疑阿塔蘿自己也下得了手，只是她很明顯出了問題，人已經不完整，必然有邪惡幽靈影響她，偷走她重要的部分。可是，艾帕朵呢？她看起來人格健全，怎麼還能這麼殘酷無情？難道她也欠缺了某個必要部分嗎？

令所有人驚訝的是，阿塔蘿也進來了。

「她從沒進來過這裡。」歐拉門說：「她想做什麼？」她不尋常的舉動使他害怕。

她身後跟著幾個女人端來一盤盤冒著蒸氣的熟肉；編織緊密的籮筐裡，盛裝著聞起來很可口的豐富肉湯。是馬肉！那些獵人回來了嗎？喬達拉納悶，他已經很久沒吃馬肉，通常也不會感興趣，但此刻馬肉聞起來實在很香。一個裝滿的大水袋和少許杯子，也一併被帶進來。

這些男人充滿渴望地看著到來的隊伍，沒人敢移動，只是眼珠骨碌骨碌轉，深怕做錯了什麼，讓阿塔蘿改變主意。他們也擔心這又是個殘酷詭計，把食物搬進來展示一番，然後拿走，以此戲弄並凌遲他們飢餓脆弱的腸胃。

「齊蘭朵妮氏人！」阿塔蘿用命令的口氣大喊。喬達拉看著她一步步逼近。阿塔蘿看上去幾乎像男人……不，他的判定並不盡然，她的輪廓深刻清楚，外形姣好。她其實有她的美，或者說，她原本可以很美，如果別那麼嚴厲。然而她的嘴形帶著冷酷，眼中流露靈魂的缺陷。

沙木乃出現在阿塔蘿身旁。她一定是和其他女人一道進來，他心想，雖然他之前沒注意到她。

「我現在代表阿塔蘿說話。」沙木乃用齊蘭朵妮氏語說。

「妳要負很大的責任。」喬達拉指責：「妳怎麼能容許這種事？阿塔蘿喪失理智，但妳不是。我認為妳難辭其咎。」他冰冷的藍眼睛充滿了憤怒。

阿塔蘿惱火地對巫師說話。

「她不要你對我說話。我是來替她翻譯的，阿塔蘿要你說話時看著她。」沙木乃說。

喬達拉望著女頭目，在她說話時靜靜等待，沙木乃隨即開始翻譯。

「阿塔蘿說，你覺得你的新……住所如何？」

「她期望我會說什麼？」喬達拉對著沙木乃回答。她迴避他的目光，對著阿塔蘿翻譯。

女頭目臉上浮現惡意的笑容。「我確信你已經聽了很多有關我的事情，但你不應該相信你聽到的任何事情。」

「我相信我看到的。」喬達拉不肯屈服。

「但是，你看見我帶食物進來了。」

「我沒看到有人吃，而我知道他們都餓昏了。」

聽見翻譯時，她笑得更燦爛。「他們應該是，而你一定也是，你需要體力。」阿塔蘿大聲笑出來。

「我確信我需要。」喬達拉說。

沙木乃翻譯完，阿塔蘿突然離開，示意她跟隨。

「我認為妳有責任。」喬達拉對離去的沙木乃補上一句。

大門關了起來，其中一個守衛的女人說：「你們最好趁她改變主意之前，趕緊拿去吃。」

眾男人爭相去拿一盤盤放在地上的馬肉，聖阿莫登經過時停下來警告：「千萬小心，齊蘭朵妮氏人，她對你另有企圖。」

接下來幾天對喬達拉來說很漫長，有一些水，但很少有食物送進來，而且沒有人可以出去，甚至不必工作。這種非比尋常的狀況令眾人不安，尤其阿德門也被關在扣留區。阿德門懂得好幾種語言，先是成爲阿塔蘿和這些男人之間的翻譯者，既而成爲代言人。因爲他的腿脫臼跛足，她覺得他不具威脅，也無法逃跑，便允許他較自由地在營地走動。他經常回來講述有關男人營地外的生活片段，偶爾也會帶來食物。

大部分男人靠著玩遊戲來打發時間，拿未來的承諾當作賭注。小木棍、小圓石，甚至連吃剩的碎骨，都成爲遊戲籌碼。他們保留肉被啃光、骨髓被壓出的馬腿骨，就爲了在這種無聊的日子派上用場。

被監禁的第一天，喬達拉仔細查看，並測試四周的柵欄有多堅固。他發現了幾處自認爲可以撞破翻越的地方。但透過裂縫，他看見艾帕朵和她的手下盡職地看守他們。此外，嚴重感染的受傷男子，也讓他打消採取這麼直接的方法。他檢視了遮棚，想到可以如何維修，讓遮棚更能抵禦天候……只要他有工具和材料。

在他們空盪盪的住所裡，遮棚以外的唯一特色就是一堆石頭。基於共識，這堆石頭後面的柵欄一端，成了大小便的地方。喬達拉在第二天開始聞到整個柵欄內瀰漫著噁心的氣味，遮棚附近因爲受疾病感染的腐肉，更是惡臭難聞。但夜裡別無選擇，他只能和其他人擠在一起取暖，與蔽身物更少的人共享他湊合使用的罩袍。

幾天下來，他對臭味比較不敏感了，幾乎也感覺不到飢餓，只是感覺更冷，偶爾會頭暈目眩，期待能喝點柳樹皮茶，治療頭痛。

受傷的男人終於死去，情況開始有了改變。阿德門走到大門口，要求和阿塔蘿或艾帕朵說話，好讓屍體盡快搬離並埋葬。幾個男人因而得以出去，後來他們被告知能行動的人，全部要參加葬禮儀式。因爲短暫解放的理由是有人過世，喬達拉覺得有點羞愧——自己竟爲了能離開扣留區而興奮。

外面近晚的太陽在地面上留下長長的影子，凸顯遠方山谷及下方河流的特色。喬達拉完全沉浸在開闊景觀的宏偉與美麗，直到被手臂上的刺痛打斷。他低頭不悅地看著艾帕朵和她三個手下女人拿著標槍圍繞身邊。他極力控制自己，才忍住動手推開擋路的女人。

「她要你把雙手放在背後，讓她們綁起來。」阿德門說：「如果沒有綁住雙手，你就不能去。」

喬達拉滿臉的怒氣，不得已也只能順服。他跟隨阿德門，邊走邊想著自己面臨的困境。他甚至不確定自己身在何處，耽擱了多久。此時此刻，他再也無法忍受被監禁，一整天看來看去，只看得見柵欄的扣留區。不論如何，他一定要設法盡快離開，否則他可以預見自己有一天會沒有能力脫離困境。幾天沒進食還不是大問題，一旦時間持續太久，那可就大大不妙了。此外，假如愛拉還活著，也許受了傷，他就必須快點找到她。他還沒想出什麼辦法，只知道自己不會待很久。

他們走了一段距離，渡過一條溪流，在途中弄濕雙腳。這場敷衍的葬禮快得離譜，喬達拉完全搞不懂阿塔蘿。既然在死者生前漠不關心，她又何必費事舉辦下葬儀式。如果她在意，他可能就不會死了。喬達拉不認識這個男人，連他的名字都不知道，只看見他受著不必要的折磨。如今他去了另一個世界，也擺脫了阿塔蘿，或許那還比整天枯槁望著柵欄，遙遙無期地殘喘度日要好吧。

葬禮很短暫，喬達拉的腳還是因爲穿著濕腳套而發冷。回程的路上，他更加留意小水道，設法尋找踏腳石，或保持腳部乾燥的路線。他低著頭往下看，突然變得不以爲意。一切彷彿是上天安排好的，他看見溪邊有兩顆比鄰的石頭，一顆是小巧的燧石塊，另一顆圓石握在他的手裡剛剛好，形狀非常適合當作錘石。

「阿德門，」他低聲叫喚身後的男人，接著用齊蘭朵妮氏語說：「你看到那兩顆石頭嗎？」他用腳指示：「你能不能替我拿？那非常重要。」

「那是燧石嗎？」

「對，我是燧石匠。」

忽然間，阿德門彷彿絆倒般重重跌落在地。這個不良於行的男人起身困難，而一個拿著標槍的女人靠過來，對伸手扶他起身的男人厲聲訓話。艾帕朵走回來，了解是什麼情況耽擱了這些男人。阿德門剛好在她來到前站穩腳步，受她斥責時，頻頻懺悔道歉。

回到扣留區，阿德門和喬達拉前往有石堆的那端小便。兩人回到遮棚，阿德門向眾人談到獵人們帶回了更多馬肉，而第二組人回來時發生了某件事。他不知道是什麼，只知道那件事讓女人們起了一陣騷動。她們議論紛紛，可惜他偷聽不到細節。

那天傍晚，又有食物和水送進來給這些男人。奇怪的是，連遞送的人都不留下來切肉，什麼也沒說，把事先切塊的肉留在幾根圓木上，就匆匆離開。大夥兒邊吃邊討論這件事。

「有點怪，」艾布蘭改用馬木特伊氏語說，讓喬達拉聽懂。「我覺得那些女人是奉命不跟我們說話。」

「沒有道理啊，」歐拉門說：「就算我們知道什麼，又能怎麼樣？」

「你說的對，歐拉門，的確沒道理。但我認同艾布蘭，覺得她們被告知不許說話。」聖阿莫登說。

「那麼，現在可能正是時候，」喬達拉說：「如果艾帕朵的手下女人忙著議論，也許就不會注意了。」

「注意什麼？」歐拉門問。

「阿德門撿到一塊燧石……」

「原來如此，」艾布蘭說：「難怪我看不出他被什麼東西絆倒。」

「一塊燧石有什麼用？」歐拉門說：「你得有工具，才能把燧石做成東西。燧石匠還活著時，我經常看他製作。」

「沒錯，但他也撿了一顆錘石。而這裡有些骨頭，足夠製作刀刃，並且形塑成小刀、銳利的尖端或其他工具——只要有好燧石。」

「你是燧石匠？」歐拉門驚聲探問。

「對，但我需要有人幫忙製造喧鬧，掩蓋石頭互擊的聲響。」喬達拉說。

「可是就算他能做出小刀，又有什麼用？那些女人有標槍。」歐拉門說。

「至少有人被綁住，可以用來割斷手上的繩子。」艾布蘭說：「我們一定可以想出蓋過聲響的競賽或遊戲，不過天就要暗了。」

「光線應該夠，製作工具和尖端不會花太多時間。明天我可以躲在遮棚裡做，她們看不見。我需要那根腿骨、那些圓木，可能還需要一塊遮棚的木板。如果有筋腱更好，不然薄皮條也行。阿德門，假如你離開扣留區能找到皮革，我會用得上。」

阿德門點點頭：「你打算製作可以在空中快速移動的東西？類似投擲用的標槍？」

「沒錯，這東西需要花一些時間，小心削整塑形。我想我做出的武器可能讓你們大吃一驚。」喬達拉語調中帶著些許得意。

第二十八章

第二天早上，開始進一步製作燧石工具之前，喬達拉先向聖阿莫登談起那兩個受傷的年輕人。他前一晚已經想過了，他記得達爾沃年紀輕輕就開始學習敲燧石，認爲那兩個年輕人如果能學會敲燧石之類的手藝，就能過著殘而不廢的獨立生活。

「有阿塔蘿當女頭目，你眞的認爲他們有機會？」聖阿莫登問。

「她允許阿德門擁有更多自由，或許也會覺得那兩個男孩沒有威脅，同意讓他們更常離開扣留區。阿塔蘿也可能認同這裡需要製造工具的人，畢竟她手下獵人的武器一點都不精良。」喬達拉說：「而且誰知道未來會怎麼樣？說不定過一陣子，她就不是首領了。」

聖阿莫登狐疑地注視這個金髮陌生人：「我懷疑你知道一些我不知道的事情。」他說：「不論如何，我會鼓勵他們學習，認眞看你做。」

喬達拉前一晚在戶外打造燧石工具，免得斷開的尖銳碎片四散在他們唯一的庇護所。他選擇在靠近小便處的石堆後方進行，因爲那裡的臭味，讓守衛儘量避開圍欄那一端，是整個扣留區最少受到監看的地方。

他迅速從石核分離出末端圓滑的刀刃狀石塊，用這些來製成工具的毛坯，長度是寬度的四倍以上，邊緣銳利如剃刀，足以把堅韌的皮革像切凝結油脂般割開來。事實上，這些刀刃往往鋒利到必須將邊緣磨鈍，才不會割傷使用者。

早晨，喬達拉在遮棚內加工，刻意挑選上方棚頂有裂縫的地方，以獲得充足的光線。接著，從他的代用罩袍割下一片皮革鋪在地上，承接尖銳的燧石殘屑。兩個跛腳男孩和幾個人圍坐身旁，他開始示範如何用一顆卵形硬石和幾塊骨頭，製作燧石工具，再利用那些工具形塑皮革、木頭、骨頭，製成物品。他們得小心避免這些活動引起注意，爲了維持常態，他們偶爾要起身，然後再回來擠在一起取暖，同時阻擋看守者的視線。這些旁觀者一點都不嫌麻煩，個個顯得興致勃勃。

喬達拉拿起一片刀刃仔細檢查，由於打算製作幾種不同工具，他必須先判定這個毛坯最適合做成哪種工具。毛坯有一邊長而且銳利得近乎筆直，另一邊有點參差不齊。他先用錘石反覆摩擦不平整的邊緣，讓它變鈍，另一邊則保留原狀。接著，用斷裂長腿骨漸細的一端，壓薄毛坯的平滑端，折斷仔細拿捏的小碎屑，直到尖端成形。要是有筋腱、黏劑、樹脂，或其他可以黏著的材料，他就能做個把手。不過這個毛坯在他完工時，已經是一把能用的小刀了。

圍觀者傳遞小刀，以手臂上的毛髮或小塊皮革測試。喬達拉拿起另一個兩邊都在中段附近內凹的刀刃毛坯，用腿骨疙瘩狀的圓滑端小心施壓，只折斷兩側最鋒利的邊緣，讓毛坯稍微鈍一點，重點是要讓它更堅固，這樣才能當作刮刀來形塑、刮平木頭或骨頭。他也在示範使用方法後，讓眾人傳遞測試。

他又拿起一個毛坯，將兩邊磨鈍，以方便控制。接著，再次小心擊打毛坯一端，敲開少許碎片，留下鑿子狀的銳利尖端。爲了展示用途，他在一塊骨頭上切出凹槽，然後反覆切挖多次，使凹槽愈來愈深，並產生一小堆彎曲削片。他解釋如何先切出標槍柄、尖端或把手的大致形狀，最後再刮平。

喬達拉的示範，令圍觀者大開眼界。這些男孩或年輕人都不曾看過專精的燧石匠工作，年長者也少有機會見識如此純熟的技術。前一天的短暫黃昏，他已經設法從那一顆燧石塊分離出將近三十個可用的毛坯，一直到石核太小，無法處理了才肯罷手。第二天，大部分男人都擁有一把以上用那些毛坯製成的工具。

他試圖解釋想要展示的狩獵武器，有些人好像立即就聽懂，但還是質疑他描述投擲器擲標槍的精準性和速度。其他人似乎完全不能領會標槍投擲器的概念，不過這無關緊要。

手拿實用的工具，製造有建設性的東西，賦予這些男人一種使命感。以實際行動對抗阿塔蘿，設法改變她強迫他們所處的卑微困窘狀態，在在提振了低迷的男人營地，讓男人們覺得有朝一日或許能重新掌握自己的命運。

接下來的幾天，艾帕朵及其他守衛都覺得這些男人的態度轉變。她確信有事情發生，因爲他們的腳步顯得比往常輕盈，而且太常露出笑容。不過，她怎麼努力也看不出端倪。這些男人非常謹愼，藏起喬達拉做的小刀、刮刀、鑿子，還有他們自己正在做的東西，甚至是製作過程中所產生的廢棄物。連最細微的燧石碎片、木頭或骨頭的彎曲碎屑都被埋在遮棚裡，用棚頂木板或皮革遮蓋。

不過改變最大的是兩個跛腳男孩。喬達拉不僅讓他們觀摩如何製作工具，還爲兩人製作特殊工具，並示範使用方法。他們不再隱身遮棚，開始和其他人互動。扣留區裡的大男孩愈來愈崇拜高大的齊蘭朵妮氏人，尤其是年紀大到能理解更多的多班，雖然他不願顯露出來。

打從有記憶以來，和病態到不可理喻的阿塔蘿共同生活，一直讓多班對超出自己所能控制的環境感到徹底無助，總覺得會遇到可怕的事情。經歷極度痛苦的劇烈創傷後，他相信自己的人生只會每況愈下，經常希望自己死去。然而，看見有人利用在溪邊撿到的兩顆石頭，憑藉本身的手藝和腦袋裡的知識，讓他的世界有了改變的希望，眼前這一樁樁一件件，都令他印象深刻。儘管多班還無法相信其他人，他不敢提出要求，但內心卻比任何人都渴望學習用石頭製作工具。

喬達拉感覺出他興致高昂，但願自己擁有更多燧石，能夠教導他，或至少讓他啓蒙。他不曉得這些人是不是會參加任何一種交流觀念、資訊、貨物的夏季大會或部落聚會。

這一帶必定有燧石匠可以訓練多班，他需要學習這種就算跛腳也不礙事的技藝。

喬達拉用木頭製作樣本，展示標槍投擲器的外觀和製作方法，其中幾個男人開始複製這個奇特的配備。他也用幾個毛坯製作燧石槍尖，把他們所擁有最堅韌的皮革，切成細條狀，用來捆紮繫牢。阿德門還在地上發現金鵰鳥巢，帶回幾根上等的飛羽，唯獨缺少可以製成標槍桿的材料。

喬達拉利用可取得的僅有材料製作標槍桿，以銳利的鑿具將木板切得又細又長，讓年輕人看他如何繫牢尖端，並附加羽毛。最後，在沒有實際投擲標槍的情況下，示範如何握拿標槍投擲器和基本的使用技巧。然而，用木板切割標槍桿畢竟曠日耗時，而且木頭又乾又脆，缺乏彈性，容易斷裂。

他需要直樹苗或可以扳直的長樹枝，儘管扳直需要用火加熱。受困在扣留區讓他深感挫折，要是能外出尋找製作標槍桿的東西，那就好了。他必須先想辦法說服阿塔蘿讓他出去。準備就寢時，他對艾布蘭提到自己的感受。那個男人神情古怪地看著他，正要開口卻又搖搖頭，閉上眼睛，把臉別開。喬達拉覺得他的反應太奇怪了，可是很快就拋諸腦後，繼續思索原先的問題，最後累得睡著了。

阿塔蘿也想著喬達拉，期待他在漫長的冬季爲她帶來消遣。她要控制他，看著他遵照自己的吩咐做事，讓每個人見識她凌駕這個高大英俊的男人。等目的達成後，她對他另有打算。她納悶他是不是已經準備好要出來工作。艾帕朵認爲扣留區有事情發生，那個陌生人也參與其中，但她還沒發現是什麼事情。也許把他和其他男人隔離一陣子，阿塔蘿心想，乾脆關回牢籠裡算了，那是讓所有男人不安的好辦法。

第二天早上，她吩咐手下女人挑選一支工作隊，而且要包括那個齊蘭朵妮氏男人。喬達拉很高興能出去看看光禿泥土和絕望男人以外的事物。第一次離開扣留區去工作，他完全不知道她打算要他做什麼，一心只希望有機會尋找直樹苗。至於找到以後要怎麼帶回扣留區，這又是另一個頭痛的問題。

那天稍晚，阿塔蘿邁著大步走出她的土屋，穿著喬達拉的毛皮兜帽外套招搖著，兩個女人和沙木乃隨行在側。眾男人把先前從其他地方帶回的猛獁象骨，搬到阿塔蘿指定的地方堆起來，從早上一直工作到下午都沒吃東西，也沒喝水。儘管出了扣留區，喬達拉根本沒機會尋找可以製成標槍桿的材料，更別提想辦法砍下來，然後帶回去。受到嚴密監視，而且完全沒時間休息，他不僅挫折，而且又累、又餓、又渴、又氣。

喬達拉放下與歐拉門一起搬運的腿骨，站起來面對趨近的女人。他注意到阿塔蘿比許多男人都高，她原本可以非常迷人，究竟發生了什麼事情，使她如此痛恨男人？他怎麼也想不透。她明顯語帶嘲諷地對他說話，雖然他聽不懂她說什麼。

「啊，齊蘭朵妮氏人，你準備再告訴我們類似之前那樣的故事嗎？我已經準備好要找樂子了。」沙木乃以十足嘲諷的語調翻譯。

「我告訴妳的不是故事，是事實。」喬達拉說。

「關於你和騎在馬背上的女人一起旅行？那麼這個女人在哪裡？如果她擁有你所說的能力，爲什麼沒來找你？」阿塔蘿把手扠在腰臀，霸氣地說著，彷彿要威脅並壓制他。

「我不知道她在哪裡，我也很想知道。我只是擔心她和你們獵捕的馬一起摔下懸崖了。」喬達拉說。

「你說謊，齊蘭朵妮氏人！我的手下獵人沒看到任何女人騎在馬背上，也沒有發現懸崖下的馬群有女人屍體。你一定是聽說偷竊沙木乃氏的東西會被處死，所以才編出這種謊話來脫罪。」阿塔蘿說。

沒有發現屍體？喬達拉聽到沙木乃的翻譯，不由地振奮起來，對愛拉可能還活著湧現了希望。

「你爲什麼在我說『偷竊要被處死』時面帶微笑？你懷疑我不會那樣做嗎？」阿塔蘿指指他，又指指自己強調著。

「處死？」他臉色轉白。有人會因爲狩獵食物被處死？想到愛拉可能還活著令他太開心，而沒有眞正意會她說了些什麼。當他明白她的意思，想到先前遭受的惡劣對待，加上此刻的疲累和挫折，他氣得火冒三丈：「馬不是專屬於沙木乃氏！牠們屬於所有大地兒女！妳怎能說獵馬是偷竊？就算我有獵捕那些馬，也是爲了當作食物！」

「哈！看吧，你果然在說謊。你承認你獵捕那些馬。」

「我沒有！我是說：『就算我有獵捕那些馬。』我沒說我是。」他望著翻譯者：「告訴她，沙木乃，齊蘭朵妮氏的喬達拉，第九洞穴的前首領瑪桑那之子不會說謊！」

「這下子，你又說你是女首領的兒子了？這個齊蘭朵妮氏人說謊的功夫眞是一流，現在又編造出女首領，想掩蓋奇女子的謊言。」

「我認識很多女首領，妳不是唯一的女頭目，阿塔蘿。很多馬木特伊氏女人都是首領。」喬達拉說。

「副首領！她們和男人共享領導權。」

「我母親在配偶過世後，當了十年的首領，沒有和任何人共享領導權，並且受到男女族人尊敬。她在族人沒有要求的情況下，自願將領導權交給我哥哥約哈倫。」

「受到女人和男人尊敬？聽聽他說的話！你以爲我不了解男人，齊蘭朵妮氏人？你認爲我從未配對過？難道我醜到沒有男人要嗎？」

阿塔蘿幾乎對他咆哮，而沙木乃同步翻譯，彷彿知道女頭目要說什麼。喬達拉本來差點忘了巫師代表她說話，以爲自己能聽懂。但巫師的冷靜語調，讓這些話與眼前這個好鬥的女人格外不搭調。阿塔蘿繼續對喬達拉高談闊論，眼神透露出憤恨和狂亂。

「我的配偶是這裡的首領，他是有力量的領袖、強壯的男人。」阿塔蘿停頓下來。

「很多人都很強壯，但不是有力量就能當領袖。」喬達拉說。

阿塔蘿沒聽見他說話，她停頓不是爲了聆聽，而是傾聽自己的內在思緒，讓記憶一一浮現：「布魯加是那麼有力量，必須每天毆打我來證明。」她冷笑。「他會吃到毒菌蕈，眞是可惜啊！」這回她露出惡狠狠的笑容。「我公平打敗他妹妹的兒子，成爲首領。他是弱者，死了。」她盯著喬達拉：「但你不是弱者，齊蘭朵妮氏人，你不希望有機會爲你的生命對抗我嗎？」

「我無意對抗妳，阿塔蘿，但假如有必要，我會自我防衛。」

「不，你不會對抗我，因爲你知道我會贏。我是女人，受到大媽的力量支持。大媽賦予女人榮耀，女人創造了生命，應該成爲領袖。」阿塔蘿說。

「不，」少數人看到喬達拉公然不認同阿塔蘿，嚇得畏縮了起來。「領導權不必然屬於受大媽賜福的人，就如同領導權也不必然屬於身體健壯的人。舉例來說，漿果採集者的領袖應該知道漿果生長在哪裡、什麼時候成熟、用什麼方式摘取最好。」喬達拉不服輸地慷慨陳詞：「領袖必須受到信賴，知道自己在做什麼。」

阿塔蘿面帶怒容，剛愎自用的她不會受他的話影響。她非常不喜歡他責備的語氣，好像他自認有權口無遮攔，或放肆地吩咐她任何事情。

「不管肩負哪一種任務都一樣。」喬達拉繼續說：「狩獵隊的領袖應該知道動物出沒的地點、時間，有能力追蹤牠們，而且最擅長打獵。瑪桑那總是說，族群首領要關心他帶領的族人，否則無法長久領導。」喬達拉滔滔不絕地發洩怒氣，沒有察覺阿塔蘿不悅的臉色。「這跟領袖是男是女根本沒關係！」

「我永遠都不允許男人當領袖。」阿塔蘿打斷他。「在這裡，男人知道女人當家作主，年輕一輩從小就明白。這裡由女人打獵，我們不需要男人追蹤或帶領。難道你認爲女人沒有能力打獵嗎？」

「女人當然有能力打獵，我母親成爲首領前就是獵人；和我一起旅行的女人是我所認識最傑出的獵人。她喜歡打獵，而且非常擅長追蹤。我可以將標槍擲得比較遠，但她比我更精準，可以只用拋石索擲出一顆石頭，立刻射下空中的鳥或奔跑的兔子。」

「又再編故事了！」阿塔蘿嗤之以鼻。「要編造出不存在的女人，太容易了。我手下的女人從前不能打獵。布魯加當首領時，連武器都不准女人碰。在我成爲首領的初期，我們過得並不輕鬆。沒人知道怎麼打獵，是我教會她們的。你看見這些練習靶標嗎？」

阿塔蘿指著一排插入地面的堅固柱子。雖然不知道用途，喬達拉之前行經時注意過那些柱子。如今他看見粗木樁的頂端附近掛了一大塊馬的屍體，被幾根標槍刺穿。

「所有女人每天都得練習，不僅要用力刺到足以殺死獵物，也要投擲標槍。最傑出的人會成爲我的手下獵人。即使還沒學會製作、使用標槍，我們也能打獵。這裡的北方有個懸崖，靠近我生長的地方，那裡的人每年至少將馬群趕下懸崖一次。我們學習用那樣的方式獵馬。只要能引誘馬群上去就行了，因爲把牠們嚇得衝下懸崖，並沒有那麼困難。」

阿塔蘿得意洋洋地望著艾帕朵。「艾帕朵發現馬非常喜歡鹽，她讓女人保留尿液，用它來引誘馬上去。我的手下獵人是我的狼。」阿塔蘿說完，朝著持標槍女人聚集的地方微笑。

那些女人顯然很高興受到讚美，在阿塔蘿說話時站得更直了。喬達拉先前沒注意她們的衣著，這時才發現所有獵人都穿戴著來自狼的東西。大多數人的兜帽邊緣都以狼皮裝飾，脖子上也至少掛有一顆狼牙。其中有些人的毛皮大衣袖口或下襬，也有狼皮裝飾。艾帕朵的毛皮大衣是整張狼皮，頂端飾有露出尖牙的部分狼頭，袖口和下襬都有裝飾，狼掌從肩膀往前垂下，濃密的尾巴懸在後方狼皮中央。

「標槍是她們的尖牙。她們成群獵殺並帶回食物，以雙腳取代四隻腳，整天持續不停地奔跑，長途跋涉。」阿塔蘿滔滔說著，節奏充滿規律，讓他確信她已經講過很多遍了。「艾帕朵是她們的領袖，齊蘭朵妮氏人，我不會想對她賣弄聰明，因爲她十分精明。」

「我相信她是。」喬達拉感觸良多地說，卻也忍不住有點欽佩她們從零開始的成就。「讓男人無所事事的枯坐，就是浪費。他們可以有貢獻，幫忙打獵、收集食物、製作工具，這樣女人就不必那麼辛苦。我不是說女人辦不到，但沒必要把責任全攬在身上，幫女人也幫男人做事。」

阿塔蘿大笑，刺耳瘋狂的笑聲，讓他起了一陣寒顫。「我也納悶過同一件事。是女人造出新生命，我們哪裡還需要男人？有些女人不想放棄男人，但男人有什麼好？爲了歡愉嗎？獲得歡愉的是男人。在這裡，我們再也不必煩惱要帶給男人歡愉。我讓女人聚在一起，而不是和一個男人共享火堆地盤。她們分工合作，互相幫忙照顧孩子，彼此了解。沒有男人在身邊，大媽就必須混合女人的靈，所以只會生出女孩。」

眞的嗎？喬達拉很納悶。聖阿莫登說過，近幾年很少有寶寶出生。突然他想起愛拉的觀點。她認爲男女交歡，才使得新生命在女人體內誕生。難道是阿塔蘿把女人和男人隔離，所以寶寶才那麼少？

「有多少孩子出生？」他好奇地問。

「不多，但有一些。只要有，就會有更多。」

「全是女孩嗎？」他又問。

「男人還是太靠近了，讓大媽混淆不清。很快的，所有男人都會消失，到時候我們就知道會有多少男寶寶誕生了。」阿塔蘿說。

「或者說，到底會有多少寶寶誕生。」喬達拉反駁：「大地母親創造女人和男人，就像她一樣，女人被賜福生出男性和女性，但是由大媽決定哪個男人的元精與女人的結合。她向來都挑選男人的靈。妳眞的認爲自己能改變大媽的安排？」

「不需要你來告訴我大媽會怎麼做！你不是女人，齊蘭朵妮氏人。」她語帶輕蔑。「你只是不喜歡聽到自己有多沒用，或者你不想放棄你的歡愉，就是這樣，對吧？」

阿塔蘿忽然改變音調，裝出魅惑的嗓音：「你想要歡愉嗎？齊蘭朵妮氏人。如果不打算對抗我，你要做什麼來換取自由呢？啊，我知道！歡愉。對於這麼強壯英俊的男人，阿塔蘿也許願意帶給你歡愉。

但你能帶給阿塔蘿歡愉嗎？」

沙木乃轉而談論這個女人，而不是模仿她說話，讓他突然意識到自己所聽見的每個字都經過翻譯。代表女首領阿塔蘿說話是一回事，代表女人阿塔蘿說話又是另一回事。沙木乃能夠翻譯，卻無法呈現這個女人內在的雙重人格。隨著她持續翻譯，喬達拉同時聽見了兩個人。

「這麼高、這麼有魅力、這麼完美，都可以成爲大媽自己的配偶了。瞧，他甚至比阿塔蘿還高，這樣的男人不多。你給過許多女人歡愉吧？高大英俊的男人只要笑一下，再配上他藍得不得了的眼睛，女人就嚷嚷著要爬進他的被窩。你讓她們所有人歡愉了嗎，齊蘭朵妮氏男人？」

喬達拉拒絕回答。沒錯，他曾經喜愛帶給眾多女人歡愉。如今，他只想要愛拉。突然湧現的悲痛差點擊倒他，沒有了她，該怎麼辦？活著或死去，很重要嗎？

「來，齊蘭朵妮氏人，如果你帶給阿塔蘿很大的歡愉，你就能擁有自由。阿塔蘿知道你辦得到。」高挑迷人的女首領勾引地走向他。「懂嗎？阿塔蘿願意把自己交給你，讓所有人看看強壯男人如何帶給女人歡愉。與阿塔蘿共享大地母親木乃的恩典，齊蘭朵妮氏的喬達拉。」

阿塔蘿用手臂環繞他的脖子，整個人貼在他身上。喬達拉沒有任何回應。她想吻他，但他太高了，而且不願意彎身。她不習慣男人比自己高，不常往上探向男人，尤其是不對她屈服的男人。這種狀況讓她覺得自己很可笑，心中不禁燃起了怒火。

「齊蘭朵妮氏人！我願意和你結合，給你機會獲得自由！」

「我不願在這種情況下，分享大媽的交歡恩典。」喬達拉的聲音平靜自制，卻掩蓋不了他極度的憤怒。她怎麼膽敢這樣侮辱大媽？「這份神聖恩典是要自願愉悅地共享。妳要我在這種情況下和妳結合，這是蔑視大媽，褻瀆她的恩典並觸怒她，就如同違背女人的意願，強占她一樣。我選擇自己想要結合的女人，無意與妳共享大媽的恩典，阿塔蘿。」

喬達拉原本有可能回應阿塔蘿的挑逗，但他知道她並非出自眞心。對大多數女人來說，他是令人興奮的英俊男人，懂得取悅女人，藉由經驗，學會相互吸引、挑逗的方法。阿塔蘿的步伐雖然婀娜多姿，卻缺乏熱情，激不起他一絲欲望。他感覺就算自己再怎麼努力嘗試，也無法取悅她。

阿塔蘿聽完翻譯，顯得非常震驚。大多數男人都很樂意和這個漂亮女人共享交歡恩典，以換取自由。那些不幸經過她地盤，被她手下獵人抓住的訪客，通常不假思索地答應她，把握如此輕易就能逃離沙木乃氏狼女的機會。有些人雖然猶豫，懷疑她的目的，卻沒有人像他這樣一口回絕她。當然，那些人很快就發現自己的疑慮是正確的。

「你拒絕……」女頭目難以置信，氣急敗壞地說。翻譯出來的話不帶情緒，但她的反應一目了然。「你拒絕阿塔蘿，你膽敢拒絕！」她大聲吼完，轉而對她的狼女說：「剝光他的衣服，把他綁到練習靶標上！」

她一直打算這麼做，只是沒想到這麼快。她原本想拿喬達拉來打發整個漫長枯燥的冬季。她喜歡逗弄男人，承諾他們可以用交歡來換取自由，那是她對男人最大的嘲諷，藉此讓他們愈趨羞辱或墮落。她通常都能讓他們百依百順，直到她準備玩最後的把戲。當她說，如果他們脫光自己的衣服就可以離開，他們甚至會照做，希望能夠取悅她。

但是，沒有男人能帶給阿塔蘿歡愉。她小時候受到惡劣對待，嚮往和另一族有力量的領袖結為配偶，後來卻發現她的配偶比她原先欺負他的男人更糟。他總是藉由痛毆她和凌辱她，來獲得快感，直到她再也受不了，起而反叛他，讓他痛苦羞辱地死去。她學到的教訓太過深刻，整個人被殘酷的經歷扭曲，彷彿不製造痛苦就感受不到歡愉。阿塔蘿不在意和男人或女人共享大媽的恩典，她總是從看著男人緩慢痛苦的死去，獲得歡愉。

如果很久沒有訪客，阿塔蘿甚至會逗弄沙木乃氏男人。兩三個男人成為她的「歡愉」後，看穿了她的把戲，不願意參與，只求活下來。她通常會放過有女人代為求情的男人，但也只是通常。有些女人沒那麼合作，不明白她是為了她們才消滅男人。為了透過與她們有關係的男性來掌控這些女人，她才讓他們活著。

旅人通常在溫暖季節到來。一般人很少在寒冷冬天長途跋涉，尤其是旅行者，而且近來愈來愈少見，這一年夏天則完全沒有。先前少數男人僥倖成功脫身，有些女人也逃走了，他們四處警告其他人。大部分人聽到他們的經歷，都當作謠言，或者是說故事者的奇幻寓言來傳述。但有關兇殘狼女的流言傳得沸沸揚揚，一般人都會刻意避開這一帶。

阿塔蘿很高興喬達拉被抓回來，沒想到他竟然比她的男族人更不配合，完全不隨她的遊戲起舞。她甚至看不到他卑微求饒。如果他肯那樣做，為了享受他向自己屈服的樂趣，她還可能讓他活久一點。

阿塔蘿一聲令下，眾狼女奔向喬達拉。他狂暴衝撞，揮開標槍，使盡全身力道予以重擊，差點脫逃成功，可惜終究寡不敵眾。她們割斷他束腰上衣和褲子的綁繩，脫掉他的衣物。喬達拉持續抵抗，她們早有預期，用利刃抵住他的脖子。

眾人扯去喬達拉的上衣，露出他的胸膛，把他的雙手綁在一起，兩手間留有一截鬆弛的繩子。接著，她們抬起他，迫使他的雙手高舉頭頂，然後吊在靶標柱的高木釘上。她們脫去他的靴子、褲子時，他仍然用力猛踢，力道足以造成對方瘀傷。然而，所有的反抗只是讓這些女人更想報復，而她們知道自己可以。

喬達拉光著身體吊在柱子上，她們往後站開，帶著滿意的冷笑審視他，一副自得其樂的樣子。即使他如此高大健壯，反抗也無濟於事。他的腳趾僅略微觸地，顯然大多數男人會懸掛在半空中。碰觸土地帶來些許安全感，他默默懇求大地母親，解救他脫離這異常可怕的困境。

阿塔蘿起勁地看著他大腿上部和鼠蹊部位的大片傷疤，傷口癒合良好，完全看不出他曾經受傷慘重。那條腿也沒有跛，不需要特別照料。如果他那麼強壯，也許能撐得比大多數男人更久。他終究能帶給她些許樂趣，想到這一點，她露出了微笑。

阿塔蘿上下打量著他，給了喬達拉另一種想法。一陣微風讓他起了雞皮疙瘩，全身瑟瑟發抖，不只是因爲冷。他抬起頭看見阿塔蘿對他微笑，臉色發紅，呼吸急促，看起來愉悅且莫名性感。她總會因爲男人英俊而更加享受這份愉悅。她透過自以爲是的怪異方式，受到這個不自覺散發魅力的高挑男子所吸引，期待他盡可能撐久一點。

他望著木竿製成的柵欄，知道那些男人正透過縫隙觀看，不懂他們爲什麼不事先警告他。顯然這種事情不是第一次發生，但如果他們提出警告，會有任何幫助嗎？他會不會只是提前害怕而已？也許他們認爲他最好別知道。

事實上，有些男人曾經談論過，畢竟他們都喜歡這個齊蘭朵妮氏人，佩服他製作工具的技巧。有了他留下的尖刀、工具，他們都希望找到機會脫逃。他們會因此永遠記住他。可是，大家心裡都明白，如果太久沒有訪客，阿塔蘿很可能把他們之中的某個人吊在靶標柱上。曾經有兩個人被吊上去，他們知道即使求饒也無法延緩這場死亡遊戲。他們看他頑強地拒絕屈服時，只能暗自喝采，因爲害怕弄出聲響會招來注意。這些男人沉默地觀看熟悉的場景上演，每個人都感到同情、恐懼，而且略帶羞愧。

不止那些狼女，整個營地的女人都被要求見證這個男人受折磨。大多數女人並不想看，只是畏懼阿塔蘿，甚至怕她的手下獵人。她們盡可能站得遠遠的，其中有些人感覺渾身不舒服。然而，如果有人膽敢缺席，那麼她過去代爲求情的男人就會成爲下一個目標。有些女人試圖逃走，只有少數成功脫身，大部分人都被捉了回來。假如扣留區裡有她們在意的男人被當作懲罰，比如配偶、兄弟、兒子，這些女人就得被迫看著他們關在牢籠裡受苦好幾天，沒有食物或水。她們自己偶爾也會被關進牢籠，不過這種情況並不多見。

有兒子的女人特別害怕，不知道自己的孩子未來會怎麼樣，尤其在阿塔蘿那樣對待歐岱文和阿多班之後。其中最不安的是兩個有嬰兒的母親和一個懷孕的女人。阿塔蘿因爲她們而欣喜，給予特殊待遇，噓寒問暖。但她們都懷有不可告人的祕密，害怕阿塔蘿發現實情，會把自己吊在靶標柱上。

女首領站在手下獵人面前，喬達拉注意到她的標槍相當笨重，不由自主思索著可以如何改造。不過，製工粗糙的粗槍尖依然銳利有效。他看見她刻意小心瞄準低處，無意殺死他，只想讓他殘廢。他意識到自己將赤身裸體承受她的痛苦折磨，奮力壓抑想抬腿保護自己的衝動，但求生本能與男人尊嚴讓他搖擺不定，感覺自己更加脆弱，內心的恐懼一覽無遺。

阿塔蘿瞇起眼睛看著他，明白並享受他的畏懼。有些人會哀求，但她知道喬達拉不會，至少不會立刻求饒。她拉回手臂，準備擲出標槍。他閉上雙眼，努力想著愛拉，關心她是不是還活著，或者支離破碎地被壓在懸崖底部的馬群屍體下。想到這裡，他椎心的刺痛，比任何標槍造成的皮肉疼痛更加劇烈。他知道假如她死了，對他來說，生命也變得毫無意義。

他聽到一根標槍命中靶標，位置在他的上方，而不是阿塔蘿瞄準的下方，他的腿也沒有任何疼痛。突然間，他跪倒在地，手臂恢復了自由。他看著自己的手，發現那一小段掛在木釘上的鬆弛繩索被割斷了。阿塔蘿手上仍握著標槍，顯然他聽見的標槍並不是她擲出來的。喬達拉抬頭望著靶標柱，看見尖端以燧石製成的靈巧小標槍插在木樁旁，裝有羽毛的尾端仍在晃動，精緻的細槍尖割斷了繩子，他認得那根標槍！

他回頭望著標槍射來的方向，阿塔蘿身後有東西在移動。他的視線因充滿寬慰的淚水而模糊，這太難以置信了。眞的是她嗎？她眞的活著？他低頭眨了眨眼睛，想看得更清楚。一抬起頭，他看見了一匹黃馬，四條腿近乎黑色，而馬背上坐著一個女人。

「愛拉！」他叫喊：「妳還活著！」

第二十九章

阿塔蘿轉身查看是誰擅自投擲標槍。就在營地外的空地遠端，她看見一個女人騎在馬背上逐漸往這兒靠近，毛皮外套的兜帽往後掀，暗金色的頭髮和馬匹灰黃色的毛皮顏色幾乎相同，讓這個可怕的幻影看起來活像眞人。那根標槍會是女人投擲的？怎麼有人能把標槍擲得那麼遠？然後她看見那個女人手邊還有一隻標槍。

阿塔蘿害怕得頭皮發麻，毛髮豎立。那一刻，她所感受到的冷顫恐懼，與實質的標槍並沒有關聯。她很確定自己看到的幻影不是一個女人，瞬間頓悟自己的可憎行爲太過殘暴，簡直不可理喻。她把空地上的人形看作是大媽木乃的復仇幽靈，奉命來懲罰自己。阿塔蘿心裡幾乎歡迎著她，對結束這充滿夢魘的一生，感到莫名的寬慰。

不僅女首領懼怕奇特的女人和馬。喬達拉試圖告訴他們，但沒人相信他的話，沒有人想像過人類騎馬，即使親眼看見也很難相信。愛拉突然出現，震驚了在場每一個人。有些人怕她，純粹因爲女人騎在馬背上很古怪，對未知事物感到恐懼；有些人則將她奇特的現身，當作超自然力量的預兆。許多人和阿塔蘿一樣，意識到自己行爲錯誤，視她爲天譴。不管是受阿塔蘿鼓勵或脅迫，這些人當中不只一人殘酷至極，允許並教唆暴行，然而在寂靜的夜裡，卻又深感羞愧，害怕遭受報應。

就連喬達拉都一度懷疑，愛拉是不是從另一個世界回來拯救他，因爲那一刻他確信，如果她想要，她就一定能辦到。他看著她從容趨近，充滿愛意地仔細觀察她的每個細部，讓原本認爲再也見不到的景象占滿整個視線：他所愛的女人騎著熟悉的母馬。她的臉頰凍紅，從頸背綁繩散落的髮絲隨風飛揚。一小團暖空氣隨著女人和馬的每一次呼吸，往前冒出來，讓喬達拉陡然回到現實，意識到自己赤身裸體、牙齒打顫。

她的毛皮兜帽外套上，繫著攜物腰帶，其中一個套環掛著塔魯特贈送的猛獁象牙匕首。他為她做的象牙把手燧石刀，也插在刀鞘裡，掛在她的腰帶上擺盪。他還看見他的短柄斧，而破舊的水獺皮則懸在另一側。

愛拉輕鬆優雅地騎著馬，看來自信滿滿，令人心生畏懼，只有喬達拉看出她其實繃緊神經，做好萬全準備。她右手握著拋石索，而他知道她多快就能從那個姿勢擲出石子。置放在投擲器上的標槍，平衡斜跨嘶嘶的鬐甲，位在愛拉的左腿與母馬的左肩之間，她以左手支撐——他確信那隻手裡握著幾顆石子。腿後方的草編固定套裡，插有更多標槍。

在趨近過程中，愛拉看到高挑女頭目臉上投射的內心反應，流露出驚恐及清明時刻的絕望。隨著馬背上的女人愈來愈靠近，黑暗與瘋狂再度蒙蔽她的心。阿塔蘿瞇著眼睛觀察金髮女人，緩緩露出惡意算計的扭曲笑容。

愛拉從沒見識過瘋狂，卻理解阿塔蘿不自覺的表情，明白必須小心提防這個威脅喬達拉的女人，因為……她是鬣狗！愛拉殺過許多食肉動物，知道牠們有多難以捉摸，但她只鄙視鬣狗。牠們被她當成罪大惡極者的象徵，而阿塔蘿就是鬣狗，是危險惡毒的邪惡象徵，絕對不可信賴。

愛拉怒視高挑的女頭目，同時留意所有人，包括目瞪口呆的狼女。當嘶嘶來到距離阿塔蘿幾步之遙，她幸而因此從眼角餘光發現有人悄悄溜到一旁，於是她以一般人難以跟上的飛快動作，將石子放入拋石索並揮動擲出。

艾帕朵抓住手臂痛苦哀叫，標槍落在冰凍地面上劈啪作響。其實她可以弄斷對方的骨頭，但她刻意瞄準艾帕朵的上臂，並斟酌了力道。即便如此，極度疼痛的瘀傷仍會折磨這位狼女領袖一段時間。

「告訴標槍女住手，阿塔蘿！」愛拉命令。

喬達拉聽得懂她的意思，過了一會兒才明白她使用陌生的語言，會意到她說的是沙木乃氏語。他愣住了。愛拉怎麼可能會說沙木乃氏語？她從來沒聽過，不是嗎？

聽見陌生人對自己指名道姓，女頭目也嚇了一跳。更令她震驚的是，愛拉的奇特口音像是在說另一種語言，但其實並不然。愛拉的聲音喚起阿塔蘿幾乎遺忘的感覺，一種深埋在記憶裡的複雜情緒，包括她充滿了憂慮不安的恐懼，讓她內心更加確信：來者不單純只是個馬背上的女人。

阿塔蘿已經多年不曾湧起這種感覺。她不喜歡最初喚起這些感覺的情境，如今更不願意再度想起。她開始焦慮、激動、憤怒。阿塔蘿努力想推開那些記憶，徹底摧毀它們，永遠擺脫，再也不要回想起來。但是，該怎麼做呢？阿塔蘿抬頭望著馬背上的愛拉，在那一剎那，她認定這一切都是金髮女人的錯，是她喚回了所有不愉快的記憶和情緒。只要她被消滅，那些記憶就會隨她而去，所有事情都會再度好轉。阿塔蘿扭曲敏捷的頭腦開始盤算如何摧毀這個女人，臉上浮現陰險狡猾的笑容。

「好吧，看來這個齊蘭朵妮氏人終究說了實話。」她說：「妳總算及時趕到了。我們以爲他想偷肉，而我們的肉只勉強夠自己吃。偷竊在沙木乃氏的懲罰是處死，他說了一些有關騎馬的故事。妳應該能了解我們爲什麼很難相信……」阿塔蘿發現自己的話沒有被翻譯而停下來。「沙木乃！妳沒翻譯我的話！」她厲聲斥責。

沙木乃一直盯著愛拉瞧，想起帶回男人的第一群人當中，有人透露打獵時目睹的駭人景象，希望她能解釋。那人描述有個女人坐在被趕下懸崖馬群中的一匹馬背上，奮力控制那匹馬，最後成功讓牠掉頭。第二趟帶肉回來的獵人談論看到了女人騎馬離開，沙木乃還很納悶這個奇特景象的含意。

許多事情困擾了這位大媽侍者一段時間。她發現被帶回來的男人似乎和她有淵源，而且還提到騎在馬背上的女人，她感到十分苦惱。這必然是個信號，而她竟無法洞悉其中代表的意義。沙木乃一直念念不忘思索各種的可能，來解釋這個重複出現的景象。果眞有女人騎在馬背上來到營地，賦予這個信號空前的力量。親眼見證的衝擊，使她陷入了混亂。她沒把注意力完全放在阿塔蘿身上，但某部分的她聽見了，立即將女頭目的話翻譯成齊蘭朵妮氏語。

「以『處死獵人』當作打獵的懲罰，這不是萬物大媽的行事風格。」愛拉聽完翻譯，用齊蘭朵妮氏語說。她明白阿塔蘿聲明的要點，畢竟沙木乃氏語和馬木特伊氏語非常相近，她能聽懂很多，而且也學會少許單字。但齊蘭朵妮氏語對她來說更容易，她也更能表達自己：「大媽要她的兒女共享食物，善待訪客。」

愛拉說起齊蘭朵妮氏語時，沙木乃這才注意到她的奇特口音。雖然她說得很好，可是卻有點……沙木乃此刻沒時間思索，因爲阿塔蘿正等著翻譯。

「那就是我們會有這種懲罰的原因。」阿塔蘿沉著解釋，儘管沙木乃和愛拉都明顯看出她努力克制怒氣。「我們必須打擊偷竊，才能有足夠的食物分享。像妳這麼擅長使用武器的女人，怎麼能理解我們在沒有女人打獵時的困境。食物不夠，大家都很難熬。」

「大地母親不僅提供肉類給她的兒女，這裡一定有女人知道可以採集哪些植物來吃。」愛拉說。

「我必須禁止她們那麼做！如果允許她們花時間採集，就學不會打獵了。」

「那麼缺乏食物就是你們咎由自取了。你們沒有理由殺死不知道你們習俗的人。」愛拉說：「妳擅自把持大媽的權利。她會在準備好時召喚她的兒女，妳沒資格取代她的權威地位。」

「所有族群都有重要的習俗和傳統。當它們被破壞時，有時候就得以死作爲懲罰。」阿塔蘿說。

那倒是眞的，愛拉由經驗中得知這一點。「但是，爲什麼你們的習俗要把覓食者處死？」她說：「大媽的意旨勝過所有其他的習俗。她要求分享食物、善待訪客。而妳……無禮又不友善，阿塔蘿。」

無禮又不友善！喬達拉努力忍住嘲笑的衝動，因爲愛拉說得太客氣了，應該是「殘暴冷酷」才對！

他帶著驚奇觀看聆聽，對愛拉的輕描淡寫，激賞地露齒而笑，想起她曾經連開玩笑都不懂，更別說指桑罵槐了。

阿塔蘿顯然被激怒了。她的自制力已經達到極限，感受到愛拉「有禮」的批評譏諷，好像自己只是個被罵的孩子，一個壞女孩。她寧願被批評爲「邪惡」，因爲那暗指了力量，代表她是有力量的邪惡女人，受人尊敬且極度令人懼怕。溫和的字眼，讓阿塔蘿顯得可笑。她注意到喬達拉咧著嘴笑，狠狠瞪了他一眼，又確信每個旁觀者都想和他一起笑，暗暗立誓非要讓他後悔不可，還有那個女人！

愛拉看似重新坐回馬背，實則悄悄地調整姿勢，以便更容易抓握標槍投擲器。

「我相信喬達拉需要衣服。」愛拉繼續說，略爲舉起標槍，讓自己拿標槍的方式看起來不會過度帶有威脅性。「別忘了他的毛皮外衣，也就是妳身上穿的那件。還有，妳也許該派人去妳的土屋，拿回他隨身的腰帶、手套、水袋、刀子和工具。」她等待沙木乃翻譯。

阿塔蘿緊咬著牙微笑，那看起來卻更像在扮鬼臉。她對艾帕朵點頭示意，這位狼女領袖用不瘸痛的左手——她知道被喬達拉踢到的腿部也會留下瘀傷，撿起她們大費周章從這個男人身上脫下的衣物，放在他面前，然後走進大土屋。

女首領在等候時突然開口，佯裝出更友善的語氣：「妳旅行了那麼遠，一定累了。他說妳叫什麼名字？愛拉嗎？」

馬背上的女人點點頭，足夠清楚她的話。愛拉發現這個首領不怎麼在意正式的介紹。

「既然妳這麼重視待客之道，一定要讓我在住屋好好款待妳。妳會待在我那裡吧？」

趁著愛拉或喬達拉還沒回答，沙木乃先開口說話：「我相信習俗上應該讓訪客住在大媽侍者那裡。歡迎妳分享我的住屋。」

瑟瑟發抖的男人一邊穿上褲子，一邊聽阿塔蘿說話並等候翻譯。先前性命岌岌可危，喬達拉沒感覺自己有多冷，現在他的手指僵硬得很難把綁住腿套的斷細繩打結。他感激能拿回被扯破的束腰上衣，在聽見沙木乃的提議時，驚訝地停頓了片刻。套上束腰上衣，他抬頭看見阿塔蘿怒視巫師，連忙坐下來迅速穿上腳套、靴子。

她待會兒就會知道我的事情了，阿塔蘿心想，嘴裡卻說：「那麼妳一定要讓我跟妳分享食物，愛拉，我們會準備盛宴，而你們是貴客，兩位都是。」她也瞥了一眼喬達拉。「我們最近打獵的成果豐碩，我不能讓你們離開時，把我想得那麼糟。」

喬達拉覺得她的僞善笑容很滑稽，他完全不想吃他們的食物，也不能在這個營地多待片刻，可是他還來不及發表意見，愛拉就做出回答。

「我們很樂意受妳的款待，阿塔蘿。妳打算什麼時候設宴？我也想做點東西帶來，不過現在時間已經很晚了。」

「沒錯，現在已經晚了，」阿塔蘿說：「而且我也想準備一些東西，盛宴就決定在明天舉行。今晚妳應該會跟我們一起簡單用餐吧？」

「不，我得回去準備筵席上的食物，明天我們再過來。」愛拉說完又補充：「喬達拉還需要他的毛皮外套，阿塔蘿。當然，他會歸還身上的『罩袍』。」

阿塔蘿從頭上脫下兜帽毛皮外套，遞給喬達拉。他穿上外套，聞到女人的氣息，感激外套上遺留的溫暖。阿塔蘿帶著邪惡無比的笑容，衣著單薄地佇立在寒風中。

「還有其他屬於他的東西呢？」愛拉提醒她。

阿塔蘿望著她的住屋入口，示意已經在那裡站了一會兒的女人。艾帕朵迅速帶來喬達拉的家當，擱在距離他幾步遠的地上。她不情願歸還他的東西，因爲阿塔蘿已經答應給她某些東西，尤其是那把她從沒見過的漂亮刀子。

喬達拉繫上腰帶，把工具放回原處，很難相信居然能把這些東西要回來。他曾懷疑自己再也看不到這些東西，也懷疑自己會活不下去。出乎所有人意料之外，喬達拉「刷！」一聲，熟練敏捷地躍上馬背，坐在愛拉身後，很高興終於要離開這個營地。愛拉掃視全區，確定沒人企圖阻擋或從背後投擲標槍，隨即掉轉馬頭，急奔而去。

「跟著他們！把他們帶回來！他們休想走得那麼容易！」阿塔蘿對艾帕朵咆哮，盛怒中還冷得打顫。她忿忿踏著不甘心的步伐，回到住屋。

愛拉讓嘶嘶持續快跑，直到他們遠離營區，並且下了山丘。進入山丘底部靠近河流的林地，他們放慢速度，朝先前來的方向再度折回，抵達她真正紮營的地方——實際上相當靠近沙木乃氏聚落。當他們以更平穩的步伐行進，喬達拉開始意識到愛拉的貼近，對於能再度和她共處湧出無比的感激。他用手臂環繞她的腰，親暱地摟著她，感覺她輕觸在臉頰上的髮絲，吸進她獨特而溫暖的女人氣息。

「妳能跟我一起在這裡，眞是不敢相信。我好怕妳已經到了另一個世界。」他輕聲說：「我眞的好感激再一次擁有妳，激動得不知道該說什麼。」

「我好愛你，喬達拉。」她回應，往後倒入他懷裡。再度與他共處，令她大感寬慰，對他湧現無盡愛意。「我發現血跡，一路追蹤你們的足跡，設法找到你，不知道你是活是死。發現那些人在搬運你，我想你一定活著，可是受了重傷，不能走路，我好擔心！那些足跡不容易追蹤，我知道我落後很多。阿塔蘿的獵人健步如飛，而且她們知道路。」

「妳及時趕到。幸好妳在那時候趕到，再晚一點就太遲了。」喬達拉說。

「我不是剛剛才找到這裡。」

「不是嗎？那妳什麼時候到的？」

「就在第二批馬肉被帶回的時候。一開始我走在那兩群人前面，可是搬運第一批肉的人渡河時趕上了我。幸運的是我看見兩個女人去跟她們會合，於是找地方躲起來，想等她們經過，再跟蹤她們。沒想到搬第二批肉的人離我預測的距離還更近。她們可能看到我了，至少隔著一段距離。那時候我正騎著馬，只能加快速度遠離那條路徑。之後我又回去繼續追蹤，更加小心提防，避免還有第三群人。」

「那解釋了阿德門提到的『騷動』。他不清楚細節，只知道帶回第二批肉之後，每個人都緊張地議論紛紛。可是，假如妳早就到了，爲什麼那麼久才來救我？」喬達拉問。

「我得花時間仔細觀察，找機會把你救出那個被圍起來監視的……他們怎麼稱呼，扣留區嗎？」

喬達拉出聲認同：「對。但妳不怕有人發現妳嗎？」

「我看到幾隻狼在巢穴裡，附近的阿塔蘿狼女很吵鬧又容易避開。大部分時候，我都靠得很近，能聽見她們說話。這個營地後面的小山上有個土丘，從那裡可以看見整個聚落，直直望進扣留區。如果你往上看，可以發現在那後面的小山高處，有三塊白色大石頭排成一列。」

「我有留意到那些岩石。眞希望那時候就知道妳在那裡，這樣我每次看那些白色岩石，心裡會好過一點。」

「我聽到幾個女人把那些岩石叫作三女孩，或者是三姊妹。」愛拉說。

「這裡叫作三姊妹營地。」喬達拉補充。

「我還不是很懂他們的語言。」

「妳懂得比我多。我想，妳用他們的語言說話，嚇了阿塔蘿一跳。」

「沙木乃氏語非常類似馬木特伊氏語，很容易理解。」愛拉說。

「我從沒想過那些白色岩石也有名字，不過這麼好的地標也確實應該有個名字。」

「那整片高地都是好地標，遠遠就能看見，好像一隻睡覺的動物，連從這邊看過去都是。你會看到前方某一處視野很好。」

「我確信這座小山也有名字，尤其那麼適合打獵。我只有在參加葬禮時看到一小部分。我在這裡的期間，他們舉行過兩次葬禮，第一次埋葬了三個年輕人。」喬達拉說著，低頭閃避眼前光禿的樹枝。

「我跟蹤你去了第二場葬禮，」愛拉說：「我以爲那時候會有機會把你帶走。可是你受到嚴密的監視。然後你發現了燧石，向所有人展示標槍投擲器。」愛拉說：「我必須等時機成熟，才能嚇住她們。眞的很對不起，讓你在那裡受苦這麼久。」

「妳怎麼知道燧石的事情？我們自認爲已經很小心了。」喬達拉訝異地說。

「我一直在觀察你。說實在的，那些狼女根本不擅於看守。假如你沒有因爲燧石而分神，一定會看出來，而且找到方法脫身。基於同樣的一點，她們也不太擅長打獵。」她仔細分析。

「如果考量到她們是從零開始，那已經做得不錯了。阿塔蘿說她們不知道怎麼使用標槍，只能用驅趕的方式獵捕動物。」喬達拉描述他所知道的。

「她們本來可以在這裡輕鬆打獵，卻浪費時間，大老遠跑到大媽河，把馬趕下懸崖。動物沿著這條河行進，必須通過河水和高地間的狹長地帶，而且很容易就能看見牠們過來。」愛拉說。

「參加第一場葬禮時，我也看出那一點。埋葬屍體的地點很適合眺望。先前有人在那上面用大火堆發出信號，雖然不知道是多久以前，我是看到大火堆的木炭才知道的。」喬達拉在不久前的記憶裡搜尋。

「與其用那些圍欄來關男人，不如用來關動物。只要想辦法把動物趕進去，連標槍都不需要。」愛拉說完，指示讓嘶嘶停下來。「你看，就是那裡。」她指著地平線上的石灰岩高地。

「眞的看起來像一隻動物在睡覺，而且妳看，這裡甚至能看到那三塊白色石頭——三姊妹。」喬達拉說。

兩人默默騎了一會兒，喬達拉彷彿陷入思考：「如果那麼容易就能離開扣留區，爲什麼那些男人不走？」

「我不認爲他們眞的想走。」愛拉說：「也許這就是爲什麼那些女人不再那麼嚴密監視。不過很多女人不希望男人繼續被關在那裡，其中甚至包括某一些獵人，只是她們畏懼阿塔蘿。」愛拉此時停下腳步說：「這兒是我紮營的地方。」

他們走進一小片隱蔽區域，原先的灌木已經被清空。快快被牢牢綁在一棵樹上，聽見熟悉的聲響，彷彿在確認般，發出了一陣嘶鳴的問候。愛拉每晚都在這片矮林中央搭設小營地，到了早上又把所有東西打包放在快快背上，準備好必要時可以立刻離開。

「妳辦到了！妳讓牠們及時停下來，沒摔下那座懸崖！」喬達拉說：「我完全不知道妳是不是成功扭轉了情勢，害怕得不敢多想，也不敢去問。在頭部被攻擊之前，我記得的最後一件事，就是看見妳騎著快快，有點難控制牠。」

「我只是得習慣使用籠頭。另一匹種馬是最大的問題，不過很遺憾牠已經死了。當那些馬不再把嘶嘶趕離我身邊，嘶嘶立刻就回應我的口哨聲，往我這兒跑過來。」愛拉說。

快快也很高興看到喬達拉，上下擺頭問候。如果不是被拴住，牠會立刻走過來。種馬的耳朵往前傾，尾巴高抬，熱切地對走近的喬達拉嘶叫，然後垂下頭，用鼻子不斷磨蹭他的頭。喬達拉像對待原以爲再也見不到的朋友那樣，激動地摟抱種馬、搔抓牠、撫摸牠，興奮地跟牠說話。

忽然他皺起眉頭，想到另一個他幾乎不願提起的問題：「沃夫呢？」

愛拉露出微笑，吹出陌生哨音，畫破長空。沃夫跑出灌木叢，看見喬達拉雀躍不已。牠搖著尾巴奔向他，吠叫了幾聲，然後撲上去，把腳掌放在男人肩上，舔他的下顎。喬達拉抓住牠的頸毛，模仿他看過愛拉做過無數次的動作，接著便用額頭壓向狼的前額。

「牠從來沒對我這麼做過。」喬達拉驚訝地說。

「牠想念你啊。牠和我一樣渴望找到你。如果沒有牠幫忙，我不確定自己能不能追蹤到你。我們距離大媽河很遠，有一大片遍布岩石的乾燥土地，那裡完全看不出足跡，全靠牠的鼻子找到路。」愛拉說完，拍拍沃夫。

「牠一直乖乖待在那堆灌木叢，直到妳發信號才出來？大媽啊！要教會牠這麼做一定很難，但為什麼要這樣呢？」

「我得教牠躲起來，我不知道誰會來這裡。我不希望那些人看到沃夫，因為她們吃狼肉。」

「誰吃狼肉？」喬達拉問，嫌惡地皺起鼻子。

「阿塔蘿和她的手下獵人。」

「她們有那麼餓嗎？」喬達拉不解地問。

「也許曾經是。現在，她們把吃狼肉當成一種儀式。有天晚上，我看著她們啓蒙新獵人，讓一個年輕女人加入狼女群。她們把這件事當成祕密，不讓其他女人知道。她們遠離住屋，去到一個特別的地方，把養在籠子裡的狼活活殺死，屠宰以後，烹煮吃下肚，以為能透過那種方式，擁有狼的力氣與機靈。要是她們懂得仔細觀察狼就好了，那樣可以學到更多。」愛拉說。

難怪她看來那麼不認同狼女和她們的狩獵技巧，喬達拉心想，忽然明白她不喜歡她們，是因為她們的啓蒙儀式威脅到她的狼。「所以妳教沃夫躲起來，直到妳叫喚牠。那是種新哨音，對吧？」他說。

「我會教你吹。雖然牠大部分時間確實會乖乖躲起來，我還是會擔心牠，還有嘶嘶和快快。我親眼見過阿塔蘿的手下獵殺馬和狼，而且只殺這兩種動物。」她說著，看了看自己深愛的動物。

「愛拉，妳已經很了解她們了。」喬達拉說。

「我必須盡可能了解所有事情，才能把你救出來。」她說：「不過，也許我知道得太多了。」

「什麼意思？妳怎麼可能知道太多？」

「剛找到你的時候，我只想把你救出來，然後儘快離開這裡。可是，現在我們還不能走。」

「不能走是什麼意思？爲什麼不能走？」喬達拉皺起眉頭。

「我們不能讓那些孩子生活在那麼可怕的環境，還有那些男人也是。我們得幫助他們離開那個扣留區。」愛拉說。

喬達拉開始擔心起來，他從前見過她那副堅決的表情。「待在這裡很危險，愛拉，不只是對我們而言。想想那兩匹馬，牠們不懂得逃離人類，很容易成爲靶標。妳也不希望看到沃夫的牙齒掛在阿塔蘿的脖子上，對吧？我也想幫那些人，畢竟我在那裡待過，我知道沒有人應該過那種生活，尤其是孩子。可是我們能做什麼？更何況，我們只有兩個人。」

他眞心想幫助那些人，卻擔心留下來，阿塔蘿可能會傷害愛拉。他原本以爲自己失去了她，如今他們再度團聚，他怕若是留下來，可能眞的會失去她。喬達拉試圖尋找更有力的理由，說服愛拉離開。

「我們並不孤單。除了我們倆之外，也有其他人想改變現況。我們得找到方法幫助他們。」愛拉說完停下來思索：「我感覺沙木乃想要我們回去，所以才盛情邀請。我們必須參加明天的筵席。」

「阿塔蘿以前用過毒藥。如果再回去，我們很可能永遠無法離開。」喬達拉警告：「妳知道，她恨妳。」

「我知道。可是爲了那些孩子，我們無論如何都得回去。我們只吃我帶去而且沒有離開視線的東西。你覺得我們應該換地方紮營，或者留在這裡？」愛拉說：「明天之前，我有很多事情要做。」

「我不認爲搬來搬去有用，她們遲早會追蹤到我們。我們應該馬上離開。」喬達拉緊抓著她的雙臂，專注地望著她的眼眸，企圖使她改變心意。最後他放開手，知道她不會離開，而他會留下來幫助她。他打心底希望這麼做，但必須先確定無法勸她離開。他暗自發誓，絕不讓任何人或任何事傷害她。

「好吧。」他說：「我告訴過那些男人，妳絕不會容忍任何人遭受那樣的對待。我不認為他們相信我的話，不過我們需要幫助，才能把他們救出那裡。我承認，我很驚訝聽到沙木乃建議我們住她那裡。」喬達拉說：「我想她不是經常那樣做，她的住屋又小又偏遠，根本不適合用來招待訪客。愛拉，妳為什麼覺得她想要我們回去？」

「因為她打斷了阿塔蘿的提問，我不認為那個女頭目會覺得高興。喬達拉，你信任沙木乃嗎？」

他停下來想了想：「我不知道，我信任她，勝過信任阿塔蘿，但那不代表什麼。妳知道她認識我母親嗎？沙木乃年輕的時候住在第九洞穴，她跟我母親是朋友。」

「難怪她說起你們的語言那麼流利。可是，假如她認識你母親，為什麼不幫助你？」

「我也問過自己，或許她不想那麼做吧。她和瑪桑那之間一定發生過什麼事，我也不記得母親提過認識什麼人年輕時曾經和他們一起生活，只是我對沙木乃有一種說不出來的感覺。她確實替我療傷，儘管她不會為大部分男人做那麼多。我也認為她其實想做得更多，可是阿塔蘿不會允許她那樣做。」

他們卸下快快身上的行李，搭起帳篷，但兩人內心都覺得不安。愛拉開始準備明天的餐宴，喬達拉凝望著火堆。她剛開始準備了兩人的分量，但想到扣留區的男人吃得那麼少，決定增加分量。因為他們一旦開始吃東西，就會變得非常餓。

把火挑旺，喬達拉在那股高溫旁蹲了一會兒，看著他心愛的女人，然後走向她。「趁妳還有空的時候，女人。」說著將她擁入懷中：「我問候了馬和狼，卻還沒問候對我最重要的人。」

她露出燦爛笑容，而這樣的笑容總能喚起他溫暖的愛意與柔情。「我從來不會忙到沒空理你。」她說。

他緩緩彎下身，親吻她的嘴。一想到失去她的恐懼與痛苦，突然間，他徹底被擊潰了。「我好怕再也見不到妳……我以為妳死了。」他抱緊她，緊繃又寬慰的嗚咽，使他聲音沙啞：「阿塔蘿怎麼對待我，都不會比失去妳更糟。」

他緊緊抱著她。她幾乎無法呼吸，卻不希望他放手。他熱烈地親吻她的嘴和脖頸，開始用雙手靈巧而熟練地探索他熟悉的女體。

「喬達拉，我確定艾帕朵在跟蹤我們……」

他喘著氣抽身。「妳說的對，現在時機不恰當。假如她們追來，我們毫無招架之力。」他應該很清楚狀況，覺得自己有必要解釋一下：「只不過……我以爲再也見不到妳。和妳一起在這裡就像大媽的恩典……呃……讓我想要榮耀她。」

愛拉抱著他，希望讓他知道自己也有相同的感覺。她突然想到，以前他想要她時，從來沒解釋任何理由。她也不需要解釋，只是要避免自己忘記兩人的危險處境，避免順服自己對他的渴望。然而此刻，她感覺自己對這個男人的熱情無法抑制地滋長，於是再度考量狀況。

「喬達拉……」她的溫柔語調引起他注意。「如果你眞的想要，我們可能遙遙領先艾帕朵。她會花上一段時間才能追蹤到這裡……而且沃夫會警告我們……」

喬達拉望著她，聽明白她的意思，擔憂皺起的眉頭逐漸鬆開，嘴角化成一道微笑的曲線，引人注目的藍眼睛充滿了渴望和愛。「愛拉，我的女人，我可愛的美麗女人。」他的渴求使他的聲音嘶啞。

他們許久沒有交歡，喬達拉已經準備好了，他體貼地耐住激情，花時間好好地親吻她。她張開雙唇，讓他探入溫熱的嘴，促使他想到其他張開的唇瓣和溫暖潮濕的開口。他的陽具先行勃起，很難把持自己不更進一步地取悅她。

愛拉閉上雙眼抱緊他，只想著他貼在自己嘴上的嘴和輕柔探索的舌頭。他熱脹的陽具抵著她，而她的反應就和他一樣快，強烈的衝動使她不想等待。她想更貼近他，近得只感覺到他在自己裡面。她讓雙唇繼續覆在他的唇上，環繞他頸部的雙臂往下滑，解開自己的綁腿綁腰，然後伸手替他解開繩結。

喬達拉感覺到她摸弄著他細皮帶上難以拆解的繩結，於是挺直身子，中斷兩人的纏綿，對著色澤如同某些細緻燧石的藍灰眼睛微笑，從刀鞘拔出刀子，再次割開反正已經需要替換的繫帶。她露齒而笑，撩高下半身衣物，踏出幾步坐在鋪蓋捲上。她解開靴子繫帶時，他也跟了上來，解開自己的靴子繫帶。

兩人側身躺著，再次擁吻。喬達拉把手伸進她的兜帽毛皮大衣與束腰上衣內，探摸堅挺的胸部，感覺她的乳尖在掌心變硬。他撥開她的厚重衣物，露出的撩人乳尖遇冷收縮，直到被他含入口中才溫熱起來，但沒有鬆弛。她迫不及待翻身躺臥，將他拉過來，張腿迎接他。

欣喜她和自己一樣準備好了，他跪在她溫熱的大腿間，引導渴望的陽具進入她的深井，帶著歡愉的呻吟深入，讓潮濕的溫暖含納並愛撫他脹滿的陽具。

愛拉感覺他深深插入自己裡面，帶領他更接近她的核心。她弓起身迎向他，讓自己忘卻一切，專注享受他在體內注滿的溫熱。他抽回來，從裡面愛撫她，然後再度充滿她。當他的長肉棒抽回後再度插入，她歡愉呼喊。隨著他每次進入，陽具都恰當地摩擦她小小的快感中心，將陣陣亢奮傳遍她全身。

喬達拉快速醞釀，一度擔心自己太快了。不過就算他努力，也無法把持自己，而這一回他沒有嘗試。他讓自己挺進、抽回，任由渴求左右著。移動的速度穩定加快，在兩人相互呼應的律動中感知她激切的深情。突然間，他勢不可當地達到高潮。

帶著與他相同的激情，她已經爲他準備好了。她奮力迎向他，輕聲說著：「現在，啊，現在！」她的鼓勵是個驚奇，從前她不曾這樣做過，現在則立即產生了效果。再次插入，使他堆疊的快感洶湧爆發，猛然的歡愉得到徹底的解放。她只慢了一步，在下一刻便狂喜地大叫一聲，也達到高潮。又經過幾回衝刺後，兩人都安靜了下來。

他們的交歡雖然很快結束，卻顯得深刻而強烈，愛拉過了一會兒才從高潮顛峰平復下來。喬達拉覺得自己壓在她身上太重了，翻個身側躺在她身邊，這讓她有一種難以解釋的失落感，盼望兩人能繼續緊貼在一起。他莫名地使她完整，她徹底意識到自己有多擔心他，對他的想念深刻衝擊著她，感覺淚水刺痛了眼睛。

喬達拉看見一滴晶瑩淚珠從她眼角順著臉頰滑落耳邊，便撐起身子看著她。「怎麼了，愛拉？」

「我只是太開心能和你在一起。」她說著，滾滾的淚水在眼眶打轉後，奪眶而出。

喬達拉用手指沾起來，品嘗著鹹鹹的淚水。「開心怎麼會哭呢？」他問，雖然他知道。

她搖搖頭，一度無法言語。他微笑，明白她也和他一樣，對於兩人再度團聚，感到無比的寬慰與感恩。他彎身親吻她的眼睛、脖頸，最後吻上她美麗微笑的嘴。「我也愛妳。」他在她耳邊輕聲細語。他感覺到陽具隱隱顫動，盼望能再次交歡，但現在時機不對。艾帕朵一定還在追蹤，遲早會發現他們。

「附近有條溪流，」愛拉說：「我得洗澡，順便裝滿水袋。」

「我跟妳一起去。」他說，一方面是因爲還想貼近她，一方面則覺得應該保護她。

兩人拾起下半身的衣物、靴子、水袋，走到一條相當寬的溪流。水面幾乎完全冰封，只剩中間一小部分仍然流動著。他在冰水中冷得發抖，知道自己洗澡純粹是因爲她會這樣做。平日他滿足於讓自己穿著溫暖衣物，她卻只要有機會就把自己清洗乾淨，不論水有多冷。他知道那是她穴熊族養母教導她的儀式，儘管如今她已經會用馬木特伊氏語，向大媽喃喃祈求。

他們把水袋裝滿，走回紮營處，愛拉想起了用標槍射斷喬達拉的綁繩前，自己目睹的那一幕。

「你爲什麼不跟阿塔蘿交歡？」她問：「你在她的族人面前嚴重傷了她的自尊。」

「我也有自尊。沒有人能強迫我共享大媽的恩典，而且和不和她交歡，也不會有任何差別，因爲我確信她最終只是想把我當成靶標。不過現在，我反而認爲妳要小心。『無禮又不友善』……」他咯咯笑了出來，然後正色說：「妳知道，她恨妳。只要逮到機會，她一定會殺了我們。」

第三十章

夜裡愛拉與喬達拉安歇，對任何聲響保持警覺。馬兒被拴在附近，愛拉讓沃夫待在她的鋪蓋捲旁。明知牠一察覺不尋常便會發出警告，愛拉仍然睡得不好。她的夢境兇險又雜亂無章，缺乏明確的訊息或警告，只見到沃夫不斷出現在夢中。

她醒來時，第一道陽光穿透東方溪流邊的柳樹與樺樹光禿的樹枝。他們置身的隱蔽峽谷其餘部分依舊漆黑。她在逐漸變亮的光線中，開始清楚看見針葉較粗的雲杉和針葉柄較長的石松。夜裡灑落的乾雪微粒，染白了常青樹、糾結的灌木叢、乾燥禾草和鋪蓋捲，愛拉感覺身心舒暢溫暖。

她幾乎忘了喬達拉睡在身旁的感覺有多美好，特地靜靜躺了一段時間，只爲了享受他的親近。然而她的心思不平靜，一直憂慮眼前這一天，思索該爲那場盛宴準備什麼。她終於決定起身，試圖溜出毛皮，卻感覺喬達拉的手臂更穩固地環繞她，將她拉了回去。

「妳非得起身了嗎？我已經好久沒感覺到妳在身旁，眞不想讓妳走。」喬達拉說，用鼻子磨蹭她的頸部。

她躺回他溫暖的懷抱：「我也不想起身。天氣冷，我想和你一起窩在毛皮裡。可是我必須開始爲阿塔蘿的『盛宴』煮點東西，也替你做早餐。你不餓嗎？」

「既然妳說了，我想我餓得可以吃下一整匹馬！」喬達拉誇張地打量一旁的兩匹馬。

「喬達拉！」愛拉神情震驚。

他對她咧著嘴笑：「當然不是吃我們的馬。我最近吃過馬肉——那段期間我什麼都吃。如果不是那麼餓，我也不會吃馬肉。要是沒有其他選擇，我會吃你煮的任何東西。」

「我知道，但你不必吃馬肉，我們有其他食物。」她說。兩人繼續依偎了一會兒，愛拉掀開毛皮：「火已經熄了。如果你重新生火，我就能泡早茶。今天我們需要烈火，還有很多木頭。」

前一天的晚餐，愛拉用乾燥的野牛肉和植物根，加入取自石松毬果的少許松子，準備了比往常分量更多的濃湯。喬達拉吃得比他自己想像的少。愛拉收拾完剩餘食物，拿出一籃比櫻桃大不了多少的完整小蘋果。這些蘋果在她追蹤喬達拉時發現的，當時雖已結凍，卻仍然掛在面南山坡矮小無葉的樹叢上。她將堅硬的小蘋果切半去籽，連同乾燥玫瑰果滾煮一段時間，隔夜留置在火堆旁。到了早上，成品已經冷卻，從天然果膠變成了濃稠果醬，帶有少許需要咀嚼的蘋果皮。

泡早茶之前，愛拉倒了點水在剩下的湯裡，又在火堆放了更多烹煮石，把湯加熱當早餐。她也品嘗濃稠的蘋果混合物，結凍緩和了硬蘋果的酸味，加入玫瑰果則增添了微紅色澤和強烈甜味。她盛了一碗給喬達拉佐湯。

「這是我吃過最棒的食物！」喬達拉吃了幾口，大為讚賞：「妳放了什麼東西進去？怎麼會這麼好吃！」

愛拉微笑：「『飢餓』是最好的調味料。」

喬達拉點點頭，在吃進下一大口前說：「我想妳說的對。那些還在扣留區的人眞的很可憐。」

「有食物的時候，不應該有人挨餓。」愛拉冒起怒火。「如果所有人都挨餓，那是另外一回事。」

「嚴酷冬季快結束前，偶爾是會挨餓。」喬達拉說：「妳挨餓過嗎？」

「我餓過幾餐，而且偏愛的食物總是最先消失。如果知道去哪兒找，通常就能找到東西吃——假如你行動自由，可以四處去找！」

「我知道有人挨餓是因爲食物吃光了，而且他們不知道去哪裡找。但妳好像總能找到東西吃。愛拉，妳怎麼知道那麼多？」

「伊札教我的。我想我一直對食物和植物感興趣。」愛拉說完頓了一下：「我猜想，在伊札發現我之前，我曾經差點餓死。當時我還小，沒什麼印象。」臉上閃現回憶時的溫柔笑容。「伊札說，她從沒見過像我一樣，這麼快就學會去哪裡找食物，尤其我不是天生就擁有找食物的本事，也沒有找食物的記憶。她說，是飢餓教會了我。」

狼香虎嚥吃下第二大碗，喬達拉看著愛拉整理她小心儲藏的食物補給，開始準備赴宴的菜餚。先前他們藏起大部分的配備，只攜帶最基本的必需品，她一直思索要用什麼大容器烹煮，才能容納足供整個沙木乃氏營地的分量。

她把最大水袋裡的東西全倒進小碗和烹煮器具，然後拆開和外層獸皮縫在一起的襯裡。以原牛的胃製成的襯裡不完全防水，但滲漏得很慢。水氣會被覆蓋的軟皮革吸收，透過皮毛揮發，讓外部維持基本的乾燥。她割開襯裡頂端，用縫紉工具中的筋腱綁在木頭框架，重新在裡面裝滿水，等待稀薄的水氣滲透。

先前生起的烈火已經減弱，持續不斷燃燒著木炭。她把裝上框架的水袋直接放在木炭上，確保手邊有多餘的水讓皮袋持續裝滿。等待水滾的同時，她開始編織緊密籮筐——用那些因雪的水氣而變得有彈性的黃色禾草和柳枝。

水中冒出了氣泡，她剝開長條狀乾燥瘦肉和一些含油脂的塊狀旅行食物放進去，烹煮濃郁的肉湯。接著，她加進多種穀類，打算稍後混入些許乾燥植物根部——野胡蘿蔔、含澱粉的野豆，外加其他豆莢、蔬菜莖部、乾燥黑醋栗、藍莓。她挑選調味的香草，包括了款冬、熊蔥、酸模、羅勒、繡線菊，還有一點鹽，那是從馬木特伊氏夏季大會保留到現在的，連喬達拉都不知道還有剩餘。

他不想離開太遠，只待在附近收集木頭、取水，採割禾草、柳枝，供她編織籮筐。他很開心能和她在一起，不想讓她離開視線。她也同樣高興再度有他陪伴。看到她用掉了大量的食物補給，他開始擔心起來。他剛剛才體驗過極度的飢餓，因此非常在意食物。

「愛拉，那道菜加了很多緊急存糧。如果妳用了太多，我們往後可能會不夠吃。」

「我要確定分量足夠餵飽阿塔蘿營地的所有人，包括男人和女人，讓他們知道通力合作會有怎樣的儲糧。」愛拉解釋。

「也許我該帶著標槍投擲器，看看能不能找到新鮮的肉。」他憂心地皺著眉。

她抬頭望著他，驚訝他的擔憂。到目前爲止，他們一路上吃的東西，大部分是沿途一點一滴收集來的，偶爾使用存糧大多是基於方便，更勝於需要。除此之外，還有更多食物補給和其他東西一起藏在河邊。她仔細觀察他，這才發現他變瘦了，開始理解他不尋常的焦慮。

「這主意可能不錯，」她同意。「也許你該帶沃夫一起去，牠擅長搜尋、驅趕獵物。萬一有人在附近，牠還會警告你。我確信艾帕朵和阿塔蘿的狼女還在找我們。」

「假如我把沃夫帶走，誰來警告妳？」喬達拉說。

「嘶嘶會知道有沒有陌生人靠近。不過這道菜一煮好，我就會離開這裡，折返沙木乃氏的聚落。」

「妳還要煮很久嗎？」他在斟酌決定時，眉頭皺得更緊。

「希望不會，只是我不習慣一次煮這麼多，所以還不確定。」

「我看我還是等妳，晚一點再去打獵吧。」

「隨你決定嘍。如果你要待在這裡，可以幫忙找更多木頭。」她說。

「好，我就去幫妳找更多木頭。」他決定後看了看四周，接著補充：「我也會把妳用不到的東西都打包好，這樣我們就可以準備出發了。」

烹煮耗費的時間，比愛拉預期的還更久。早上過了一大半，喬達拉才帶著沃夫探查這個地區，主要是爲了確定艾帕朵不在附近，而不是找獵物。他有點驚訝這隻狼這麼熱切地想陪伴他……當愛拉要求的時候。他一直把沃夫當作愛拉獨有，從沒想過帶牠一起走。這隻動物是打獵的好夥伴，而且確實會把動物驅趕出來，喬達拉決定讓牠自己去獵兔子吃。

他們回來後，愛拉遞給喬達拉一大碗她爲沙木乃氏營地準備的美味熱食。他們一天通常只吃兩餐，喬達拉一看到碗裡堆高的食物，立刻發現自己飢腸轆轆。她也吃了一些，並且分一些給沃夫。

一直到中午過後，他們才準備好要離開。等待食物烹煮時，愛拉做好兩個側邊相當陡的碗形籮筐，容量都很大，其中一個比另一個還稍大一點，裡面裝滿了濃郁多料的豐富雜燴。她甚至加了一些來自石松毬果的油松子。她知道營地的人大多吃瘦肉，豐富的脂肪和油最能吸引他們。雖然不完全理解原因，她也知道那是他們想獲得溫暖和精力最需要的東西，尤其在冬天。另外，穀類也可以讓每個人都感到飽足。

愛拉把淺籮筐當蓋子，倒過來遮蓋堆滿食物的碗形籮筐，然後抬到嘶嘶背上。固定籮筐的套子，是她以乾燥禾草、柳樹迅速粗略編在一起的，因爲這個套子只用一次就會丟棄。兩人出發，沿著另一條路徑返回沙木乃氏聚落，在路上討論抵達阿塔蘿營地後，該怎麼安排這些動物的去處。

「我們可以把馬藏在河邊樹林，繫在樹上，我們再徒步走過去。」喬達拉建議。

「我不想綁住牠們。要是阿塔蘿的手下獵人碰巧發現，牠們太容易被獵殺。」愛拉說：「如果牠們行動自由，至少有機會逃走，而且我們吹口哨時，牠們也能過來。我寧願讓牠們待在我們看得見的近處。」

「那麼營地旁的乾草原應該適合牠們。我想，不用綁著，牠們也應該會待在那兒。把牠們帶到有東西吃的地方，牠們通常就會乖乖待在附近。」喬達拉說：「何況我們兩人都騎馬到營地，一定會讓阿塔蘿和沙木乃氏人印象深刻。假如他們和我們遇到的其他人一樣，可能會害怕能夠控制馬的人。因爲他們都認為那和幽靈或巫術之類的東西有關。他們畏懼我們，這對我們有利，畢竟我們只有兩個人，需要善用任何優勢。」

「那倒是真的。」愛拉皺眉說。除了為兩人和動物擔憂，也因為她其實並不喜歡利用沙木乃氏人沒有事實根據的恐懼。那樣做讓她感覺自己好像在欺騙別人。可是，他們正冒著生命危險，和扣留區那些男孩與男人沒有兩樣。

愛拉很難抉擇，她得從兩樁不道德的行為中，選擇其中一個。話又說回來，不惜讓兩人性命陷入危險，堅持要回去幫忙的人是她，她必須克服自己根深柢固的誠實品德。想要拯救那些男孩、男人和他們自己，徹底擺脫阿塔蘿的瘋狂，她非得做出比較無害的不道德行為。

「愛拉，」喬達拉說：「愛拉？」由於她沒有回答他的問題，他重複喊著。

「呃……什麼？」

「我說，沃夫怎麼辦？妳也打算帶牠去嗎？」

她停下來想了想。「不，我不打算帶牠去。她們只知道有兩匹馬，還不知道有狼。考量到她們喜歡對狼做的事，我不想給她們機會太接近沃夫。我會要牠躲好，我想牠會照辦，只要讓牠偶爾看得到我就行了。」

「牠要躲哪裡？聚落附近都是開闊的地形。」

愛拉想了一會兒：「沃夫可以躲在我觀察你們的地方。喬達拉，我們可以從這裡繞上山坡。通往那個地點的小溪沿岸，有一些樹和灌木叢，你可以和馬兒先在那裡等我把沃夫安置好，然後我們再從另一個方向騎馬繞回營地。」

沒有人發現兩人從樹林邊緣進入空地，最早看見他們各自騎馬越過空地聚落的人，覺得兩人好像就那樣出現了。他們抵達阿塔蘿的大土屋，所有聚集的人都注視著他們，連扣留區那些男人也擠在圍欄後面，透過縫隙觀看。

阿塔蘿擺出發號施令的姿態，雙手扠在腰臀，岔開雙腿。看見兩人出現，而且各騎了一匹馬，她既震驚又非常擔心，當然她是絕不會承認的。少數成功逃離她的人都盡快逃得愈遠愈好，不曾有人回來。這兩個人擁有什麼特殊力量竟敢再回來？阿塔蘿內心深處隱隱畏懼遭受大媽和她的幽靈世界報應，搞不清神祕女人和高挑的英俊男人再度現身代表的意義。畢竟是心機頗深的女首領，她在言談間完全沒有顯出憂慮。

「所以你們眞的決定回來了。」她看著沙木乃，示意她翻譯。

喬達拉發現巫師一臉驚訝，還感覺她鬆了一口氣。將阿塔蘿的話翻譯成齊蘭朵妮氏語之前，她直接對兩人說話。

「不論她說什麼，我都建議你別待在她的住屋，瑪桑那之子。我還是請你們住我那裡。」她說完便重述阿塔蘿的問候。

女頭目留意著沙木乃，確信她所說的比需要翻譯的話更多，偏偏自己完全聽不懂齊蘭朵妮氏語，也無從確認。

「我們爲什麼不回來，阿塔蘿？我們不是受邀參加盛宴嗎？」愛拉說：「我們還貢獻了一些食物呢。」

當發言被翻譯，愛拉熟練地下馬，抬起最大的碗形籮筐，放在阿塔蘿和沙木乃之間。她掀開籮筐的蓋子，和其他食物一起烹煮的成堆穀物冒出陣陣香氣，吸引在場所有人的驚奇注視，甚至口水直流。這幾年他們鮮少吃得這麼豐盛，尤其在冬季，連阿塔蘿也一度難以抗拒。

「看起來足夠所有人吃了。」她說。

「這只是給女人和小孩的。」愛拉說完，取下喬達拉帶來的碗形編織小籮筐，放在第一個籮筐旁，掀開蓋子聲明：「這個是要給男人的。」

柵欄後方及走出土屋的女人暗暗傳出耳語。阿塔蘿則勃然大怒：「你說要給男人是什麼意思？」

「營地首領為訪客設宴，所有人必然都會出席吧？我認定妳是整個營地的首領，我希望我帶來的東西足夠所有人享用。妳是所有人的首領，不是嗎？」

「我當然是所有人的首領。」阿塔蘿氣急敗壞地說，一時間啞口無言。

「如果你們還沒準備好，我就得把這些碗形籮筐先帶到屋裡，以免結凍了。」愛拉說，再次拿起較大的籮筐，轉向沙木乃，而喬達拉拿起另一個籮筐。

阿塔蘿迅速回神：「我邀請你們待在我的住屋。」

「這時候妳應該正忙著準備，」愛拉說：「我不想打擾營地首領分派工作。我們還是待在大媽侍者那裡比較方便。」沙木乃翻譯完又補充：「依照慣例向來是如此。」

愛拉轉身離開，低聲對喬達拉說：「往沙木乃的住屋走！」

阿塔蘿看著兩人和巫師離開，邪惡的笑容逐漸改變她的面容，使原本美麗的臉龐變得醜惡不堪。他們回來這裡眞是愚蠢，她心裡暗自叫好，知道自己有機會如願以償，殺掉這兩個人。她必須先讓兩人卸除防備，一想到這裡，她又慶幸讓他們和沙木乃一起離開，沒有留在這裡礙事。她希望有足夠時間思考，等艾帕朵回來時商討復仇計畫。

此刻，她必須先把這場盛宴擺設起來。她示意一名生下女嬰的得寵女人，要她告訴其他女人準備一些食物來慶祝。「分量要足夠所有人吃，」女頭目說：「包括扣留區的男人。」

女人神情驚訝地點點頭，迅速離去。

「我猜你們會想喝點熱茶。」沙木乃帶愛拉與喬達拉看完他們就寢的地方，故作輕鬆地說著，因為她預期阿塔蘿隨時會過來下命令。他們喝完茶仍然沒有人前來打擾，她才稍微鬆了一口氣。在女頭目沒有反對的情況下，愛拉和喬達拉在那裡待得愈久，就愈有可能被允許留下來。

一旦擔憂阿塔蘿的緊繃情緒得到緩解，令人不自在的寂靜包圍著火堆邊的三個人。愛拉儘量以自然不刻意的方式，仔細觀察這位大媽侍者。她的臉罕見地扭曲，左側明顯突出右側許多，愛拉猜測沙木乃發育不完全的右顎在咀嚼時，甚至可能有點痛。她沒有掩飾那份缺陷，淡棕色的斑白頭髮筆直端莊，往後撥攏，在頭頂盤起平順的髮髻。基於某種無法解釋的理由，愛拉對這個年長女人感到好奇。

愛拉注意到沙木乃的態度遲疑，感覺到她猶豫不決，一直望著喬達拉，彷彿想對他說什麼卻很難啓齒，似乎在尋找得體的方式，提出棘手的話題。

愛拉出於直覺開了口。「喬達拉告訴我，妳認識他母親。」她說：「我還納悶妳是在哪裡學會他的語言，居然說得這麼好。」

女人神情吃驚地望著愛拉。他的語言，她心想，和她不同嗎？愛拉幾乎感覺到巫師開始緊張地估量她，但她也同樣堅定地回望。

「對，我認識瑪桑那，還有她的配偶。」

沙木乃似乎想說更多，但卻沉默下來。喬達拉適時塡補了空檔，熱切想談論自己的故鄉和家庭，尤其是和眼前這位曾經認識他們的對象。

「妳在那裡的時候，約科南是首領嗎？」喬達拉問。

「不是，但我不驚訝他成爲首領。」

「大家說瑪桑那幾乎是副首領，我猜就像馬木特伊氏的女頭目。因此，約科南死後……」

「約科南死了？」沙木乃打岔。愛拉感受到她的震驚，察覺她的表情近乎悲痛，隨即又恢復鎭定。

「那時候你母親一定很難過。」

「我相信，不過她並沒有太多時間去思考或陷入長期的悲傷，因為每個人都極力推舉她成為首領。我不知道她什麼時候遇到達拉納，他們相遇時，她已經當了幾年第九洞穴的首領。齊蘭朵妮告訴我，母親在他們配對前就懷了我，所以應該算非常幸運。可是我出生幾年後，他們分開了，他選擇離開。我不知道發生了什麼事，到現在大家仍然記得有關他們相愛的悲傷故事和歌謠，他們令大媽困窘。」

愛拉感興趣地催促他繼續說下去，沙木乃也顯得很好奇：「她後來再度配對，生下更多孩子，不是嗎？我記得你還有個弟弟。」

喬達拉對著沙木乃繼續說：「我弟弟索諾倫出生在威洛馬的火堆地盤，我妹妹弗拉那也是。對我母親瑪桑那來說，那應該是一樁好配對，她和他處得很開心，而且他一直對我很好。他經常旅行，為母親執行交易任務。我有很長一段時間把威洛馬視為我火堆地盤的男人，直到我和達拉納一起生活，對他有多一些認識。我還是覺得和威洛馬很親，雖然達拉納對我非常好，我也愈來愈喜愛他，不過每個人都喜歡達拉納。他發現燧石礦場，遇到潔莉卡，建立他自己的洞穴。他們有個女兒約普拉雅，是我的親表妹。」

愛拉突然想到，假如是男人和女人共同造出新生命，那麼這個所謂的「表妹」，實際上就是他妹妹，和弗拉那一樣。他叫她親表妹，是因為認為兩人的親近，更甚於母親姊妹的孩子或母親兄弟配偶的孩子之間的關係嗎？在她仔細尋思喬達拉的親屬關係隱含的意義，而這段有關喬達拉母親的對話也不斷持續進行。

「……後來我母親把領導權移交給約哈倫，不過他堅持要她繼續輔佐他。」喬達拉說：「妳怎麼知道我有弟弟？」

沙木乃目光空茫地遲疑了一會兒，彷彿回到了過去。她緩緩開始訴說：「我被帶到那裡時年紀還小，我母親的哥哥是這裡的首領，我是他最疼愛的孩子，也是他兩個妹妹生下的唯一女孩。他年輕時曾長途旅行，認識有名望的齊蘭朵妮亞。由於我似乎擁有某些侍奉大媽的天賦，他希望我接受最好的訓練，於是帶我到第九洞穴，因爲你們的齊蘭朵妮是首席大媽侍者。」

「那好像是第九洞穴的傳統。在我離開時，我們的齊蘭朵妮才剛被選爲首席。」喬達拉述說著。

「你知道現在的首席大媽侍者原本叫什麼名字嗎？」沙木乃好奇地問。

喬達拉露出苦笑，而愛拉覺得自己明白原因。「我認識她的時候是索蘭那。」

「索蘭那？就首席而言，她很年輕，不是嗎？我在那裡的時候，她還只是個漂亮的小女孩。」

「或許是很年輕，不過這一切都是注定的。」喬達拉說。

沙木乃點點頭，繼續講述她的故事：「瑪桑那和我年齡差不多，她母親的火堆地盤地位崇高。我伯父和你的曾祖母協議，要我和她一起生活。他只待到確定我安頓好就離開了。」沙木乃眼神飄渺，然後露出微笑：「瑪桑那和我就像姊妹，甚至比姊妹還親，更接近雙胞胎。我們喜歡相同的東西，分享一切。她甚至決定跟我一起接受訓練，成爲齊蘭朵妮。」

「我不知道那件事。」喬達拉說：「或許她因而培養出領導特質。」

「也許吧，不過我們倆當時都沒想過當首領。我們就是分不開，想要相同的東西……直到那成爲問題。」沙木乃就此打住。

「問題？」愛拉激勵她說下去：「和朋友感情那麼親密，會有什麼問題呢？」她想起狄琪，想到結交好朋友有多棒，就算時間短暫。她希望成長的過程中認識那樣的人。雖然愛拉喜愛如妹妹般的烏芭，但烏芭是穴熊族人，兩人始終無法完全理解對方，例如愛拉天生的好奇心和烏芭的記憶。

「對，」沙木乃看著年輕女人說，忽然又注意到她不尋常的口音。「問題在於我們愛上同一個男人。我認爲約科南可能同時愛著我們兩人，他曾經提到雙重配對。我想瑪桑那和我都會願意，但那時老齊蘭朵妮過世，約科南去找繼任者尋求建議。對方告訴他選擇瑪桑那。我當時認爲原因是瑪桑那很美，而且她的臉沒有扭曲。如今我猜想，可能是因爲我伯父告訴他們，他希望我回家鄉。因爲極度悲憤，我沒等他們行配對禮，在他們告知我這個消息不久，就啓程返回家鄉。」

「妳獨自回到這裡？」喬達拉問：「自己一個人橫越冰川？」

「對。」女人說。

「能夠旅行那麼遠的女人不多，尤其是獨自一個人。那樣做很危險，也很勇敢。」喬達拉說。

「是很危險，我差點掉進冰川裂縫。可是我不確定那有多勇敢，我想是憤怒支撐著我。當我回來時，一切都變了。我離開很多年，我的母親、姨媽、兄弟、表兄弟姊妹都往北遷移到其他沙木乃氏居住的地方。我母親在那裡過世，我伯父也過世了，另一個叫作布魯加的陌生男人成爲首領。我不確定他從哪裡來，人長得不英俊，但看起來挺有魅力，大體來說非常迷人，可是他殘酷凶狠。」

「布魯加……布魯加，」喬達拉說著閉上眼睛，回想自己在哪裡聽過這個名字。「那不是阿塔蘿的配偶嗎？」

沙木乃突然十分焦慮地站起身來。「有人想再來點茶嗎？」她問。愛拉與喬達拉都接受她的提議。她爲兩人各倒了一杯新鮮的熱藥草茶，也爲自己倒了一杯。坐下來之前，她對兩人說：「我以前從沒告訴過任何人這些事情。」

「爲什麼妳現在要告訴我們？」愛拉問。

「這樣你們才會明白。」她轉向喬達拉說：「沒錯，布魯加是阿塔蘿的配偶。顯然他成爲首領後，很快就開始進行改造，第一步就是讓男人比女人更重要。先從小事情開始，女人要說話前必須等男人允許，女人不准碰武器。剛開始似乎沒什麼大不了，男人只是享受權力。可是，當有女人因爲暢所欲言而被毆打致死，作爲懲罰，其他人開始意識到事態非常嚴重。大家不知道發生了什麼事，也不知道怎麼恢復原來的狀況。布魯加激發出男人的劣根性，擁有一群跟班，我想其他人不敢不聽從。」

「眞想知道他那些惡劣的想法從哪來的?」喬達拉說。

愛拉忽然靈機一動問：「布魯加的長相如何?」

「輪廓深而粗獷，但就像我說的，非常迷人、有吸引力，如果他想要的話。」

「這一帶有很多穴熊族，也就是扁頭嗎?」愛拉問。

「以前曾經有，現在不多了，這裡的西邊有很多。爲什麼這麼問?」

「沙木乃氏對他們有什麼看法?尤其是那些雜交靈?」

「嗯，他們不像齊蘭朵妮氏，把那些人當作孽種。有些男人和扁頭女人配對，一般人容忍他們的後代。據我所知，兩個族群都不太能接納那些人。」

「妳覺得布魯加可不可能是雜交靈?」愛拉問。

「妳怎麼會問這些問題?」

「因爲我認爲他一定和你所說的扁頭一起生活過，或許在那裡長大。」愛拉回答。

「怎麼說?」巫師問。

「因爲妳描述的事情，是穴熊族的行爲模式。」

「穴熊族?」

「那是『扁頭』對自己的稱呼。」愛拉解釋完開始推測：「不過，假如他言談迷人，或許不是一直和他們共同生活。他可能不是在那裡出生，但後來去了那裡。身爲雜交靈，他勉強被容忍，可能被當作畸形。我懷疑他並不是眞的明白穴熊族的行爲模式，所以被當成外人，說不定過得很悲慘。」

沙木乃感到驚訝，眼前這個陌生人怎麼知道這麼多。「就從來沒見過面的人來說，妳好像非常了解布魯加。」

「那麼他是雜交靈嗎?」喬達拉說。

「對，阿塔蘿告訴我他的背景。他母親顯然是純粹的雜交靈，一半是人類，一半是扁頭，她母親是純粹的扁頭。」沙木乃開始細述。

也許是異族男人強迫她造出的孩子，愛拉心想，就像部落大會上，和杜爾克訂下婚約的女嬰孩。

「她的童年一定很不快樂，幾乎還沒成為女人，就和一個男人離開了族人，他族人住在西邊的洞穴。」

「蘿莎杜那氏嗎？」喬達拉問。

「嗯，我想一般人是那樣稱呼他們。總之，她離開後不久就懷了男寶寶，那就是布魯加。」沙木乃繼續說。

「布魯加，有時也叫布魯格？」愛拉打岔問道。

「妳怎麼知道？」

「布魯格可能是他的穴熊族名字。」

「我猜想，帶他母親出走的男人經常毆打她。天曉得為什麼，有些人就喜歡那樣。」

「穴熊族女人從小就被教導要接受那種行為。」愛拉說：「男人不能互毆，卻可以打女人作為懲戒。他們不應該打女人，可是有些男人就是會這樣做。」

沙木乃點頭表示理解：「所以，一旦共同生活的男人動手，布魯加的母親剛開始可能認為理所當然，導致後來的情況愈來愈惡化。喜歡打女人的男人通常就是這樣，而且他也開始毆打那個男孩，或許因此讓她下定決心離開。總之，她帶著布魯加逃離配偶，回到族人身邊。」沙木乃說。

「如果她在穴熊族的長大過程是那麼痛苦不堪，她兒子的處境只會更糟，因為他甚至不是純粹的雜交靈。」愛拉說。

「假如靈是以我們所預期的方式混雜，他會有四分之三是人類，四分之一是扁頭。」沙木乃說。

愛拉突然想起自己的兒子杜爾克，布勞德一定會讓他過得很難受，如果他變得像布魯加那樣怎麼辦？不過杜爾克是純粹的雜交靈，何況還有烏芭愛著他，布倫也會訓練他。布倫擔任首領時，接納了還是嬰兒的杜爾克成爲穴熊族人，他會確保杜爾克知道穴熊族的行爲模式。我知道他有能力說話，只要有人教他，但他可能也擁有記憶。如果是那樣，他有可能在布倫的協助下，成爲純粹的穴熊族人。

沙木乃對這個謎樣年輕女人忽然有了模糊的認識。「愛拉，妳怎麼知道那麼多有關扁頭的事？」她問。

這個問題讓愛拉大吃一驚。她沒有像和阿塔蘿互動時那樣保持戒心，也不打算迴避問題，因此脫口說出實情：「是他們把我撫養長大。我的族人在一場地震中喪生，他們收養了我。」

「妳的童年一定比布魯加還難捱。」沙木乃說。

「不，就某方面來說，我覺得比較好過。他們不把我當作畸形的穴熊族孩子，我只是與眾不同，是個異族──他們這麼稱呼我們這種人。他們對我沒有期望，對他們來說，我會做某些非常奇怪的事情，讓他們不知道如何看待我。不過我相信有些人眞的覺得我很遲鈍，因爲我很難記住事情。我的意思是，在他們之中成長並不容易，我得學習他們說話的方式，以他們的方式生活，認識他們的傳統。要融入很難，但我很幸運，養育我的伊札和克雷伯愛我。如果沒有他們，我不可能活下來。」

愛拉講述的內容在在讓沙木乃心生疑問，但此刻並不適合問清楚。「幸虧妳不是雜交靈。」她說著，意味深長地瞥了喬達拉一眼：「尤其是妳要去見齊蘭朵妮氏人。」

愛拉留意到沙木乃的目光，明白其中的含意。她想起喬達拉一得知是誰養大她時的反應，後來發現她兒子是雜交靈，他的反應更糟。

「妳怎麼知道她還沒見過他們？」喬達拉問。

沙木乃停下來思索這個問題。她怎麼知道？她對他微微笑：「你說你正要回你的家鄉，而她說『他的語言』，而不是她的語言。」突然間，她恍然大悟。「那種語言！那種口音！現在我知道在哪裡聽過了。布魯加也有那種口音！愛拉，他的口音不像妳那麼重，不過他說自己的語言時，不像妳把喬達拉的語言說得那麼好。他一定是在和扁頭共同生活時養成那種說話……習性，不算是口音。妳的發音不太一樣，既然我聽出來了，我想我再也不會忘記。」

愛拉覺得難爲情，她非常努力要說得正確，只是永遠無法發出某些音。大多數情況下，她已不再因爲有人提到這一點而困擾，但沙木乃卻大肆議論。

巫師留意到她的困窘。「很抱歉，愛拉，我不是有意讓妳尷尬。妳的齊蘭朵妮氏語眞的很流利，可能說得比我還好，我已經忘了太多。而且妳不算是眞的有口音，而是有別的什麼，我相信大部分人都不會發現。只是妳讓我更了解布魯加，也間接協助我了解阿塔蘿。」

「協助妳了解阿塔蘿？」喬達拉問：「但願我明白爲什麼有人能夠那麼殘酷。」

「她不是一直那麼壞。我剛回來時曾經欣賞過她，也爲她感到非常遺憾。不過就某方面來說，她是爲布魯加預備好的女人，因爲很少有女人能勝任。」

「預備好？這種說法很奇怪。預備好什麼？」

「預備好面對他的殘酷。」沙木乃解釋：「阿塔蘿小時候受到惡劣對待，她不曾多談，但我知道她覺得自己的母親恨她。我從別人那裡聽說，或者說大家都這麼認爲，她母親遺棄了她。母親離開後音訊全無，阿塔蘿最後被配偶過世的男人收養。那人的配偶和孩子在非常可疑的情況下死於生產過程。他毆打阿塔蘿，在她甚至還沒成爲女人前就占有她，那個疑點已經獲得證實。可是，沒有其他人想照顧她。原因就出在她母親的背景，讓阿塔蘿一直被那個殘暴的男人養大，變得性格扭曲。等他終於過世，她營地的族人安排她和這個營地的新首領配對。」

「她同意那樣的安排嗎？」喬達拉問。

她吸引。」

「他們『慫恿』她同意，而且帶她去見布魯加。就像我說的，他有非常迷人的一面，我確信他也受

喬達拉點頭表示認同。他注意到她也很有魅力。

「我覺得她充滿期待，」沙木乃繼續說：「把這椿配對視爲重新開始的機會。後來，她發現與她結合的男人，比她原本認識的那個男人還更糟糕。布魯加總是以毆打羞辱她，甚至用更惡劣的舉動來獲得歡愉。他的確以他自以爲是的方式……我不敢說他愛她，但我認爲他的確對她有好感，他只是太過……扭曲。話說回來，她也是唯一膽敢忤逆他的人，雖然他那樣對待她。」

沙木乃停下來搖搖頭，接著說：「布魯加是個非常強壯的男人，而且喜歡傷害人，尤其是女人。我眞的認爲他以造成女人痛苦爲樂。妳說扁頭不允許男人互毆，卻可以打女人，或許他的行爲與這一點有關。不過布魯加喜歡阿塔蘿違逆他。她身高比他高出很多，也非常強壯，他樂於挑戰瓦解她的抗拒。她反抗時，他會很高興，那讓他更有藉口傷害她，也感覺自己很強大。

愛拉微微顫抖著，回憶起自己相差不遠的遭遇，一度對女頭目生起憐憫與同情。

「他向其他男人誇耀，也得到他們的鼓勵，至少是附和。」年長女人說：「她愈反抗，他就讓她愈難受，直到她屈服，然後他就會想要她。我曾納悶，假如她一開始就順服，他是不是會感到厭倦而停止毆打她？」

愛拉想起布勞德在她停止抗拒後就厭倦她了。

「不過我有點懷疑。」沙木乃接著說：「後來她懷了孩子，眞的不再反抗時，他還是沒有改變。她是他的配偶，就他的立場來說，她屬於他，想怎麼對待她都可以。」

我從未成爲布勞德的配偶，愛拉心想，而且自從他第一次打過我之後，布倫也不允許他再打我。布倫部落的其他人認爲他對我感興趣很奇怪，雖然那是他的權利，但他們阻止他繼續那樣做。」

「就連阿塔蘿懷孕，布魯加都沒有停止打她？」喬達拉驚駭地問。

「沒有，儘管他似乎很開心她就要有寶寶。」沙木乃說。

我後來也懷孕了，愛拉心想，她的人生和阿塔蘿有很多相似之處。

「阿塔蘿來找我尋求治療。」沙木乃說著，閉上雙眼搖搖頭，彷彿要驅散記憶。「太可怕了，我無法描述他對她做了什麼，毆打造成的瘀傷只是最輕微的狀況。」

「她爲什麼要忍受？」喬達拉問。

「她走投無路，沒有親人、朋友。她另一個營地的族人清楚表明不想要她，而且她起先拉不下臉回去，不想讓他們知道與她配對的新首領是那麼惡劣。就某方面來說，我明白她的感受。」沙木乃說：「沒有人打我，雖然布魯加有一次想出手，但我認爲自己也沒有其他容身的地方，即使我也有親戚。我是大媽侍者，無法承認情況變得那麼糟，那就好像我是個失敗者。」

喬達拉點頭表示理解，他也曾感覺自己是失敗者。他曾向愛拉，覺得自己對她的愛溫暖了他。

「阿塔蘿痛恨布魯加，」沙木乃接著說：「她可能也以某種奇怪的方式愛著他。我納悶有時她蓄意挑釁他，是不是因爲痛苦結束後他就會要她，就算不愛她，甚或使她歡愉，至少讓她覺得被需要。或許她是從他的殘酷中，學會以不正常的方式獲得歡愉。現在她什麼人也不需要，只藉由讓男人痛苦而讓自己得到歡愉。如果你觀察她，可以看出她的亢奮。」

「我幾乎要同情她了。」喬達拉說。

「你可以同情她，但千萬別相信她。」巫師說：「她瘋了，極度邪惡。不知道你能不能理解？你曾經憤怒到完全失去理智嗎？」

喬達拉瞪大眼睛，不得不點頭承認。他感受過那樣的憤怒，把一個男人打到失去意識卻仍然停不下來。

「阿塔蘿彷彿持續充滿著那樣的憤怒。她不會一直顯露出來，相反的，她很擅長隱藏。然而她的想法，和她大量充斥這種邪惡的憤怒，讓她再也無法像一般人那樣思考或感覺。她已經不再是人類了。」巫師解釋。

「她一定擁有某些人類的感覺吧？」喬達拉說。

「你記得剛來這裡參加的那場葬禮嗎？」沙木乃問。

「嗯，三個年輕人的葬禮。有兩個男人，我不確定另一個人是男是女，雖然他們的衣著完全相同。我當時還想不透他們怎麼會過世，畢竟他們那麼年輕。」

「是阿塔蘿造成的，」沙木乃說：「而你不確定的那一位，那是她親生的孩子。」

有人走向沙木乃的土屋入口，三人聽見聲響立刻轉過頭。

第三十一章

一個年輕女人站在土屋的入口通道，神情緊張地看著屋內三人。喬達拉留意到她非常年輕，幾乎還只是個女孩，愛拉則發現她懷孕了。

「什麼事，卡芙？」沙木乃說。

「艾帕朵和她的手下獵人剛回來，阿塔蘿對她大吼大叫。」

「謝謝妳告訴我。」年長女人說完，回頭轉向訪客：「這間土屋的牆很厚，厚到幾乎聽不見外面的聲響。或許我們應該到外面去。」

三人匆匆往外走，越過退後讓路給他們的懷孕年輕女人。愛拉對她微笑：「妳一定等不及想看到寶寶了，對吧？」她用沙木乃氏語問候。

卡芙不安地微笑，低下了頭。

愛拉覺得她看起來既害怕又不快樂，就準媽媽而言，這種反應並不尋常。她推想，或許大部分女人懷第一胎都有點緊張。他們一踏出屋外就聽見阿塔蘿的聲音。

「……告訴我，妳找到他們紮營的地方。妳錯失了機會！如果連追蹤都不會，妳就不是好狼女！」女頭目大聲斥責。

艾帕朵緊閉雙唇佇立，眼中冒出怒火卻沒有回應。一群人聚集在不算近的地方，穿著狼皮的年輕女人注意到那些人轉頭望著另一個方向。艾帕朵瞥了瞥是什麼吸引她們注意，瞠目結舌地看見金髮女人走過來，更驚訝她身後還跟著那個高挑男人。她從不知道有男人逃離後還會回來。

「你們在這裡做什麼？」艾帕朵脫口而出。

「我說過妳錯失機會。」阿塔蘿輕蔑地說：「他們自己回來了。」

「爲什麼我們不該在這裡？」愛拉說：「我們不是受到邀請，參加盛宴嗎？」沙木乃翻譯。

「筵席還沒準備好，今晚吧。」阿塔蘿草草打發訪客，繼續對狼女首領說：「進來裡面，艾帕朵，我有話跟妳說。」她轉身背對所有旁觀者，走進她的土屋。艾帕朵眉頭深鎖，盯著愛拉瞧，隨即跟著女頭目離去。

她離開後，愛拉有點擔憂地望過空地。畢竟艾帕朵和那些獵人會獵馬。看見嘶嘶和快快在另一邊稍遠處傾斜的乾酥草地，她鬆了一口氣，又轉身細看營地外上坡處的樹林和灌木叢，希望看得見沃夫，卻慶幸沒有看見。她要牠待在那裡躲起來，此刻她也刻意站在一處視線不被遮擋的地方，希望牠看得見自己。

兩人隨著沙木乃走回她的居所。喬達拉想起她之前挑起他好奇的情節。「妳怎麼讓布魯加遠離妳？」他問：「妳說過，他有次想打妳，就像他對其他女人那樣。妳怎麼制止他？」

年長女人停下腳步盯著年輕男人，又看了看他身旁的女人。愛拉看出巫師猶豫不決，覺察她在打量兩人，試圖決定要告訴他們多少。

「他放過我，是因爲我是醫治者——他總說我是女巫醫。」沙木乃說：「但更重要的是，他畏懼幽靈世界。」

她的話引發愛拉心生疑問：「女巫醫在穴熊族的地位獨特，但她們只是醫治者。莫格烏爾才是和幽靈溝通的人。」

「扁頭或許熟知幽靈，但布魯加害怕大媽的力量。我想他明白大媽知道他的惡行，邪惡完全敗壞了他的靈。當我讓他看到我可以運用大媽的力量，他就不敢再招惹我了。」沙木乃說。

「妳可以運用大媽的力量？怎麼說？」喬達拉問。

沙木乃把手伸進襯衣內，拿出一尊約十公分高的小型女人塑像。愛拉與喬達拉都看過許多類似的雕像，通常是以象牙、骨頭或木頭刻成。喬達拉甚至看過只用石頭工具悉心雕刻的少數石像。除了穴熊族之外，從東方的猛獁象獵人到西方的齊蘭朵妮氏，他們遇到的各族群都會刻畫某種形式的大媽雕像。有些雕像很粗糙，有些刻工精緻，有些極度抽象，有些以成熟女人完整身形的精確比例刻成，只有某些部分表現得很抽象。大部分的雕刻著重在豐滿的母性特質：胸大、腹滿、臀寬，並且刻意不強調其他特徵。手臂通常只是粗略描繪，大概點出部位，或者兩腿末端形成尖端而沒有腳。這些雕像不是要描摹任何一個特定女人，實際上也沒有藝術家確切知道大地母親的面容。臉部有時會留白或畫上神祕記號，有時髮式精巧，延伸到整個頭，甚至遮蓋臉部。

兩人唯一看過描摹女人臉孔的雕像，是在他們相遇後不久，愛拉在山谷獨處時，喬達拉製作的柔美愛拉雕像。不過喬達拉有時會後悔自己的輕率衝動，畢竟他製作雕像的原因是他愛上愛拉，想要擄獲她的靈，無意當成大媽像。不過完成後，他意識到雕像帶有巨大力量，害怕會對愛拉造成傷害，尤其萬一雕像落入想控制她的人手裡。他甚至不敢毀壞雕像，生怕因而傷害她，於是決定交給她，以策安全。因為是喬達拉製作，愛拉喜愛那個面容近似自己的小型女性雕像，從未想過雕像可能具有何種力量，只覺得雕像很美。

大媽像通常都很美，但那種美並不同於男性看待適婚年輕女性的美，而是象徵性表現出女人在體內創造生命，以自身的豐滿養育生命，比擬大地母親從她的身體造出所有生命，並供給她兒女不可思議的豐饒物產。這些外形多樣的雕像，也是萬物大媽的靈安身之處。

這尊大媽像很特別，沙木乃將木乃像交給喬達拉：「告訴我這是用什麼做的。」她說。

喬達拉在手裡翻轉小塑像，仔細檢視。這尊塑像胸部懸垂、臀部寬闊，手臂僅刻到手肘，雙腿漸尖，雖然顯出髮式，臉部卻沒有記號，大小或外形，和他看過的許多塑像大同小異，材質卻極為特殊，完全呈現黑色。

他試圖用指甲在上面製造凹痕，但徒勞無功。這種材質不是木頭、骨頭、象牙或鹿角。它和石頭一樣堅硬，外表平滑不帶任何刻痕，不是他所知道的石頭。

他帶著困惑表情抬頭看著沙木乃說：「我從來沒見過這樣的東西。」

喬達拉把塑像遞給愛拉，在碰觸到塑像的瞬間，一陣寒顫貫穿她全身。外出時，我應該帶著兜帽毛皮外套，她告訴自己，也感覺到不只是因為寒冷才讓她升起一陣刺骨的寒意。

「那尊大媽像起初是塵土。」沙木乃聲明。

「塵土？」愛拉說：「但這是石頭！」

「沒錯，現在是石頭，是我把它變成石頭。」

「妳把它變成石頭？妳怎麼把塵土變成石頭？」喬達拉完全無法置信。

這個女人微笑了：「如果我告訴你，你就會相信我的力量嗎？」

「要是妳能說服我。」他反駁。

「我會告訴你，但不會企圖說服你，必須由你說服自己。我先把河邊的乾硬淤泥搗碎成塵土，然後在水裡混合。」沙木乃停頓了一會兒，思索是不是該多談混合物，然後決定暫時擱下。「當濃度適當時，它就會成形，火和熱氣會把它變成石頭。」巫師邊說邊觀察兩個年輕陌生人的反應，究竟是面露輕蔑或是印象深刻，是質疑還是相信她。

喬達拉閉上眼睛試著回想：「我記得聽過……有個蘿莎杜那氏人談起，我想想……用泥巴製成的大媽像。」

沙木乃露出微笑：「對，你可以說，我們用泥巴製作木乃，還有熊、獅子、猛獁象、犀牛、馬等各種我們需要的動物，在需要召喚牠們的靈時。但它們成形時只是泥巴，用塵土混合水製成的塑像，硬化後仍會溶解於水中變回泥巴，然後化爲塵土。可是經過大媽的神聖火焰賦予生命，這些塑像就永遠改變了。塑像歷經大媽灼燒後，堅硬如石頭，火的生命之靈使這些塑像久久不會改變。」

愛拉看見沙木乃的眼裡閃現興奮，聯想到喬達拉第一次研發標槍投擲器的激動神情。她明白沙木乃重新體驗到當初發現的振奮，因而感到信服。

「這些塑像甚至比燧石還易碎。」沙木乃接著說：「大媽親自展現塑像可能如何毀壞，卻不會被水溶解。用泥巴製成的木乃，一旦接觸過大媽的生命之火，就可以暴露在雨雪中，甚至浸在水裡也不會溶解，永遠都不會。」

「妳的確運用了大媽的力量。」愛拉說。

沙木乃遲疑了片刻，詢問兩人：「你們想看嗎？」

「想啊，我很想看。」在愛拉說話的同時，喬達拉也回應：「嗯，我很感興趣。」

「那就走吧，我示範給你們看。」

「我可以拿我的兜帽毛皮外套嗎？」愛拉問道。

「當然，」沙木乃解釋：「我們都該穿暖一點。但假如是參加火之儀式，一旦靠近那裡，妳就會覺得非常熱，即使這種天氣也不需要毛皮。一切都已經差不多準備就緒，我們本來今晚會生火開始儀式，但儀式需要時間並全神貫注，所以我們會等到明天。今晚，我們要參加重要的盛宴。」

沙木乃一度閉上雙眼，停頓了片刻，彷彿在聆聽或考量心中浮現的想法。「沒錯，非常重要的盛宴。」她直直望著愛拉再複述一遍。巫師納悶著，愛拉知道自己面臨的危險嗎？假如她是我認爲的對象，她就一定知道。

兩人低頭走進巫師的住屋，迅速穿上外衣。愛拉注意到年輕女人已經離開。沙木乃帶領他們走出她的居所一段距離，前往聚落最遠的一端，走向一群工作的女人。她們圍繞著一間極平凡的建物，類似屋頂傾斜的小土屋。愛拉明白她們正把乾糞、木頭、骨頭等柴薪，搬進小屋裡。她認出那位懷孕的年輕女人也在其中，對她露出微笑，卡芙害羞地回以微笑。

沙木乃低頭走進小屋低矮的入口，然後回頭對不確定該不該跟隨而卻步的訪客招招手。屋內火坑的搖曳火焰燃燒著發紅的木炭，把這個略呈圓形的小前廳烘烤得十分溫暖。分開堆放的骨頭、木頭、糞便幾乎占滿左半邊空間。右邊彎曲的牆上有幾個簡陋架子，由石頭支撐猛獁象略平的肩骨與骨盆製成，展示著許多小東西。

兩人走近時驚訝地發現，那些都是以淤泥形塑，並留置晾乾的小雕像，其中幾個是大媽像，還有部分尚未完成，僅有女性的明顯部位，例如包含腿的下半身或胸部。其他架上的雕像是動物，外形同樣也並非一致完整，有獅子頭、熊頭、猛獁象獨特的高聳圓頂狀頭部、有隆肉的鬐甲、傾斜的背部。

這些小雕像應該是不同人的作品，有些極粗糙，缺乏藝術技巧，有些則概念繁複、製工精良。兩人都不明白塑造者爲什麼製作出那種外形的小雕像，只覺得每個雕像的製作者，都因爲不同的理由或感受而有所啓發。

正對著入口有個較小的開口，連通到挖掘位在屋內的黃土坡形成的封閉空間。儘管側邊敞開，卻讓愛拉聯想到大土窯。那種挖進土裡的土窯是以滾燙的岩石加熱，用於烹煮食物，但她認爲這個窯沒有煮過食物。往裡面望進去，她看見第二個房間內有個火坑。

從灰燼中的少許焦物，她知道骨頭是被當成燃料燃燒，定睛細瞧，認爲那類似馬木特伊氏人使用的火坑，只不過更深。愛拉環顧四周，尋找導入空氣的通風口。因爲火必須要非常熾烈，才有辦法燃燒骨頭，而那需要灌入空氣。受風門控制的溝口，會把外面持續吹拂的風導入馬木特伊氏火坑。喬達拉仔細查看第二個房間的內部後，歸納出相近的結論。從牆的顏色和硬度，他確信這個空間裡長時間燃燒著非常熾烈的火，推測架上的小泥像也是預備要如此處置。

喬達拉從前確實沒看過類似沙木乃給他看的大媽像。眼前沙木乃所做的塑像，不是將自然生成的物質透過雕刻、塑形或磨光等方式修飾而成。那些塑像是陶製品——烤火的淤泥，是人類的手和智慧創造出來的第一種物質。這個高溫房間不是煮食窯，而是烘房。

烘房最初的設計，並非用來製作實用的防水容器。一般的小型陶瓷雕塑經長時間火烤，確實會變得堅硬無法滲透，而成為陶器。他們在架子上看到的塑像形似動物和人類，而不是眞的是女人和其他生物的肖像。此外，人類塑像中，只有女人而沒有男人。這些塑像是隱喻象徵，所代表的涵義比呈現出來的更多，隱含著精神相近的類比，是跨越了一般的實用性而出現的藝術。

喬達拉指著加熱的空間，對巫師說：「這裡就是大媽聖火燃燒的地方？」語氣更像在陳述，而非詢問。

沙木乃點點頭，知道現在他相信她了。愛拉早在還沒看到這個地方就已經明白，喬達拉則多花了一些時間。

沙木乃帶他們離開那裡時，愛拉很高興。她不知道是否因為小空間裡的火熱烘烘，或者是那些泥像和其他東西，但她開始感到不安，覺得那裡可能很危險。

「妳怎麼發現這個祕訣的？」喬達拉問，揮動手臂全面掃視陶製品和烘房。

「大媽引導我發現的。」她說。

「我相信，但妳是怎麼發現的？」他又問了一次。

喬達拉堅持的求知欲令沙木乃露出微笑，瑪桑那的兒子自然會想弄明白。「最初的構想是在建造土屋時想出來的。」她說：「你知道我們怎麼建造土屋嗎？」

「我大概知道。你們的土屋類似馬木特伊氏住屋，我們協助塔魯特和其他人在獅營加蓋過一間。」

喬達拉說：「他們先用猛獁象骨建造支撐框架，綁上厚厚的柳條，再覆蓋禾草、蘆葦，然後鋪一層草皮，最外面塗上晾乾後會變得很硬的河泥漿。」

「我們基本上也是那樣做。」沙木乃說：「就在我們塗上最外層的淤泥時，大媽對我揭示第一部分的祕訣。當時我們正在完成最後的區塊，但天色漸暗，所以我們生起大火。那些泥漿慢慢變得稠稠的，偶然有些部分掉進了火裡。我們用了許多骨頭當燃料，火燒得很烈，持續燒了將近一整晚。到了早上，布魯加吩咐我去清理火坑，我發現有些淤泥已經硬化，尤其還留意到有一塊外形像極了獅子。」

「愛拉的守護圖騰是獅子。」喬達拉說道。

巫師瞥向愛拉，繼續往下說的時候，彷彿對著自己點點頭。「我發現那個獅像在水裡完全沒有軟化，我決定試著做更多。經過多次嘗試，並且接收到大媽提供的其他線索，我才終於成功。」

「妳爲什麼要告訴我們妳的祕訣？要向我們展示妳的力量嗎？」愛拉問。

沙木乃沒有提防她會問得這麼直接，隨即笑了起來。「別以爲我把所有祕訣都告訴你們，我只是讓你們看到最明顯的部分。布魯加也以爲他知道我的祕訣，但他很快就知道其實不然。」

「我相信布魯加一定察覺妳在嘗試。」愛拉說：「妳無法神不知鬼不覺地生起烈火。妳是怎麼隱藏這個祕密的？」

「他起先不太在意我做什麼，只要我自己準備好燃料。直到他看見某些成品，以爲他也能自己製作塑像。但他並不知道大媽對我揭示的所有線索。」這位大媽侍者的笑容，顯示了她感受到支持與勝利。「大媽盛怒地排拒他的心血，布魯加的塑像在巨響中爆開，大媽迅速向四面八方拋射那些塑像，把附近的人弄得一身是傷。從此以後，布魯加開始畏懼我的力量，不敢再控制我。」

愛拉能夠想像小前廳內，紅熱淤泥塊急速四射的恐怖景象。「妳還是沒告訴我們，爲什麼要說那麼多有關妳的力量。能理解大媽行事風格的人，有可能因而得知妳的祕訣。」

沙木乃點點頭，她對愛拉差不多就抱持了那種期待，而且也已經打定主意，最好徹底對她坦白。

「妳說的沒錯。當然，我這麼做的確有原因，我需要妳的幫助。大媽利用這個魔法，賜予我巨大力量，連阿塔蘿都畏懼我的法力。但她精明而且性情陰晴不定，我相信有一天她會克服恐懼，殺了我。」她望著喬達拉。「我的生死不是非常重要，除了對我自己而言。我最擔憂的是其他族人，這整個營地的人。當你提到瑪桑那把領導權傳給兒子，當時我已經明白這裡的狀況會有多糟。我知道阿塔蘿絕不願意把領導權移交給任何人，一旦她死去，恐怕整個營地都不存在了。」

「妳怎麼這麼肯定？既然她這麼變換莫測，說不定有一天她會對這一切感到厭倦？」喬達拉問。

「我之所以這麼肯定，是因爲她殺了一個可能繼承她領導權的人——她自己的孩子。」

「她殺了自己的孩子？」喬達拉說：「妳說是阿塔蘿害那三個年輕人死亡，我以爲那是意外。」

「那不是意外。阿塔蘿毒死他們，雖然她不承認。」

「毒死親生的孩子！怎麼有人會殺死親生的孩子？」喬達拉大聲質問：「爲什麼？」

「爲什麼？因爲那孩子密謀幫助一個朋友。你們遇到的年輕女人，卡芙，她愛上一個男人，計畫和他一起逃走。她弟弟也試圖幫助他們。結果，四個人都被抓到，阿塔蘿饒過卡芙，因爲她懷孕了，但她恐嚇如果寶寶是男孩，她會殺了他們母子。」

「難怪她看起來那麼不開心，而且擔心害怕。」愛拉說。

「我當然也有責任。」說這句話時，沙木乃臉色發白。

「妳！妳對那些年輕人做了什麼？」喬達拉說。

「我沒對他們做什麼。阿塔蘿的孩子是我的助手，幾乎就像我親生的孩子。我同情卡芙，爲她痛心。我也知道自己對他們的死有責任，好像我親手餵他們吃毒藥一樣。如果不是我，阿塔蘿不知道去哪裡找毒藥，也不知道怎麼下毒。」

兩人都看得出沙木乃心煩意亂，雖然她控制得還不錯。

「可是殺死自己的孩子，」愛拉搖搖頭，彷彿要甩掉這個念頭。光是想到這一點就足以嚇壞她。「她怎麼下得了手？」

「我不知道。我會告訴你們我所知道的，只是說來話長。我想我們應該回我的住屋。」沙木乃建議，看了看四周，不想在這麼公開的地方多談阿塔蘿。

愛拉和喬達拉跟隨沙木乃回到她的土屋，脫掉外衣，站在火堆旁，等待年長女人在火堆裡添加更多燃料和烹煮石泡熱茶。他們拿著溫暖的藥草茶安頓坐好，沙木乃停下來集中思緒。

「很難知道這一切是怎麼開始的。也許是阿塔蘿和布魯加先前的爭端吧，但故事不是到那裡就結束。就連在阿塔蘿懷孕期間，布魯加都持續毆打她。她在生產的時候，他也沒派人來找我。我是聽見她痛苦叫喊才過去，但他拒絕讓我進去照顧她。生產的過程並不輕鬆，而他不允許任何東西減輕她的疼痛。我相信他是想看她受罪。寶寶顯然天生就有些畸形，我猜是他毆打阿塔蘿造成的。寶寶出生時，畸形的情況並不明顯，但不久脊椎就彎了，而且很脆弱。我從來不被允許檢查那個孩子，所以我不確定，也可能還有其他問題。」沙木乃說。

「她的孩子是男是女？」喬達拉問，意識到她還沒說清楚那一點。

「我不知道。」沙木乃說。

「妳怎麼可能不知道？」愛拉十分不解。「除了布魯加和阿塔蘿之外，沒有人知道。基於某個原因，他們對那一點保密到家。即使是嬰兒，那孩子也從來不曾像大多數嬰幼兒一樣，光著身子出現在大家面前。他們還幫孩子取了中性的名字，叫作歐梅爾。」沙木乃解釋。

「那孩子從來沒說自己是男是女嗎？」愛拉問。

「沒有，歐梅爾也對那一點保密。我想布魯加可能威脅，要是孩子的性別曝光，他們母子兩人都會有悲慘下場。」

「一定會有蛛絲馬跡，尤其孩子愈來愈大。下葬的屍體看起來已經是成人體型。」喬達拉說。

「歐梅爾沒刮鬍子，也可能是發育遲緩的男生。歐梅爾老是穿著寬鬆衣物遮掩身體，很難看出有沒有長出女人的胸部。儘管脊椎彎曲，就女性來說，歐梅爾很高而且極瘦，也許是因爲虛弱吧。但阿塔蘿本身也很高，而且那孩子確實有著男人少見的纖細。」

「在孩子的成長過程中，妳沒有察覺到什麼嗎？」愛拉問。

這個女人感覺敏銳，沙木乃心想，接著點點頭：「在我心裡，我一直把歐梅爾當成女孩，也許是因爲我希望他是女孩。但布魯加希望大家把那孩子當成男孩。」

「妳對布魯加的看法可能是對的。」愛拉說：「在穴熊族，每個男人都希望配偶生兒子。如果配偶連一個兒子都沒有，他就會覺得自己不像男人，代表他的圖騰靈衰弱。如果那孩子是女孩，布魯加很可能掩飾這個事實。」愛拉解釋。接著她停下來考量不同的觀點：「不過畸形的新生兒通常會被帶走，並且遺棄。所以，要是寶寶天生畸形，尤其是個男孩，又無法學習男人必須具備的打獵技巧，布魯加也可能會想掩飾。」

「要理解他的動機並不容易，不論原因是什麼，阿塔蘿在這一點上是贊同他的。」

「可是歐梅爾怎麼死的？還有那兩個年輕人？」喬達拉問。

「那個故事曲折離奇。」沙木乃打算從頭說起：「儘管有那麼多問題和祕密，那孩子倒成了布魯加的最愛。歐梅爾是他唯一沒打過或企圖以某種方式傷害的人，這讓我很慶幸。不過，我並不知道眞正的原因是什麼。」

「他是不是懷疑自己在阿塔蘿生產前那麼頻繁毆打她，才造成孩子畸形？」喬達拉問：「所以他想要彌補？」

「或許吧。但布魯加經常怪罪阿塔蘿，說她沒能力生出健全的孩子，動不動就火冒三丈地毆打她。他不再把毆打當作和配偶交歡的前奏，相反地，他貶損阿塔蘿，極度關愛那孩子。歐梅爾開始像他一樣對待阿塔蘿。遭受這麼巨大的失落和疏離，她逐漸嫉妒起自己的孩子，也嫉妒布魯加對孩子的愛，更嫉妒歐梅爾對布魯加的愛。」

「那種狀況很難忍受。」愛拉說。

「對，布魯加發現讓阿塔蘿痛苦的新方法。實際上，不是只有她因爲他而受苦。」沙木乃接著說：「隨著時間一天天過去，布魯加和其他男人對待所有女人愈來愈惡劣。試圖反抗那種行爲模式的男人，有時會被毆打或被迫離開。最後，她在一次特別嚴重的事件中被狠狠地又踹又踢，折斷了手臂和幾根肋骨。她發誓要殺死他，求我給她能達到目的的東西。」

「妳給了嗎？」喬達拉忍不住好奇詢問。

「大媽侍者要學很多祕訣，喬達拉，通常都具有危險性，尤其是和齊蘭朵妮亞一起研習的大媽侍者。」沙木乃解釋：「獲准進入大媽道統的人，必須以聖洞和古傳說之名發誓：絕不濫用祕訣。大媽侍者放棄了自己原本的名字和身分，承接族人的名字和身分，成爲大地母親和她的孩子之間的連結，也成爲大地兒女和幽靈世界的溝通媒介。因此，侍奉大媽也代表要侍奉她的兒女。」

「我明白。」喬達拉說。

「但你可能不明白，大媽侍者的靈會銘記眾人，考量眾人福祉的需求也會變得非常強烈，僅次於需要大媽。那往往就是領導，但通常不是直接領導，而是指引方向。大媽侍者引導眾人理解、找出未知事物的意義。某部分的訓練是在學習知識，讓侍者懂得詮釋大地兒女接收到的信號、景象、夢境。雖然有輔助工具，有方法向幽靈世界尋求指引，最終還是要靠侍者自己判斷。我努力思索最好的侍奉方式，但悲憤恐怕已經蒙蔽了我的判斷。回到這裡時，我痛恨男人，布魯加讓我更加恨他們。」

「妳說，妳認為對那三個年輕人的死有責任。妳教了她有關毒藥的事情嗎？」喬達拉無法放過這個問題。

「我教了阿塔蘿很多事情，瑪桑那之子，但不是在訓練她成為大媽侍者。她心思敏捷，有能力學得比預期還多……不過我也明白那一點。」沙木乃明確坦承嚴重踰越後，隨即停頓下來，讓兩人自行推論，直到她看見喬達拉憂慮地皺起眉頭，愛拉點頭表示理解。

「不管怎麼說，最初我確實協助阿塔蘿建立掌控男人的權威——也許我也想親自掌控男人吧。事實上，我還激勵她、慫恿她，說服她相信大媽要女人當首領，而我協助她說服其他女人，或者說是大部分女人。在布魯加和其他男人那樣對待她們後，要說服她們並不困難。我給了她讓男人入睡的東西，要她放進他們最愛的飲料——以樺樹汁液發酵而成的釀造酒。」

「馬木特伊氏也會釀製類似的飲料。」喬達拉說著，詫異地繼續聆聽。

「男人睡著時，女人高高興興地將他們捆綁起來。那幾乎是一場報復男人的遊戲，但布魯加從此沒有再醒來。阿塔蘿企圖暗示，他只是比較容易受安眠飲料影響，但我確信她在他的飲料放了其他東西。她說，她想殺死他，我相信她辦到了。如今她也近乎默認。不論眞相是什麼，是我引導她相信女人沒有男人會過得更好；也是我說服她相信，如果沒有男人，女人的靈會和其他女人的靈混合，創造出新生命，而且只會生出女孩。」

「妳眞的那樣想嗎？」喬達拉皺眉問。

「我幾乎說服自己那樣想。因為不想觸怒大媽，我並沒有眞的說出來，但我知道自己促使阿塔蘿那樣想。她認為少數女人懷孕，證實了那一點。」

「她錯了。」愛拉說。

「嗯，她當然錯了，我早該知道我的計謀迷惑不了大媽。我心裡明白，會有男人是因為大媽的安排。如果她不想要男人，就不會創造他們。男人的靈是必要的，但虛弱男人的靈不夠強壯，大媽不會利用，因此誕生的孩子才那麼少。」她對喬達拉微笑：「你這麼年輕強壯，我不懷疑她已經利用了你的靈。」

「如果男人被釋放，妳會發現他們非常強壯，不需要喬達拉幫忙就能使女人懷孕。」愛拉說。

高挑的金髮男人望著愛拉，露齒而笑：「我會很高興幫忙。」他知道她指的是什麼，雖然不全然確定自己是否認同她的觀點。

「或許你應該幫忙。」愛拉說：「我只是說，我不認爲有必要。」

喬達拉突然停止微笑，想到不論哪一種觀點正確，他都沒理由認爲自己有能力創造出孩子。

沙木乃看著兩人，知道他們談論的是她所不知道的事。她靜靜等待，兩人顯然也在等她說下去。沙木乃便繼續往下說：「我協助她、鼓勵她，但我不知道阿塔蘿當起首領會比布魯加更糟糕。事實上，他剛死時，狀況確實有好轉……至少對女人來說。可是對男人和歐梅爾卻不然。卡芙的弟弟明白，他與歐梅爾的交情特殊，那孩子是唯一爲他難過的人。」

「在那種情境下是可以理解的。」喬達拉說。

「阿塔蘿不那麼認爲。」沙木乃說：「歐梅爾相信阿塔蘿害死布魯加，變得非常憤怒忤逆，並且因此被毆打。阿塔蘿有一次告訴我，她只是想讓歐梅爾明白，布魯加對她和其他女人做了什麼。雖然她沒有說，但我想她以爲或希望布魯加消失後，歐梅爾就會回心轉意開始愛她。」

「毆打不太可能讓別人愛你。」愛拉說。

「妳說的沒錯。」年長女人說：「歐梅爾以前從來沒被打過，在那之後他更痛恨阿塔蘿。他們是母子，卻一見面就起衝突，好像無法容忍對方靠近自己。就在那時候，我提議要歐梅爾來當我的助手。」

沙木乃停下來，拿起她的杯子正要喝一口，發現杯中空無一物，又放了下來。「阿塔蘿看起來很高與歐梅爾離開她的住屋，但回頭想想，我領悟到她是把氣出在男人身上。事實上，歐梅爾離開後，阿塔蘿變本加厲，簡直比布魯加還殘酷。我早該明白，我應該想辦法讓兩人和解，而不是分開他們。如今歐梅爾死了，被她親手所殺，她還會做出什麼樣的事情啊？」

她凝視火堆上方翻騰的空氣，彷彿看見了其他人看不見的東西。「啊，大媽！我眞是盲目無知！」她突然說：「她害阿多班變成跛腳，把他關進扣留區，而我知道她在意那個男孩。她還殺了歐梅爾和其他人。」

「害他變成跛腳？」愛拉說：「扣留區裡的那些孩子？她故意害他們跛腳？」

「對，要讓男孩虛弱並且心生畏懼。」沙木乃搖著頭說：「阿塔蘿完全失去理智。我替我們所有人擔心。」她忽然崩潰，把臉埋進手裡啜泣：「最後到底會怎麼樣？是我造成了這一切的痛苦折磨。」

「這不是妳一個人造成的，沙木乃。」愛拉說：「妳可能容許，甚至促使這種情況發生，但不必攬下所有責任。邪惡的是阿塔蘿，或許也歸咎於那些曾經惡劣對待她的人。」愛拉搖搖頭。「殘酷孕育殘酷，痛苦滋生痛苦，凌辱助長凌辱。」

「有多少被她傷害的年輕人會把同樣的惡行轉嫁給下一代？」她大喊，彷彿跌入痛苦的深淵。她開始搖晃顫抖，悲痛萬分。「哪個被她關進圍欄內的男孩會延續她的惡行？哪個尊敬她的女孩會想和她一樣？喬達拉的出現，讓我想起了受過的訓練。我不該容許這種事情發生，這是我的責任。大媽啊！我做了什麼？」

「問題不在於妳做了什麼，而是妳現在能做什麼。」愛拉說。

「我必須幫助他們。我一定得幫忙，但我能做什麼？」

「要幫助阿塔蘿已經太遲了，我們得讓她停止暴行。首先是幫助扣留區裡的孩子和男人，想辦法釋放他們。」

沙木乃望著眼前如此篤定、強勢的年輕女人，納悶她究竟是誰。這位大媽侍者被迫面對自己造成的傷害，明白自己濫用了能力。她替自己的靈擔憂，就如同替整個營地的人擔憂。

屋內陷入寂靜，愛拉起身拿起用來泡茶的碗：「這次讓我來泡茶吧！我帶了非常棒的混合藥草茶。」她說。沙木乃一言不發地點點頭，愛拉便伸手去拿水獺皮醫藥袋。

「我想過扣留區那兩個跛足少年。」喬達拉說：「雖然他們不良於行，如果有人能訓練，他們還是可以學習敲燧石或類似的技藝。沙木乃氏中一定有人可以教他們，也許妳能在夏季大會中找到有意願的人。」

「我們不再和其他沙木乃氏一起參加夏季大會了。」沙木乃說。

「爲什麼？」他問。

「阿塔蘿不想去。」沙木乃語氣沉悶單調：「其他人不曾對她特別好，她所屬的營地幾乎無法容忍她。成爲首領後，她不想和其他人往來。她接管營地不久，有些營地聽說我們有很多女人沒配偶，派人來邀請我們加入他們。阿塔蘿侮辱並打發那些人離開，短短幾年就疏遠了所有人。如今沒有人會來了，親人不來，連朋友也沒有，大家都迴避我們。」

「把人綁在靶標柱，這不只是侮辱。」喬達拉說。

「我說過，她的行事愈來愈惡劣，你不是第一個受害者。她對你做的事，很早以前她就做過了。」沙木乃說：「大概在幾年前，有個男訪客來到這裡。他正在旅行，看見那麼多女人獨身，變得傲慢又擺出施惠的態度，料想自己會大受歡迎。阿塔蘿玩弄他，就像獅子玩弄獵物那樣，最後殺死了他。她非常喜歡那個遊戲，因而開始扣留所有訪客。她喜歡讓他們苟延殘喘地活著，再給他們一絲希望，想盡辦法在除掉他們之前，徹底折磨個夠。她就計畫那樣對待你，喬達拉。」

愛拉一邊聽，一邊爲沙木乃調製的茶中，加入了鎮靜與舒緩的藥物。她聽完嚇得直打顫：「妳說的對，她眞的不是人。莫格烏爾有時會提到惡靈，我一直以爲那只是傳說，爲了恐嚇孩子聽話、讓所有人害怕。但阿塔蘿不是傳說，她眞的很邪惡。」

「對，而且沒有訪客出現時，她開始玩弄扣留區裡的男人。」沙木乃滔滔不絕，彷彿一旦開始訴說深藏在心裡的所見所聞，就停不下來。「她先挑選強壯的首領或反抗者，玩弄後殺死他們。男人變得愈來愈少，留下來的人都失去了反抗意志。她讓他們餓得半死，暴露在寒冷和惡劣天候中，甚至不讓他們洗澡。很多人因風吹雨打和惡劣環境致死，卻沒有足夠的孩子誕生，來取代他們。隨著男人死去，營地逐漸衰微，人丁單薄。卡芙懷孕時，我們都很驚訝。」

「她一定曾經到扣留區和男人在一起。」愛拉說：「也許就是她愛上的男人。我相信妳是知道的。」

沙木乃的確知情，只是她不懂愛拉怎麼知道。「有些女人偷偷進去見男人，有時會帶食物給他們，喬達拉可能告訴過你了。」

「不，我沒告訴她。」喬達拉說：「我想不透那些女人怎麼會容許男人被關起來。」

「她們畏懼阿塔蘿。有些人自願順從她，但大多數人寧願男人回到身邊，如今她又威脅要讓她們的孩子跛腳。」

「告訴那個女人，必須釋放男人，才會有孩子誕生。」愛拉說話的語調令喬達拉和沙木乃起了一陣寒顫，兩人都轉頭盯著她。喬達拉認得她那種表情！當她心裡想著生病或受傷的人，就會出現那種略帶反感的疏離神情。不過，這回他不只看出她覺得需要提供幫助，還看到她前所未有的憤怒。

然而年長女人對愛拉有其他看法，將她的宣告解釋爲預言或裁決。

愛拉倒完茶，三人靜靜坐在一起，每個人都感同身受，思索下一步該怎麼做。愛拉突然強烈感覺需要出去呼吸清新冷冽的空氣，也想去確認動物安然無恙。她默默觀察了沙木乃，認爲此刻還不適合離開。她知道這個年長女人身心交瘁，需要在有意義的事物上尋求寄託。

喬達拉發現自己對扣留區那些男人感到好奇，不曉得他們心裡怎麼想。他們知道他回來了，也沒有和他們關在一起。他但願能和艾布蘭、聖阿莫登說說話，再安撫多班。其實他自己也需要安撫。他們置身險境，而且什麼都還沒做，除了交談。某部分的他想儘快離開，絕大部分的他眞心想幫忙。如果他們準備做些什麼，他希望能快點行動，而不是坐在那裡空談。

終於，他豁出去地說：「我想爲扣留區裡的男人做點什麼，我能幫什麼忙？」

「喬達拉，你已經幫上忙了。」沙木乃覺得自己需要籌畫計策：「當你拒絕她時，已經給了他們勇氣。但光是那樣還不夠，他們過去曾經反抗過她，這是第一次有男人離開她，更重要的是，又回來了。」沙木乃說：「阿塔蘿顏面盡失，而那帶給其他人希望。」

「光是希望，沒辦法讓他們離開那裡。」他回答。

「對，阿塔蘿不可能自動放他們出來。她會用盡辦法不讓男人活著離開這裡，只有少數人成功逃走。可是，女人並不常旅行，愛拉，妳是第一個來到這裡的女人。」

「她會殺女人嗎？」喬達拉問，不自覺靠得更近，以保護他所愛的女人。

「她欠缺正當理由殺女人，或把女人關進扣留區。不過這裡有很多女人完全喪失了自主權，儘管她們周圍並沒有柵欄。阿塔蘿以她們所愛的人做要脅，她們是因爲對兒子或配偶有感情而受到控制。從這點看來，妳有性命危險。」沙木乃直直看著愛拉說：「妳在這裡沒有親人，她控制不了妳。假如她眞的殺了妳，她就很容易再殺死其他女人。我告訴妳這一點，不只爲了警告妳，也因爲這會危害整個營地。你們倆還是可以離開，而且也許那樣做最好。」

「不，我不能走。」愛拉說：「我怎麼能遺棄那些孩子？還有那些男人？女人也需要幫助。沙木乃，布魯加稱妳爲女巫醫，我不知道妳明不明白其中的含意，而我是穴熊族的女巫醫。」

「妳是女巫醫？我早該想到。」沙木乃說。她不很確定什麼是女巫醫，只知道布魯加將她歸爲女巫醫後，對她必恭必敬，使她認爲女巫醫地位崇高。

「所以我不能走。」愛拉說：「這和我的選擇沒有太大關聯，這是女巫醫一定要做的事，是她們的天職。我有部分的靈已經到了另一個世界，」愛拉伸手去摸脖子上的護身囊：「以換回那些需要幫助者的靈。這很難解釋。不管怎樣，我無法容忍阿塔蘿繼續凌辱那些人。而且扣留區裡的人獲得自由後，這個營地也需要幫助。只要有必要，我就得留下來。」

沙木乃點點頭，覺得自己能夠理解。這種概念不容易解釋，她認爲愛拉對需要醫治者有一股強大的力量和熱忱，和自己被召喚去侍奉大媽的感覺一樣。她認同這個年輕女人。

「我們會在能力範圍內待久一點。」喬達拉更正，想起兩人仍然必須趕在冬天横渡冰川。「問題是，我們怎麼說服阿塔蘿釋放那些男人？」

「她怕妳，愛拉。」巫師說：「我想大部分狼女也是，不怕妳的人則是敬畏妳。沙木乃氏獵馬，我們也獵捕其他動物，包括猛獁象，但我們了解馬。好幾個世代以來，我們把馬趕下北方的懸崖。妳不能否認，有能力控制馬是一種強大的魔法，一般人很難相信眞的有人能擁有這麼強大的魔法，就算親眼看見。」

「其實這一點都不難理解，」愛拉對他們的誤解頗不以爲然。「那匹母馬是我從小養大的。那時候我一個人獨自生活，牠是我唯一的朋友。嘶嘶按照我的期望去做，牠是自願的，因爲我們是朋友。」她試著解釋。

她把馬的名字說得像是馬發出的輕柔嘶聲。單獨和喬達拉與那些動物一同旅行了這麼久，她不知不覺恢復了以最原始的方式叫喚嘶嘶。她口中發出的嘶聲，讓沙木乃目瞪口呆，和馬做朋友也超出了這個女人所能理解。她口口聲聲說控制馬不是魔法，這反而讓沙木乃更加確信這需要魔法。

「或許吧。」沙木乃說。她心裡眞正想的是，無論妳把這件事說得多簡單，也制止不了大家猜想妳的眞實身分，還有妳來這裡的原因。「一般人認爲或希望妳是要來幫助大家。」她接著說：「她們畏懼阿塔蘿。我認爲有了妳和喬達拉的幫助，她們可能願意挺身而出，逼迫她釋放男人，拒絕繼續受她威脅。」

愛拉再次強烈感覺必須離開這讓人不安的住屋。「喝了這麼多茶，」她說著站起身來：「我需要小便。妳能告訴我該去哪裡嗎，沙木乃？」她聽完方位指示後，補充：「我們外出時，得去查看馬兒，確保牠們無恙。這些碗形籮筐留在這裡一會兒，沒關係吧？」她掀起蓋子檢查裡面的食物：「東西涼得好快啊。眞可惜不能趁熱吃，那樣會更好吃。」

「當然。妳就放著吧。」沙木乃說。看著兩名陌生人離開，她拿起杯子，喝光剩下的茶。

或許愛拉不是大媽的化身，而喬達拉確實是瑪桑那的兒子。這位大媽侍者一直記掛著大媽有一天會落實祂的懲罰。她畢竟是沙木乃，以個人身分交換了靈界的力量，這個營地是她的責任，包括所有的男女族人。她受託看顧這個營地的靈魂本質，大媽的兒女仰賴她。以外人的觀點，這個男人和擁有不尋常力量的女人讓她想起了自己身負的天職，沙木乃知道自己辜負了族人。她只希望還有機會挽救，協助營地的人重新恢復正常健康的生活。

第三十二章

沙木乃踏出屋外，看著兩名訪客走向營地邊緣。她看見女頭目佳屋前的阿塔蘿和艾帕朵也轉頭望著兩人。巫師正要進屋，發現愛拉突然改變方向往柵欄走。阿塔蘿和狼女首領也看到她轉向，雙雙迅速邁著大步上前攔阻。他們幾乎同時抵達圍欄區，沙木乃則晚了一步。

透過縫隙，愛拉直直望進堅固木竿另一側靜靜注視的眼睛和消瘦的臉龐。細看之下，這些人模樣可憐，全身上下骯髒邋遢，衣著破爛，更糟的是扣留區傳出陣陣臭味。嗅覺敏銳的女巫醫聞到的不只是惡臭，還聞出其他含意。她不在意健康者的正常體味，連特定量的身體排泄物都不會讓她嫌臭，但她聞到了疾病。飢餓的氣息、胃部不適與發燒造成的髒污糞便、受感染化膿的傷口濃汁，種種撲鼻而來的惡臭激怒了她。

艾帕朵站到愛拉面前，試圖阻擋她的視線，但她已經看夠了。她轉身面對阿塔蘿：「這些人爲什麼被關在柵欄裡，活像圍獵場的動物？」

聽見翻譯，旁觀者驚訝地倒抽了一口氣，屏住氣息等待女頭目回應。以前從沒有人膽敢這樣質問她。

阿塔蘿怒氣沖沖看著無所畏懼且惱火回瞪的愛拉。兩人身高差不多，黑眼珠的女人略高一點。她們身強體壯，阿塔蘿天生肌肉發達，愛拉則是後天鍛鍊，肌肉平板結實。女頭目的年紀稍長，更加世故狡猾，難以捉摸。女訪客精於追蹤和打獵，可以迅速留意細節、歸納結論，並在下判斷後反應敏捷。

阿塔蘿忽然大笑，熟悉的惡意笑聲令喬達拉一陣顫慄。「因爲他們罪有應得！」女頭目說。

「沒有人應該被那樣對待。」沙木乃還來不及翻譯，愛拉就出言反駁，她只好轉而複述愛拉對阿塔蘿說的話。

「妳知道什麼？妳又不在這裡，根本不知道他們以前怎麼對待我們。」黑眼珠女人說。

「他們強迫妳們天冷待在戶外嗎？不給妳們食物和衣服嗎？」某些聚在附近的女人表情有點不自在。「如果妳對待他們，比他們先前對待妳還糟糕，那妳跟他們有什麼差別？妳比他們好到哪兒去？」

阿塔蘿懶得回答巫師複述的話，只露出嚴厲殘酷的笑容。

愛拉留意到柵欄後方有動靜，看到有些男人往旁邊站，好讓待在遮棚內的兩個男孩跛行到前方，其他人都擠到他們周圍。看到受傷的年輕人及其他又冷又餓的男孩，愛拉更加怒不可抑。看見幾名狼女帶著標槍進入扣留區，她幾乎憤怒到了極點，直接對著那些女人說話。

「還有這些男孩也對妳們很壞嗎？他們對妳們做了什麼，理所當然被你們這樣對待？」沙木乃一句句翻譯，確保所有人都聽懂。

「這些孩子的母親呢？」愛拉問艾帕朵。

聽完翻譯，狼女首領瞥著阿塔蘿尋求指示，只見女頭目帶著殘酷笑容回看，等著聽她怎麼說。

「有些死了。」艾帕朵說。

「在企圖和她們的兒子逃走時被殺死，」站在一旁那群女人之中有人這麼說：「其他人什麼都不敢做，就是怕孩子受傷害。」

愛拉發現說話者是個老女人，喬達拉注意到她就是在三個年輕人葬禮上大聲哀哭的女人。艾帕朵威脅地狠狠瞪了她一眼。

「妳還能拿我怎麼樣，艾帕朵？」這個女人說，勇敢地站到最前面。「妳已經殺了我兒子，我女兒橫豎很快也會死，我自己也已經老得不在乎是活是死了。」

「她們背叛我們，」艾帕朵說：「現在她們都知道企圖逃走的下場。」

艾帕朵說出自己的感覺後，阿塔蘿沒有表示認同與否，反而神情厭倦地轉身離開緊張的場面，走向她的住屋，留下艾帕朵和狼女守衛扣留區。聽到刺耳響亮的哨音，阿塔蘿停下腳步環顧四周，看到原本位於空地遠端幾乎超出視線的兩匹馬急急奔向愛拉，她臉上的恐懼表情暫時取代了冷酷笑容，連忙進了土屋。

金髮女人與髮色更淡的男人跳上馬背奔馳而去，整個聚落滿是驚奇錯愕。留下來的人大多希望自己也能這麼迅速輕易地離開，許多人納悶能不能再見到兩人。

「眞希望我們能一直走下去。」兩人放慢速度，喬達拉勒住馬兒，停在愛拉與嘶嘶旁邊說著。

「我也希望可以。」她說：「那個營地實在令人難以忍受，讓我充滿憤怒與悲傷，甚至氣沙木乃容許這種狀況持續那麼久，儘管我同情她，也理解她的懊悔。喬達拉，我們要怎麼解放那些男孩和男人？」

「我們必須和沙木乃一起想辦法。」喬達拉說：「我認爲大部分女人想改變現況，如果她們知道怎麼做，一定有很多人願意幫忙。沙木乃會知道哪些人可以幫得上忙。」

兩人從空地騎進了開闊樹林，穿過相當稀疏的樹蔭，朝河邊前進，然後折回他們留下沃夫的地方。他們一靠近，愛拉便吹出輕柔的哨音，沃夫跳出來迎接，幾乎高興得不能自已。牠待在愛拉指定的地方觀看，兩人大大讚美牠、關注牠的等候。愛拉注意到牠去打過獵，還帶回了戰利品。這意味著牠至少離開藏身處一段時間。她很擔憂，因爲他們距離營地和那些狼女太近了，可是她沒法責怪牠。她暗自下定決心，要儘快讓牠遠離那些吃狼肉的女獵人。

兩人默默策馬前往他們掩藏行囊的樹叢，愛拉從所剩不多的旅行食物取出一塊剁成兩半，把較大那塊遞給喬達拉，自己坐在灌木叢吃點心。她很高興遠離沙木乃氏營地那種令人消沉沮喪的環境。

突然間，愛拉聽見沃夫低吼，讓她頸毛直豎。

「有人來了。」喬達拉低語，感覺到吼聲中的急切警告。

兩人極度警覺地掃視整片區域，確定沃夫敏銳的感官偵測到立即的危險。愛拉朝沃夫鼻子瞄準的方向，透過遮蔽的灌木叢仔細查看，發現有兩個女人緩緩靠近，其中一人應該是艾帕朵。她輕拍喬達拉的手臂並用手指示，他看見兩個女人時，點點頭。

「你在這裡等，讓馬兒保持安靜。」她對他比畫穴熊族的無聲語言。「我先讓沃夫躲起來，然後去追蹤那些女人，讓她們離遠一點。」

「我去。」喬達拉搖頭比出手勢。

「女人比較會聽我的話。」愛拉回答。

喬達拉勉爲其難點點頭。「我拿著標槍投擲器在這裡監看。」他以手勢說：「妳也帶上標槍投擲器。」

她點頭同意，用手勢回覆。「還有拋石索。」

愛拉靜悄悄地繞到兩個女人前面等待。隨著她們緩緩走近，她聽見兩人交談。

「烏娜芙，我確信他們昨天離開紮營處後來過這裡。」狼女首領說。

「但是昨晚之後，他們又到過我們的營地。我們爲什麼還要來這裡找？」

「他們可能又往這裡走，就算沒有，我們或許能找出蛛絲馬跡。」

「有些人說他們離開後就消失了，或者變成鳥或馬。」年輕的狼女說。

「別傻了，」艾帕朵說：「我們不是找到他們昨晚紮營的地方嗎？如果他們能變成動物，哪還需要紮什麼營？」

她說的沒錯，愛拉心想，至少她還會用腦袋思考。她的追蹤技巧並不是眞的那麼糟，可能還是個稱職的獵人，眞可惜她和阿塔蘿那麼親近。

愛拉蹲伏在光禿糾結的灌木叢和及膝的黃色禾草後面，看著她們一步步靠近。當兩人同時往下察看，她靜靜站起來，拿起標槍投擲器瞄準她們。

兩人抬起頭看見金髮陌生人，艾帕朵吃驚地盯著她瞧，烏娜芙驚叫一聲往後跳。

「妳們在找我？」愛拉用沙木乃氏語說：「我在這裡。」

烏娜芙顯然準備拔腿就跑，就連艾帕朵都難掩緊張害怕。

「我們在……我們在打獵。」艾帕朵說。

「這裡沒有馬可以趕下懸崖。」愛拉說。

「我們不是在獵馬。」

「我知道，妳們在獵捕愛拉和喬達拉。」

愛拉突然現身，用奇特的方式說著兩人的語言，使她顯得異乎尋常，彷彿來自某個遙遠的地方，甚至是來自另一個世界。兩個女人只想趕緊遠離這個看起來超乎常人的女人。

「我認爲這兩個女人應該回她們的營地，否則可能會錯過今晚的盛宴。」

說話的聲音來自樹林，使用的是馬木特伊氏語。但兩個女人都聽得懂，也認出是喬達拉在說話。她們往聲音傳來的方向回頭望，看見高挑的金髮男人若無其事地靠著一棵大白樺樹的樹幹，握好了標槍和投擲器。

「對，你說的對。我們不想錯過筵席。」艾帕朵說。她戳了戳說不出話的年輕同伴，立刻轉身離開。

兩人離開後，喬達拉忍不住咧開嘴，露出大大的笑容。

愛拉和喬達拉騎馬回到沙木乃氏營地，冬季近晚的太陽已經落下。他們改變沃夫躲藏的地點，讓牠待在更靠近聚落的地方，因爲天就快暗了，一般人夜裡很少會離開火光的慰藉。不過愛拉還是擔心牠可能被獵捕。

沙木乃剛離開住屋，遠遠看到他們在空地邊緣下馬，寬慰地微笑著。雖然他們曾經承諾，她還是忍不住懷疑兩人會不會回來。畢竟，陌生人何苦爲了幫助不認識的人，讓自己陷入險境？連他們自己的親人幾年來都不曾探訪，關心他們過得好不好。話說又回來，親朋好友最後一次來訪時，根本沒受到任何歡迎。

喬達拉取下快快的籠頭，讓牠完全沒有負累，然後友善地拍拍兩匹馬的臀部，鼓勵牠們遠離營地。沙木乃走過來與兩人會合。

「我們剛完成明天火之儀式的準備工作。我們會在前一晚生起加溫火堆，你們想來取暖嗎？」沙木乃說。

「天氣眞冷。」喬達拉回應。兩人跟在她身旁走到營地另一邊的烘房。

「愛拉，我找到方法加熱妳帶來的食物。妳說趁熱吃會更好，我相信妳是對的，聞起來眞的很棒。」沙木乃微笑。

「妳怎麼加熱得了籮筐裡那麼濃稠的雜燴？」

「我帶你們去看。」她說著低頭進入小屋前廳，愛拉跟隨她，喬達拉緊跟在後。實際上，小火坑並沒有火在燃燒，屋裡卻相當溫暖。沙木乃直接走到第二個房間的開口，移開覆蓋的猛獁象肩骨，裡面的空氣熱得足以烹煮，愛拉心想。她望見房間裡已經生起火，她的兩個籮筐就在離火堆有段距離的開口內。

「眞的好香！」喬達拉說。

「你們想像不到有多少人在問盛宴幾時開始，」沙木乃說：「連扣留區都聞得到。阿德門來問我，男人眞的也能享用嗎？不僅如此，我很訝異阿塔蘿確實吩咐女人爲盛宴做好準備，而且確保每個人都吃得飽。我想不起上回我們舉行盛宴是什麼時候……不過我們也沒什麼慶祝的理由，這也讓我想不透今晚到底要慶祝什麼。」

「訪客。」愛拉說：「你們要禮遇訪客啊。」

「對，訪客。」沙木乃說：「記住，那是她要你們回來的理由。我必須警告你們，別喝或吃任何一盤她沒先嘗過的食物。阿塔蘿懂得哪些有害物質可以順利掩藏在食物裡，不被察覺。必要的話，我建議你們只吃自己帶來的食物；我一直嚴密監看著。」

「連在這裡也是嗎？」喬達拉說。

「沒有我的允許，沒人膽敢進來這裡，」這位大媽侍者說：「但出了這裡，可就要非常小心了。阿塔蘿和艾帕朵幾乎一整天都在商討對策。」

「而且所有狼女都會協助她們，人數那麼多。沙木乃，我們能仰賴誰來幫忙嗎？」喬達拉說。

「她們以外的每個人都希望改變。」沙木乃說。

「但誰會幫忙呢？」愛拉說。

「我想我們可以仰賴卡芙，我的助手。」

「可是她懷孕了。」喬達拉說。

「那她就更有理由幫忙了。」她說：「所有跡象顯示她會生男孩，她會爲孩子和自己的生命奮戰。就算她生下女孩，阿塔蘿也不一定會讓她在寶寶斷奶後活太久，卡芙心知肚明。」

「今天大膽發言的那個女人呢？」愛拉說。

「那是艾薩朵，卡芙的母親。我相信你們可以仰賴她，但她把兒子的死歸咎於我和阿塔蘿。」

「我記得她出現在那場葬禮，」喬達拉說：「把某樣東西丟進墓穴，觸怒了阿塔蘿。」

「對，那是另一個世界可能用到的工具。阿塔蘿禁止給死者任何東西，以防他們在幽靈世界派得上用場。」

「我想，妳曾經挺身對抗阿塔蘿。」

沙木乃聳聳肩，彷彿要將事情帶過。「我告訴她，那些東西一旦給了，就不能再拿回來，就連她也不敢去拿。」

喬達拉點點頭：「我確信扣留區所有男人都會幫忙。」

「當然。不過，首先我們得把他們放出來。」沙木乃說：「守衛現在特別加強警戒，我不認爲有人能偷溜出來。或許再過幾天吧，一方面也可以多爭取一些時間，暗中和女人們談一談，估算有多少人願意以實際行動支持我們，然後再想出方法對抗阿塔蘿和狼女。我們恐怕得先對抗她們，才能把扣留區的男人放出來。」

「妳說的沒錯。」喬達拉神情嚴厲。

愛拉想到這一點，難過地搖搖頭。這個營地已經有太多痛苦，硬碰硬的對抗方式，勢必會造成更多麻煩和痛苦，過程令人悲痛。但願還有其他方法。

「妳曾經給阿塔蘿讓男人入睡的東西，妳何不也試試讓阿塔蘿和狼女入睡？」愛拉問。

「阿塔蘿很謹慎，不會吃喝其他人沒嘗過的東西。多班曾經代她先嘗，如今我想她會另外挑一個孩子來做這件事。」沙木乃說著瞥了瞥屋外。「天黑了，如果你們已經準備好，我想盛宴該開始了。」

兩人從較裡面的房間各自抬起一個籮筐，大媽侍者再度封閉開口。走到外面，他們看到阿塔蘿的土屋前生起了大火堆。

「我原本還猜想，她會不會要你們進屋去，現在看來，即使天候寒冷，筵席仍然在外面舉行。」沙木乃說。

兩人扛著籮筐走近，阿塔蘿轉身面對他們：「既然你們想和男人共享這場盛宴，在屋外吃似乎比較適合，這樣你們也能看到他們。」沙木乃爲她翻譯，愛拉完全聽得懂，就連喬達拉也足夠了解沙木乃氏語，明白她說什麼。

「黑暗中很難看得見他們，如果妳也在裡面生火會有幫助。」愛拉說。

阿塔蘿遲疑了一會兒後大笑起來，對她的要求無動於衷。

這場筵席看來很豐盛，只不過食物主要是瘦肉，幾乎沒有油脂，而蔬菜、穀類或帶來飽足感的澱粉根很少，完全缺乏乾燥水果，連內層樹皮都沒有。有少許以樺樹汁液輕度發酵釀成的酒，但愛拉決定不喝，她很高興看見一個女人來到附近爲想喝的人倒熱藥草茶。她喝過塔魯特的釀造酒，知道那會影響她的判斷力。今晚，她需要神智清醒。

整體來說，這場筵席簡陋而貧乏，愛拉心想，儘管營地的人並不認同。這些食物比較像冬季末期剩下的食物，不該在冬季中期就出現。少許毛皮散置在阿塔蘿的高台周圍，靠近爲客人準備的大火堆，其他人自己帶了毛皮，準備坐在上面用餐。

沙木乃帶領愛拉和喬達拉走向阿塔蘿鋪上毛皮的平台，他們站在那裡等女頭目大搖大擺走過來。她身穿狼皮華服，戴著以牙齒、骨頭、象牙、貝殼製成的項鍊，上頭還裝飾了少許毛皮與皮革。最令愛拉感興趣的，是她手裡握著的短棒，那是用扳直的猛獁象牙製成。

阿塔蘿吩咐送上食物，眼神銳利地看了愛拉一眼，命人將保留給男人的食物拿進扣留區，包括愛拉和喬達拉提供的碗形籮筐，然後坐上平台。其他人把阿塔蘿的舉止視爲一種信號，隨後便坐在自己的毛皮上。愛拉發現高起的位子讓女頭目處於受人矚目的位置。因爲高高在上，阿塔蘿能看見每個人的表情，也能俯視所有人。愛拉想到一般人如果要讓群眾聽自己說話，偶爾會站在圓木或岩石上，但那只是暫時性的位置。

愛拉觀察周圍的人順從而無異議的態度和姿勢，領悟到那是阿塔蘿創造出來的權威地位。每個人對阿塔蘿表現出服從態度，就像部落中的女人安靜坐在男人面前，等待男人輕拍自己的肩膀，賦予她們發表想法的權利。不過其中隱含微妙的差異，就是愛拉從未在部落中察覺到眼前這些女人的憎恨，或男人的不尊敬，因爲大家並沒有受到任何強迫，只是爲了確保雙方都仔細注意彼此以手勢和姿勢傳達的溝通。

趁著等待食物上桌的空檔，愛拉設法更仔細觀察女頭目的短棒。它看起來很熟悉，類似塔魯特和獅營使用的發言棒，只是雕刻得非常特別。愛拉想起塔魯特會在儀式或各種場合拿出發言棒，尤其在商議或爭論時。

手握發言棒的人有權說話，確保每個人能不受干擾地陳述或表達觀點，下一個有話想說的人要請求發言棒。原則上只有持發言棒的人才有權說話，實際上在獅營中，每當討論變得熱烈或出現爭議時，大家還是會忍不住搶著說話。但只要稍加提醒，塔魯特通常有辦法使大家遵守原則，讓所有想發言的人都有機會開口。

「那根雕刻發言棒眞是獨特，而且漂亮極了。」愛拉說：「我能看看嗎？」

聽見沙木乃的翻譯，阿塔蘿露出微笑，把短棒挪近愛拉且更靠近火光，卻沒有鬆手。顯然她完全不想放手，愛拉感覺女頭目利用發言棒塑造自己的權威。只要阿塔蘿手握發言棒，任何想說話的人都必須請求她許可，甚至擴展到其他舉動也得等待她允許，例如幾時送上食物、幾時開動。就像高台一樣，愛拉意識到那種手段是用來影響並控制眾人順從阿塔蘿，這讓愛拉陷入思考。

短棒本身就極特殊，很明顯不是新近刻好的。猛獁象牙已經開始轉變成乳黃色，經過無數次抓握，已經累積的油垢，導致經常握到的區域又灰又亮。顯然這根短棒已經用了許多世代。

扳直的象牙上，雕刻著幾何圖形的抽象大地母親，同心橢圓形構成了懸垂胸部、圓潤腹部和豐滿臀部。圓形象徵一切，包括所有已知和未知世界，成為萬物大媽的標誌。同心圓強化了象徵意義，尤其是用來暗示重要的母性元素。

頭部為倒三角形，尖端構成下巴，頭頂的三角形底部微微彎曲，很像圓頂的形狀。尖端朝下的三角形，等同女性生殖器官的外觀，普遍象徵著女人，也因此成為母性和萬物大媽的象徵標誌。面部區域有一組水平的雙平行線，與側邊從下巴尖端往上延伸到眼睛部位的刻線相交。介於那組雙水平線及平行彎曲頂端的圓滑線之間，有一大片空間，分布了三組雙垂直線，靠近眼睛的位置。

這些幾何圖案並不是在描繪臉部，除了倒三角形標示頭部的位置，雕刻記號甚至沒有暗示出臉孔。平凡人看不到大媽令人敬畏的面容，她的力量巨大無比，單單容貌就令人敬畏地不知所措。阿塔蘿發言棒上抽象的象徵圖形，精細典雅地傳遞出這種權威感。

在馬木特的訓練下，愛拉記住某些符號的深層意義。三角形的三邊——三是大媽的基本數目，代表一年中三個主要季節：春、夏、冬。另外兩個預示變化的次要季節：秋和仲冬，也受到承認而形成五。愛拉學習到五是大媽隱藏起來的威力數目，而每個人都了解倒三角形的三個邊。

她想起外觀呈三角形的鳥女雕刻，代表超然的大媽化身為鳥，那是雷奈克做的……雷奈克……突然間，愛拉想起在哪裡看過阿塔蘿發言棒上的圖形。雷奈克的襯衣！在愛拉的收養儀式上，他穿著那件美麗的乳白色軟皮革襯衣，當時令她目瞪口呆，部分除了衣身呈錐形、袖口大幅外擴的特殊風格，他的棕色皮膚將襯衣顏色襯托得非常好看，但最主要是衣服上的裝飾。

襯衣上以染成亮色的豪豬剛毛和筋腱線，繡出了可能直接複製自阿塔蘿手中短棒的抽象大媽肖像，兩者有相同的同心圓、三角形頭部。雷奈克的襯衣源自馬木特伊氏，她領悟到他們必定是沙木乃氏的遠親。如果走塔魯特建議的北方路徑，一定會經過這個營地。

兩人離開時，妮姬的兒子達弩格，就是那個長得愈來愈像塔魯特的年輕人告訴她，有一天他會長途旅行到齊蘭朵妮氏，拜訪她和喬達拉。萬一再過幾年，他眞的展開那趟旅程，而且挑選那條路走怎麼辦？萬一達弩格或其他馬木特伊氏人，被阿塔蘿的營地抓住而受到傷害怎麼辦？這個念頭增強了她決心要協助這些人終結阿塔蘿的勢力。

女頭目收回愛拉仔細檢視的短棒，轉而給她一個木碗。「妳是我們的貴賓，爲這場盛宴帶來東西，又贏得這麼多讚賞，」阿塔蘿語調極諷刺：「我要請妳嘗嘗我們女人的拿手料理。」碗裡盛滿菌蕈，因爲已經切碎煮熟，無法分辨品種。

沙木乃在翻譯中加入了告誡：「小心。」

愛拉當然不需要翻譯或警告：「我現在不想再吃菌蕈了。」她說。

聽見愛拉的話被重述，阿塔蘿大笑，彷彿早就預期她會這麼回答。「眞可惜，」她說著用手從碗裡挖起一大口菌蕈往嘴裡送。吃得差不多，能夠開口說話時，她補充：「眞好吃！」隨即又吃了好幾口，帶著會意地笑容把碗遞給艾帕朵，一口喝下杯中的樺樹酒。

席間她又喝了好幾杯酒，開始展現酒後的醉意，她變得大聲又無理。狼女們輪流看守扣留區，好讓每個人都能享用盛宴。一名留下來守衛的狼女走向艾帕朵，接著艾帕朵來到阿塔蘿身邊對她低語。

「阿德門似乎想出來代表那些男人，爲這場盛宴表達感謝。」阿塔蘿嘲弄地大笑：「我確信他們想感謝的不是我，是我們最尊榮的訪客。」她轉向艾帕朵：「帶那個老傢伙出來。」

守衛回去沒多久，阿德門就從木頭柵欄的大門一拐一拐走向火堆。喬達拉訝異自己看到他欣喜萬分，意識到打從離開扣留區就沒再見過任何男人，擔心他們是不是一切安好。

「所以男人想爲這場筵席感謝我？」女頭目說。

「對，聖阿塔蘿，他們請我來告訴妳。」

「告訴我，老傢伙，我爲什麼要相信你？」

阿德門深知最好別回答，他靜靜站在那裡，低頭看著地上，彷彿希望自己消失。

「沒用的傢伙！眞沒用！一點鬥志都沒有。」阿塔蘿嫌惡地厲聲說：「那些男人都一樣，全是一群沒用的傢伙。」她轉向愛拉：「妳爲什麼讓自己被那個男人限制住？」她說著指著喬達拉。「妳不夠強大到可以擺脫他嗎？」

愛拉等待沙木乃翻譯，讓自己有時間思考如何回答。「我選擇和他在一起。我獨居夠久了。」愛拉回答。

「當他變得像阿德門一樣虛弱沒用，妳覺得他還有什麼好？」阿塔蘿輕蔑地瞥了老人一眼。「當他的陽具軟得無法帶給妳歡愉，就會和其他男人一樣沒用。」

愛拉再次等待年長女人翻譯，雖然她聽得懂女頭目的話。「沒有人能永遠年輕，男人有的不只是陽具。」

「妳應該擺脫那個男人，他不會持久。」她用手指著高挑金髮男人。「他看起來壯，卻只是表象。他無力占有阿塔蘿，或者他只是害怕。」她笑著喝下另一杯酒，然後轉向喬達拉。「就是這樣！承認吧，你怕我，所以不敢占有我。」

喬達拉也聽得懂她的話，他非常憤怒。「害怕和沒有欲望是兩回事。阿塔蘿，妳無法強迫別人產生欲望。我不想分享大媽的恩典，是因爲我不想要妳。」喬達拉說。

沙木乃開始翻譯前，畏縮地看著阿塔蘿，幾乎是強迫自己不要修飾他的話。

「你說謊！」阿塔蘿惱火地尖聲說著，站起身來，高高凌駕在他之上。「你怕我，齊蘭朵妮氏人，我看得出來。我從前對抗過男人，你甚至害怕對抗我。」

喬達拉和愛拉也站了起來。阿塔蘿手下幾個女人靠過來圍住他們。

「這些人是我們的客人，」沙木乃也起身說：「他們受邀分享我們的筵席。我們難道忘記怎麼對待訪客了嗎？」

「對，當然，我們的客人。」阿塔蘿輕蔑地說：「我們一定要對訪客親切有禮，不然這個女人會認爲我們不好。我會讓妳看看我多在意她對我們的看法。你們倆沒經過我允許就離開，你們知道我們怎麼對待逃離這裡的人嗎？我們殺了他們！一如我也會殺了你們！」女頭目尖聲叫喊，手裡握著令人難以招架的匕首——尖端磨利的馬腓骨，冷不防地刺向愛拉。

喬達拉試圖攔阻，但阿塔蘿的狼女圍住他，尖槍猛力壓在他的胸膛、腹部和背部，畫破了皮膚，淌出血來。他的雙手在他還來不及發現時就被綁在身後。阿塔蘿把愛拉擊倒，跨坐在她身上，將匕首舉向她的喉嚨，一掃先前顯出的醉意。

喬達拉領悟到這是她早就計畫好的。當他們在討論，想辦法削弱阿塔蘿的力量時，她已經計畫要殺死他們。他覺得自己愚蠢至極，他早該知道的。他對自己發誓會保護愛拉，如今卻只能眼睜睜看著心愛的女人試圖擊退攻擊者，他爲她擔憂。那就是所有人畏懼阿塔蘿的原因，她殺人不眨眼，下手毫不留情，絕不遲疑或懊悔。

愛拉十分震驚，沒時間伸手拿刀子、拋石索或任何東西。她缺乏和人打鬥的經驗，一生中從沒有對抗過任何人。阿塔蘿坐在她身上，手拿尖銳匕首正想殺死她。愛拉抓住女頭目的手腕，掙扎著扳開她的手臂。愛拉很強壯，但阿塔蘿既強壯又靈巧，她往下壓制愛拉的抵抗，用銳利的尖端抵著愛拉的咽喉。

愛拉本能地在最後一刻翻身，匕首擦過了她的頸部，留下一道血痕，最後匕首半截插入地面。她仍然受制於陷入狂怒而力氣大增的女人。阿塔蘿從地面猛然拔出匕首，毆打金髮女人，令她大吃一驚，接著又跨坐到她身上，整個人使勁往後傾，同時深深吸了一口氣，打算把匕首用力往下刺。

第三十三章

喬達拉閉上眼睛，不忍目睹愛拉橫死。萬一她死去，他自己的生命就沒有意義了……如果他不在乎自己是死是活，爲什麼畏懼標槍的威脅，乖乖站在原地不動呢？他的手被綁住，但腳並沒有，他大可以跑過去，撞開阿塔蘿。

喬達拉決定不顧銳利標槍，設法協助愛拉的那一刻，聽見扣留區大門附近出現騷動。扣留區傳出聲響，讓看守他的人分心。他出其不意蹣跚前進，撥開標槍，跑向在地上纏鬥的兩個女人。

突然間，一個黑影衝過旁觀人群，掠過他的腿，撲向阿塔蘿。巨大的衝擊力逼得女頭目往後倒，銳利的尖牙鉗住她的喉嚨，撕裂了皮膚。女頭目發現自己背貼地面，設法擊退露齒嗥叫、覆有毛皮的暴怒物體。在匕首落下前，她對準毛茸茸的沉重軀體刺了一刀，不料卻招來致命的咆哮。對方的上下顎再度鉗住她的頸脖，這回夾得更緊，甚至咬斷了她的頭髮。

阿塔蘿覺得眼前一片漆黑，她試圖尖叫。就在那瞬間，尖銳的犬齒切斷了動脈，傳出可怕窒悶的咯咯聲。這個高大美麗的女人癱軟下來，再也無力反擊。沃夫繼續咆哮著搖晃她，確保她不再掙扎抵抗。

「沃夫！」愛拉大叫，平復震驚並坐起身來。「啊，沃夫。」

這隻狼鬆口時，切斷的動脈噴出了鮮血，灑到牠身上。牠夾著尾巴緩緩走向愛拉，道歉地哀鳴，尋求她認同。這個女人要牠躲起來，牠知道自己違背她的期望。當牠目睹襲擊，明白她陷入危險，立刻跳出來捍衛她，不確定自己不聽話會引來有什麼後果。牠最不希望被這個女人責罵。

愛拉對牠展開了雙臂，牠很快領悟自己做對了。她原諒牠違背指令，開心地衝向她。愛拉抱住牠，把臉埋進牠的皮毛裡，寬慰的眼淚奪眶而出。

「沃夫，你救了我的命。」她哽咽地說。牠舔著她，口鼻上阿塔蘿溼熱的血沾染了她的臉。營地的人一個個嚇得往後退開，以一種莫名的驚訝神情，盯著金髮女人將大狼擁抱在懷裡，而那匹狼剛剛才兇猛地攻擊另一個女人，狠狠咬死她。她用馬木特伊氏語稱呼狼的字眼叫喚那隻動物，類似他們自己對這種食肉獵獸的稱呼。他們知道她在跟牠說話，彷彿牠能聽懂她的話。她也用同樣的方式對馬說話。

難怪這個陌生人看起來完全不怕阿塔蘿。原來她的法力如此強大，不只讓馬聽她的吩咐，還能指揮狼！看見喬達拉跪在女人和狼旁邊，他們意識到他也沒有顯出懼色，甚至不怕狼女的標槍。朝後退了幾步的狼女，瞠目結舌地站著。忽然，她們看見有個男人來到喬達拉身後，而且手上拿了一把刀！那把刀從哪裡來的？

「讓我替你割斷這些細繩，喬達拉。」艾布蘭說完，割開了綁繩。

喬達拉感覺到雙手恢復自由，看了看四周，其他男人混入人群，更多男人從扣留區的方向走出來。

「誰放你們出來的？」

「你。」艾布蘭說。

「什麼意思？我被綁住了。」

「但你給了我們刀子……還有嘗試的勇氣。」艾布蘭說：「阿德門悄悄走到大門守衛的後面，用拐杖襲擊她，然後我們割斷封閉大門的細繩。每個人都看到那場打鬥，接著那隻狼就來了……」他的聲音逐漸減弱，搖搖頭看著女人和狼。

喬達拉沒注意到艾布蘭過度震懾而說不下去，因為他還有其他更重要的事情。「愛拉，妳還好嗎？她傷到妳了沒？」他說著將女人和狼抱入懷裡。那隻動物舔舔愛拉，又舔舔他。

「脖子上有點擦傷，沒什麼大礙。」她緊緊依偎著男人和興奮的狼說：「我想沃夫被刺傷了，不過好像不嚴重。」

「愛拉，要是我知道她企圖在這場盛宴殺死妳，我絕不會讓妳回來這裡。我早該想到的，我眞笨，沒有意識到她有多危險。」他抱緊她。

「不，你不笨，連我也沒想到她會襲擊我，也不知道怎麼防衛，要不是有沃夫……」兩人都充滿感激地看著這隻動物。

「我得承認，愛拉，這趟旅程中我偶爾會想拋下沃夫，認爲牠是個累贅，會增加我們旅行的困難。渡過大姊河後，我發現妳去找牠，我眞的非常生氣。想到妳爲了這隻動物，竟不惜讓自己涉險，我心裡又煩又躁。」

喬達拉用雙手托住這隻狼的頭，深深注視著牠的眼睛。「沃夫，我發誓，我絕不會拋下你。我會冒生命危險拯救你，榮耀的猛獸。」他說著倒豎牠的毛皮、搓揉牠的耳後。

沃夫舔舔喬達拉的脖子和臉，用上下顎輕咬他放心露出的喉嚨和下巴，表現出牠的情感。沃夫對喬達拉的感情，幾乎和牠對愛拉一樣強烈，兩人對牠的關注和認同使牠滿足地低吼。

眾人看見喬達拉對那隻動物露出脆弱的咽喉，不禁發出驚奇又敬畏的聲音。他們才目睹那隻狼用有力的上下顎，咬住阿塔蘿的咽喉並殺死她。對他們來說，喬達拉的舉動代表了對動物靈難以想像的強大控制力。

愛拉和喬達拉站起身，那隻狼站在他們中間。眾人帶著些許驚惶目睹眼前這一切，不確定接下來會發生什麼事。其中有幾個人望著沙木乃，她走向訪客，謹愼打量那隻狼。

「我們總算擺脫她了。」她說。

愛拉露出微笑，看出沙木乃的焦慮：「沃夫不會傷害妳，」她說：「牠攻擊，只是爲了保護我。」

沙木乃留意到愛拉沒有將動物的名字翻譯成齊蘭朵妮氏語，了解那個字眼是那隻動物的專屬名字。「由一隻狼來終結她，這合情合理。我早知道你們來這裡是有原因的，讓我們不再受她掌控，任她瘋狂宰制。」她說：「我們現在該怎麼辦？」這個不期望得到答案的反問，主要是說給她自己聽，更勝於說給任何人聽。

愛拉低頭看著不久前還惡狠狠的女人靜止不動的軀體，意識到生命的脆弱。如果不是沃夫，躺在地上的很可能就是自己，想到這兒，她不自覺地發起抖來。「我想，應該有人把這位女頭目帶走，準備將她下葬。」她用馬木特伊氏語說，好讓更多人不需要翻譯就能聽懂。

「她有資格下葬嗎？應該把她的屍體直接丟給食腐動物吧？」一個男人聲音傳出來。

「誰在說話？」愛拉問。

喬達拉認識這位略帶遲疑往前站的男人。「我叫歐拉門。」

愛拉點頭致意。「你有權生氣，歐拉門。但阿塔蘿因爲受到暴力對待而產生暴力行爲，她的惡靈渴望繼續存在，想要你繼承她的暴力。你放手吧，別讓合理的憤怒，害你落入她無法安息的靈設下的陷阱。大家應該打破暴力和復仇的模式。阿塔蘿是人，你們就以她活著時找不到的尊嚴埋葬她，讓她的靈安息吧。」

喬達拉對她的回應感到驚訝，那是齊蘭朵妮可能做出的回答，明智而自持。

歐拉門點頭同意：「可是誰來埋葬她？誰爲她做好準備？她沒有親人。」他說。

「這是大媽侍者的責任。」沙木乃說。

「在她生前追隨她的那些人或許該幫忙，」愛拉建議，「讓年長女人獨自搬動這個屍體，未免太沉重了。」

每個人都轉身面向艾帕朵和狼女，她們擠在一起，好像要藉此帶給彼此力量。

「追隨她的人，也應該追隨她到另一個世界。」另一個男人說。人群發出認同的呼喊，湧向那群女獵人。艾帕朵站穩腳步，揮舞著標槍。

突然間，一名年輕狼女站了出來：「我從來不想成爲狼女，我只想學習打獵，這樣就不必挨餓了。」

艾帕朵瞪著她，年輕女人則反抗地回瞪過去。

「讓艾帕朵嘗嘗飢餓的感覺，」那個男聲再度說話：「讓她挨餓，直到抵達另一個世界，那麼她的靈也會挨餓。」

人群湧向女獵人，也湧向愛拉，引起沃夫發出警告的咆哮。喬達拉迅速屈膝讓牠安靜，不過牠的反應也令人群嚇得退開。他們帶著些許惶恐，望著女人和動物。

愛拉這回沒再問說話者是誰。「阿塔蘿的靈依然在我們之間走動，」愛拉說：「引發暴力和復仇。」

「但是艾帕朵必須爲她的惡行付出代價。」愛拉看見卡芙的母親往前站出來。她懷孕的年輕女兒站在她身後，提供精神支持。

喬達拉起身站在愛拉身旁，覺得卡芙的母親有權爲死去的兒子報復。他望著沙木乃，認爲那位大媽侍者應該回應，但她也在等待愛拉答覆。

「殺死妳兒子的女人已經到了另一個世界。」愛拉說：「艾帕朵應該爲她的惡行付出代價。」

「她不只要爲那件事付出代價，她對這些男孩造成的傷害呢？」艾布蘭開了口。他往後站，讓愛拉看見傾靠著憔悴老人的兩名少年。

愛拉看到那位老人大吃一驚，一度以爲自己看見克雷伯！他又高又瘦，儘管那位穴熊族聖人矮而結實，但他的粗獷面容和黑眼珠，蘊含了相同的慈悲和尊嚴，而且顯然同樣受人敬重。

愛拉原本想對他做出穴熊族表示尊敬的姿勢，坐在他腳邊等待他輕拍她的肩膀。但她隨即想到這種舉動會引起誤解，於是決定以正式禮儀表達尊敬。她轉向身旁的高大男人。

「喬達拉，我需要引介才能合宜地對這個男人說話。」她說。

喬達拉很快理解她的敏感，也對這個男人感到敬畏。他往前引領愛拉走過去：「聖阿莫登，最受尊敬的沙木乃氏人，容我介紹馬木特伊氏獅營的愛拉。她是猛獁象火堆地盤女兒，被穴獅靈選中，受到穴熊守護。」

愛拉對喬達拉最後的補充感到驚訝，沒人說過穴熊是她的守護者，再經過一番細想，他說的可能沒錯，至少因為克雷伯的緣故。莫格烏爾的圖騰穴熊選中克雷伯，而他非常頻繁地出現在她夢中。她確信他在指引、守護她，這或許是受到穴熊族偉大的穴熊靈協助。

「沙木乃氏的聖阿莫登，歡迎猛獁象火堆地盤女兒。」老人伸出雙手說著。不只是他將猛獁象火堆地盤，視為她最令人印象深刻的親緣關係，在場大多數人都明白猛獁象火堆地盤對馬木特伊氏的重要性，那令她等同於大媽侍者沙木乃。

猛獁象火堆地盤，毫無疑問，沙木乃心想，她曾經有過的許多疑問，如今一掃而空。但她的刺青在哪裡？被猛獁象火堆地盤接納的人，不是都有刺青嗎？

「很高興受到你的歡迎，最受尊敬的聖阿莫登。」愛拉以沙木乃氏語說。

這個男人微笑著：「妳把我們的語言學得很不錯，但妳剛剛重複說了同一件事情。我叫阿莫登，聖阿莫登是意味著『最受尊敬的阿莫登』、『無比榮耀的』或任何表示特別關注的用語。這是營地人加上的稱謂，我不確定自己為什麼獲得這種稱謂。」

她知道原因。「謝謝你，聖阿莫登。」愛拉說著低下頭，點頭表示感謝。兩人距離拉近，他深邃黑亮的眼睛、高挺的鼻子、濃眉、整體而言屬於較深的輪廓，益發讓她聯想到克雷伯。她必須刻意壓制「女人不該直視男人」這項在部落受的訓練，才能抬頭望著他說話。「我想問你一個問題。」她以自己說得比較流利的馬木特伊氏語說。

「如果有能力的話，我會回答。」他答覆。

她望著站在他兩側的男孩：「這個營地的人要艾帕朵爲她的惡行付出代價，尤其她親手對這兩個男孩造成巨大傷害。明天我會確認自己能不能幫助他們，但艾帕朵該爲達成她首領的期望遭受什麼報應？」

大部分人不由自主地瞥著仍癱在地上的屍體，然後將目光轉向艾帕朵。她站得筆直，完全沒有退縮，準備接受懲罰。她心裡始終明白：有一天必須付出代價。

喬達拉有點敬畏地看著愛拉，她做得眞對，他心想。不論她說什麼，就算大家敬畏她，陌生人所說的，絕不會如聖阿莫登的話那樣，讓這些人樂意接受。

「我認爲艾帕朵應該爲惡行付出代價。」男人說。許多人滿意地點點頭，特別是卡芙和她的母親。

「不過是在這個世界，而不是另一個世界。妳說的沒錯，是時候該打破暴力和復仇的模式了，太多暴力和邪惡存在於這個營地太久。這幾年男人受了很多苦，他們先前也對女人造成傷害，這一切都應該到此結束。」

「那麼艾帕朵要遭受什麼報應呢？」悲痛的母親問：「要怎麼懲罰她？」

「不是懲罰，艾薩朵，是補償。她應該償還比過去所奪走的更多。她可以從多班開始，不論這個猛獁象火堆地盤的女兒能爲他做什麼，多班都不太可能完全復原，這一輩子都要承受苦難。歐岱文也一樣，但他有母親和親人。而多班沒有母親或親人關心，沒有人照顧，也沒人負責幫助他培養某種技藝或技巧。我會要艾帕朵照顧他，就像是她的母親。她可能永遠不會愛他，而他可能會恨她，但她應該擔負起這個責任。」

有些人點頭贊成，不是每個人都同意，可是確實必須有人照顧多班。大家都感受到他的痛苦，從前他和阿塔蘿一起生活，沒有人喜歡他，現在恐怕也沒人想收養他。大多數人覺得假如反對聖阿莫登的主意，說不定會被要求收容他。

愛拉露出微笑，認爲這個解決辦法很完美。一開始雙方可能存在恨意或缺乏信任，但這份關係會提供一種溫暖。她知道聖阿莫登很聰明，補償的點子看起來比懲罰有幫助多了，這也讓她有了新想法。

「我還有另一個建議。」她說：「這個營地的冬季存糧不太夠，到了春天，每個人都可能挨餓。男人很虛弱，而且好幾年不曾打獵，很多人喪失了打獵技巧。艾帕朵和她訓練的女人是這個營地最優秀的獵人，我想最好讓她們繼續打獵，而且和每個人分享肉。」

眾人點點頭，挨餓可一點也不吸引人。

「一旦男人有能力並想要開始打獵，艾帕朵應該負責協助他們，和他們一起打獵。要避免明年春天挨餓的唯一方法，就是女人和男人通力合作。每個營地都需要兩性的貢獻才能生存，其他女人和年長或虛弱的男人應該去採集食物。」

「現在是冬天！沒有食物可以採集。」一個年輕狼女說。

「冬天能找到的食物確實不多，而且那些食物需要費力收割，但還是可以找得到，不論找到什麼都會有幫助。」愛拉說。

「她說的對。」喬達拉說：「我看過，也吃過愛拉找到的食物，即使是冬天。今晚你們甚至都吃到其中一部分，她從河邊的石松收集的松子。」

「馴鹿喜愛的那些地衣也可以吃。」一個年長女人說：「如果烹煮得宜的話。」

「有些小麥、小米和其他禾草的種籽頭也還在，」艾薩朵說：「可以採收。」

「沒錯。不過要小心黑麥草，有些會長出致命的毒物。如果外觀和味道很糟，可能長了很多麥角菌，應該避免。」愛拉建議。「某一些能吃的漿果和水果，一直到冬天最冷的時候還掛在矮樹叢上，我甚至找到還長了幾棵蘋果的樹。另外，大部分樹的內層樹皮都可以吃。」

「我們需要刀子來採割。」艾薩朵說：「我們的不太好用。」

「我會替你們做一些。」喬達拉自告奮勇。

「你會教我做刀子嗎，齊蘭朵？」多班突然問。

喬達拉很高興聽到他這麼問。「會，我會示範給你看怎麼做刀子，還有其他工具。」

「我也想多學一點。」艾布蘭說：「我們需要打獵的武器。」

「我會爲所有想學的人示範，或者至少讓你們初步學會。眞正要學會一項技術要花很多年。明年夏天，如果你們去參加沙木乃氏大會，就能找到人繼續訓練你們。」喬達拉說。

這個少年的笑容消失，皺起了眉頭，他知道這個高挑男人不會留下來。

「我會盡我所能幫助你們。」喬達拉說：「在這趟旅程中，我們製作過很多狩獵武器。」

「那麼……投擲標槍的棒子……就是她用來解救你的那種東西呢？」說話的是艾帕朵，每個人都轉頭瞪著她。這個狼女首領之前一直沒開口，她的詢問讓大家想起愛拉那隻標槍擲得又遠又準，成功解救了喬達拉離開靶標柱。因爲看起來太過不可思議，大多數人沒想過那是可以學習的技巧。

「標槍投擲器？嗯，我會示範給有興趣學習的人。」

「包括女人？」艾帕朵問。

「包括女人。」喬達拉說：「當你們學會使用好的狩獵武器，就不需要去大媽河，把馬趕下懸崖。你們擁有我所見過最好的狩獵地點，就在這裡下方的河邊。」

「沒錯，」艾布蘭說：「我尤其記得他們獵捕猛獁象。在我小時候，他們會設置瞭望台，一看到有東西就點火發出信號。」

「我想也是。」喬達拉說。

愛拉微笑了：「我想先前的模式已經瓦解，我沒有再聽到阿塔蘿的靈說話了。」她說著撫摸沃夫的毛皮。「艾帕朵，剛開始打獵，我學習獵捕四足獵獸，包括狼，狼皮可以製成保暖實用的兜帽。嚴重構成威脅的狼應該被殺死，可是觀察活狼的收穫，往往多過於誘捕，並吃下狼肉。」

所有狼女帶著罪惡表情面面相覷，心想：她怎麼知道？沙木乃氏禁止吃狼肉，而且認爲對女人尤其不好。

獵人領袖仔細觀察金髮女人，想看出她是不是還有深藏不露的本事。阿塔蘿已經死了，艾帕朵知道自己不會因過去的行爲被處死，感覺鬆了一口氣，很高興一切結束了。曾經面對充滿魅力的女頭目，這個年輕獵人迷戀她，做出許多自己不願去想的事情來取悅她。其中有許多事情一直困擾著艾帕朵，甚至當她正在做的時候，不過她連對自己都沒有承認。她們獵馬時看到這個高挑男人，當時她心想，如果把他帶回來讓阿塔蘿玩弄，或許扣留區的男人就會少一個受傷害。

她不想傷害多班，可是不照阿塔蘿的命令做，她害怕女頭目會直接殺了他，就像她殺死親生的孩子一樣。爲什麼這個猛獁象火堆地盤女兒挑選聖阿莫登，而不是艾薩朵來宣告她的裁決？這樣的選擇饒了她一命。想在這個營地生活已經不像從前那麼容易，許多人都恨她。儘管如此，她還是很感激有機會獲得救贖。她會照顧那個男孩，即使他恨她，因爲那是她欠他的。

可是，這個愛拉是誰？她就像所有人想的，是來瓦解阿塔蘿對這個營地的控制嗎？那麼這個男人呢？他有什麼法力使標槍傷不了他？扣留區那些男人又是如何取得刀子？和他有關聯嗎？其他沙木乃氏和他們的親戚馬木特伊氏一樣，都獵捕猛獁象，狼女卻最常獵馬，他們是因此才刻意騎馬？而那隻狼是特地來爲同類復仇的幽靈狼嗎？她絕不會再獵狼了，也不再自稱爲狼女。

愛拉往回走向死去的首領，看見沙木乃。這位大媽侍者目睹一切，卻沒說什麼。愛拉記得她的痛苦懊悔，私下低聲對她說話。

「沙木乃，即使阿塔蘿的靈終於離開這個營地，要改變從前的行爲模式並不容易。男人脫離了扣留區——很高興他們設法解救了自己，他們會自豪地記住這一點。可是他們要很久以後才會忘記阿塔蘿，還有被關在扣留區的悲慘歲月。只有妳幫得上忙，這個責任很重大。」

沙木乃點頭認同，覺得自己超乎期望地獲得機會，去彌補濫用大媽的力量。首先要做的就是埋葬阿塔蘿，讓他們忘了她。沙木乃轉向眾人。

「食物還有剩，讓我們一起吃完這場筵席。我們也該拆除營地男女之間的圍籬，共享食物、火堆、族人的溫暖，讓我們重新像完整的族群團結起來，不分彼此。每個人都有技術和本領，這個營地會在所有人一起努力貢獻自己，慢慢變得繁榮起來。」

女人和男人點頭同意，許多人找到分離許久的配偶，其他人聚在一起分享食物、火堆和一起生活的夥伴。

「艾帕朵，」眾人用餐時，沙木乃叫喚著。等艾帕朵走過來，她說：「我想該移走阿塔蘿的屍體，準備下葬了。」

「我們要把她搬到她的住屋嗎？」這個狩獵女人說。

沙木乃想了想。「不，」她說：「把她帶到扣留區，放進遮棚。男人今晚應該待在阿塔蘿的溫暖土屋，他們很多人又弱又病，可能需要住在那裡一段時間。妳有其他睡覺的地方嗎？」

「嗯，不在阿塔蘿身邊伺候時，我睡在烏娜芙分享的住屋。」

「妳可以考慮暫時搬到她那裡，如果她和妳都同意。」

「我想我們都願意。」艾帕朵說。

「之後我們會想辦法解決多班的問題。」

「嗯，」艾帕朵說：「我們會的。」

喬達拉看著愛拉和抬移女頭目屍體的艾帕朵及眾獵人同行，爲她感到驕傲並略帶驚訝。在某種程度上，愛拉展現出齊蘭朵妮的智慧與才能。從前只在有人受傷、生病，需要愛拉的特殊技能時，他才會看到她前去掌控情勢。仔細想想，這些人又傷又病，愛拉知道事情該怎麼處理、進行，這就不足爲奇了。

第二天早上，喬達拉帶著兩匹馬，載回了他們離開大媽河去找斷斷時攜帶的必需品。那彷彿是很久以前的事情，他明白他們的旅程延誤太久了。他們曾經大幅超前，確信可以在隆冬前從容抵達冰川。如今時序已經進入隆冬，而他們距離那裡還很遙遠。

這個營地需要幫助，他知道愛拉要做完她認爲自己能做的所有事情後，她才會離開。他也答應幫忙，而且很興奮要教多班和其他人處理燧石，教導有興趣的人使用標槍投擲器。此刻，他卻開始擔憂起來。他們必須趕在春季融冰之前渡過那條冰川，他希望很快能夠啓程。

沙木乃和愛拉合力檢視並治療營地的男孩和男人。有個男人等不到她們協助，離開扣留區第一天就死在阿塔蘿的住屋，壞疽嚴重到兩條腿已經壞死。其他人大都有傷口或疾病需要治療，而且營養不良，帶有扣留區的噁心氣息，骯髒到令人難以置信。

沙木乃決定延後在烘房點火。她沒有時間，感覺也不對，她認爲唯有在適當時候，那才會是強力的療癒儀式。他們改用烘房內室把水加熱，用來洗澡、治療傷口，而最迫切的治療是食物和溫暖。在醫治者盡力提供協助之後，那些情況不太嚴重，而且有母親、配偶或其他親人可以同住的人，已經搬去和他們住在一起。

接近或幾乎成年的年輕人傷勢尤其令愛拉氣憤，連沙木乃都大驚失色。她過去對他們的嚴重情況視而不見。

那天晚上，大家再度一起用餐。愛拉和沙木乃描述了兩人發現的難題，解說普遍的需求，並回答問題。經過這格外漫長的一天，愛拉終於說自己必須休息了。她起身正要離開，有人最後又提出其中一個年輕人的問題。愛拉回答時，另一個女人批評了邪惡的女頭目，言下之意把一切都怪罪阿塔蘿，認爲自己完全沒有責任。這激怒了愛拉，一整天下來累積的深沉憤怒，讓她有話要說。

「阿塔蘿是有強烈意志的強壯女人。但不論一個人有多強壯，兩個人、五個人或十個人都比她強壯。如果你們所有人都想反抗她，她老早就會罷手了。因此，你們所有人，整個營地的女人男人，都要爲這些孩子受的苦難負上部分責任。而且我現在告訴你們，任何一個長時間因爲這種……這種憎恨而受苦的年輕人或男人，都必須受到整個營地所有人的照料，你們全都對他們餘生有責任。受苦的他們在苦難中被大媽木乃選中，任何拒絕協助他們的人都要對她交代。」愛拉強忍著怒氣。

愛拉轉身離開，喬達拉跟了過去。她的話比她所知道的還具有影響力，大部分人已經覺得她不只是個平凡女人。很多人說她是大媽的化身，是化成人形的活木乃，目的是來毀滅阿塔蘿並解放男人。不然怎麼解釋馬聽到她吹口哨就過來？又怎麼解釋體型碩大的北方狼跟著她到處走，依她的命令乖乖坐著？那不就是孕育所有動物靈的大地母親嗎？

根據傳聞，大媽因故創造了女人和男人，賜予他們交歡恩典來榮耀她，必須有男人和女人的靈才能創造新生命，而木乃清楚表明了厭惡以其他方式創造大地兒女的任何人。她不就藉著這個齊蘭朵妮氏人，來向他們表露她的感覺嗎？一個她的愛人與配偶化身的男人，比大部分的男人都高挑英俊，如皎潔皓月般光明美好。喬達拉注意到營地的人對待他的方式不太一樣，讓他感到不自在，他不太喜歡這種狀況。

即使有兩名醫治者與營地大多數人協助，愛拉第一天還是有太多事要做，因此延遲了她想對脫臼男孩試行的特殊治療，而沙木乃也被迫拖延了埋葬阿塔蘿。第二天早上，地點選定，墓穴也挖掘好，大媽侍者主持了簡單葬禮，終於讓女頭目回歸大地母親的懷抱。

少數人甚至感到有些哀傷，艾帕朵沒料到自己會有感覺，然而她確實有。基於營地大多數人的感受，她無法表現出來。從她的姿勢和表情等肢體語言，愛拉可以看出她在掙扎。多班的舉止也很奇怪，愛拉猜想，他正在設法處理自己複雜的情緒。在他很小的時候，阿塔蘿是他所知道唯一的母親，當她對他的態度改變，他感受到一種痛苦的背叛，但她的愛向來就是反覆無常，他也無法完全放開自己對她的感情。

愛拉從自身的失去，得知悲傷是需要釋放的。她原本打算葬禮後立刻嘗試治療那男孩，卻斟酌著是否該等一等。這樣的日子或許不適合，但有其他事情關注，對這兩個人都比較好。她在返回營地途中接近艾帕朵。

「我要嘗試治療多班脫臼的腿，我需要幫忙。妳會協助我嗎？」

「那樣他不會痛嗎？」艾帕朵說。對於他的疼痛尖叫聲，她記得再清楚不過，而且她已經開始想保護他。他即便不是她的兒子，至少是她的責任，她慎重以待，確信那是她生命的依靠。

「我會讓他睡著，他不會有感覺的，不過醒來後會有點痛，有一段時間需要別人非常小心地搬動他，」愛拉解釋：「因爲他沒辦法走路。」

「我會背他。」艾帕朵說。

他們回到大住屋，愛拉對男孩說明她想設法弄直他的腿。他抽身遠離她，神色非常緊張。看到艾帕朵進入住屋，他眼中充滿了恐懼。

「不！她會傷害我！」多班看到這名狼女時嚇得大叫，要是有能力的話，他會逃開。

艾帕朵僵直地站在他坐的床台旁：「我不會傷害你。我答應你，我絕不會再傷害你，」她說：「也絕不會讓其他人傷害你，包括這個女人。」

他抬頭看了她一眼，心裡擔心憂懼，卻想要相信她，而且極度渴望相信她。

「沙木乃，請確定他聽懂我接下來要說的話。」愛拉說完彎下腰，直到能夠懇切看著他驚恐的眼睛。

「多班，我會給你喝點東西，味道不是非常好，但我要你無論如何全部喝完。一段時間後，你會開始很想睡覺，如果你願意，可以就在這裡躺下來。我會趁你睡著時，嘗試稍微改善你的腿，恢復到原來的狀態。你不會有感覺，因爲你睡著了。當你醒來的時候，會感覺有點痛，也可能感覺某種程度的好轉。如果太痛的話，告訴我、沙木乃或艾帕朵，隨時都會有人在這裡陪你，她會給你喝點東西，稍微減輕疼痛，懂嗎？」

「齊蘭朵能來這裡看我嗎？」

「嗯，如果你希望的話，我現在就去找他來。」

「還有聖阿莫登？」

「好，如果你希望的話，兩個人都可以來。」

多班抬頭看著艾帕朵：「妳不會讓她傷害我？」

「我發誓，我不會讓她傷害你，也不會讓任何人傷害你。」

他看了看沙木乃，然後重新看著愛拉：「讓我喝那種飲料吧。」

治療多班的程序，與重置羅夏麗歐的斷臂過程差不多，那種飲料放鬆他的肌肉、使他入睡。拉直脫臼的腿耗費了極大體力，但當他的腿回到原來的位置，每個人都看得出來。愛拉明白腿骨有些許破損，永遠無法完全導正，但他的身體外觀幾乎恢復了正常。

男人和男孩大多搬去和親人同住，艾帕朵又搬回大土屋，幾乎片刻不離地待在多班身旁。愛拉注意到兩人之間開始培養出試探性的信賴，相信這是聖阿莫登原本就預期到的。

他們也以類似方式處置歐岱文。愛拉擔心他的療癒過程會比較困難，而且他的腿骨未來可能更容易彈出，造成脫臼。

沙木乃對愛拉印象深刻並略帶敬畏，私下懷疑有關她的傳言可能有些不眞確。她看起來就像平凡女人一樣吃飯睡覺，和那個高大俊美的男人交歡，就像其他女人一樣。不過愛拉出乎意料地了解土裡長出的植物，尤其是植物的療效。所有人議論紛紛，沙木乃因爲愛拉的關係，連帶獲得威信。儘管這個年長女人學會了不畏懼那匹狼，內心幾乎不可能看著牠圍繞愛拉，而不認爲她控制牠的靈。沒有跟著她時，牠的眼睛盯著她，對那個男人也一樣，雖然表現得比較不明顯。

這個年長女人沒有那麼留意兩匹馬，因爲牠們大部分時間都在吃草——愛拉說她很高興能讓牠們休息。沙木乃確實看到兩人騎馬，男人騎起棕色種馬一副很輕鬆的樣子，而年輕女人坐在母馬背上，卻讓人以爲人和馬是一體的。

大媽侍者雖然驚奇卻存疑，她受過齊蘭朵妮亞訓練，知道人有特殊神力的想法，往往能鼓舞人心。她學會並且經常運用誤導眾人的方法，引導他們相信她和他們想要相信的事物。她不認爲那是欺騙——對她的天職來說，這種事再正當也不過。她自由運用這些方法，讓事情進展順利，說服其他人依從。眾人經常因此得到幫助，尤其當某些人的問題或疾病找不出原因時。當然，有些人是因爲有力量的邪惡人士而受罪，那就另當別論了。

儘管本身不願採信所有傳言，沙木乃並不加以制止。營地的人想要相信，愛拉和喬達拉說的任何事情都是大媽的宣告。沙木乃利用他們的信念，安排了某些必要的改變。舉例來說，愛拉談到馬木特伊氏的姊妹決議團和兄弟決議團時，沙木乃就組織營地的人成立類似的決議團。當喬達拉提及尋找其他營地的人來延續燧石工具的製作訓練，她便慫恿眾人派遣使者到其他幾個沙木乃氏營地，重新聯繫親人，建立友誼。

某個極寒冷的清澈夜晚，天上的星星閃閃發光。前任女頭目的大土屋在充當療癒場所後，成爲群眾活動的中心，一群人擠在入口外談論空中的神祕閃光，而沙木乃回答問題並提出解釋。她花了很多時間在那裡，以藥物和儀式治療，和眾人聚在一起擬定計畫、討論問題。她因此開始把自己的部分東西搬進屋裡，讓愛拉和喬達拉單獨住在她的小屋。這樣的安排，近似愛拉和喬達拉所知道的其他營地和洞穴——大媽侍者的住所成爲族人的重心和聚集地。

沃夫緊跟著愛拉和喬達拉，離開了觀星者。有人向沙木乃詢問跟隨愛拉到處走的那隻狼。這位大媽侍者只是指著夜空其中一個亮光說：「那顆是狼星。」

時光飛逝，隨著男人和男孩逐漸康復，不再需要醫治，愛拉便跟著出去採集少得可憐的冬季食物。喬達拉忙著傳授技藝，示範如何製作標槍投擲器，並用它來打獵。營地開始囤積各種容易在嚴寒天候儲藏的食物補給，尤其是肉類。剛開始女人不太適應男人搬進她們認爲專屬的住屋，不過這些問題慢慢都得到了解決。

沙木乃覺得燒製烘房塑像的時機到了，和兩名訪客談到建立新的火之儀式。他們置身窯屋，她把夏秋季節收集來用於燒製、醫療、日常使用的燃料，部分堆放在屋裡。她說明必須收集更多燃料，而那會是個大工程。

「喬達拉，你能製作砍樹的工具嗎？」她問。

「我很樂意做一些長柄斧、大木槌、楔子，以及任何你們需要的東西，不過綠樹不容易燃燒。」他說。

「我也會燒猛獁象骨。我們得先讓火燒得既旺又熱，還得持續燃燒很長一段時間。火之儀式需要大量燃料。」

他們走出那間小屋，愛拉望著聚落另一邊的扣留區。眾人偶爾會到那裡去，卻沒有動手拆除扣留區。愛拉曾經提過，那些木竿可以用來當作圍獵場，把動物趕進去。在那之後，營地的人就傾向避免使用那些木頭，如今他們全都養成習慣，視而不見。

愛拉忽然說：「你們不必砍樹了。喬達拉可以製作切割木頭的工具，把扣留區的木頭切碎。」

大家重新看待那座柵欄，沙木乃看到了更多，也想到新儀式的雛型。「眞完美！」她說：「摧毀那個地方，創造嶄新的療癒儀式！每個人都能參與，也都會樂意看到那裡消失，紀念我們重新開始。而你們也會在這裡共襄盛舉。」

「我不太確定，」喬達拉說：「那要花多久時間？」

「這件事太重要了，急不得。」

「我想也是。可是我們不久就必須離開。」他說。

「冬季最寒冷的時刻很快就到了。」沙木乃反駁。

「而且在那之後不久，會有春季融冰。沙木乃，妳曾經橫越那條冰川，知道要在冬天才過得了。我答應蘿莎杜那氏人，回程時會拜訪他們的洞穴。我們也只能稍作停留，那裡很適合停下來爲橫越冰川做準備。」

沙木乃點點頭：「那麼我也會利用火之儀式，祝福你們一路順風。我們之中有很多人希望你們留下來，而所有人都會因爲你們不在，若有所失。」

「我原本希望能看到燒製過程，」愛拉說：「還有卡芙的寶寶，但喬達拉說的對，我們是該離開了。」

喬達拉決定立刻爲沙木乃製作工具。他已經在附近找到好燧石，也和其他幾個人帶回一些能製成長柄斧和割木器具的燧石。愛拉進入小住屋收拾他們的私人物品，看看還需要什麼其他東西。她把東西全攤開來，忽然聽見入口有聲響，抬起頭來看見卡芙。

「我打擾妳了嗎，愛拉？」她問。

「不會，進來吧。」

大腹便便的年輕女人走進屋內，緩緩坐到愛拉對面的床台邊緣：「沙木乃告訴我，你們要走了。」

「對，就在這一兩天。」

「我以爲你們會待到燒製儀式。」

「我希望可以，但喬達拉急著要走。他說我們必須在春天前橫越冰川。」

「我做了東西，準備燒製後送給妳，」卡芙說著從襯衣拿出皮革小包：「我還是想送妳，不過假如沾濕了，就無法維持原來的樣子。」她把小包遞給愛拉。

小包內是黏土塑成的小型威猛母獅頭。「卡芙！眞漂亮！不只是漂亮，還蘊含母穴獅的精髓。我不知道妳的手藝這麼好！」

年輕女人露出微笑：「妳喜歡？」

「我認識一個馬木特伊氏男人，他是象牙雕刻匠，非常優秀的藝術家。他示範給我看怎麼雕刻、彩繪東西，我知道他會喜歡這個。」愛拉說。

「我用木頭、象牙、鹿角刻過塑像。打從有記憶以來，我就持續不斷在雕刻，沙木乃期望我接受訓練。她實在對我很好，想辦法幫助我們……她也對歐梅爾很好，讓歐梅爾保有祕密，從來不會像某些人一樣藉機打探，問東問西。其實，很多人都非常好奇。」卡芙低下頭，似乎在努力忍住淚水。

「我知道妳很懷念那些朋友。」愛拉輕柔地說：「要守住那樣的祕密，對歐梅爾來說，一定很困難。」

「歐梅爾必須守住那個祕密。」

「因爲布魯加？沙木乃說，她認爲布魯加可能威脅要造成嚴重傷害。」

「不，不是因爲布魯加或阿塔蘿。我不喜歡布魯加，而且我記得他因爲歐梅爾而非常怪罪阿塔蘿。雖然當時我還小，我覺得他怕歐梅爾，更勝於歐梅爾怕他。阿塔蘿知道原因。」

愛拉察覺卡芙困擾的理由：「妳也知道，不是嗎？」

年輕女人皺起眉頭。「對，」她低語，接著抬頭深深望著愛拉：「我原本希望妳會在這裡待到孩子出生。我希望寶寶平安健康，不像……」

不需要再多說什麼或解釋細節，卡芙害怕她的孩子天生畸形，而說出來只怕一語成讖。

「哦，我還沒走啊，誰知道呢？依我看來，孩子隨時都可能出生，」愛拉說：「也許那時我們還在這裡。」

「但願如此。你們爲我們做了那麼多，眞希望你們來的時候，歐梅爾和其他人還沒……」

愛拉看見她眼中閃著淚光：「妳想念妳的朋友，我明白。但妳很快就要有小寶寶了，那對妳會有幫助。妳想過要幫寶寶取什麼名字嗎？」

「很久沒想了。我知道去想男孩的名字沒什麼意義，我也不知道有沒有機會幫女孩命名。現在，假如是男孩，我不知道是要以我弟弟的名字命名，或者……另一個我認識的男人。假如是女孩，我想以沙木乃命名，她讓我遇見……他……」悲痛的啜泣打斷了她的話。

愛拉將年輕女人擁入懷中。悲傷需要宣洩，她能宣洩出來很好。這個營地依然充滿需要釋放的悲傷，愛拉希望沙木乃籌畫的儀式會有幫助。卡芙的淚水終於停止，她抽身用手抹去眼淚。愛拉四處張望，想找東西給她擦乾眼淚。她打開了跟隨她多年的小包，讓年輕女人使用包裹的軟皮革。卡芙一看到裡面的東西，難以置信地瞪大眼睛。那是大媽木乃，用象牙刻成的女性小雕像。那個木乃居然有臉孔，而且是愛拉的面容！

她轉移視線，彷彿看到不該看的東西，擦乾眼淚迅速離開。愛拉皺著眉頭，把喬達拉以她的容貌製成的雕像，小心包回軟皮革裡，知道那東西嚇到了卡芙。

她將他們寥寥可數的物品打包，想把這件事拋諸腦後。她把裝了打火石的囊袋清空，查看灰黃色的黃鐵礦塊還剩多少。她想給沙木乃一塊，卻不知道喬達拉的家鄉附近，這種礦石多不多，她想留一些當作禮物送給他的親人。最後她決定割捨一塊，但僅僅一塊。她挑了一塊大小適合的，把其他礦石放回去。

愛拉出去時，注意到卡芙在她進入大土屋時正要離開。愛拉對那個年輕女人微笑，卡芙不安地回以微笑。進屋後，她感覺沙木乃很古怪地看著她。喬達拉的雕像似乎引發了一些憂慮。愛拉等候另一個人離開土屋，剩下沙木乃獨自一人。

「離開前我有東西想送妳，這是我自己一個人住在山谷時發現的。」她說著，打開手掌展示那顆石頭：「我想妳也許可以用在火之儀式。」

沙木乃看了看石頭，抬起頭，疑惑地望著愛拉。

「我知道看起來不像，但這顆石頭裡面有火。我示範給妳看。」

愛拉走到火坑，拿出他們使用的火絨，在乾燥香蒲絨毛周圍疏鬆地安置小木片，再把引火柴放在一旁，彎低身子用黃鐵礦敲擊燧石。熾烈的大火花迸落在火絨上，她對著火絨吹氣，小火焰不可思議地冒了出來。她加入引火柴，讓火繼續燃燒，抬起頭看見瞠目結舌的沙木乃懷疑地盯著她瞧。

「卡芙告訴我，她看見一尊木乃像有妳的臉孔，而現在妳讓火出現。妳是……他們所認爲的對象嗎？」

愛拉露出微笑：「那是喬達拉刻的雕像，因爲他愛我。他說，他想捕捉我的靈，後來他把雕像送給我。那不是朵妮或木乃，只是感覺類似的紀念物。我很樂意示範給妳看怎麼讓火出現，不是因爲我擁有神祕的力量，而是這塊打火石裡面有某種東西。」

「我可以進來嗎？」入口傳來聲音，兩個女人轉頭望著卡芙。「我忘記拿手套了。」

沙木乃和愛拉彼此對看了一眼：「進來吧，沒關係。」愛拉說。

「卡芙是我的助手。」沙木乃解釋。

「那麼，我會爲妳們倆示範怎麼使用這塊打火石。」愛拉說。

她再次重複整個過程，並且讓兩人嘗試。她們感覺放鬆了些，仍然驚奇那塊古怪石頭的效用。卡芙甚至鼓起勇氣詢問愛拉有關那尊木乃的事。

「那尊我看到的雕像……」

「那是喬達拉在我們相遇後不久，特地爲我做的，用來表示他對我的感覺。」愛拉解釋。

「妳的意思是，如果我想讓人知道他對我有多重要，我可以用那個人的臉孔製作雕像？」卡芙說。

「我不覺得有什麼不妥。」愛拉說：「製作木乃像時，妳知道自己爲什麼做，心裡對那尊雕像有一種特殊的感情，不是嗎？」

「對，而且一定還會有某些儀式。」年輕女人說。

「我認爲是妳對雕像投注了感情，所以才顯得與眾不同。」

「所以我可以刻上某人的臉孔，假如我投注的感情是好的。」

「我完全不覺得那樣做有什麼不對。卡芙，妳是非常傑出的藝術家。」

「或許最好不要製作完整的塑像。」沙木乃勸告：「如果只製作頭部，就不會造成混淆。」

卡芙點頭表示贊同，然後兩人不約而同望著愛拉，彷彿等待她認同。兩人內心深處依然納悶這個訪客的眞實身分。

第二天早上，愛拉和喬達拉一心一意想出發，但屋外的乾雪猛烈吹拂，眼前白茫茫一片，朦朧得連聚落的另一邊都很難看見。

「我不認為我們今天走得了。暴風雪快來了，」喬達拉說著，儘管他不願延遲：「希望風雪很快就會停下來。」

愛拉走到空地，吹口哨召喚馬兒，確保牠們無恙。看到兩匹馬從朦朧風雪中現身，她鬆了一口氣，把牠們牽到靠近營地的避風處。她往回走，心裡想著折返大媽河的路徑，因為只有她知道。起先她沒聽見有人低聲喊著自己的名字。

「愛拉！」這回喊叫聲變大了。她環顧四周，看到待在小屋遠側的卡芙，遠遠對她招手。

「怎麼了，卡芙？」

「我想給妳看樣東西，看看妳喜不喜歡。」年輕女人說。愛拉走近時，卡芙脫下手套，把手裡略呈圓形的猛獁象牙色小東西，小心放在愛拉手掌上。「我剛剛完成。」她說。

愛拉拿起那樣東西，帶著驚奇表情微笑：「卡芙！我知道妳很優秀，卻不知道妳這麼棒！」她說著，小心檢視那尊小沙木乃雕像。

那只是個女人頭，完全沒有身體，連脖子也沒有，但刻畫的對象很明確。頭髮盤起，在頭頂附近形成髮髻，狹長的臉稍扭曲，一側略小於另一側。這個女人一覽無遺的美麗和威嚴，彷彿從小藝術品內部散發出來。

「妳覺得好嗎？她會喜歡嗎？」卡芙說：「我想為她做點特別的東西。」

「我會喜歡，」愛拉說：「我認為這清楚而完整地傳達出妳對她的感情。卡芙，妳擁有珍貴美妙的天賦，一定要妥善運用，因為其中可能蘊含了巨大力量。沙木乃挑選妳當助手非常明智。」

到了晚上，暴風雪猛烈怒吼，連到屋外走幾步都很危險。沙木乃從入口通道附近的架子，拿下一束懸掛的乾燥綠枝葉，打算加進另一批混合藥草，準備用來爲火之儀式調製有效用的飲料。火坑裡火苗微弱，愛拉和喬達拉剛就寢，沙木乃決定儘速完成後離開。

突然間，一陣冰冷風雪在厚垂簾敞開時從入口灌進前廳，艾薩朵憂心忡忡地闖入第二道垂簾。

「沙木乃！快一點！是卡芙！她要生了。」

她還沒搭腔，愛拉就下床套上衣服。

「她選了個好時辰。」沙木乃保持鎮定地說，部分是爲了安撫焦慮的準祖母。「沒事的，艾薩朵，孩子不會在我們抵達妳的住屋前出世。」

「她不在我的屋子裡。她堅持冒著風雪前往大屋，我不知道原因，但她想在那裡生孩子，而且希望愛拉也一起來。她說，那是確保寶寶安然無恙的唯一方法。」

沙木乃擔憂地皺起眉頭：「今晚那裡沒有人，而且她在這種天氣外出也不明智。」

「我知道，但我阻止不了她。」艾薩朵說著動身往回走。

「等一下，」沙木乃說：「我們一起去好了。這種風雪，從這間屋子走到下一間屋子都有可能迷路。」

「沃夫不會讓我們迷路。」愛拉說，示意那隻已經蜷縮在他們床褥邊的動物。

「我適合跟你們一起去嗎？」喬達拉說。他沒有那麼想待在生產的地方，只是擔心愛拉在暴風雪外出。沙木乃看著艾薩朵。

「我不介意，不過男人可以待在生產的地方嗎？」艾薩朵問。

「沒有理由不行，」沙木乃說：「而且既然她沒有配偶，有男人在旁邊或許是好事。」

三女一男一起冒著風雪走出去，置身在呼號的強風中。他們抵達大屋，發現年輕女人蹲縮在寒冷空盪的火坑，身體疼痛緊繃，眼神恐懼。看到母親和其他人到達，她寬慰地露出喜色。愛拉不一會兒就生起火，令艾薩朵大為吃驚。喬達拉又到屋外拿一些積雪，把它們融化成水。艾薩朵找出收起的床墊，放在床台上。沙木乃從先前她帶到那裡的補給品中，挑出各種可能需要的藥草。

愛拉安頓年輕女人並安排一切，好讓她能隨意舒適地坐起或躺下，然後等著和沙木乃一起檢查她。兩名醫治者先安撫卡芙，暫時留下她和母親在一起。兩人走回火坑，悄悄交談。

「妳注意到了嗎？」沙木乃問。

「嗯，妳知道那代表什麼嗎？」愛拉問。

「我大概有想法，不過我們只能等著看。」

喬達拉一直儘量遠遠避開，這時卻慢慢走向這兩個女人。從兩人的表情，他感覺到她們的不安，於是也跟著擔憂起來。他坐在床台上，心不在焉地撫摸沃夫的頭。

等候的時刻，沃夫看著喬達拉焦慮地踱步。他希望時間能過得快一點，風雪能減弱，或者他有事情可以做。他和年輕女人交談了一會兒，設法鼓勵她，不時對她微笑，卻感覺完全幫不上忙，這裡沒有他能做的事情。夜愈來愈深了，他終於在一張床褥上小睡了一會兒。屋外暴風雪呼嘯的模糊聲響，詭異對應著屋內靜候的場面，不時穿插使勁分娩的規律聲響，緩慢卻愈來愈頻繁。

一陣騷動的興奮聲將他吵醒，光線從排煙孔周圍的縫隙射進來。他站起來伸展身子，揉揉眼睛，趁三個女人沒有留意，走到屋外排尿。他很高興看到暴風雪減弱了，只是風中仍有少許乾雪花紛飛。

他正要進屋，聽見新生嬰兒的清晰號啕聲，因而露出微笑在外面等候，不確定這時候適不適合進去。突然間，他出乎意料地又聽見另一陣啼哭，與之前的號啕聲相互應和，有兩個嬰兒！他忍不住非得進去不可。

愛拉懷裡抱著一個襁褓中的嬰兒，在他進來時給了他一個微笑：「喬達拉，是個男孩！」

沙木乃舉起第二個寶寶，準備綁上臍帶線。「還有一個女孩。」她說：「是雙胞胎！這是個好兆頭。阿塔蘿當首領時，很少有孩子誕生。現在狀況會慢慢改變，我認爲這是大媽在告訴我們，三姊妹營地不久就會繁榮起來，再度充滿生命。」

「你會再回來嗎？」多班問這個高挑男人。他已經好多了，只是仍然得使用喬達拉替他做的拐杖。

「我想不會吧，多班。一趟長途旅行已經足夠了，我該回家安頓下來，建立我自己的火堆地盤。」

「眞希望你住得近一點，齊蘭朵。」

「我也希望。你會成爲優秀的燧石匠，我也想繼續訓練你。對了，多班，你可以叫我喬達拉。」

「不，你是齊蘭朵。」

「你是指齊蘭朵妮？」

「不，我是指齊蘭朵。」

聖阿莫登露出微笑：「他不是指你的族名，他替你取名艾蘭朵，加上尊稱後就成爲齊蘭朵。」

喬達拉不好意思，欣喜地紅了臉：「謝謝你，多班。也許我應該叫你聖阿多班。」

「還不到時候。等我學會像你一樣處理燧石，他們可能會叫我聖阿多班。」

喬達拉給了青年一個熱情擁抱，再拍拍其他幾個人的肩膀，一一和他們告別。馱好行囊準備出發的馬兒在不遠處遊盪，沃夫坐在地上看著喬達拉，當牠看到愛拉和沙木乃走出屋外時站了起來。喬達拉也很高興看到兩人。

「……眞漂亮，」年長女人說：「我好感動她這麼堅持要做，不過……妳不覺得這樣很危險嗎？」

「只要妳把自己臉孔的雕像妥善保存好，會有什麼危險呢？那可能讓妳更親近大媽，而且有更深刻的體認。」愛拉說。

兩個女人彼此擁抱，沙木乃又大大擁抱了喬達拉。他們叫喚馬兒過來，她往後退開，卻又伸手碰觸他的手臂，耽擱了他一會兒。

「喬達拉，當你見到瑪桑那時，告訴她沙木……不，告訴她波朵請你轉達她的愛。」

「我會的，我想她會很高興。」他說著騎上種馬。

兩人轉身揮手，喬達拉寬慰終於要離開了，他永遠無法想到這個營地而不帶有一種複雜的心情。他們漸行漸遠，雪又開始翩然落下，營地的人揮著手祝福他們。「旅途愉快，齊蘭朵！」「一路平安，聖愛拉！」

他們消失在柔和迷濛的白色雪花中，幾乎沒有人不相信，或者說所有人全都想相信，愛拉和喬達拉是來讓他們擺脫阿塔蘿，並解放男人。騎著馬的兩人一離開他們的視線，就會化身成大地母親和她俊美的神聖配偶，乘風飛過天際，後面跟隨著忠心的守護者狼星。

第三十四章

他們動身返回大媽河，愛拉帶頭領路，沿著她找到沙木乃氏營地的路徑走。抵達河流時，她決定涉水渡過較小的支流，再朝西南方前進。兩人騎馬越過隔開兩個主要山系的平原——位在古老低地盆地上的多風平原，繼續往大媽河前進。

降雪量並不多，他們還是經常得躲避類似暴風雪的天候。在嚴寒中，風持續不停地捲起乾雪花四處吹送，直到雪花磨碎成為冰粒，偶爾混雜著黃土——來自移動冰川的邊緣磨成粉狀微粒的岩塵。除了隱蔽地帶，大多數缺乏庇護的枯草長期倒伏，風讓雪無法堆積，露出乾枯變黃的草料，供馬兒啃食。

對愛拉來說，回程快多了。她沒有嘗試沿著行經困難地形的路徑走，喬達拉卻驚訝他們抵達河流前必須跋涉的長遠距離。他原本沒意識到他們有多深入北方，只是猜測沙木乃氏營地離大冰層不會太遠。

他的推測正確，如果他們往北步行，兩三天就能抵達大陸冰層壯觀宏偉的前壁。回想旅行前夕的初夏，他們曾在同一片廣大北方屏障結凍的表面獵捕猛獁象，那是在離這裡非常遙遠的東方。此刻，他們開始沿著山地劇烈曲折的弧線東側一直往下走，繞過南方的基部，然後從山脈西翼往上走，幾乎再度抵達和陸地一樣寬的冰川。

兩人遠離過去窒礙難行的山麓丘陵外露層和複理層，在抵達大媽河時轉往西行，開始趨近更廣大、更高聳的西方山脈北部前沿。他們回溯足跡，尋找留下配備和補給的地方，依循初冬時行走的同一條路徑。當時喬達拉認為他們時間充裕……直到野馬群帶走嘶嘶的那一晚。

「這些地標看起來很熟悉，應該就在這附近了。」他說。

「你說的對。我記得那片峭壁，除此之外，其他的一切看起來完全變了。」愛拉驚愕審視改變的地貌。

鄰近地區的積雪更多了，河流邊緣結凍，雪隨風四處飄揚，塡滿每個凹處，幾乎分辨不出河岸與河流的交界處。強勁的風和初冬時樹枝上反覆結凍又融化而形成的冰，壓低了幾棵樹。灌木叢和懸鉤子因爲附著的水結成冰，也被壓得低垂著。它們覆蓋了雪之後，經常被兩名旅行者看成土丘或石堆，直到他們試圖攀爬時才發現判斷錯誤。

這對男女在一小叢樹旁停下來，仔細掃視周遭區域，尋找帳篷和食物掩藏地點的線索。

「一定就在附近，我知道就是這一帶。可是一切都變得不一樣了。」愛拉說完頓了一下，望著男人：「很多東西看起來和原先不一樣，對不對？喬達拉？」

他表情疑惑地看著她：「唔，對。同一個地方或同一個事物，在冬天和夏天看起來確實不一樣。」

「我指的不光是陸地，」愛拉說：「我很難說清楚我的感覺。就像我們離開時，沙木乃請你代爲向你母親轉達她的愛，但她說她是波朵。那是你母親稱呼她的名字，不是嗎？」

「對，我相信她是這個意思。她年輕時可能叫波朵。」

「但成爲沙木乃，她必須放棄原來的名字，就像你談論的那位齊蘭朵妮，你認識她時，她叫索蘭那。」愛拉說。

「自願放棄原來的名字，這是成爲大媽侍者必須做的。」喬達拉說。

「我明白，就如同克雷伯成爲**獨一無二的莫格烏爾**。他不需要放棄出生時的名字。可是，當他以**獨一無二的莫格烏爾**身分主持儀式時，他成了另一個人。他是克雷伯時，就像他的誕生圖騰獐鹿一樣，害羞安靜，從來不多話，好像隱身其中觀看一切。可是當他是莫格烏爾時，又變得法力強大、威風凜凜，像他的穴熊圖騰，」愛拉說：「看起來完全不一樣。」

「妳也有點像那樣，愛拉。大部分時候，妳多聽少說。當有人受傷或有困難，妳幾乎變成另一個人，能夠掌控情勢，告訴別人怎麼做，別人就會照著做。」

愛拉皺起眉頭：「我從沒那樣想過，我只是想幫忙。」

「我知道，但那不只是想要幫忙而已。妳往往知道該做什麼，而大多數的人都認同。我想，那就是爲什麼大家會照妳的話去做。我認爲妳可以成爲大媽侍者，如果妳想的話。」喬達拉說。

愛拉的眉頭皺得更緊了：「我不覺得我想成爲大媽侍者，我不想放棄我的名字，那是我和部落一起生活之前，親生母親留給我的唯一東西。」這個年輕女人說完，突然緊張指著一個看起來格外勻稱的覆雪土丘。「喬達拉！看那邊。」

男人望著她指的地方，剛開始看不出個所以然，接著他也猛然意識到土丘的形狀。「那有可能是……？」他說著，驅策快快前進。

看到糾結荊棘中央的土丘，兩人興奮地下馬來。喬達拉找到堅固的樹枝，在節莖叢中敲出路來。到達節莖中央，他又敲打勻稱土丘，覆雪紛紛掉落，露出了倒置的碗形船。

「找到了！」愛拉叫喊。

兩人踩踏、敲下多刺的長莖，直到觸及小船，然後小心解開藏在下面包裹好的行囊。

儲藏地點顯然沒完全發揮預期效果，不過是沃夫先提示了他們，因爲殘存的氣味讓牠激動起來。他們在發現狼糞時才明白原因。狼群破壞了他們掩藏的東西，成功扯開幾個小心裹好的包袱，甚至撕破帳篷。幸好狀況沒有更糟，因爲狼通常不會放過皮革，一旦得到就會興奮地咬個稀爛。

「驅避劑！牠們一定是因爲驅避劑，才沒有破壞得更嚴重。」喬達拉說，很高興愛拉的混合劑不僅讓食肉動物旅伴遠離他們的東西，也驅避了其他的狼。「我一直認爲沃夫會加重我們旅行的困難，其實要是沒有牠，我們可能連帳篷都沒了。過來，小傢伙。」喬達拉拍拍胸膛，鼓勵這隻動物撲上來，把腳掌放在他的胸膛：「你又辦到了！救了我們的性命，或者至少是挽救我們的帳篷。」

愛拉看著他抓住狼頸部的厚毛微笑，樂見他對牠改變態度。不是喬達拉對牠不好，或者不喜歡牠，只是他從前不曾這麼坦率表達友善與慈愛，沃夫也明顯喜愛受到他的關注。

驅狼劑確實減少了他們的損害，不過那些狼並沒有放過緊急存糧。食物損失慘重，大部分乾肉和塊狀旅行食物都沒了，許多包乾燥水果、蔬菜和穀類也都被撕開或短少，也許是狼群離開後被其他動物吃掉了。

「或許我們離開時，應該多帶一點沙木乃氏提供的食物，」愛拉說：「不過他們自己的存糧也不算多。但我們還是可以回去拿。」

「我不想回去。」喬達拉說：「看看我們還有什麼，再加上沿途打獵，我們的存糧也許足夠維持到蘿莎杜那氏。索諾倫和我遇到幾個蘿莎杜那氏人，我們和他們一起過夜。他們邀請我們回去，在那裡住一陣子。」

「他們會送我們食物，足夠支撐我們往後的旅程嗎？」愛拉問。

「我想會的。」喬達拉說完露出微笑：「事實上，我知道他們會，因爲他們欠我一份人情！」

「欠你一份人情？」愛拉疑惑地蹙眉。「他們是親戚嗎？就像夏拉木多伊人？」

「不，他們不是親戚，但很友善，而且會和齊蘭朵妮氏人交易，有些人懂齊蘭朵妮氏語。」

「你以前說過。但是，喬達拉，我一直不太懂什麼是『欠一份人情』。」

「那表示對方未來會答應任何要求，以交換過去所取得或贏得的東西。通常是有人賭輸而無力負擔時，用欠下人情來支付債務，不過也用在其他方面。」他解釋。

「什麼其他方面？」愛拉問，感覺還有更多自己必須了解的意義。

「呃，有時候用來報答別人，通常是特殊而難以衡量價值的事情。」喬達拉說：「因爲不受限制，這份人情可能是沉重的責任，但大多數人不會要求得太過分。答應欠下一份人情，通常只是表示信賴和忠誠，是奉獻友誼的方式。」

愛拉點點頭，果然還有其他意義。

「拉度尼欠我一份人情，」他繼續說：「不是什麼重大的人情，但他必須給我任何我所要求的東西，而我也可以要求任何東西。我想他會樂意只用他本來可能會送我們的食物，來償還這份人情。」

「我們現在距離蘿莎杜那氏很遠嗎？」愛拉問。

「有一段距離，他們住山地西端，我們在東端。如果沿著河流過去，路不難走，不過我們必須渡河。他們在另一岸，我們可以到更上游再渡河。」喬達拉說。

他們決定就地紮營過夜，仔細整理所有東西。減損的大部分是食物，所有剩下的東西湊在一起只有少少一堆。他們明白這已經是不幸中的大幸，情況原本可能更糟。現在兩人得沿路打獵、採集，幸虧裝備大都完好無缺，只要稍加修補就行了，唯獨肉類保存容器被咬碎了。即使阻擋不了狼，碗形船卻保護了他們掩藏的東西不受天候影響。第二天早上，兩人必須決定要不要繼續拖著這個覆皮圓船。

「我們即將進入更多山路的荒野，帶著船走會添更多麻煩。」喬達拉說。

愛拉檢視過木竿，用來避免動物接近食物的三根長竿中，有一根已經斷了，而拖橇只需要兩根木竿。「我們何不暫時先帶著，如果眞的造成麻煩，隨時可以丟掉。」她說。

往西迅速遠離多風平原的低窪盆地，他們依循的東西向大媽河，沿途標示了極端緩慢流逝的地質變化中，大地最強大力量之間的較勁。南方是西部高山的前沿，即使和煦的夏日也不曾把山頂暖化，高聳突出地帶經年積聚冰雪。更遠後方的山脈最高峰在清澈冰冷的空氣中閃閃發光。

北方高地是一個廣大斷層塊的基礎結晶岩，是古老山地經過無數年磨蝕而形成的平圓遺跡。這些最早從陸地隆起的山地，固定在最深的岩床。從南方持續緩慢移動的大陸，以抵擋不住的巨大力量，壓迫那片無法撼動的底部岩床，壓碎並摺疊堅硬岩石構成的地殼，抬升出綿亙陸地的宏偉山系。

老斷層塊並非毫髮無傷地逃過壓擠出高聳山地的巨大力量，從瓦解的堅硬結晶結構，呈現傾斜、錯動和破碎的岩石看來，斷層塊堅定地抗拒來自南方無法想像的壓力時，承受了激烈的推擠壓折。不僅他們左邊的高聳西部山脈和更西邊的另一道山脈，連他們先前沿著邊緣行進的綿長曲折東部山脈，以及持續向東延伸到地表最高峰的一整個山系，都在同一時期因為移動的大陸推擠著頑強的岩床，而高高隆起。

到了溫度逐年降低的冰川時期，宏偉山脈的山頂結冰大幅沿著山腰往下延伸，連中海拔地區都覆蓋了閃亮的透明冰晶外殼。冰層緩慢延伸，填滿並擴大山谷與岩石裂縫；冰川流過的碎石沉積平原與階地，在較晚生成的崎嶇尖峰蝕刻出尖突石塔。不過，只有最靠近結霜山地的海拔最高處才眞的有冰川。那是不論寒暑都不曾消融的冰層。

北方侵蝕山地的圓形基部，不規則散布著相對平坦的台地和階地。流過古老陸地的河流上游有淺谷、緩坡，到了中游河段益發高低不平。除了直接瀉落斷層塊表面的河流，從陡峭南坡流下的河流顯得湍急。大媽河沿岸黃土構成的肥沃陸地，隔開了和緩的北部高地和多山的南部。

愛拉和喬達拉幾乎朝正西方行進，沿著水道北岸穿越開闊的河谷平原。大媽河的水量雖然不如下游那麼大，仍然相當充沛。幾天後，他們看見它再度恢復本色，分支成數條河道。

又過了半日，兩人抵達另一條從高處瀉落的大支流匯流處，洶湧得令人畏懼，它蔓延成冰簾的冰柱和碎冰堆，遍布了兩岸。由北方匯入的河流，不再來自後方熟悉山區的高地和山麓平原，而是來自西方的陌生地帶。喬達拉決定回頭渡過大媽河的幾條支流，而不渡過這條危險河流，也不嘗試往上游走。

結果顯示，他的選擇是正確的。雖然有些寬闊河道邊緣塞滿了冰，寒冷河水大多僅深及馬兒側腹。

他們沒有想太多，直到夜晚即將來臨，愛拉、喬達拉、兩匹馬兒和那隻狼終於渡過大媽河。經歷了渡過其他河流時的危險和痛苦，這回如此順利的渡河過程顯得平淡無奇，但他們並不遺憾。

在嚴寒的冬季，光是旅行就已經夠危險了，大多數人都舒適地待在溫暖住所。一旦有人外出太久，親友就會開始搜尋。愛拉和喬達拉孑然一身，倘若發生任何事情，只有彼此和動物夥伴可以依靠。

陸地和緩地向上傾斜，他們開始留意植被的細微變化。冷杉、洋松混雜生長在河邊的雲杉和松樹之間。由於大氣逆溫，河谷平原的溫度極低，往往比周圍山區的高處更冷。冰雪染白了兩側高地，卻很少落入河谷。除了凹洞和窪地，少許輕盈乾雪屑少量堆積在結冰地面，有時甚至連凹洞和窪地也不見積雪。在沒有雪的情況下，他們能爲自己和動物取得飲水的唯一方法，就是用石斧在結凍河流鑿冰，然後把冰融化。

這麼辛苦取水，讓愛拉有機會注意出沒在大媽河河谷沿岸平原的動物。牠們雖然和大草原上的動物品種相同，但以耐寒的生物居多。她知道這些動物可以仰賴乾燥植物維生，牠們很容易在稍結凍但少雪的平原上取得這些植物。愛拉納悶的是，牠們怎麼找水。

她認爲狼和其他食肉動物可能從獵物的血獲取部分水分，而且牠們搜尋的區域廣泛，可以找到凹地裡的雪或碎冰，加以咀嚼。但馬和其他食草動物怎麼辦？牠們如何在冬季的冰原上找水？某些地區有足夠的雪，但其他貧瘠地帶只有岩石和冰。然而，不論多麼乾燥，凡是有草料的地方就有動物棲息。

愛拉不曾看過這麼多毛犀牛一起出現。雖然不是群聚。有犀牛出現時，通常也會看得到麝牛。這兩種動物都偏好開闊多風的乾燥陸地，但犀牛喜歡禾草和莎草，麝牛則吃木質較多的灌木，不折不扣是一種類似山羊的生物。大馴鹿、龐大巨角鹿和具有冬季厚皮毛的馬，也共享這片冰凍陸地。不過，大媽河上游河谷最醒目的生物族群，則非猛獁象莫數。

愛拉從不厭倦觀察這種巨獸。牠們偶爾會被獵捕，卻無所畏懼得近乎溫馴，經常讓這對男女靠得非常近，而不認爲他們有危險性。要是有危險，那也是針對人類而言。長毛猛獁象不是同類中體型最龐大的品種，卻是人類見過最大的動物，或者說大多數人可能看見的最大動物。冬天更茂密的蓬鬆皮毛和巨大的彎曲象牙，使牠們近觀時比愛拉記憶中還要更大。

猛獁象剛出生時，擴大的上門牙構成的尖牙大約有四公分長。一年之後乳牙脫落，取而代之的永久象牙從那時起持續生長。猛獁象牙是社交裝飾品，在與同類互動時很重要，也有更實際的功能，可以用來破冰，而猛獁象的破冰能力十分驚人。

愛拉在觀察一群母象靠近結冰的河時，初次留意到這種技巧。幾頭母象用比公象略小而直的象牙，撬出陷入岩縫背風處的冰。剛開始她困惑不解，直到發現一頭小象用小象鼻捲起一塊冰，放進嘴裡。

「水！」愛拉說：「牠們用這種方式取水。喬達拉，先前我還一直想不透呢。」

「妳說的對，我以前從來沒多想。既然妳提到了，我想達拉納也那樣說過。和猛獁象有關的諺語很多，我唯一記得的是：『猛獁象往北遷移時，絕對不要往北走』，不過犀牛北遷時也一樣。」

「那是什麼意思？」愛拉問。

「那代表暴風雪就要來了。」喬達拉說：「牠們就是會知道。這些毛茸茸的大傢伙不太喜歡覆蓋食物的雪，牠們可以用象牙和象鼻撥掉一部分，但積雪很深時就行不通，何況牠們還會深陷其中。晚上牠們躺臥在午後太陽造成的融雪上，到了第二天早上，毛皮結凍了，讓牠們在地面動彈不得，這時就很容易被獵捕。假如附近沒有獵人，冰也沒有融化，牠們可能慢慢餓死。有些猛獁象會凍死，尤其是小象。」

「那爲什麼和往北遷移有關？」

「離冰層愈近的地方雪愈少。記得我們和馬木特伊氏人一起去獵猛獁象嗎？附近唯一的水是源自冰川本身的溪流，而且那時是夏天，冬天就會完全結凍。」

「這一帶的雪那麼少，也是這個原因嗎？」

「對，這個區域一直是又冷又乾，尤其在冬季。每個人都說，因爲這裡距離冰川非常近。那些冰川位在南方山地，大冰層就在不太遠的北方，中間大部分的陸地是扁頭……我是指穴熊族的地界，就從距離這兒很近的西邊開始。」喬達拉注意到自己說溜嘴時，愛拉的表情，他覺得很不好意思。「總之，還有另一個有關猛獁象和水的諺語，但我不記得確實的內容，有點類似『如果找不到水，就找猛獁象。』」

「這句諺語我聽得懂。」愛拉說完，看著他後方，喬達拉因此轉過頭去看。

母猛獁象群往上游移動，少數公象也加入牠們。幾頭母象在處理沿著河邊堆積、細長近乎垂直的冰。包括一頭帶有灰毛紋理的威嚴老象在內，體型較大的公象有著令人印象深刻的象牙，交錯在前方。牠們從河岸敲碎、挖出龐大冰塊，然後用象鼻高舉冰塊往下砸。冰塊大聲碎成更實用的小塊，每每伴隨著咆哮、噴氣、跺步、鳴叫，這些毛茸茸的巨大生物看起來好像在玩耍。

所有猛獁象都學會嘈雜的碎冰工作，連才剛換牙的兩三歲幼象，五公分長的袖珍象牙外側邊緣末端，就已經出現碎冰造成的磨損。十幾歲的猛獁象五十公分長的尖牙頂端，因爲經常抵著垂直冰面上下擺動頭部，把牙尖都磨平了。年輕猛獁象到了二十五歲，象牙會逐漸往前、朝上，繼而向內生長，牠們使用象牙的方式也隨之改變。把冰弄碎，以及掃開落在大草原乾燥禾草和植物上的雪，造成象牙較低處的表面開始磨損。碎冰工作是有危險的，因爲象牙經常和冰一起折斷，而折斷的末端往往也會在往後的碎冰和挖冰工作，再度磨平。

愛拉注意到附近聚集著其他動物。這群毛茸茸的動物用有力象牙碎開的冰，不但足夠自給，包括老象、小象在內，也足夠讓追隨的動物群享用，許多動物因此緊跟著遷徙的猛獁象。這些毛茸茸的大傢伙，不僅在冬天製造成堆的疏鬆冰塊，讓自己和其他動物得以咀嚼獲得水分，到了夏天，牠們有時也會用長牙和腳在乾燥河床挖洞，讓它注滿水，其他動物也在這種水坑喝水止渴。

這對男女騎馬，也經常下馬步行，沿著結凍水道前進，十分靠近大媽河堤岸。因爲雪極少，陸地沒有覆上掩藏一切的柔軟白毯，休眠的植被露出單調的冬季容顏。上一個夏季的蘆葦高莖和香蒲的穗狀花序，從結凍的沼地底部奮勇冒出。死去的蕨類、莎草倒伏貼近沿著邊緣堆起的冰。地衣緊緊附著岩石，看起來好像癒合傷口的痂，而青苔則枯萎成易碎的乾墊。

無葉的長枝幹好像骸骨似的，在凜冽刺骨的風中嘎嘎作響，唯有老練的好眼力，才能辨認出那是柳樹、樺樹或赤楊樹叢。雲杉、冷杉和松樹等深綠色針葉樹比較醒目，洋松的針葉雖然已經掉落，還是顯出了輪廓。兩人攀上較高處狩獵時，看到貼近地面的橫臥矮樺樹和膝形松樹。

小型獵物成爲他們的主要食物，因爲他們不願花更多時間追捕大型獵物。只有看到鹿，兩人才會毫不猶豫上前獵捕。肉迅速結凍，連沃夫也有一陣子不需要打獵。他們比較常吃山區爲數眾多的兔子、野兔和偶爾出現的海狸。而適應乾燥大陸氣候的土撥鼠、巨倉鼠等草原動物也很多，他們也樂於見到腳有羽毛的白色肥雷鳥。

愛拉的拋石索大大派上用場。他們習慣在獵捕較大獵物時，才使用標槍投擲器，因爲標槍可能遺失或折斷，而尋找小石子比製作新標槍更容易。幾天狩獵下來，所花的時間比他們預期的還長，而任何耗費時間的事情，都會讓喬達拉焦急。

他們經常補充食物，大多是把瘦肉、針葉樹及其他樹木的內層樹皮一起煮成肉湯。偶然發現有結凍卻牢牢掛在灌木上的漿果，他們會很高興。杜松果分布廣泛，特別適合搭配肉類，雖然他們沒有太常使用。玫瑰果比較少見，一旦出現就是一大堆，而且結凍後變得更甜。有常綠針葉的岩高蘭結出的黑亮小漿果，就和藍熊果、紅越橘一樣，往往整個冬天都找得到。

從種籽頭仍在的乾燥禾草和香草、辛苦採集來的穀類和種籽也都會加入肉湯，不過尋找很費時。大多數結籽香草的葉子碎裂已久，植物會休眠到春季回暖才重新生長。愛拉想念著被狼群毀損的乾燥蔬果，卻不後悔將補給品送給沙木乃氏。

儘管嘶嘶和快快在夏季幾乎只吃草，愛拉發現牠們也開始吃細枝尖端，咀嚼內層樹皮，還有馴鹿偏愛的特定品種地衣。她採集了一些，少量試吃後，做了一些供兩人吃。這種地衣味道很重，但還能忍受。她持續實驗著不同的烹煮方式。

冬季食物的另一來源是野鼠、老鼠、旅鼠等小型嚙齒類動物的巢穴，但不是這些動物本身——愛拉通常會將牠們留給沃夫，當作幫忙嗅出牠們的獎賞。愛拉要的是牠們的儲藏品。她搜尋地洞的隱微特徵，用挖掘棒挖開結凍的地面，找出這些小動物儲藏在周圍的種籽、核果、球莖。

愛拉慶幸還保有醫藥袋。每當她想到藏匿的東西受損，就會不由自主地打顫，假如當初留下醫藥袋會有什麼後果？倒不是因爲她原本打算留下醫藥袋，而是單單想到失去醫藥袋，就能令她胃部翻攪。少了對她無比重要的醫藥袋，她會不知所措。更重要的是，她所傳承的水獺皮袋裡的藥材，以及嘗試錯誤累積的悠久知識，讓他們在旅途中維持健康。

舉例來說，愛拉知道各種可以用來治療並預防某些疾病的各式藥草、樹皮、植物根。雖然她沒稱那些疾病爲某某物質缺乏症，也說不出藥草含有的維他命、微量元素，甚至不知道藥草的確切功效，她隨身的醫藥袋裡卻帶著許多藥草，經常泡成茶喝。

她也會運用連冬季也隨手可得的植物，例如常青樹的針葉，尤其是樹枝頂端的新芽，那富含了可避免壞血病的維他命。她經常把這些植物加在兩人每天喝的茶裡，主要因爲他們喜歡那種濃烈的柑橘風味。不過她確實知道這些植物對身體有益，而且很清楚運用的時機和方式。她經常泡針葉茶給牙齦流血的人喝，這些人基於選擇或必要，在漫長冬季主要依賴乾肉維生，牙齒因而疏鬆。

他們朝西方前進，發展出隨機掠食的模式，盡可能爭取時間趕路。雖然偶爾會吃得簡陋，卻很少完全略過某一餐。不過飲食中極度缺乏油脂，每天又持續活動，兩人確實都瘦了。他們不常談論，內心逐漸厭倦旅行，期盼早一點抵達目的地，白天時兩人不太交談。

騎馬或牽著馬徒步行走時，愛拉和喬達拉經常排成一前一後，距離只近得足夠聽見對方大聲說話，而無法輕鬆對話。兩人因而有很長時間靜靜各想各的，偶爾在夜晚吃東西或並肩躺進獸皮被時，提出來談論或分享。

愛拉經常想到兩人最近的經歷，一直想著三姊妹營地，比較她所認識的部落與領導者，例如比較沙木乃氏及其殘酷頭目，如阿塔蘿與布魯加，和沙木乃氏的親戚馬木特伊氏及其合作、友善的兄妹檔領導者，更對她所愛男人的族人齊蘭朵妮氏感到好奇。喬達拉擁有那麼多美好特質，她確信他們基本上必然是好人。但想到他們對穴熊族的感覺，她不免懷疑他們能夠接納自己到什麼程度。連沙木乃都拐彎抹角地提到齊蘭朵妮氏強烈厭惡他們所稱的扁頭。她能確信的是，他們不會像沙木乃氏的女頭目那麼殘忍。

「喬達拉，我不明白阿塔蘿怎麼做得出那些事。」愛拉在兩人吃晚餐時談起，「我很納悶。」

「納悶什麼？」

「我這類人，也就是異族。剛遇到你時，我好感激，因爲終於找到有人像我，知道自己不是世界上唯一的異族。後來發現你這麼美好、充滿關愛，我以爲所有我這類人都像你一樣，」她說：「我覺得很開心。」她正要補充說明，那感覺持續到她告訴他曾與穴熊族一同生活，而他的反應竟是那麼嫌惡。她看見喬達拉微笑，臨時改變了心意，不再提及。他愉悅羞怯地紅著臉，顯然很高興。

她的話令他感覺心頭一陣熱，也想到了她的美好。

「後來遇到馬木特伊氏的塔魯特和獅營，」愛拉繼續說：「我相信異族全都是好人。他們彼此幫忙，每個人都能對決策發表意見，友善而且經常大笑，不會因爲不曾聽過某個構想就反對。當然也有弗里貝克，最後證實他並沒有那麼壞。即使在夏季大會一度因爲穴熊族而排斥我的人，甚至某些夏拉木多伊人，都是出於認知錯誤的恐懼，而不是惡意排斥。可是，阿塔蘿就和鬣狗一樣邪惡。」

「阿塔蘿只有一個人。」喬達拉提醒她。

「對，但看看她影響了多少人。儘管沙木乃後來眞心感到後悔，先前她也運用神聖的知識，協助阿塔蘿殺人、傷害人，而艾帕朵願意做阿塔蘿吩咐的任何事。」愛拉說。

「她們有理由那麼做，因爲那些女人曾經被惡劣對待。」喬達拉試著解釋。

「我知道她們的理由。沙木乃認爲自己做得對，而我覺得艾帕朵喜歡打獵，喜歡阿塔蘿讓她打獵。我知道那種感覺，我也喜歡打獵，當時我必須違逆部落去做不該做的事情，我才能打獵。」

「唔，如今艾帕朵可以爲整個營地打獵了，而且我不覺得她有那麼壞。」喬達拉說：「她似乎流露出母愛。多班說，她承諾永遠不再傷害他，也不會讓任何人傷害他。」喬達拉說：「她對他造成那麼大傷害，如今有機會彌補，對他的感情可能因此更強烈。」

「艾帕朵不想傷害那些男孩。她告訴沙木乃，她擔心如果不照阿塔蘿的期望去做，他們會被殺害。那些是艾帕朵的理由，就連阿塔蘿也有理由。她的人生充滿惡劣悲慘的遭遇，使她變得邪惡，不再是人。但不管什麼理由，都不足以讓她被原諒。她怎麼做得出那些可怕的事？連惡劣的布勞德也沒那麼壞。他恨我，但從來不會蓄意傷害孩子。我一直認爲我這類人很好，現在卻不那麼肯定了。」她神情悲痛地說。

「愛拉，人有好有壞，每個人都帶著善，也帶著惡。」喬達拉皺起眉頭流露關注。他覺察她正試圖將最近不愉快經驗帶來的新體悟，融入個人的價值觀中，他知道這很重要。「一般人大多正派，會互相幫忙。大家知道有必要這麼做，因爲你永遠不知道自己什麼時候需要別人幫助，大部分人寧願友善待人。」

「但也有人惡毒，就像阿塔蘿。」愛拉說。

「話是沒錯。」他只能點頭認同。「也有人必要時才付出，而且寧願完全不付出，但那並不代表他們就是壞人。」

「但一個壞人可以引發好人的惡，就像阿塔蘿影響了沙木乃和艾帕朵。」

「我想，我們最多可以設法避免邪惡殘酷的人造成太多傷害，也許我們該慶幸自己不像她。不過愛拉，別讓一個惡人破壞妳對一般人的觀感。」

「阿塔蘿絲毫無法改變我怎麼看待認識的人。喬達拉，我相信你對大多數人的看法正確，但是她讓我更加小心謹慎。」

「剛開始有點謹慎無妨，只是在認定別人不好之前，要給他們機會表現好的那一面。」

河流北側的高地伴隨他們繼續往西跋涉，天空襯托出斷層塊的圓潤頂部，以及平坦高原上受風雕塑的常綠植物。河流再度分岔成幾條支流，經過低地盆地，形成了河灣。河谷南北邊界仍然保有顯著差異，但河流及南部高山的石灰岩前沿之間的基岩碎裂了，造成斷層大幅下陷；西面是斷層線的石灰岩陡坡，河道轉往西北方。

低地盆地東端也鄰接一道斷層山脊——主要成因是河灣陸地下陷，而非石灰岩抬升。陸地往南平坦延伸了一段距離後，朝著山區攀高。北方的花崗岩高原逐漸貼近河流，直至陡峭聳立在河對岸。

他們在低處河灣紮營。鄰近河流的山谷中，山毛櫸平滑的灰樹皮和光禿的樹枝出現在雲杉、冷杉、松樹和洋松之間。這一帶隱蔽得足以庇護少數大葉落葉木生長。一小群猛獁象在樹林四周混亂兜圈，愛拉悄悄靠近察看。

一頭年老的猛獁象倒在地上，龐大的長牙交錯在前方。她懷疑是兩人稍早目睹正在破冰的象群，但同一區域會出現兩頭這麼老的猛獁象嗎？喬達拉走到她身旁。

「牠恐怕快死了，眞希望我能爲牠做點什麼。」愛拉說。

「牠的牙齒可能已經掉光。一旦發生這種事，沒有人能爲牠做什麼，除了和牠們一樣在旁邊陪伴牠。」喬達拉說。

「或許我們也只能這麼做。」愛拉說。

除了體型相對壯碩，成年猛獁象每天要吃掉大量食物，主要是具有木質莖的高草，偶爾也吃小樹。牠們必須有牙齒，才能啃食這麼粗糙的食物，因此可以這麼說：牙齒決定了一頭猛獁象的壽命。

七十多年的生命中，長毛猛獁象會長出好幾組研磨大臼齒，通常上下側各有六顆，每一顆足足三點五公斤重，特別適合磨碎粗草。表面由許多又硬又薄的平行齒脊構成，象牙質齒板也覆有琺琅質。相較於先前或之後的其他象種，牠們的齒冠較高、齒脊較多。猛獁象主要吃草，從樹上扯下的碎樹皮——尤其是冬、春季的非禾本草本植物、偶爾吃的葉子、樹枝、小樹，都只附屬在富含纖維的粗草主食中。

最早、最小的臼齒長在上下顎前端的附近，其餘臼齒則在一生中由後往前持續生長，每次只會使用到一兩顆。重要的研磨面雖然硬，卻會在往前端移動時磨損，牙根也會分解。無用的細殘牙最後會在新牙就位時掉落。

五十歲時使用的最後一組牙齒差不多掉光，灰毛老象就無法再咀嚼粗草，只能吃柔嫩的春季葉子、植物。但這樣的食物只有在春天才找得到。營養不良的老象通常會在絕望中離開象群，搜尋更翠綠的草地，最後找到的只是死亡之地。象群知道什麼時候死期將近，看見象群與老象共度最後時光並不罕見。

猛獁象保護垂死的老象，就像保護剛出生的小象一樣。牠們會聚集在周圍，設法讓倒下的象再站起來。老象死去後，象群會把牠埋在成堆塵土、禾草、葉子或雪下。據說猛獁象甚至會埋葬其他死去的動物，包括人類在內。

遠離了低地和那群猛獁象，愛拉、喬達拉和他們的四足旅伴發覺路愈來愈陡峭難行。他們走近一座峽谷，北方古老斷層塊底部朝南方延伸太遠，被河流畫開了。他們愈爬愈高，河流洶湧穿過狹窄峽谷，湍急得結凍不了，只承載來自遙遠西方平靜河段的大片浮冰。看過那麼多冰之後，再見到流水，感覺很奇怪。南方的高聳堡壘前方是平頂山，斷層塊狀山丘頂部有廣闊的高原，針葉樹生長茂密，樹枝點綴著雪。凍雨染白了落葉木的細枝幹和灌木叢，凸顯出每一根細枝、分枝。那份冬季的美，令愛拉著迷。

海拔高度持續增加，山脊間的低地不再如先前大幅下降。空氣寒冷清淨，連雲多的時候也沒有下雪。降水隨著冬意漸濃而減少，空氣中唯一的水氣，是人類和動物呼出來的溫暖氣息。

他們每經一座結冰的支流河谷，冰川就愈趨縮小。低地西端是另一座山峽，兩人攀上多石山脊的最高點，不禁對眼前的景象敬畏地停下腳步。河流在前方再度分岔，由於是河流沿途頻繁流過平地時的特色，他們不知道那是這條河最後一次形成分支及河道。山峽在低地之前劇烈轉折，匯集各自獨立的河道，產生狂暴漩渦，將冰和漂浮物捲入深處，然後在更遠的下游處大量湧出，迅速再次結凍。

他們停留在制高點俯瞰，看到一小根圓木不斷旋轉，隨著每回盤旋，愈沉愈深。

「我不想陷進那裡面。」愛拉想到這一點，不覺發起抖來。

「我也不想。」喬達拉回應。

愛拉的目光移往遠方另一處。「喬達拉，那些蒸氣雲從哪裡來的？」她問：「天寒地凍，山丘都覆蓋著雪。」

「那裡有熱水潭，以朵妮的炙熱氣息所溫熱的水。有些人害怕靠近那種地方，但我想要拜訪的人就住在這種深邃熱泉附近，至少他們是這麼告訴我的。對他們來說，熱泉很神聖，即使有些聞起來非常臭。有人說，他們用那種水治病。」

「還要多久我們才會到達你認識的人那裡？就是那些用水治病的人。」她問著，凡是可能增加醫療知識的任何事物，總會激起她的興趣。此外，食物也愈來愈少，要不然就是兩人不想花時間尋找——他們確實有幾天餓著肚子睡覺。

走過最後一片平坦盆地，陸地坡度明顯變陡。隨著山地迫近，兩側的高地包圍他們，愈往西行，南方冰壁的高度漸增。遙遠南方略西處，兩座山峰高高聳立在其他鋸齒狀山頂之上，其中一座較高，就像一對配偶看顧著兒女。

高地在靠近河流較淺處變得平坦。喬達拉改往南走，遠離河流，朝向遠方冒出的蒸氣雲前進。兩人爬上一道低矮山脊，從頂端望著覆雪草地另一邊的洞穴附近——冒著蒸氣的水潭。幾個人注意到他們靠近，驚愕地盯著他們，震驚得一動也不動。還有個男人用標槍瞄準他們。

第三十五章

「我們最好下馬，走向那些人。」喬達拉說，看著更多持標槍的男女謹慎地走過來。「在我的記憶裡，一般人都害怕或猜疑騎在馬背上的人。我們或許應該把牠們留在視線以外的地方，自己走過去，等有時間解釋動物的事情，再回來帶牠們。」

兩人都下了馬，喬達拉突然深刻想起他的「小弟」索諾倫，友善地咧嘴露出大大的笑容，自信地走向陌生人的洞穴或營地。這個高挑金髮男人做出一系列他認爲的信號，友善地揮著手，把毛皮外套的兜帽往後掀，讓自己更容易被看見，然後攤開雙手往前走，顯示他沒有任何隱藏，毫無保留地走向對方。

「我在找蘿莎杜那氏的拉度尼。我是齊蘭朵妮氏的喬達拉。」他說：「我弟弟和我幾年前朝著東方長途旅行，拉度尼邀請我們回程的時候停下來拜訪他。」

「我就是拉度尼。」一個男人以略帶口音的齊蘭朵妮氏語說。他握好標槍走向兩人，仔細查看，以確認這個陌生男子的身分。「喬達拉？齊蘭朵妮氏？你看起來確實像我遇到的那個男人。」

喬達拉察覺他語調謹慎。「那就是我啊！見到你眞好，拉度尼。」他熱切地說：「我不確定自己是不是在正確地點轉向。我一直走到大媽河的盡頭，到達更遠的地方，然後在接近家鄉，尋找你的洞穴時突然摸不著方向。幸好你們的熱泉冒出的蒸氣幫了大忙。我帶了一個人想讓你認識。」

年長男人注視喬達拉，想探查他是不是像表面上呈現的：一個他認識的男人，碰巧以最不尋常的方式到來。他顯得老了一點，當然，這是可能的，而且長得更像達拉納。幾年前，拉度尼在交易任務中又見到那位老燧石匠，猜疑地查明了他的火堆兒子和他弟弟是不是已經路過那裡。達拉納會非常高興看到他，拉度尼心想。他走向喬達拉，把標槍握得更輕鬆，卻仍然處在能夠迅速投擲的狀態。他瞥了一眼兩匹異常溫馴的馬，這才看見站在一旁的女人。

「這兩匹馬和這一帶的馬完全不同，東部的馬都比較溫馴嗎？牠們一定比較容易獵捕。」拉度尼說。

忽然間，這個男人緊張起來，拿起標槍瞄準愛拉，作勢要投擲。「別動，喬達拉！」他說。一切發生得太快，喬達拉還來不及反應：「拉度尼！你在做什麼？」

「有隻狼跟隨你們，而且大膽地跟到這裡。」

「不！」愛拉大喊，撲到狼和拿著標槍的男人之間。

「這隻狼和我們一起旅行，別殺牠！」喬達拉說，匆忙擋在拉度尼和愛拉之間。

她蹲下來用雙臂穩穩抱著狼，一方面為了保護牠，另方面也為了保護手持標槍的男人。沃夫的毛髮豎立，齜牙咧嘴，喉嚨發出兇暴的咆哮。

拉度尼大吃一驚，他明明想保護兩位訪客，兩人的反應卻好像他要傷害他們。他疑惑地望著喬達拉。

「放下你的標槍，拉度尼，拜託。」喬達拉說：「那隻狼是我們的同伴，就像那兩匹馬一樣，牠救了我們的命。我保證，只要沒有人威脅牠或那個女人，牠不會傷害任何人。我知道這看起來很古怪，但如果你給我機會，我可以解釋。」

拉度尼緩緩放低標槍，小心觀察大狼。當威脅解除，愛拉安撫那隻動物，隨即站起身來，走向喬達拉和拉度尼，示意沃夫緊跟在她身旁。

「請原諒沃夫的咆哮。」愛拉說：「牠真的喜歡人，只要彼此認識。只不過先前我們在東邊遇到某些人，有過不好的經歷，讓牠對陌生人有戒心，而且更緊張。」

拉度尼留意到她的齊蘭朵妮氏語說得很好，但古怪的口音立即使她被斷定為異族。他也發現……他不太確定的……其他事情，他無法明確解釋。以前他見過許多金髮碧眼的女人，但她的顴骨形狀、五官輪廓或臉孔，讓她看起來有點像異族，卻絲毫沒有減損她令人驚豔的美麗。要說有什麼不一樣，只是更多了一些神祕。

他看著喬達拉微笑，想起前次的造訪，不訝異這個高挑英俊的齊蘭朵妮氏人長途旅程後帶回了異族美女。但沒人能想像他的冒險，居然帶來會呼吸的活生生紀念品，例如兩匹馬和一隻狼。他幾乎等不及要聽兩人的故事。

喬達拉瞧見拉度尼看愛拉時的賞識眼神，在拉度尼微笑時，他也放鬆下來。

「這就是我想讓你認識的人。」喬達拉說：「拉度尼，蘿莎杜那氏的獵人，這是馬木特伊氏獅營的愛拉，被穴獅選中，受穴熊保護，是猛獁象火堆地盤的女兒。」

喬達拉開始正式引介，愛拉舉起掌心朝上的雙手，坦率友善地致意：「你好，拉度尼，蘿莎杜那氏的獵人統領。」

拉度尼有點納悶，她怎麼知道他是蘿莎杜那氏的獵人首領？喬達拉並沒有說。也許他之前向她提過，她機靈地提到這一點。這麼說來，她也懂得那類事情。擁有那麼多頭銜和關係，她在自己的族人當中必然地位崇高，他心想。我應該猜到他會帶回這樣的女人。大家都知道，他的母親和他火堆地盤的男人都擔負領導權，孩子會具有母親的血統和男人的靈。

拉度尼握住她的雙手：「奉大地母親杜那之名，歡迎妳，被獅子選中、受巨熊保護、馬木特伊氏獅營猛獁象火堆地盤的女兒愛拉。」拉度尼說。

「謝謝你的歡迎。」愛拉仍然以正式的語氣說：「如果可以的話，我希望為你介紹沃夫，這麼一來，牠就會知道你是朋友了。」

拉度尼皺起眉頭，不確定自己是不是眞的想認識一隻狼，只是在這種情況下自己實在別無選擇。

「沃夫，這是蘿莎杜那氏的拉度尼。」她說著把男人的手牽到狼的鼻子前。「他是朋友。」聞過陌生男人的手摻雜著愛拉手的氣味，沃夫似乎明白他是可以相信的人。牠嗅了嗅男人的陽具，令拉度尼驚惶失措。

「夠了，沃夫。」愛拉說著，示意牠後退，接著對拉度尼補充：「牠現在知道你是朋友，而且是個男人。如果你想對牠表示歡迎，牠喜歡人撫摸頭部、搔抓耳後。」

雖然保持警戒，碰觸活狼的主意令他大感興趣。他小心翼翼伸出手，觸摸牠蓬亂的皮毛。看到牠接受自己的碰觸，他繼續摸摸這隻動物的頭，然後搓搓牠的耳朵略後方，很滿意整個狀況。他從前不是沒摸過狼的毛皮，只是摸的不是活狼。

「抱歉我威脅到你們的同伴。」他說：「不過我從來沒看過狼自願陪伴人類，馬也一樣。」

「這是可以理解的，」愛拉說：「晚一點我會帶你去認識那兩匹馬。牠們看到陌生人會害羞，需要一點時間適應。」

「東部的動物都這麼友善嗎？」拉度尼問，迫切想知道任何獵人都會好奇的問題答案。

喬達拉露出微笑：「不，每個地方的動物都一樣。這些動物是因爲愛拉才與眾不同。」

拉度尼點點頭，忍住不向他們提出更多問題。他知道整個洞穴的人都會想聽他們的故事。「我歡迎你們，邀請你們進來一起分享溫暖、食物和休息的地方。我會先向洞穴的其他人說明你們的事情。」

拉度尼走回聚集在岩壁邊大洞口前的人群，解釋自己幾年前認識了當時開始長途旅行的喬達拉，邀請他回程時拜訪自己。拉度尼提到他和達拉納的關係，強調他們是人類，不是帶有威脅性的幽靈，而且他們會告訴大家有關馬和狼的事情。「他們應該有非常吸引人的故事。」他作出總結，知道從初冬就困在洞穴而覺得無聊的眾人會有多興奮。

他不是使用對兩名旅行者說的齊蘭朵妮氏語。愛拉聽了一段時間，確信自己聽出相似點，領悟到雖然重音、發音不同，蘿莎杜那氏語和齊蘭朵妮氏語的關聯，就和沙木乃氏語、夏拉木多伊語和馬木特伊氏語的關聯一樣。這種語言甚至也和沙木乃氏語有關。她聽懂了某些字，明白他某些話裡的要點，幾天內她就會和這些人交談。

愛拉不認爲自己特別有語言天賦。她沒有刻意學習，卻可以敏銳聽出細微差異及音調變化，了解其中的關聯，所以能輕鬆學習。小時候失去族人的創傷，讓她喪失本族語言，必須學習不同的溝通方式。因爲學習溝通所利用的腦區，與口語相同，增進了她與生俱來的語言技巧。發現自己無法溝通而需要重新學習，她不自覺地迫切想要學習所有的陌生語言。天賦與境遇，造就她如此擅於學習語言。

「蘿莎杜那說，歡迎你們住在訪客的火堆地盤。」拉度尼解釋完後對兩人說。

「我們需要卸下馬兒的行囊，讓牠們安頓下來。」喬達拉說：「你們洞穴外的空地似乎有些合適的冬季草料。有人介意我們把牠們留在這裡嗎？」

「歡迎你們利用那片空地，」拉度尼說：「我想每個人都會有興趣這麼近觀看馬。」他忍不住看著愛拉，納悶她對那些動物做了什麼，顯然她支配著法力非常強大的幽靈。

「我必須再問一件事。」愛拉說：「沃夫習慣睡在我們旁邊，牠待在其他地方會很不開心。但假如讓這隻狼進入洞穴，會讓你們的蘿莎杜那或洞穴的人不自在，我們可以搭自己的帳篷，睡在外面。」

拉度尼再度對眾人說話，短暫交談後，他回頭對訪客說：「他們要你們進來，但有些母親擔心孩子。」

「我明白她們的恐懼。我可以保證沃夫不會傷害任何人。如果這樣的保證還不夠，我們就待在外面，沒關係。」

經過更多討論，拉度尼說：「他們說，你們應該進來。」

拉度尼陪同愛拉與喬達拉卸下馬兒的行囊。他接觸快快和嘶嘶時，就和接觸沃夫一樣激動。他獵過馬，但從未摸過馬，除了偶爾在追捕時設法靠得夠近。愛拉察覺他的欣喜，心想晚一點或許邀請他騎在嘶嘶背上。

他們走回洞穴，把東西放在碗形船裡拖著走。拉度尼向喬達拉問起他的弟弟。他看見高挑男子臉上閃現痛苦，不待喬達拉回答就知道發生了悲劇。

「索諾倫過世了，被一頭穴獅殺死。」

「很遺憾聽到這個消息。我喜歡他。」拉度尼說。

「每個人都喜歡他。」

「他那麼渴望一路沿著大媽河走到盡頭，他到那裡了嗎？」

「嗯，他過世前確實到了多腦河盡頭，那時他已經無心追尋。他愛上一個女人，跟她結爲配偶，不幸她因爲難產死了。」喬達拉說：「從那之後，他整個人就變了。他的心已經被帶走，甚至不想活了。」

拉度尼搖搖頭：「眞可惜，他那麼充滿活力。你們離開後，費洛妮雅很想念他，一直希望他會回來。」

「費洛妮雅好嗎？」喬達拉問，想起拉度尼火堆地盤的漂亮年輕女兒。

年長男人露齒而笑：「她已經配對，而且杜那眷顧了她，生下兩個孩子。你和索諾倫離開不久，她發現大媽賜福給她。當她懷孕的消息傳開，我想每個蘿莎杜那氏男人都找到理由造訪我們的洞穴。」

「想像得出來。我記得她是可愛的少女，做過長途旅行，對吧？」

「沒錯，和一位表哥。」

「她有兩個孩子了？」喬達拉問。

拉度尼的雙眼閃著喜悅：「第一次生的是女兒索諾莉雅——費洛妮雅相信她出自你弟弟的靈。不久前她又生下兒子，住在她配偶的洞穴。那裡空間大，離這裡不太遠，我們定期會去看她和孩子。」拉度尼的語調滿足而快樂。

「但願索諾莉雅出自索諾倫的靈。我喜歡想像他一部分的靈仍然存在這個世界。」喬達拉說。有可能那麼快嗎？喬達拉納悶。他只和她共度一晚，他的靈那麼有力量嗎？或者，假如愛拉是對的，索諾倫在我們停留的那晚，用他的陽具元精讓費洛妮雅有了寶寶？他想起和自己共度那晚的女人。

「拉那莉雅好嗎？」他問。

「她很好，正在拜訪另一個洞穴的親戚。他們正在想辦法幫她安排配對。那個男人失去配偶，火堆地盤留下三個年幼的孩子。拉那莉雅沒有孩子，雖然一直想生。如果她覺得對方合適，兩個人就會結爲配偶，她會收養那些孩子。這有可能是皆大歡喜的安排，她自己非常興奮。」

「我也爲她高興，祝福她永遠幸福。」喬達拉說，掩藏他的失落，他原本希望她和自己交歡後會懷孕。不論是男人的靈或陽具元精，索諾倫證明了他的能力，但我呢？我的元精或靈有足夠的力量嗎？喬達拉納悶著。

他們走進洞穴，愛拉好奇地環顧四周。她看過許多異族居所：重量輕或可攜帶的夏季庇護所、能抵禦嚴冬的堅固耐久建物。有些用猛獁象骨搭建，覆蓋草皮、淤泥；有些用木頭搭造，隱藏在懸頂下或浮台上。自從離開部落，她就沒再看過這種洞穴。大洞口面朝東南方，內部舒適寬敞。布倫會喜歡這個洞穴，她心想。

愛拉眼睛適應了昏暗光線，看到洞穴內部，令她十分訝異。她原本預期會看到幾個家族火堆地盤的火坑散置在各處，眼前的洞穴裡有家族火坑，卻是用綁在木竿上的獸皮搭成的建物開口裡面或附近。這種建物類似帳篷，但不是錐形，而是頂端敞開來，因爲洞穴內不需要抵禦天候。她判斷這種建物是用來當作壁板，遮蔽內部空間，避免被無意窺見。愛拉想起部落禁止直視以界石畫分的其他火堆地盤居住空間，那是基於傳統和自制。她明白目的都在維護隱私。

拉度尼帶領兩人走向一個隔離的居住空間。「你們不愉快的經歷，跟暴徒沒有關係吧？」他問。

「沒有關係。你們這裡有碰上什麼麻煩嗎？」喬達拉問：「之前我們相遇時，你說過有些年輕人聚集了幾名跟班，戲弄穴……扁頭。」他瞥了愛拉一眼，但他不得不這麼說，因爲拉度尼絕對聽不懂「穴熊族」。「他們捉弄男人，然後向女人求歡，一時興起之後，演變成所有人的困擾。」

愛拉聽到「扁頭」，更加仔細聆聽，想知道附近是不是有很多穴熊族。

「對，就是那幫人，查羅里和他的同夥。」拉度尼說：「剛開始可能是一時興起，後來卻太過火了。」

「我以爲那些年輕人已經放棄那種行爲。」喬達拉說。

「是查羅里。我個人認爲他們並不壞，可是他慫恿其他人，」蘿莎杜那說：「他想表現自己有多勇敢，表現自己是男人，因爲從小他的火堆地盤就沒有男人。」

「很多女人都獨立扶養兒子，那些孩子長大後都成爲好人。」喬達拉說。他們很專注的交談，等停下腳步站在洞穴中時，周圍已聚集了一群人。

「嗯，沒錯。他母親的配偶在他還是嬰兒時就離開他們了。他母親沒有再配對，把全部注意力放在他身上。等到他長大，應該學習技藝和成人的本分時，母親還放縱他。事到如今，我認爲每個人都有責任制止他。」

「發生什麼事情了？」喬達拉問。

「我們洞穴有個女孩在河邊設置陷阱。幾個月亮周期前，她才剛成爲少女，還沒有行初夜交歡禮，很期待下次的大會。查羅里和他的同夥碰巧看到她獨自一人，竟然全都占有了她……」

「他們所有人？占有她？用暴力？」喬達拉驚駭地說：「只是一個女孩，還不是女人，眞不敢相信！」

「沒錯，是他們所有人。」拉度尼用比激動更嚴厲的冰冷怒意說道：「我們無法容忍！我不知道他們是不是厭倦了女扁頭，或者他們給了自己什麼藉口。那實在太過分了，他們造成她疼痛流血。她說自己再也不想和男人有牽連，拒絕完成她的女人儀式。」

「眞糟糕，也難怪她這麼說。少女根本不可能透過那種方式，了解朵妮的恩典。」喬達拉說。

「她母親擔心，要是她放棄透過典禮來榮耀大媽，她就永遠不能生孩子。」

「有可能，但怎麼辦呢？」喬達拉問。

「她母親希望查羅里死，要我們對他的洞穴宣戰。」拉度尼說：「她有權報復，可是宣戰會毀了每個人。還有，闖禍的並不是查羅里洞穴的所有人，而是他的同夥，其中甚至有些人不屬於查羅里的洞穴。我傳過口信給那裡的獵人首領托馬西，向他提了一個主意。」

「一個主意？你有什麼計畫？」

「我認爲，所有蘿莎杜那氏都有責任制止查羅里和他的同夥，希望托馬西和我一起設法說服所有人，讓那些年輕人重新受到族人監管，甚至建議他准許美黛妮雅的母親報復，避免宣戰，發生流血衝突。只是托馬西和查羅里的母親有親戚關係。」

「那肯定是個困難的決定。」喬達拉說。他注意到愛拉一直仔細聆聽。「有人知道查羅里那幫人在哪裡嗎？他們不可能和族人在一起。我不相信有哪個蘿莎杜那氏的洞穴會讓這種惡棍藏身。」

「這裡的南邊一片荒涼，有地下河流和許多洞穴。謠傳他們躲藏在那一帶邊緣的洞穴。」

「如果那裡洞穴很多，可能很難發現他們。」

「他們必須找食物，不可能一直待在那裡。要追蹤他們並不難。優秀的追蹤者就能辦到，那比追蹤動物還容易。只要所有洞穴的人通力合作，很快就能找到他們。」

「發現他們之後，你打算處置他們？」這回輪到愛拉發問。

「我認爲一旦隔離那些年輕惡棍，不久就能切斷他們彼此的聯繫。各洞穴可以用自己的方式處置一兩個他們的自己人。我懷疑他們大多數人是不是眞的想在蘿莎杜那氏以外的地方生活，而沒有歸屬的洞穴。他們總有一天會想配對，沒有多少女人願意過那種生活。」

「你說的對。」喬達拉說。

「很遺憾聽到有關這個少女的事情。」愛拉說：「她叫什麼名字？美黛妮雅嗎？」她的表情顯露出憂慮。

「我也很遺憾。」喬達拉補充：「我希望我們能留下來幫忙，但假如不快點越過那條冰川，我們可能要待到明年冬天。」

「今年冬天要越過那條冰川，可能已經太晚了。」拉度尼說。

「太晚了？」喬達拉說：「冬天這麼冷，一切還結凍得硬梆梆，所有冰川裂縫也應該都塡滿了雪。」

「對，現在是冬天，可是時節已經這麼晚了，誰知道呢？當然，你們還是有可能成功。只是……萬一焚風提早到來，而且那是有可能的，所有的雪就會很快融化。冰川在春天第一次融冰時很危險，我認爲在這種情況下穿越北方的扁頭地界，並不安全。牠們這陣子不太友善，查羅里那夥人引發牠們的敵意。連動物都會想保護母動物，爲了自我保護而奮戰。」

「他們不是動物，」愛拉說，突然爲他們辯護起來：「他們是人，只是另一種人。」

拉度尼保持沉默，不想冒犯訪客。她和動物那麼親近，可能認爲所有動物都是人吧。如果有隻狼會保護她，而她對待牠就像人類一樣，那麼她認爲扁頭是人，又有什麼奇怪呢？他心想。我知道牠們可能比較聰明，不過牠們不是人類。

他們交談時，有幾個人聚在周圍，其中一個衣服皺巴巴的瘦小中年男人帶著靦腆笑容，高聲說著：

「拉度尼，你不覺得應該先讓他們安頓下來，休息一下嗎？」

「我開始懷疑你打算讓他們在這裡說一整天。」站在他身旁的女人補充。這個面孔和善的豐滿女人只比那個男人略矮一些。

「抱歉，你們說的沒錯。對了，容我介紹一下。」拉度尼說，他先看了看愛拉，然後轉向那個男人。「蘿莎杜那，蘿莎杜那氏熱泉洞的大媽侍者。這是愛拉，屬於馬木特伊氏獅營，被獅子選中，受巨熊保護，是猛獁象火堆地盤的女兒。」

「猛獁象火堆地盤！那麼妳也是大媽侍者。」男人甚至還沒問候她，就帶著驚奇微笑說。

「不，我是猛獁象火堆地盤女兒。馬木特訓練我，但我從來沒被啓蒙。」愛拉解釋。

「但妳天生就是！妳一定也被大媽選中，和其他人一樣。」男人明顯愉快地說。

「蘿莎杜那，你還沒問候她。」豐滿女人斥責。

男人有點莫名其妙，疑惑了一會兒才說：「對喔，總是要有這些禮俗。奉大地母親杜那之名，歡迎妳，被獅營選中、馬木特伊氏猛獁象火堆地盤的女兒愛拉。」

他身旁的女人搖頭嘆氣：「唉，他弄混了。不過只要是稍微知名的儀式或有關大媽的傳說，他可清楚得很，一點都不會忘記。」

愛拉忍不住微笑，這是她遇過看起來最不擅禮俗的大媽侍者。她先前遇到的大媽侍者各個沉著有威嚴，幾乎一眼就能認出來，完全不同於眼前這位心不在焉的羞怯男人——不注重外表，態度愉快卻很羞怯。這個女人似乎很清楚他的長處，拉度尼也沒表現出不敬，蘿莎杜那顯然不是他外表所顯現的那樣。

「沒關係，」愛拉對她說：「他不是眞的說錯。」她畢竟也是被獅營選中收養，而不是在那裡出生，愛拉心想，然後對眼前這位一直握著她雙手的男人說：「萬物大媽的侍者，你好，謝謝你的歡迎，蘿莎杜那。」

愛拉使用杜那的另一個名字，令他露出了微笑。這時拉度尼開始說話：「蘿莎杜那氏出生在丘河洞的索蘭蒂雅，蘿莎杜那的配偶。這是愛拉，屬於馬木特伊氏獅營，被獅子選中，受巨熊保護，是猛獁象火堆地盤的女兒。」

「妳好，馬木特伊氏的愛拉，請來我們的住屋。」索蘭蒂雅說。完整的頭銜和關係已經說過夠多次了，她不認爲需要再複述。

「謝謝妳，索蘭蒂雅。」她說。

拉度尼看著喬達拉：「蘿莎杜那，蘿莎杜那氏熱泉洞的大媽侍者。這是喬達拉，齊蘭朵妮氏第九洞穴的燧石大師，第九洞穴前任首領瑪桑那之子，現任首領約哈倫的弟弟，誕生在達拉納的火堆地盤，蘭薩朵妮氏的首領和創立者。」

愛拉大吃一驚，她以前從來沒聽過喬達拉所有的頭銜和關係。她雖然不完全理解其中的重要性，但這一長串的介紹讓她印象深刻。喬達拉重述冗長說明，並受到正式引介後，他們終於被帶到分配給蘿莎杜那居住和舉行儀式的大空間。

沃夫一直安靜坐在愛拉腿邊，在他們抵達居住空間的入口時小聲吠叫，因爲看見裡面有個孩子。牠的反應嚇得索蘭蒂雅連忙跑進去，一把抱起地上的嬰兒。「我有四個孩子，我不知道那隻狼該不該出現在這裡。」她的恐懼使她拉高聲調：「米迦利甚至還不會走路。我怎麼能確定牠不會追逐我的小兒子？」

「沃夫不會傷害小孩，」愛拉說：「牠和孩子一起長大，而且喜歡孩子。牠對孩子甚至比對成人還溫柔。妳放心，牠不會追嬰兒，牠只是看到孩子，太高興了。」

愛拉示意沃夫繼續坐著，牠卻隱藏不住看到孩子的熱切期待。索蘭蒂雅小心觀察這隻食肉動物，分辨不出牠的熱情是出自開心或飢餓。當然，她也對訪客感到好奇。身爲蘿莎杜那的配偶最棒的一點，就是能優先和不常出現的訪客交談。她有很多時間可以和訪客在一起，因爲他們通常會待在舉行儀式的火堆地盤。

「唔，我先前也確實說過牠可以留下來。」她說。

愛拉帶沃夫走到裡面一處偏僻角落，示意牠留下來，在那裡陪了牠一會兒。她知道這種狀況對牠特別難熬，不過此刻牠似乎滿足地看著孩子。

牠安靜聽話的舉動，讓索蘭蒂雅鎮定下來。給客人用過暖身熱茶後，她開始介紹自己的孩子，接著回頭準備之前料理了一半的餐食，把那隻動物的存在拋諸腦後。孩子們顯然對沃夫很感興趣，愛拉設法自然而不唐突地仔細觀察他們。最年長的孩子拉羅奇，她猜測這個男孩大約十歲。有兩個女孩，多莎莉雅大概七歲，奈拉蒂雅四歲左右。雖然那個嬰兒還不會走，行動卻沒有受到限制，處於爬行階段的他，手腳並用起來又快又有效率。

年長的孩子提防著沃夫。他們觀看那隻動物時，年紀較大的女孩抱起嬰兒，但過了一會兒，實在是什麼事也沒發生，她便放下嬰兒。喬達拉和蘿莎杜那說著話，愛拉則開始整理他們的東西。因爲有備用客床，她希望他們待在這裡時，她有時間清洗他們的獸皮被。

突然傳出一陣響亮的嬰兒笑聲，愛拉屏住呼吸看著她留下沃夫的角落。居住空間的其他地方靜悄悄，沒有一點聲音，每個人都又驚又怕地盯著那個嬰兒。他已經爬到角落，坐在大狼旁邊拉扯牠的皮毛。愛拉瞥一眼索蘭蒂雅，看見她瞪大眼睛呆呆看著她的寶貝男娃繼續戳撥拉扯那隻狼，只見牠不斷搖著尾巴，好像被逗弄得很開心。

愛拉終於走過去，抱起孩子，把他帶回母親身邊。

「妳說的沒錯，」索蘭蒂雅驚奇地說：「那隻狼眞的喜歡孩子！要不是親眼看到，我絕對不會相信。」

索蘭蒂雅的其他孩子不久也開始接近那隻愛玩的狼。大男孩的逗弄過於激烈，引發了小問題，沃夫用牙齒含住他的手並低吼回應，並沒有眞正咬下去。愛拉於是說明他們應該帶著尊重對待牠。而沃夫的反應對男孩的驚嚇，恰足以讓他留神，克制好自己。他們一夥人走出去，聚落裡的所有孩童都著迷地看著索蘭蒂雅的四個孩子和那隻狼，羨慕他們享有和那隻動物一起玩耍的特權。

天黑之前，愛拉出去檢視馬兒。走出洞穴，她聽見嘶嘶鳴叫問候，感覺她的朋友有些擔心。她以嘶聲回應，幾個人轉過頭訝異地盯著她瞧。種馬快快回應出更響亮的鳴叫，愛拉連忙走過空地，準備去關注馬兒，確認牠們安然無恙。洞穴附近的雪使她的步伐緩慢沉重。嘶嘶揚起尾巴看著她到來，模樣警覺機敏。這個女人靠近時，牠垂下頭，又迅速抬高頭部，用鼻子在空中畫圈。同樣高興看到她的快快，騰躍並以後腿站立。

再度被那麼多人圍繞，對兩匹馬來說是新體驗，而這個熟悉的女人安撫了牠們。喬達拉出現在洞口，快快弓起脖子，耳朵往前豎，到空地中央與他相會。愛拉擁抱、撫摸並對母馬說完話，決定第二天要刷梳嘶嘶，因爲這樣做能讓彼此都放鬆下來。

在索蘭蒂雅的四個孩子帶領下，所有孩童聚在一起，緩緩趨近兩人和馬兒。迷人的訪客允許孩童碰觸或撫摸馬兒，愛拉還讓幾個孩子騎在嘶嘶背上，讓許多成人略帶嫉妒地看著他們。愛拉打算讓有興趣的成人也來試騎，卻覺得現在這麼做還太早，因爲馬兒需要休息，她不想太勉強牠們。

她和喬達拉用大鹿角做成的鏟子，開始清除洞穴附近草地上的大量積雪，讓馬兒更容易搜尋草料。在幾個人合力協助下，速度加快了不少。然而，鏟雪的動作提醒了喬達拉，他想起自己設法舒緩了一段時間的擔憂。他們怎麼尋找食物和草料？更重要的是，在橫越結凍的廣闊冰川時，如何爲兩人、一隻狼、兩匹馬找到足夠的飲用水？

夜晚將近，所有人都聚集在舉行儀式的大空間，聆聽喬達拉和愛拉談論冒險旅程，大家對那些動物尤其感興趣。索蘭蒂雅已經開始依賴沃夫分散孩子的注意力，連成人也看著狼和她的孩子玩耍而分神，大家都覺得難以置信。愛拉沒有詳細描述穴熊族或迫使她離開的死咒，不過確實透露出不尋常。

這些蘿莎杜那氏人認爲，穴熊族只是住在遙遠東方的族群。儘管她試圖解釋使動物適應人類的過程並不是超自然事件，卻沒有人眞的相信。任何人都能馴服野生的馬或狼的觀念，實在太難被接受了。大多數人認定她獨居山谷的時光，是那些受召喚侍奉大媽的人都會經歷的試煉與禁欲時期。對他們來說，她與動物相處的情況，證實她受到召喚的適當性，早晚會成爲大媽侍者。

然而，聽到訪客受困在阿塔蘿和沙木乃氏，他們開始擔心起來。

「難怪這幾年從東邊來的訪客那麼少。你說那些被關著的男人中，有蘿莎杜那氏人？」拉度尼問。

「對，我不知道他在這裡叫什麼名字，但他在那裡叫阿德門。」喬達拉說：「他受了傷，而且跛腳，行動不方便，不可能逃走，所以阿塔蘿讓他自由穿梭營地。就是他釋放了那些男人。」

「我記得有個年輕人去長途旅行，」一個年長女人說：「我知道他的名字，但一時想不起來……讓我再想一想……他有個綽號……阿德門……阿迪……不對，馬迪，他通常自稱馬迪！」

「妳是指梅納迪？」一個男人說：「我記得他出現在夏季大會上，自稱馬迪，而且確實做了長途旅行。所以他經歷了那些事情啊，對了，他有個弟弟會很高興知道他還活著。」

「知道現在又能安全旅行在那條路上眞好。幸好你們往東走時沒遇到那些人。」拉度尼說。

「索諾倫當時急著沿大媽河走，走得愈遠愈好，他不想停下來，」喬達拉解釋：「於是我們一直走河的這一岸，我們很幸運。」聚會結束，愛拉很高興能睡在溫暖乾燥的無風處，很快就進入了夢鄉。

愛拉對著坐在火坑旁餵米迦利吃奶的索蘭蒂雅微笑。她很早就醒來，決定爲自己和喬達拉泡早茶。愛拉想尋找通常會放在附近當作燃料的木頭或乾糞，卻只看見一堆褐色石頭。

「我想泡點茶，」愛拉說：「你們用什麼當燃料？如果妳告訴我地方，我可以去拿。」

「不需要，這裡有很多。」索蘭蒂雅說。

愛拉環顧四周，仍然看不到可以放在火坑燃燒的東西，正懷疑她是不是誤會自己的意思。

索蘭蒂雅看見她疑惑的神情，露出了微笑，探身撿起一顆褐色石頭：「我們用這個，燃燒石。」

愛拉接過她手裡的石頭，仔細檢查，看到清晰的木質紋理，明白這絕對是石頭，而不是木頭。她以前從來沒看過類似這種介於泥炭和煙煤之間的褐煤。喬達拉已經醒來，跟在她身後走過來。她對他微笑，把石頭遞給他。「索蘭蒂雅說，他們把這個放在火坑裡燒。」她說著，發現手上留下了污跡。

這下子輪到喬達拉神情困惑地看著石頭。「這的確看起來像木頭，可是它是石頭，不像燧石那麼硬，一定很容易崩解。」

「對，」索蘭蒂雅說：「燃燒石非常容易碎。」

「這是從哪裡來的？」喬達拉問。

「產地在南方的山區。我們還是會用一些木頭生火，但這個燒得比木頭更旺、更久。」她說。

愛拉和喬達拉彼此對看，互相傳遞會意的表情。「我去拿一個來。」喬達拉說。等他回來時，蘿莎杜那和最年長的男孩拉羅奇已經醒來。「你們有燃燒石，我們有可以生火的打火石。」

「那是愛拉發現的？」蘿莎杜那的語氣更像是陳述，而非詢問。

「你怎麼知道？」喬達拉說。

「也許因爲是他發現那些可以燃燒的石頭。」索蘭蒂雅說。

「這看起來很像木頭，我想可以燒燒看，結果行得通。」蘿莎杜那說。

喬達拉點點頭。「愛拉，妳何不示範給他們看。」他說著，將黃鐵礦、燧石連同火絨一起遞給她。

愛拉放好火絨，在手裡翻轉那顆黃色金屬礦石，直到感覺順手。她讓持續使用造成的凹槽朝向右邊，然後拿起燧石塊。因爲動作純熟，她幾乎總在第一次敲擊就迸出火花。火花掉落在火絨上，她再吹幾口氣，小火焰突然冒出來，屏住氣息的旁觀者齊聲發出嘆息。

「眞神奇！」蘿莎杜那說。

「不比你們的燃燒石神奇。」愛拉說：「我們還有多的打火石，我想送一塊給你們，也許我們可以在儀式中示範。」

「沒錯！那時候最合適，我會很高興接受你們送給這個洞穴的禮物。」蘿莎杜那說：「但我們一定要回禮。」

「先前狼群闖進我們貯藏東西的地方，奪走我們的旅行食物。拉度尼已經允諾要送我們越過冰川繼續旅行所需要的任何東西。他欠我一份人情，儘管他本來就會這麼做。」喬達拉說。

「你們打算和兩匹馬一起越過冰川？」蘿莎杜那問。

「對，當然。」愛拉說。

「你們要怎麼處理牠們吃的問題？而且兩匹馬喝水一定喝得比兩個人多。當一切都凍得硬梆梆，你們怎麼處理水的問題？」大媽侍者問。

愛拉望著喬達拉。「我一直在想那個問題，」他說：「我想我們可以在碗形船裡放些乾草。」

「或許也帶一些燃燒石？假如你們能在冰上找到地方生火。你們不必擔心弄濕燃燒石，而且燃燒石陸陸續續用掉了，你們的行李就會愈來愈輕。」蘿莎杜那說。

喬達拉好像在沉思，隨即綻開大大的愉悅笑容：「這行得通！我們可以把東西放進碗形船，即使負載沉重，船也可以在冰上滑行，我們還要多帶幾顆石頭，當作火坑基底。這個問題我擔心了好久……眞不知道該怎麼謝謝你，蘿莎杜那。」

愛拉無意間聽到某些人談論她，意外發現他們認為她特殊的說話風格，是馬木特伊氏的口音。儘管索蘭蒂雅認為那是無關緊要的口語障礙，但無論如何努力，愛拉總是很難發出某些音。不過她很高興似乎沒有其他人太在意她的口音。

過了幾天，愛拉更熟悉這群住在熱泉附近的蘿莎杜那氏人——他們自稱為一個「洞穴」，不論是否眞的住在洞穴裡。她特別喜愛分享居住空間給他們的人：索蘭蒂雅、蘿莎杜那和他們的孩子。她也意識到自己有多懷念舉止正常的友善人類。索蘭蒂雅的齊蘭朵妮氏語說得相當好，其中摻雜了些許蘿莎杜那氏語，卻還是能與愛拉交談，完全沒有溝通上的困難。

愛拉發現兩人有共同興趣，更加受這位大媽侍者的配偶吸引。雖然蘿莎杜那才是該學習植物、藥草和藥物的人，實際上卻是索蘭蒂雅掌握大部分的相關知識。索蘭蒂雅用實際的草藥為族人治病，而把驅除邪靈和其他未知危害物的工作留給配偶。這種分工的安排，讓愛拉想起了伊札和克雷伯。至於蘿莎杜那感興趣的歷史、傳奇、神話、靈界——她和部落一起生活時被禁止學習的知性層面，也引發愛拉的好奇。她逐漸察覺他知識相當淵博。

蘿莎杜那發覺愛拉對大地母親和幽靈的非物質世界由衷感興趣，而且心思敏捷、記憶能力驚人，他更加熱中於傳授知識。愛拉即使沒有完全理解，也很快就能吟誦長篇傳奇、歷史或儀式、典禮的確切內容與程序。他的齊蘭朵妮氏語很流利，不過用字遣詞帶有濃厚的蘿莎杜那氏風味，把兩種語言說得很接近。儘管漏失了部分押韻，卻保留住大部分韻文，更迷人的是，他的詮釋和馬木特伊氏的智慧傳承大同小異。蘿莎杜那想知道兩者的變化與差異，而愛拉曾經與馬木特共處，她發現自己不僅是助手，也有點像老師，解說她所知道的東方風格。

喬達拉也很喜歡這個洞穴的人，意識到自己有多懷念身邊圍繞著各式各樣的人。他花了很多時間和拉度尼及其他幾個獵人在一起，索蘭蒂雅則驚訝他對她的孩子也感興趣。他確實喜歡孩子，只不過在觀察她和孩子相處時，他主要感興趣的並不是她的孩子，而是渴望愛拉能生下出自他靈的孩子。他的火堆地盤至少要有個兒子或女兒。

索蘭蒂雅最小的孩子米迦利，也讓愛拉產生相同的感覺。儘管如此，她每天早上仍然繼續沖泡特製的避孕茶，畢竟他們必須橫越的冰川聽起來如此嚇人，她還沒考慮要嘗試和喬達拉生出寶寶。

喬達拉慶幸愛拉沒有在旅程中懷孕，內心卻也充滿複雜的情緒。他開始擔心大地母親沒有讓愛拉懷孕，某方面是因爲自己的過錯。某天下午，他對蘿莎杜那提起他的憂慮。

「大媽會決定適當的時機。」蘿莎杜那說。

「或許她明白你們的旅程有多艱難。不過，現在很可能是透過典禮榮耀她的好時機。你可以請求她賜予愛拉寶寶。」

「也許你說的對。」喬達拉說：「這麼做一定不會有壞處。」他輕鬆地笑出聲來。「有人曾說，我是大媽的寵兒，她不會拒絕我的任何要求。」接著，他皺起眉頭：「但索諾倫還是死了。」

「你眞的請求大媽別讓他死嗎？」蘿莎杜那問。

「唔，沒有，一切發生得太突然了。」喬達拉承認：「那隻獅子也弄傷了我。」

「偶爾想一想，你是不是曾經直接向大媽請求任何事，而她答應或拒絕你的請求。不管怎麼樣，我會和拉度尼及決議團討論榮耀大媽的典禮，」蘿莎杜那說：「我想做點什麼，設法幫助美黛妮雅。榮耀典禮可能是最恰當的。只是她不下床，甚至不過來聽你們說故事，從前她最愛聽有關旅行的經歷了。」

「顯然那對她是非常可怕的折磨。」喬達拉想到這一點不寒而慄。

「沒錯，我原本希望她已經復原。不知道在熱泉舉行淨化儀式有沒有用。」他說著，顯然沒有寄望喬達拉回答。他在開始考量儀式時，整個人陷入沉思。突然間，他抬起頭：「你知道愛拉在哪裡嗎？我想邀請她加入我們，她可以幫上忙。」

「蘿莎杜那解釋過，我對這個規畫中的儀式非常感興趣。」愛拉說：「但不太確定什麼是榮耀大媽典禮。」

「那是個重要典禮，」喬達拉皺眉說：「大多數人都期待。假如美黛妮雅不喜歡，他就不知道是不是有效了。」

「也許我更了解後，我也會喜歡。我還有很多得學，而蘿莎杜那願意教，我想在這裡待一陣子。」

「我們必須快點離開，如果再待久一點，春天就來了。我們會留下來參加榮耀大媽典禮，然後就得準備上路。」喬達拉說。

「我幾乎要盼望我們能在這裡待到明年冬天，我好厭倦旅行。」愛拉說，但她沒有說出另一個持續困擾她的想法：這些人願意接納我，而我不知道你的族人會不會。

「我也厭倦了旅行。可是一旦越過那條冰川，目的地就不遠了。我們中途會拜訪達拉納，讓他知道我回來了，而剩下的路會很好走。」

愛拉點頭認同，卻感覺他們還有很長的路要走，何況說的永遠比走的容易。

第三十六章

「你希望我做什麼嗎？」愛拉問。

「我還不知道，」蘿莎杜那說：「在這種情況下，我感覺應該要有女人跟我們在一起。美黛妮雅知道我是大媽侍者，但我是男人，而她此刻恐懼男人。我相信，要是她能說出內心的痛苦感受，那會很有幫助。有時候對一個有同理心的陌生人談，會更容易。一般人往往害怕他們認識的人會一直記住自己吐露內心深處的祕密，而且每當看到對方，就想起那些痛苦和憤怒。」

「有什麼我不應該說，或不應該做的事情嗎？」

「妳天生敏感，到時候妳自己會知道。妳還有學習新語言的寶貴天賦，我眞的很驚訝妳這麼快就學會蘿莎杜那氏語。另外，我也要爲美黛妮雅感謝妳。」蘿莎杜那說。

他的讚美令愛拉不自在地別開目光，那對她來說似乎不是特別稀罕。「蘿莎杜那氏語很接近齊蘭朵妮氏語。」她說。

他看出她的不自在，沒有繼續議論。索蘭蒂雅進來了，兩人都抬起頭看著她。

「一切都已經準備好了。」她說：「我會帶走孩子，把這裡留給你們，一直到儀式結束。哦，這倒提醒了我。愛拉，妳介意我帶走沃夫嗎？寶寶變得好黏牠，而牠讓孩子們有事情忙。」她咯咯笑了出來：「誰會想得到我居然請一隻狼來看顧我的孩子？」

「我也覺得牠跟著你們比較好。」愛拉說：「美黛妮雅不認識沃夫。」

「那麼我們去找她吧？」蘿莎杜那說。

兩人一起走向美黛妮雅和她母親的居住空間。愛拉注意到自己比他高，想起他給自己的第一印象是矮小又羞怯，驚訝自己對他的觀感改變之大。雖然他不高、態度含蓄，卻睿智超群，他的安靜穩重，蘊藏深刻的感知與鮮明的風采。

蘿莎杜那摩擦著細柱矩陣間展開的堅硬生牛皮，一個年長女人往外推開入口門戶應允。她一看到愛拉便皺起眉頭，不悅地看了她一眼，顯然不高興有陌生人出現。

女人充滿悲憤地往內凝視：「找到那個男人了嗎？那個在我的孫子女還沒機會出生，就偷走他們的人。」

「找到查羅里，妳的孫子女也不會回來，薇黛琪雅。現在我在意的不是他，而是美黛妮雅。她好嗎？」蘿莎杜那說。

「她不下床，幾乎什麼都不吃，甚至不跟我說話。她小時候那麼可愛，長大後亭亭玉立，要找個配偶原本不是問題，直到查羅里和他的黨羽毀了她。」

「妳為什麼認為她毀了？」愛拉問。

年長女人望著愛拉，彷彿認為她很愚蠢。「這個女人什麼都不知道嗎？」薇黛琪雅問蘿莎杜那，接著轉向愛拉：「美黛妮雅還沒行初夜交歡禮就被玷污糟蹋。大媽如今絕不會賜福給她了。」

「別太肯定，大媽沒有那麼無情。」蘿莎杜那說：「她知道兒女的習性，提供其他方式協助他們。美黛妮雅可以淨化重生，那樣她還是可以行初夜交歡禮。」

「那沒有任何幫助，她完全拒絕和男人有任何牽扯，即使是行初夜交歡禮。」薇黛琪雅說：「我的兒子全都離開，和配偶同住。每個人都說，我們的洞穴沒有空間容納那麼多新家庭。美黛妮雅是我最小的孩子，我唯一的女兒。自從我的男人過世，我眞心盼望她能帶配偶來這裡，有個男人在附近幫忙扶養她的孩子，我的孫子女。可是現在不會有孫子女住在這裡了，這都是因為那個……那個男人，」她氣急敗壞地說：「而且沒有人爲這件事做任何努力。」

「妳知道拉度尼在等托馬西的消息。」蘿莎杜那說。

「托馬西！」薇黛琪雅厲聲說出這個名字：「他能幫上什麼忙？就是他的洞穴造就出那個……那個男人。」

「妳必須給他們機會。不過我們不必等他們來幫助美黛妮雅。等她淨化更生，可能就會改變心意，願意行初夜交歡禮。我們至少要試試看。」

「你可以試，但她不會起身。」女人說。

「我們可以鼓勵她。」蘿莎杜那說：「她在哪裡？」

「在垂簾後面。」薇黛琪雅指著靠近石牆的密閉空間。

蘿莎杜那走過去掀開垂簾，光線射入陰暗凹室，床上的女孩舉起手，遮擋亮光。

「美黛妮雅，起來吧。」他的語調堅定卻溫和。她別開臉。「幫我扶她，愛拉。」

兩人拉她坐起，協助她站起來。美黛妮雅沒有抗拒，但也不順從。兩人分別立在兩側，把她帶出密閉空間，走到洞穴外面。雖然打著赤腳，女孩似乎沒發現地面結凍積雪。兩人牽著她，走向愛拉先前沒注意到的圓錐形帳篷。隱藏於洞穴側邊附近的帳篷，被岩石和灌木遮蔽了，頂端的排煙孔冒出蒸氣，濃郁的硫磺味瀰漫在空氣中。

三人入內，蘿莎杜那拉起皮革，覆蓋入口並繫牢。他們身處以厚重皮垂簾與其他內部空間隔開的小入口空間，愛拉認爲那是猛獁象皮製成。氣溫嚴寒，帳篷內卻很溫暖。雙層帳篷搭在散發熱氣的熱泉上，儘管蒸氣那麼多，帳篷壁卻相當乾燥。有些水氣匯聚成水珠，沿著斜邊往下流到鋪地布邊緣。凝結作用大多發生在戶外的寒冷與溫暖蒸氣交會的外壁內側，而兩層帳篷壁間的隔離空氣因爲比較溫暖，使得內壁裡層近乎乾燥。

蘿莎杜那指示兩人脫衣。見美黛妮雅無動於衷，他要愛拉幫她脫衣。愛拉試圖為少女脫衣，她緊抓著衣服不放，睜大眼睛盯著大媽侍者。

「試著脫下她的衣服，假使她不讓妳動手，帶她穿著衣服進來。」蘿莎杜那說完，悄悄走到厚重垂簾後方，一縷蒸氣因而竄了出來。他離開後，愛拉設法慢慢脫下女孩的衣服，接著也把自己的衣服迅速脫光，然後帶領美黛妮雅一起進入垂簾另一邊的房間。

蒸氣雲使內部空間顯得陰暗，溫暖的霧氣模糊了輪廓，隱藏住細部。愛拉辨識出冒著蒸氣的天然熱泉旁有個石頭圍起的水潭，雕刻木塞堵住了連結兩者的洞。水潭另一邊從鄰近溪流導入冷水的挖空圓木，被抬起並朝反方向傾斜，阻絕水流進水潭。翻騰的蒸氣一度散開來，愛拉看見帳篷內畫著動物，其中很多都懷孕了，伴隨著深奧的三角形、圓形、梯形及其他幾何形狀，大多在凝結水氣中逐漸淡去。

放置在鋪地布上的厚盤羊毛氈墊，圍繞水潭而未完全延伸到帳篷壁，赤腳踩下去，有一種不可思議的柔軟和溫暖。氈墊標記著形狀、線條，通往水潭較淺的左側。水裡有石椅貼著較深右側的壁面，靠近後方還有一座高起的土台，支撐著三個閃爍的石燈——碟狀碗盛滿融化的油脂，中央飄浮著某種芳香的燈芯。一個福態女人小雕像被石燈圍繞，愛拉認出那是代表大地母親的雕像。

形狀、大小幾乎一致的圓石，排列成接近完美的圓圈，圓圈裡面有個小心設置的火堆，就在土製祭壇前方。蘿莎杜那現身在蒸氣霧中，撿起石燈旁的小木棒，把有小團黑色物質的一端靠近火焰。木棒迅速著火，愛拉從氣味得知上面沾的是樹脂。蘿莎杜那用手罩護火焰，把燃燒中的小木棒移到準備好的火坑，點燃火絨生起火來。一股濃郁宜人的香氣散出來，掩蓋了硫磺味。

「跟我來。」他說完便將左腳放在兩條平行線間的羊毛墊上，開始沿著水潭邊設置的明確路徑繞行。美黛妮雅拖著腳步跟在他後面，不清楚也不在意自己的落腳處。愛拉看著蘿莎杜那，追隨他的步伐。三人完整繞行水潭與熱泉，跨越冷水入口及一條出口深溝。第二次繞行時，蘿莎杜那開始用平板的聲調吟唱，以名字和頭銜向大媽祈求。

「哦，杜那，大地母親，偉大仁慈的供給者，萬物之母，一切的創始者，最初的母親，賜福給所有女人的大媽，最慈悲的母親，請聽我們的祈求。」三人第二次繞行水源，他不斷重複這段祈禱。

他把左腳放在起始墊的平行線之間，開始了第三次繞行。他說道：「最慈悲的母親，請聽我們的懇求。」接下來他不再重述，而是改口祈求：「哦，杜那，大地母親，您的孩子被傷害，您的孩子被侵犯，您的孩子必須淨化，以接受您賜福。偉大仁慈的供給者，您的孩子需要您幫助，她必須受治療，她必須療癒。萬物大媽，請使她重生，並協助她明白您恩典的歡愉。一切的創始者，請協助她明白您的初夜交歡禮。最初的母親，請協助她接受您的賜福。最慈悲的母親，請協助美黛妮雅，薇黛琪雅的女兒，蘿莎杜那氏的孩子，居住在高山附近的大地兒女。」

這些話語及儀式讓愛拉感動著迷，她很高興美黛妮雅似乎也顯出好奇。繞行完第三次，蘿莎杜那引領兩人走向土製祭壇，那兒有三盞燃燒的燈圍繞著小型大媽杜乃像。另一盞燈旁有個骨頭刻成的刀狀物體，寬寬的，有雙層邊，尖端略圓。他撿起來，帶領兩人走到火坑。

三人圍著火堆坐下來，面向水潭彼此緊靠，美黛妮雅坐在中間。蘿莎杜那把堆置一旁的褐色燃燒石加進火裡，接著從高起土台側邊的壁龕拿出一個碗。這個石頭做成的碗可能是自然呈現的碗形，再以硬錘石挖得更深。他拿起同樣放在壁龕的小水袋，把水注滿底部變黑的碗，再加入小籮筐裡的乾葉片，然後把石碗直接放在熱煤炭上端。

接著，他在羊毛墊圍繞的一片平坦乾燥細土上，用石刀標示記號。愛拉突然領略那是什麼，馬木特伊氏也用類似的工具在塵土中標注記號，以記錄得分與賭博計數、規畫狩獵對策，或在講故事時用來畫圖解說。蘿莎杜那繼續標示記號，愛拉明白他用那把刀來輔助敘說故事，但不是純粹當作娛樂的故事。他以祈求時使用的平板吟誦，講述著內容，畫上鳥作爲強調，在重要的點上加強語氣。愛拉很快就了解他用寓言的方式，重述了美黛妮雅遭受襲擊，把鳥當成其中的角色。

少女此刻有了明確反應，對他述說的年輕母鳥感同身受。忽然間，她開始大聲啜泣。大媽侍者用畫刀的扁平側清除整個場景。

「消失了！從來沒發生過。」他說完，畫出了一隻幼鳥。「牠再度完整，就像剛開始一樣。在大媽的幫助下，那會發生在妳身上，美黛妮雅。那件事情會消失，就好像從來沒發生過。」

一股愛拉不太能辨識的熟悉刺鼻薄荷味，逐漸充滿蒸氣瀰漫的帳篷。蘿莎杜那檢視煤炭上冒著蒸氣的水，然後舀出滿滿一杯。「喝下這個。」他說。

美黛妮雅還來不及思考或拒絕，冷不防地一口氣喝下那杯液體。他另外舀了一杯給愛拉，也舀了一杯給自己，起身引導兩人前往水潭。

蘿莎杜那緩慢卻毫不遲疑地走進熱氣蒸騰的水中，美黛妮雅跟在他後面，愛拉不假思索地尾隨她。一腳踏入水中，愛拉猛然收腳。水很熱！燙得幾乎足以用來烹煮，她心想。她只能全神貫注，強迫自己把腳放回水裡。她站在那裡適應了好一會兒，才能再踏出另一步。愛拉經常在河流、溪流、水潭的冷水洗澡或游泳，甚至破冰取用極冰冷的水，也曾用火加熱的水清洗，但從未踏進熱水裡。

蘿莎杜那緩緩帶領兩人進入水潭，讓她們適應熱度，愛拉卻花了更久的時間才到達石椅。隨著逐漸深入，她感覺撫慰的溫暖滲透全身。坐下來時，水深及下巴，她開始放鬆下來。一旦習慣了，其實也沒那麼糟，她心想。事實上，這股熱呼呼的感覺很好。

兩人坐定並適應水溫後，蘿莎杜那指示愛拉屏住呼吸，把頭沉入水裡。她帶著微笑抬起頭時，他要美黛妮雅如法炮製，接著自己也潛入水裡，然後帶領兩人離開水潭。

他走到垂簾遮蔽的入口，拿起裡面的木碗。碗裡堆積著像是大量泡沫的濃稠淡黃色物質。蘿莎杜那把碗放在密集鋪著平坦石頭的區域。他把手伸進碗裡，舀起滿手泡沫抹在身上，告訴愛拉先替美黛妮雅塗抹，然後也爲她自己塗抹一遍，而且不能遺漏了頭髮。

他用柔滑物質摩擦身體，一邊吟唱沒有歌詞的曲調。愛拉感覺他的吟唱主要在表現歡愉，和儀式沒有多大關係。她覺得有點頭暈，懷疑可能是先前喝下的煎劑造成。

三人全都抹完畢，用光了所有的泡沫。蘿莎杜那拿起木碗，走到水潭裝滿水，再走回鋪有石頭的區域，把水倒在身上，沖掉泡沫。他在自己身上又倒了兩碗水，然後裝回更多水，陸續倒在美黛妮雅和愛拉身上。那些水遠離水潭，流到鋪石縫隙間。接著，大媽侍者引導兩人回到熱水潭，再度吟唱沒有歌詞的曲調。

他們坐著泡水，幾乎在礦化水中漂浮，愛拉感到全然的放鬆。熱水潭使她想起馬木特伊氏的蒸氣浴，不過這可能還更勝一籌。蘿莎杜那認定三人已經泡夠了，便探身到水潭深處，移開木塞。隨著水逐漸流出深溝，他開始大喊，嚇了愛拉一跳。

「惡靈，走開！大媽的淨水，帶走查羅里和他所有黨羽碰觸的痕跡，所有的不潔都隨著水流逝，離開這個地方。當水流光，美黛妮雅就淨化了，大媽的力量使她回復到和從前一樣！」三人走出水中。

蘿莎杜那沒有讓兩人停下來著衣，直接帶領她們走出帳篷。泡過熱水使他們無比溫暖，即使赤裸身子，也感覺到冷風和結冰地面很清涼。他們經過時，外面的少數人刻意忽略他們，或把頭轉到旁邊。愛拉突然浮現不愉快的感覺，想起另一回別人直接望著她，卻不願看到她的往事。不過，這回並不像被部落下死咒，她能分辨出這些人確實看到他們，只是假裝沒看到，這是基於禮貌，而不是詛咒。步行使他們迅速冷卻，抵達儀式庇護所時，他們很高興有柔軟乾毯可以包裹身子，還有熱熱的薄荷茶。

愛拉看見自己捧著杯子的雙手起了皺紋，可是看起來乾乾淨淨！她開始用有幾根齒狀物的骨製器具梳頭，留意到頭髮柔順地滑過了指間。

「那種柔滑泡沫是什麼？」她問：「清潔效果像皀根，又比皀根徹底多了。」

「索蘭蒂雅做的。」蘿莎杜那說：「和木灰、油脂有點關聯。妳得去問她。」

梳完自己的頭髮，愛拉開始爲美黛妮雅梳頭。「你怎麼讓水變得那麼熱？」

他露出微笑：「那是大媽對蘿莎杜那氏的恩典。這一帶有幾個熱泉，有些是任何人、任何時候都可以使用，有些則比較神聖。我們認爲這個熱泉是核心，其他熱泉都來自這裡，所以這是最神聖的熱泉，它讓這個洞穴特別榮耀。那也是爲什麼大家都離不開這裡。不過我們的洞穴慢慢變得太擁擠了，因此有一群年輕人想建立新洞穴。他們中意的地點在下游對岸，那裡隸屬或非常接近扁頭地界，所以他們還沒決定該怎麼做。」

愛拉點點頭，感覺溫暖放鬆得不想動。她注意到美黛妮雅也顯得較爲放鬆，不再那麼拘謹沉默。

「那個熱泉眞是無比美妙的恩典啊！」愛拉說。

「學會感謝大媽的所有恩典很重要，」他說：「尤其是她的交歡恩典。」

美黛妮雅強硬起來。「她的恩典是騙局！一點都沒有歡愉，只有痛！」這是她第一次眞正開口：「不論我怎麼哀求，他們都不停止，只是大笑。一個人結束後，另一個人又開始！我當時好想死……」

她說完開始啜泣。

愛拉起身走向女孩，溫柔地摟住她。「那是我的第一次，而他們就是不停止！他們就是不停止！」

美黛妮雅一遍又一遍哭喊：「男人休想再碰我！」

「妳有權生氣，也有權喊叫，他們對妳做的事情非常惡劣。我知道妳的感受。」愛拉說。

少女抽離身子。「妳怎麼知道我的感受？」她充滿悲憤地說。

「我也承受過那種痛苦與羞辱。」愛拉說。

少女神情吃驚，只見蘿莎杜那點點頭，好像突然若有所悟。

「美黛妮雅，」愛拉柔聲說：「當我和妳年齡差不多，或許還更年輕一點，在開始有月經後不久，我也被強迫性交。那是我的第一次，我不知道那是爲了歡愉。對我來說，那只有痛。」

「但只有一個男人？」美黛妮雅說。

「只有一個男人，但他之後還強迫我很多次，讓我痛恨性交！」愛拉說著，訝異自己仍然憤怒不已。

「很多次？第一次之後還強迫妳很多次？爲什麼沒有人阻止他？」美黛妮雅說。

「大家相信那是他的權利。他們認爲我不應該那麼氣憤、怨恨，也不明白我爲什麼覺得痛。我開始懷疑自己是不是有問題。過了一段時間，我不再感覺痛，可是也沒有歡愉。那不是爲了歡愉而做，是爲了羞辱我，而我一直痛恨性交。不過……我後來不在意了，因爲發生了美好的事情。不論他做什麼，我都想著其他快樂的事情，完全忽略他。當他無法再使我產生任何感覺，連憤怒都沒有，我認爲他感覺受辱，所以他才終於停止。當時我跟妳一樣，再也不想讓男人碰我。」

「男人休想再碰我！」美黛妮雅大喊。

「美黛妮雅，並不是所有男人都像卡羅里和他的黨羽。有些人像喬達拉，是他教我大媽恩典的歡愉，而我保證那是美妙恩典。給妳自己機會，認識像喬達拉那樣的男人。妳也會像我一樣，了解那種歡愉。」

美黛妮雅搖搖頭：「不要！不要！那很可怕！」

「我知道那很可怕。連最棒的恩典也會被濫用，美善因此轉變成醜惡。但有一天妳會想當母親，假如妳不和男人共享大媽的恩典，美黛妮雅，妳永遠不會成爲母親。」愛拉說。

美黛妮雅淚流滿面：「別再說了，我不想聽。」

「我知道妳不想聽，但那是事實。別讓查羅里毀了妳的善，別讓他剝奪妳成爲母親的機會。行初夜交歡禮，妳才能明白那不一定可怕。雖然沒有慶祝的聚會或儀式，但我終於了解。大媽找到方法賜予我那種歡愉，她送來喬達拉給我。美黛妮雅，相信我，如果帶著關懷與愛共享，那份恩典遠不只有歡愉。如果第一次所承受的痛苦，是我必須付出的代價，我樂意爲我所體驗的愛，付出更多倍的代價。妳受了那麼多苦，或許大媽也會賜予妳特別的對象，只要妳給她機會。想一想吧，美黛妮雅，別沒想清楚就拒絕。」

愛拉醒來後，感到一種以往不曾有的平靜和清新，她慵懶地對自己微笑，伸手去探喬達拉，但他已經起床離開。她一度感到失望，隨即想起他曾喚醒她，提醒她，自己要和拉度尼和幾名獵人去打獵，再次詢問她想不想參加。由於這一天有其他計畫，她前一晚就婉拒了相同的提議，一直待在床上享受窩在溫暖毛皮裡的珍貴奢侈。

這回她決定起身。伸展了身子，她用手撥弄頭髮，欣喜它們如絲般的柔軟觸感。索蘭蒂雅已答應告訴她怎麼製作這種讓她感覺如此乾淨、頭髮如此柔軟的泡沫。

早餐依然是兩人抵達此處後不曾改變的肉湯，裡面有較早時節從大媽河捕來的淡水魚曬乾重組的魚塊。

喬達拉告訴她這個洞穴的補給很少，因此他們要去打獵。不過大多數人並不企求肉或魚。他們沒有挨餓或缺乏食物，東西確實足夠吃，只不過此刻冬季即將結束，食物種類有限。每個人都厭倦了乾肉、乾魚，連新鮮的肉都能帶來喜悅，儘管不能完全獲得滿足。他們最渴望綠色蔬菜、嫩芽、春季第一批新鮮水果。愛拉搜尋過洞穴周邊區域，但蘿莎杜那氏整個季節都在外面採集，使得現在已經沒東西可採。他們還有剩下相當存量的油脂，不至於缺乏蛋白質，還有足夠熱量保持健康，不過油脂通常會加進之後幾餐烹煮的湯裡。

屬於次日大媽典禮一部分的盛宴很有限，愛拉已經決定貢獻出最後的鹽及些許香草調味，以增添風味與營養價值，畢竟身體所需要的維他命、礦物質是眾人渴求的主要原因。索蘭蒂雅給她看過少量的發酵飲料，大部分是樺樹酒，她說這可以製造歡樂氣氛。

索蘭蒂雅也使用部分儲存的油脂來製作肥皂。愛拉關切油脂應該用在必需的食物，索蘭蒂雅則說，蘿莎杜那希望用於儀式，而且聲稱他們的肥皂幾乎已經用完了。在這個年長女人照料孩子，將一切打點妥當的同時，愛拉和沃夫外出檢視嘶嘶和快快，花了些時間和牠們在一起。

索蘭蒂雅走到洞穴的大開口，準備告知愛拉自己已經就緒，在洞口站了一會兒觀察她。愛拉剛剛騎馬疾馳過空地，折返後笑著與那些動物遊戲。愛拉對待牠們的方式，忽然使這個年長女人覺得那些動物就像她的孩子。

幾個洞穴的小孩也在觀看，其中包括兩個她自己的孩子。他們大聲叫喚沃夫，而牠回頭看著愛拉，顯然急著想加入他們，正等待她認可。愛拉看見站在洞口的女人，急忙走向她。

「我原本希望沃夫能逗寶寶開心。」索蘭蒂雅說：「薇黛琪雅和美黛妮雅要過來幫忙，但過程中需要專心。」

「哦，媽！」最年長的女兒多莎莉雅說，她一直企圖誘使沃夫過來：「寶寶一直想跟牠玩。」

「唔，假如妳願意幫忙照顧寶寶……」

女孩皺起眉頭，隨後露出微笑：「我們可以帶他出去嗎？現在沒有風，而且我會讓他穿得暖和一點。」

「我想可以。」索蘭蒂雅說。

愛拉低頭看著她的狼，牠期待地抬頭望著自己。愛拉說：「看好寶寶，沃夫。」牠彷彿回應般吠叫。

「我拿了一些秋天提煉的上等猛獁象油脂。」兩人一邊走回她密閉的居住空間，愛拉一邊繼續說著：「去年我們獵捕猛獁象，運氣很好，所以現在才會剩下這麼多油脂。這樣也好，缺少油脂，冬天會很難熬。我已經開始讓油脂融化了。」他們抵達入口通道，孩子們剛好帶著最小的孩子跑出來。「別弄丟米迦利的手套。」索蘭蒂雅在他們身後大喊。

薇黛琪雅和美黛妮雅已經在裡面。「我帶了點灰燼來。」薇黛琪雅說。美黛妮雅只是有點遲疑地微笑。

索蘭蒂雅很高興看見她願意下床，再度置身人群中。他們在熱泉做的事情似乎有幫助。「我放了幾塊烹煮石在火裡，準備泡茶。美黛妮雅，妳能幫我們泡茶嗎？」她說：「我會重新加熱融化油脂的水。」

「這些灰燼要放哪裡？」薇黛琪雅問。

「可以和我的混在一起。沒多久之前，我已經開始過濾了。」

「蘿莎杜那說，妳用油脂和灰燼。」愛拉評論。

「還有水。」索蘭蒂雅補充。

「聽起來是一種奇怪的組合。」

「嗯，沒錯。」

「什麼原因讓妳決定把這些東西混在一起？我的意思是，妳當初怎麼會這麼做？第一次的時候？」

索蘭蒂雅微笑：「那真的是意外。我們去打獵，我用戶外的深坑生火，在上面烤著含油脂的猛獁象肉。忽然間下起大雨，我一把抓起肉、叉子和所有東西，跑去躲雨。雨一停，我們立刻回到洞穴，可是我忘了帶回一個好用的烹煮木碗，第二天又回去找。那個火坑積滿了水，上面漂著看起來像濃密泡沫的浮渣。我原本是不會管那些東西的，可是我掉了個杓子進去，必須身手進去把杓子撈出來。等我到溪邊沖洗才發現，那個東西觸感柔滑得像上等皀根，而且效果更棒，我的手變得好乾淨！杓子也是，所有油脂都洗掉了。於是我又回去把那些泡沫裝進碗裡，帶回來。」

「有那麼容易做嗎?」愛拉問。

「不,沒那麼簡單。並不說它有多難做,而是需要不斷練習。」索蘭蒂雅說:「第一次很幸運,可能一切配合得剛剛好吧。那次之後,我持續練習做,偶爾還是會失敗。」

「怎麼做呢?妳一定試驗出比較能夠成功的方法了。」

「方法是不難,成不成功有時候要看運氣。我先把乾淨的提煉油脂融化,任何種類的油脂都可以,但每一種都會有一些差異,我最偏好猛獁象油脂。接下來,我把木灰和溫水混合,浸泡一會兒,然後用網繩或底部有孔的籃子過濾。萃取出來的濃烈混合物,可能刺痛或灼傷皮膚,如果接觸到手或身體,必須立刻洗掉。最後,把油脂拌入那種濃烈混合物,幸運的話就能製造出可以洗淨一切的柔滑泡沫,甚至連皮革都能洗乾淨。」

「但妳不是永遠都幸運。」薇黛琪雅說。

「嗯,很多狀況可能出錯。有時不斷攪拌卻沒辦法混合,如果那樣的話,稍微加熱會有幫助。有時候它會分離,導致一層太濃,一層太多油脂。有時是沒有完全混合,整個凝結成塊。也有些時候會變得比較硬,不過那沒關係,反正它本來就會隨著時間慢慢變硬。」

「但有時行得通,就像第一次那樣。」愛拉說。

「我學到控制油脂和木灰水的溫度,一定要和手腕的溫度差不多。」索蘭蒂雅說:「當妳灑一點在手腕上,不應該感覺到冷或熱。木灰水比較難判斷,因爲濃烈,而且可能有點燙,妳必須立刻用冷水沖掉。如果太燙,妳就知道應該加更多水。通常不會太灼熱,但我不會讓它接觸到眼睛,就算只是離煙太近也會刺痛眼睛。」

「而且可能會發臭!」美黛妮雅說。

「沒錯,」索蘭蒂雅說:「可能會發臭。所以我通常在這裡準備好所有東西,然後拿到洞穴中段去混合。」

「媽！媽！快來！」索蘭蒂雅的次女奈拉蒂雅衝進來，又往外跑。

「怎麼了？寶寶發生什麼事了嗎？」這個女人說著，匆忙尾隨她出去，其他人全跟著跑到洞口。

「你們看！」多莎莉雅說。大家都往外看。「寶寶在走路！」

米迦利站在那隻狼旁邊，緊緊抓住牠的毛皮。沃夫小心緩慢地向前移動，他帶著得意的大笑，踩出不穩的步伐。每個人都鬆了一口氣，微笑地感到欣喜。

「那隻狼在微笑嗎？」索蘭蒂雅問。「我看牠好像在笑，一副對自己非常滿意的樣子。」

「我也覺得。」愛拉說：「我經常認爲牠會笑。」

「那不只是用於儀式，愛拉。」蘿莎杜那說：「我們經常使用熱水，只爲了浸泡。如果妳想帶喬達拉進去放鬆一下，我們不會反對。大媽聖水如同她賜予的其他恩典，是供兒女利用、享受並感謝，就像妳泡的這杯茶一樣，應該被感謝。」他舉起杯子補充說著。

沒有參加打獵的人，幾乎都坐在洞穴開闊中央區域的火堆周圍。除非有特殊事件，這些人用餐多半很隨性，有時和家人單獨用餐，有時和其他人一起吃。這回留在洞穴的人全部停下手邊工作，一起共進午餐，因爲他們都對訪客很感興趣。食物是無脂肪的乾鹿肉煮成的豐富肉湯，加了少許猛獁象油脂，變得更加滋養，而且讓大家有飽足感。眾人喝完愛拉泡的茶，紛紛稱讚茶有多好喝。

「等他們回來，也許我們會用那個水潭。我想他會喜歡泡熱水，我也想和他一起共享。」愛拉說。

「你最好提醒她，蘿莎杜那。」一個女人帶著會意的微笑說。別人介紹她是拉度尼的配偶。

「提醒我什麼，拉蘿妮雅？」愛拉說。

「有時妳得選擇大媽的恩典。」

「什麼意思？」

「她的意思是，聖水可能讓人太放鬆。」索蘭蒂雅說。

「我還是不懂。」愛拉皺起眉頭。她知道每個人都在談論這個話題，語調中還帶著些許幽默。

「如果妳帶喬達拉去泡熱水，他的陽具會鬆弛，」薇黛琪雅比其他人說得更直接，「可能要好幾個小時才能勃起，所以泡過水後別馬上對他期待太多。有些男人因此不泡大媽聖水，害怕陽具會在大媽聖水中耗竭，再也無法恢復。」

「有可能嗎？」愛拉看著蘿莎杜那問道。

「我從來沒看過或聽過這種事。」他說：「眞要說起來，反過來才是事實。男人過了一段時間會更渴望。我認爲那是因爲他放鬆下來，而且感覺很好。」

「泡過熱水，我確實感覺很棒，也睡得很好，但我認爲不只因爲泡水。」愛拉說：「或許是因爲那種茶？」

蘿莎杜那微笑：「那是個重要儀式，典禮永遠涵蓋得更多。」

「嗯，我打算再去泡泡聖水，我會等喬達拉一起去。你覺得獵人很快就會回來嗎？」

「應該是。」拉蘿妮雅說：「拉杜尼知道明天的大媽慶典之前還有很多事要做。要不是他想見識喬達拉的長射程狩獵武器功效如何，我不認爲他們今天會去打獵。他怎麼稱呼那個武器？」

「標槍投擲器，而且那眞的非常有效。」愛拉說：「不過就像其他事物一樣需要練習，我們在這趟旅途上不斷練習。」

「妳用過他的標槍投擲器嗎？」美黛妮雅問。

「我自己有。」愛拉說：「我也喜歡打獵。」

「今天妳怎麼沒跟他們一起去？」她問。

「因為我想學習製作那種洗劑，而且我有衣物想清洗、縫補。」愛拉說完起身，走向儀式用帳篷，接著停下來說：「我也有東西想給大家看看。有人見過拉線器嗎？」她看見眾人神情迷惑地搖搖頭。「你們在這裡稍等一會兒，我拿過來給大家看。」

愛拉從居住空間帶回縫紉工具和她想修補的幾件衣服。所有人都擠在周圍，觀看旅行者帶來的另一件奇物。她從工具中拿出小圓柱形物體——來自質輕的中空鳥腿，從裡面搖出兩根象牙針，把其中一根遞給索蘭蒂雅。

她仔細檢視著。這根迷你骨棒磨得很亮，一端尖銳略像錐子，另一端略厚，驚人的是有個非常小的穿孔。她想了想，忽然隱約明白小孔的用途。「妳說這是拉線器嗎？」她說著，把東西交給拉蘿妮雅。

「對，我會示範怎麼用。」愛拉從纖維粗繩分離出一條細筋腱，她沾濕末端並搓揉成又尖又細，然後等待筋腱線變乾。細線稍微硬化定形後，她把線穿過迷你象牙棒後端的小孔，暫時放在一邊。她再拿起有銳利尖端的小燧石工具，在一件衣物的邊緣附近戳洞。那件衣物一側縫合處已經脫線，其中有少數縫線扯裂皮革，新穿的洞在原先的洞略後方。

鑽戳出新縫合處需要的洞，愛拉開始示範新工具。她把象牙針的尖端穿過皮革上的洞，抓緊小骨棒，然後將線拉過洞，最後再拉扯一下。

「哦！」坐在旁邊的眾人齊聲發出嘆息，尤其是女人。「瞧！」「她不需要把線挑出來就直接拉過去了。」「我可以試試嗎？」

愛拉傳遞衣物讓眾人嘗試，一邊解說示範，說明她當初怎麼想出這個點子，以及獅營所有人如何協助她研發製作。

「這個錐子非常精緻。」索蘭蒂雅評論，仔細檢視錐子。

「那是獅營的偉麥茲做的，那個用來鑽出縫線穿孔的鑽孔器，也是他做的。」愛拉說。

「喬達拉說，偉麥茲是他唯一遇到和達拉納一樣優秀的燧石匠，而且可能還略勝一籌。」

「他那樣說，表示他高度推崇偉麥茲。」蘿莎杜那說：「每個人都承認達拉納是燧石大師，連在冰川這邊的蘿莎杜那氏都知道他的技術。」

「偉麥茲也是大師。」

眾人詫異地轉向發聲者，看見了喬達拉。他和拉杜尼及其他人一起走進洞穴，帶回他們獵殺的原羊。

「你們運氣眞好！」薇黛琪雅說：「如果沒有人介意，我想要原羊皮。我一直想用原羊毛幫美黛妮雅的配對禮做一套寢具。」她想趁其他人爭取前先發制人。

「媽！」美黛妮雅尷尬地說：「妳幹麼提到配對禮？」

「美黛妮雅必須先行初夜交歡禮，才能考慮婚禮服。」蘿莎杜那說。

「我個人可以同意把獸皮給她，」拉蘿妮雅說：「無論她想用來做什麼。」她知道薇黛琪雅的請求有點貪婪。畢竟他們不常獵捕這種擅於躲避的野生山羊，牠的毛皮稀罕而珍貴，尤其在冬末，毛皮經過一整季的生長顯得又厚又密，又沒因爲春季脫毛變得破爛。

「我也不在意。薇黛琪雅可以拿去。」索蘭蒂雅說。「不論誰拿走獸皮，新鮮原羊肉都是受歡迎的，特別適合大媽慶典。」

其他幾個人也默許，沒有人反對。薇黛琪雅露出微笑，儘量避免沾沾自喜。她先聲奪人保有了高價值的獸皮，一如她原先的企盼。

「新鮮原羊適合搭配我帶來的乾洋蔥。我還帶了藍莓。」

所有人再次看著洞口。愛拉看到一個素未謀面的年輕女人，她抱著嬰兒並牽著一個小女孩，後面跟著一個年輕男人。

「費洛妮雅！」幾個人齊聲說。

拉蘿妮雅和拉杜尼匆忙走向她，其他人也加入他們。年輕女人顯然不是陌生人。經過開心的擁抱和致意，拉蘿妮雅抱著嬰兒，拉杜尼舉起跑向自己的小女孩，把她高高放在肩膀上。小女孩低頭看著所有人，高興地露齒而笑。

喬達拉站在愛拉身旁，對著歡樂的情景微笑：「那女孩長得好像我妹妹！」他說。

「費洛妮雅，看看誰來了。」拉杜尼說，帶領年輕女人走向兩人。

「喬達拉？是你嗎？」她震驚地看著他：「我以爲你不會再回來了。索諾倫呢？我想讓他見一個人！」

「抱歉，費洛妮雅，他已經到了另一個世界。」喬達拉說。

「哦，眞遺憾聽到這個消息。我想讓他見索諾莉雅，我確信她出自他的靈。」

「我也相信。她長得和我妹妹一模一樣，他們都誕生在同一個火堆地盤。眞希望我母親能看到她，我想她會很高興知道索諾倫並沒有完全消失，這個世界上還有一個出自他的靈的孩子。」喬達拉說。

年輕女人注意到愛拉：「你不是一個人回來。」

「對，他不是。」拉杜尼說：「等妳看到他的其他旅伴，一定不敢相信。」

「妳來的正是時候，我們明天要舉行大媽慶典。」拉蘿妮雅說。

第三十七章

聖熱泉洞的人興高采烈期待著榮耀大媽的慶典。愛拉與喬達拉在最沉悶無趣的隆冬抵達，使洞穴的人興奮了很長一段時間。而後續免不了會有的故事繼續傳述，也將使這份關注延長多年。自從兩人騎在馬背上到來，後面還跟著一匹喜歡孩子的狼，所有人腦袋開始轉個不停，興致勃勃地吸收著新鮮事。兩位訪客講述迷人的旅行經歷，分享有趣的新點子，展示標槍投擲器、拉線器等吸引人的裝置。

蘿莎杜那在晚餐時跟大家稍作預告，如今每個人都談論著愛拉會在典禮中展示某樣神奇的東西，和他們的燃燒石一樣，跟火有關。訪客同時答應會在洞穴外的空地示範標槍投擲器，讓每個人都能見識它的效果，而愛拉也會示範拋石索。不過，與火有關的奧祕激起的好奇，甚至勝過兩人承諾的示範。

愛拉發覺持續成為關注焦點，和持續旅行一樣累人，只是疲累的層面不同。整個傍晚眾人不斷熱切地詢問，甚至針對她不了解的主題，尋求她的意見和想法。到了日落時，她已經累得不想開口。天黑後，她離開了洞穴中央火堆附近的聚會，打算回去就寢，沃夫跟她一起走。喬達拉過了一會兒也尾隨過去，留下洞穴的人在他們不在的時候，天馬行空地閒聊與推想。

兩人待在他們的睡覺區域，就在蘿莎杜那舉行儀式和居住空間裡。他們悠哉地為第二天做準備，然後鑽進獸皮被窩。喬達拉摟著她，考慮要做出愛拉認為是他在發送交歡「信號」的前戲，不過她似乎緊張得無法專注，而他只想拯救自己。沒人知道大媽慶典會怎麼樣，蘿莎杜那暗示：先把持住可能比較好，等到舉行過他們計畫的特殊儀式後，再榮耀大媽。

他和大媽侍者談過自己擔心有沒有能力讓孩子誕生在他的火堆地盤，他不知道大媽認為他的靈適不適合創造新生命。他們決定在慶典前舉行私人儀式，直接懇請大媽協助。

身旁男人睡著了，聽著他沉重呼吸聲許久，愛拉仍然清醒著，想要入睡卻睡不著。她輕挪身子，設法避免直接翻身，吵到喬達拉。儘管打起盹來，愛拉很久才熟睡，思緒在半夢半醒間古怪飄忽……

春天新長出的青草，染得草地一片鮮綠，又因色彩繽紛的花朵更添光彩。清澈蔚藍天空射下的朗朗陽光，讓遠處岩壁象牙白的陡峭面近乎閃閃發亮。岩壁坑坑洞洞，黑色紋理遍布寬闊的峭壁懸頂。沿著底部流動的河水，反射出時近時遠的陽光，大致顯露崖壁的輪廓。

有個穴熊族男人站在遠離河流的平坦空地中央看著她，然後轉身走向懸崖。他拄著拐杖，拖著一隻腳，步伐卻相當快速。他沒有說話或比手勢，但她知道他要她跟隨，急忙走了過去。兩人並肩同行，他用唯一完好的眼睛瞥著她，水汪汪的深棕色眼睛充滿憐憫與權威。她知道熊皮斗篷遮蓋著他幼年時被截斷的殘臂。他的祖母是有名望的女巫醫，在他被穴熊傷害後，切除了他癱瘓無用的腐壞前臂。克雷伯也在那時失去了一隻眼睛。

他們接近岩壁，她注意到突出的懸崖頂端構造奇特，稍長略平的柱狀大圓石傾斜在崖邊，彷彿在正要滾落時突然凍結了，顏色暗於支撐它的奶油色石灰岩脈。那塊石頭不僅有隨時掉落的危險，令她不安。她還知道其中具有某種重要性，某一件她應該記得、做過、應該或不應該去做的事情。

她閉上眼睛回想，看到天鵝絨般觸摸得到的濃厚黑暗，沒有一絲光線，就像在洞穴深處。遠方出現搖曳微光，她沿著狹窄通道摸索過去。她往前靠近，看見克雷伯和眾莫格烏爾，突然感到極度害怕。她不願想起那段回憶，迅速睜開了眼睛。

愛拉發現自己身處蜿蜒流過岩壁底部的小河堤岸。她望著河的另一邊，看到克雷伯蹣跚攀向那塊傾落的岩石結構物。她已經落後，如今不知該怎麼渡河追上他。她叫喚他：「克雷伯，對不起，我不是有意跟著你進來洞穴。」

他轉身再度對她招手，十分急切地比畫。「快一點，」他在河對岸示意，河流變得既寬且深，充滿了冰。「別再等了！快一點！」

冰層擴張，將他愈帶愈遠。「等等我！克雷伯，別把我留在這兒！」她大喊。

「愛拉！愛拉，醒醒！妳又作夢了。」喬達拉輕輕搖晃她。

她睜開眼睛，有一股巨大的失落感和莫名的緊張與害怕。她看著身旁男人的陰暗側影，注意到居住空間的獸皮牆，以及來自火坑的紅光。她伸手緊緊抓住他：「我們得快一點，喬達拉！我們必須馬上離開這裡。」

「我們會的，」他說：「我們會儘快離開。但明天是大媽慶典，而且我們必須決定要帶什麼食物和補給品，好橫越那片冰。」

「冰！」她說：「我們必須越過冰川！」

「對，我知道。」他摟著她，試圖安撫她：「我們得計畫該怎麼和馬兒、沃夫一起越過冰川。我們需要食物，也要有辦法取得水，那上面的冰結得硬梆梆。」

「克雷伯說要快，我們必須離開！」

「我們會儘快離開，愛拉，我答應妳會儘快。」喬達拉說著，極度擔憂苦惱。他們的確需要儘快離開，橫越那條冰川，但不能在大媽慶典之前離開，不是嗎？

傍晚的陽光穿透樹枝若隱若現，雖然不太能溫暖冰凍的空氣，不過樹枝並沒有遮住西方炫目的亮光。東方覆蓋冰川的山峰，映出了沉入火紅雲朵的明亮太陽，遍布著彷彿從冰層內發散出來的柔和玫瑰色光芒。亮光很快就會減弱，喬達拉和愛拉還置身在洞穴外的空地，和其他人一起觀看。

愛拉深深吸了一口氣，然後屏住氣息，不想在仔細瞄準時，因爲呼出的氣霧而模糊了視線。她調動手裡的兩顆石子，將其中一顆放進拋石索凹處，甩繞拋石索並放開一端，擲出石子。接著，她放鬆仍然握住的那端，讓拋石索迅速穿過手中，以重新抓住放開的另一端，在凹處放入第二顆石子，再次甩繞投擲。沒有人想像得到，她居然能那麼快速連擲兩顆石子。

「哦！」「瞧！」兩人示範投擲標槍和拋石索，站在洞穴大開口同樣屏息的眾人吐出氣息，紛紛表示驚訝與賞識。「她擊碎遠在空地另一邊的兩顆雪球。」「我以爲她擅長用標槍投擲器，可是她更會用拋石索。」

「她說學習擲準標槍需要練習，可是像那樣投擲石子，又需要練習多久呢？」拉羅奇說：「我覺得學習使用標槍投擲器比較容易。」

示範結束，隨著夜晚迫近，拉杜尼站到眾人面前，宣告盛宴已經就緒：「盛宴在中央火堆舉行，蘿莎杜那會先在儀式火堆地盤進行大媽慶典，而愛拉將再爲各位示範另一件驚人的東西。」

眾人興奮地離開大洞口，走回洞穴內。愛拉注意到美黛妮雅在和幾個朋友交談，很高興看到她露出微笑。許多人表達出自己很高興看到她參與眾人的活動，不過她依然羞怯沉默。愛拉忍不住思索，同樣是眾人關注，造成的差異竟然是天差地遠。在她的經驗裡，每個人都認爲布勞德有權在任何他想要的時候強迫她，覺得她反抗他、憎恨他是很奇怪的。可是美黛妮雅不一樣，她獲得族人的支持，他們完全站在她這邊，對強迫她的人感到憤怒，明白那種經歷有多痛苦，希望化解她遭受的侵害。

每個人都在儀式火堆地盤的密閉空間就定位，大媽侍者走出陰暗處，站在點燃的火坑後方，火坑四周有一圈相似的圓石。他把一端沾有瀝青的小木棒拿到火邊，一直到木棒著火，然後轉身走向洞穴石壁。

他的身軀遮蔽了視線，愛拉看不到他在做什麼。當亮光朝他周圍擴散，她知道他點亮了某種火光，可能是一盞燈。他做出些許動作，開始吟唱熟悉的祈禱，複誦在美黛妮雅淨身儀式中吟唱的各種大媽稱謂，向大媽的靈祈求。

他退開並轉身面對群眾。愛拉看到亮光來自他所點燃位在壁龕的石燈。火光投射出小杜那像，那是比實物更大的搖曳影子，凸顯出刻工精細女性雕像的母性特徵：豐滿的大胸部和圓腹，沒有懷孕卻保有相當多脂肪。

「大地母親、最初的祖先、萬物的創造者，您的兒女前來表達感激，爲所有大大小小的恩典感謝您、榮耀您。」蘿莎杜那吟誦，所有洞穴的人都加入吟誦。「爲奉獻靈滋養土壤的岩石和陸地的基本結構，我們前來榮耀您。爲奉獻靈滋養植物生長的土壤，我們前來榮耀您。爲奉獻靈滋養動物的植物，我們前來榮耀您。爲奉獻靈滋養食肉動物的動物，我們前來榮耀您。爲奉獻靈供給您的兒女衣食的萬物，我們前來榮耀您。」

每個人都知道全部的祈禱文，愛拉發現連喬達拉都跟著吟誦，不過他說的是齊蘭朵妮氏語。她很快開始複誦有關「榮耀」的段落，她不知道其他內容，卻明白其重要性，也知道自己一旦聽過就不會忘記。

「爲您大放光明的兒子照亮白晝，爲您皎潔的配偶守護夜晚，我們前來榮耀您。爲您注滿河流海洋賦予生命的水，以及從天而降的雨，我們前來榮耀您。爲您的生命恩典及您賜福讓女人和您一樣創造生命，我們前來榮耀您。爲男人協助女人供養新生命、提供靈讓您幫助女人創造新生命，打開女人的通道好讓她能創造生命，我們前來榮耀您。大地母親，您的兒女今晚一同前來榮耀您。」

共同祈禱結束，洞穴裡充滿了一種萬籟俱寂的寧靜。然後一個嬰兒哭了起來，更加凸顯了洞穴的寂靜無聲。

蘿莎杜那向後走，猶如隱沒在陰影中。索蘭蒂雅接著站起來，拿起儀式火堆地盤旁的籃子，把灰燼、塵土倒在圓形火坑中的火焰上，撲滅儀式用火。幾乎陷入黑暗的群眾傳出幾聲驚呼，眾人期待地往前坐。壁龕裡燃燒的小油燈成為唯一的光源，使得大媽像舞動的影子看似逐漸擴大，直到充滿整個空間。雖然從前不曾這樣把火撲滅，蘿莎杜那沒有錯失這種效果。

兩名訪客和住在儀式火堆地盤的人稍早曾練習過，每個人都知道該做什麼。所有人都安靜下來，愛拉走向陰暗處的另一處火坑。他們斷定如果儀式用火熄滅，愛拉會儘快在冷火堆生起新火，最能彰顯打火石的效能，也最具有戲劇效果。第二個火坑已經放了乾青苔作為快燃火絨，旁邊是引火柴，還有些許供燃燒的大細木。到時會再加入褐煤，讓火持續燃燒。

他們先前練習時，發現風有助於吹旺火花，尤其是儀式空間的獸皮門敞開而灌入的氣流，而喬達拉就站在門旁。愛拉跪下來，一手握著黃鐵礦，另一手握著燧石塊，兩相敲擊，製造出陰暗處清晰可見的火花。她以略微不同的角度抓握，再次相互敲擊，使迸出的火花落在火絨上。

收到這信號的喬達拉打開入口的門，隨著冷氣流吹入，愛拉彎身靠近乾青苔裡悶燒的隱微火花，輕輕地吹氣。忽然間，青苔冒出火苗焰吞噬著火絨，引來眾人齊聲讚嘆，表達訝異和興奮。引火柴在這時加了進去，陰暗隱蔽處的火焰放射紅光，照亮所有人的臉，每個人的臉看起來都比實際大了點。

眾人開始快速、興奮地交談，充滿驚奇，紓解了愛拉營造的懸疑緊張氣氛。不一會兒，火就被點燃了，對洞穴的人來說，幾乎是瞬間。愛拉聽見少數對話。「她怎麼辦到的？」「有人能這麼快就把火生起來嗎？」生起的火接著點燃了儀式火堆地盤的另一個火堆，大媽侍者站在兩團發光火焰之間發言。

「沒見識過的人，多半不相信石頭會燃燒，除非親眼看見。燃燒石是大地母親對蘿莎杜那氏的恩典。我們的訪客也獲得另一項恩典，打火石，這種石頭和燧石塊撞擊，就會製造出生火的火花。愛拉與喬達拉願意送我們一塊打火石，讓我們可以辨認比對，找到更多打火石。他們希望交換足夠食物和其他補給品，以便平安順利越過冰川。」蘿莎杜那說。

「我已經承諾過，」拉杜尼接著說：「我還欠喬達拉一份人情，而那是他的請求，雖然不太算請求，因爲我們無論如何都會送他們食物和補給品。」眾人此起彼落表示認同。

喬達拉知道蘿莎杜那會送他們食物，正如同愛拉和他會送他們打火石，但他不希望因爲春天及新生的季節遲來，讓洞穴的人惋惜當初送給他們存糧，導致自己食物不夠。他想讓他們覺得自己在這樁好交易中獲益最大，加上他也想要其他東西，於是站起身來。

「我們送蘿莎杜那打火石給大家使用，」他說：「不過我要求的比表面上看起來還多。我們需要更多食物和補給，我們不是獨自旅行，還有兩匹馬、一隻狼，需要更多協助，讓牠們越過那片冰。我們需要食物供我們兩人和牠們吃。但更重要的是，我們需要水。如果只有兩個人，我們可以用水袋裝滿雪或冰，綁在毛皮兜帽外套內，讓它貼著皮膚，融化足夠的水，供我們兩人甚至沃夫喝。但馬兒要喝很多水，我們沒辦法用那種方式，融化足夠的水給牠們喝。不瞞你們說，我們需要找到方法攜帶或融化足夠的水，讓我們都能横越冰川。」

眾人議論紛紛，拉度尼要大家安靜下來：「讓我們想一想，明天聚會時再提出建議。今晚是慶典。」

喬達拉和愛拉已經帶來興奮和神祕，爲洞穴安靜的冬季增添活力，讓大家有故事可以在夏季大會上大談特談。如今除了這個打火石禮物，還附贈解決特殊問題的挑戰，這個實際的迷人智力難題，讓大家有機會絞盡腦汁，躍躍欲試自願協助兩位旅行者。

美黛妮雅來到儀式火堆地盤，觀看打火石展示。喬達拉忍不住注意到她一直仔細觀察著自己。他對她微笑了幾次，而她的反應是紅著臉別開視線。當群眾紛紛解散，離開儀式火堆地盤時，他走向她。

「哈囉，美黛妮雅，」他說：「妳覺得打火石怎麼樣？」

他感覺凡是行初夜交歡禮前的靦腆少女，對他始終有一種吸引力，尤其那些找他介紹大媽交歡恩典的對象。她們不知道該期待什麼，而且有點害怕。他喜愛引導她們在初夜交歡禮認識恩典，對此有特殊情愫，也因此經常有人找他。美黛妮雅有足夠的理由害怕，不同於大多數少女莫名的擔憂。喬達拉認爲，帶領她認識愉悅而非痛苦，這比他從前的經驗更具有挑戰性。

喬達拉用燦亮的藍眼睛看著她，希望他們能待到參與蘿莎杜那氏的夏季儀式。他由衷想幫助她克服恐懼，也眞的受她吸引，這讓他十足的男性魅力發揮到極致。這個英俊敏銳的男人對她微笑，令她幾乎無法呼吸。

美黛妮雅以前從未體驗過這種感覺，整個人感覺熱得像在燃燒，有股難以抗拒的衝動想要碰觸他，並讓他碰觸自己。然而，這個少女完全不知道該怎麼處理這種感覺。她企圖微笑，接著困窘地張大眼睛，爲自己的大膽喘著氣，然後往後退開，幾乎是跑著回到她的居住空間。她的母親看見她離開，尾隨而去。喬達拉以前看過像美黛妮雅這樣的反應，對他來說，羞怯少女那樣回應並不罕見，那只會令她更惹人喜愛。

「喬達拉，妳對那個可憐的孩子做了什麼？」

他望著說話的女人，轉而對她微笑。

「不過這還需要問嗎？我記得有一次那種眼神差點征服了我，但你弟弟也有他的魅力。」女人微笑說著。

「而且讓妳受孕。」喬達拉說：「費洛妮雅，妳看起來很好、很快樂。」

「對，索諾倫確實在我身上遺留了部分的靈，而且我很快樂。你看起來也很快樂。你在哪裡遇見這位愛拉？」

「說來話長。她救了我的命，只可惜索諾倫回天乏術。」

「聽說一隻穴獅殺死他，眞遺憾。」

喬達拉點點頭，帶著無法避免的痛苦，皺起眉頭，閉上雙眼。

「媽？」一個女孩叫喚，是與索蘭蒂雅的大女兒牽著手的索諾莉雅。「我可以在多莎莉雅的火堆地盤吃東西，和那隻狼玩嗎？牠喜歡小孩，妳知道的。」

費洛莉雅擔憂地皺眉望著喬達拉。

「沃夫不會傷害她，牠眞的喜歡小孩。問問索蘭蒂雅，她還用牠來逗寶寶開心呢。」喬達拉說：「沃夫是和孩子一起長大的，愛拉訓練過牠。而且妳說的沒錯，她是個特別的女人，尤其和動物相處時。」

「索諾莉雅，我想妳應該可以和狼玩一會兒。我不認爲這個男人會讓妳做任何可能傷害自己的事情。妳就是以他弟弟的名字來命名的。」

一陣喧嘩的騷動傳來，兩個女孩一起跑開，兩人轉頭查看發生什麼事。

「什麼時候才有人要處置那個……那個查羅里？你們要讓一位母親等多久？」薇黛琪雅對拉杜尼抱怨：「如果男人處理不了，也許我們需要召集母親決議團。我相信她們會了解一位母親的心情，迅速通過裁決。」

蘿莎杜那也加入聲援拉杜尼。召集母親決議團通常是最後才訴諸的手段，但那可能造成嚴重影響，因此只有在找不到其他方法解決問題時，才會這麼做。「薇黛琪雅，別那麼快就召集母親決議團。我們派去和托馬西談的人應該隨時會回來，妳可以再等一會兒，而且美黛妮雅好多了。妳不覺得嗎？」

「我不太確定。她跑回我們的火堆地盤，也不告訴我她怎麼了。她只說沒事，要我別擔心。可是我怎麼可能不擔心？」薇黛琪雅說。

「我看得出她怎麼了，」費洛妮雅低聲說：「我不確定薇黛琪雅會懂。不過她說的對，確實必須處置查羅里，所有洞穴都在談論他。」

「該怎麼辦呢？」愛拉加入兩人的談話。

「我不知道，」費洛莉雅對著她微笑。愛拉過來看她的寶寶，顯然很喜歡抱著他。「我覺得拉杜尼的計畫很好。他認爲所有洞穴應該合力尋找並帶回那些年輕人，希望看到那幫人彼此隔離，遠離查羅里的影響。」

「這主意確實聽起來很好。」喬達拉說。

「問題在於查羅里所屬的洞穴，以及與查羅里的母親有親戚關係的托馬西同不同意這麼做。」費洛莉雅說：「等信使回來，我們就會更清楚了。但我能理解薇黛琪雅的感受，如果那種事情發生在索諾莉雅身上……」她搖搖頭，難過得說不下去。

「我想大部分人都能理解美黛妮雅和她母親的感受。」喬達拉說：「一般人都很正派，但一個壞人就能給所有人製造很多麻煩。」

愛拉回想起阿塔蘿，心有同感。

「有人來了！有人來了！」拉羅奇和幾個朋友跑進洞穴大聲通報，愛拉納悶他們在寒冷漆黑的戶外做什麼。過了一會兒，一個中年男人跟著走進來。

「朗多利！你來的正是時候。」拉杜尼明顯鬆了一口氣：「來，我幫你拿行囊，再弄點熱茶給你喝。你及時趕上了大媽慶典。」

「那是拉杜尼派去找托馬西的人。」費洛妮雅說，很驚訝看到對方。

「那他怎麼說？」薇黛琪雅質問。

「薇黛琪雅，」蘿莎杜那說：「先讓他休息喘口氣吧，他才剛到！」

「沒關係。」朗多利說著，抖落行囊，接過索蘭蒂雅的熱茶。「查羅里那幫人襲擊了他們藏身荒地附近洞穴的人，偷走食物、武器，差點殺死企圖阻止他們的人。有個女人傷勢嚴重，可能沒辦法復原。所有洞穴的人都很氣憤，聽到美黛妮雅的事情，他們終於忍無可忍。就算和查羅里的母親有親戚關係，托馬西已經準備和其他洞穴聯手，一起追捕並制止他們。托馬西盡可能召集了大多數洞穴開會，我等著參加那場會議，所以才那麼晚回來。大多數的鄰近洞穴都派了幾個人參加。我也替我們洞穴做出幾項決定。」

「我相信你會做出好決定，」拉杜尼說：「眞高興你在那裡。他們對我的提議有什麼看法？」

「拉杜尼，他們已經接納了。各個洞穴都會派偵查者去追蹤他們，有些已經出發了。一旦發現查羅里那幫人，大部分獵人都會跟著去，把他們帶回來。沒有人願意再容忍他們，托馬西想要在夏季大會前抓到他們。」他轉頭看著薇黛琪雅說：「他們希望妳在那時候提出控訴和要求。」

薇黛琪雅稍微緩和下來，但心裡還是不高興美黛妮雅不願參與典禮，無法正式成為女人，甚至幸運懷上孩子——她未來的孫子女。

「我很樂於提出控訴和要求，」薇黛琪雅說：「而且如果她不同意行初夜交歡禮，我一定不會善罷甘休。」

「我覺得她可能會在明年夏天前改變心意。我眞的看到她在淨身儀式後有進步，更常出來融入人群。我想愛拉也幫了忙。」蘿莎杜那說。

朗多利返回了居住空間，蘿莎杜那與喬達拉四目相交，對他點點頭。這個高大男人托詞離開，跟隨蘿莎杜那進入儀式火堆地盤。愛拉本想尾隨兩人，卻從他們的態度覺察他們想獨處。

「眞想知道他們要去做什麼。」愛拉說。

「我猜是某種私人的儀式。」費洛妮雅回答，惹得愛拉更加好奇。

「你帶了自己做的東西嗎？」蘿莎杜那問。

「我做了一把匕首，可惜沒時間裝上把手。不過我已經盡可能做得完美了。」喬達拉說著，從束腰上衣內拿出包裹皮革的小袋。他打開小袋，露出小型石製尖物，邊緣銳利得足以用來刮鬍子。這把匕首一端尖銳，另一端有可以嵌入刀柄的柄腳。

蘿莎杜那仔細檢視匕首。「這件工藝品很棒。」他評論：「我確信這會被接受。」

喬達拉寬慰地鬆了一口氣，儘管他沒有意識到自己這麼在意。

「還有她的東西呢？」

「那比較困難。大體來說，我們只帶了最起碼的必需品，而她自己知道每一樣東西放哪裡。她把少數東西收藏起來，大多是別人的贈禮，我不想弄亂。我想起你說過，只要是非常私人的物品，不論多小都沒關係。」喬達拉說著，拿起也裝在皮袋裡的袖珍物，然後繼續解釋：「她戴了個護身囊，那個護身囊放了她小時候的東西，那對她非常重要，只有在游泳或洗澡時才可能拿下來。她去神聖熱泉時，留下了護身囊，我割掉上面一顆飾珠。」

蘿莎杜那露出微笑：「很好！那很完美！而且非常聰明。我看過那個護身囊，那對她來說非常私密。把兩樣東西一起包在小袋裡，然後交給我。」

喬達拉照著他的話做。蘿莎杜那注意到他把小袋遞過來時，神情有點疑惑。

「我不能透露我要把這個東西放在哪裡，但大媽會知道。現在，我必須跟你解釋幾件事，也要提出幾個問題。」蘿莎杜那說。

喬達拉點點頭：「我會儘量回答。」

「你希望愛拉能在你的火堆地盤生下孩子，對嗎？」

「對。」

「你確實明白誕生在你火堆地盤的孩子，可能不是出自你的靈嗎？」

「明白。」

「你對這一點有什麼看法？出自誰的靈對你來說重要嗎？」

「我希望會是出自我的靈，但……我的靈可能不適合，也許不夠有力量，或者大媽沒辦法或不願意利用。反正也沒有人能確定孩子出自誰的靈。只要愛拉能在我的火堆地盤生下孩子就夠了。我想，我幾乎覺得自己也像個母親一樣。」喬達拉說，而且他的信念清楚。

蘿莎杜那點點頭：「很好，今晚我們榮耀大媽，所以時機非常合適。你知道榮耀她的女人最常被賜福。愛拉是個美麗女人，找到男人交歡並不難。」

大媽侍者看見這個高大男人皺起眉頭，明白喬達拉很難看著他選擇的女人去選擇別人，即使只是在典禮上。「你一定要鼓勵她，喬達拉。那樣做榮耀大媽，假如你眞心希望愛拉在你的火堆地盤生下孩子，那一點最重要。我從前見過那樣做有效果，很多女人幾乎立刻懷孕，大媽可能非常滿意你，甚至利用你的靈，尤其如果你也好好榮耀她。」

喬達拉閉上眼睛點點頭，但蘿莎杜那看到他緊咬著下顎。很顯然那樣做對這個男人眞的不容易。

「她從沒參加過榮耀大媽的慶典，假如她……不想要其他人呢？」喬達拉問：「我應該拒絕她嗎？」

「你一定要鼓勵她和其他人交歡，當然，選擇權在於她。如果可以的話，你絕不要在大媽慶典拒絕任何女人，尤其不要拒絕你選擇作爲配偶的女人。我不擔心，喬達拉，大多數女人都會融入慶典的精神，毫無困難地享受大媽慶典。」蘿莎杜那說：「不過愛拉在成長過程中沒能認識大媽，這倒很奇怪。我不曾認識任何不承認大媽的族群。」

「養育她的族群……就很多方面來說，都是與眾不同的。」喬達拉試著解釋。

「我相信那是事實，」蘿莎杜那說：「現在，讓我們來詢問大媽。」

詢問大媽，詢問大媽，他們走回儀式空間後方時，這個句子進入喬達拉的思緒。他突然想起有人說他極受大媽寵愛，以至於沒有女人拒絕得了他，連朵妮自己也辦不到，她會應允他請求的任何事情。但他也被警告要小心這種寵愛，因為他可能得償宿願。此時此刻，他強烈盼望那是真的。

兩人在壁龕停下來，這裡的燈還在燃燒。「拿起那尊朵妮，用雙手握住。」大媽侍者指示。

喬達拉把手伸入壁龕，輕輕拿起大媽像。那是他所見過最精美的雕刻品，身軀形塑完美。他手中的雕像看起來彷彿是雕刻者以比例完美、體型豐滿的女人，充當活模特兒雕刻而成。因為男人與女人比鄰而居，自然十分頻繁地看見裸體女人，知道她們的模樣。雕像的手臂只顯示大略形狀，而手指和前臂上的手鐲則具體刻畫出來，兩腿呈交合狀，形成某種插入地面的釘子。

雕像的頭最為驚人。他看過的朵妮像頭部大多數只是球形突出物，偶爾用髮線區隔出臉部，卻沒有面容。這尊雕像髮型精緻，連續密集的突起捲曲遍布頭部、臉部。除了外形不同，頭部的正反面並沒有差異。

他更仔細地觀看，訝異地發現雕像是以石灰岩雕成。如果是象牙、骨頭或木頭，那還比較容易處理，但這是石灰岩！他很難相信有人用石頭製作出如此精雕細琢的雕像。雕出這尊雕像一定弄鈍了許多燧石工具，他心想。

喬達拉意識到大媽侍者在吟唱，他太過專注端詳朵妮像，以至於剛開始沒有留意到。他已經學會很多蘿莎杜那氏語，只要仔細聆聽就能明白某些大媽的稱謂，知道蘿莎杜那已經開始進行儀式。他靜靜等待著，希望欣賞雕像的物質美學特色，不會偏離這個儀式更偉大的精神本質。儘管朵妮像是大媽的象徵，並且被認為提供她某一形式的靈安歇，但他知道雕像不是大地母親。

「現在，仔細想清楚，然後發自內心用你自己的話，對大媽請求你的願望。」蘿莎杜那說：「握著朵妮像，協助你集中所有思緒和感情來請求。別猶豫，想說什麼就說。記住，萬物大媽喜愛你的請求。」

喬達拉閉上眼睛思考，協助自己專注。「啊，朵妮，大地母親，」他開始說：「我這一生中有時覺得……我做的某些事情可能觸怒您。我不是有意觸怒您，但……事情就那樣發生了。我曾經以爲自己永遠找不到眞正能愛的女人，納悶是否因爲您氣惱……那些事情。」

這個男人一定曾經發生過非常糟糕的事情。他人這麼好，看起來這麼有自信，很難相信他苦苦承受這麼多羞愧和憂慮，蘿莎杜那心想。

「後來，越過您的河流盡頭，失去……我愛他勝過任何人的弟弟之後，您將愛拉帶進我的生命，我終於明白什麼是墜入情網。我爲愛拉而感恩，就算生命中沒有了其他人，沒有家人、朋友，只要有愛拉，我就心滿意足了。然而，如果您願意的話，我想要……我祈求……另一件事，請求您賜予……一個孩子，讓愛拉在我的火堆地盤生下孩子。如果可以的話，出自我的靈，或者如愛拉所相信的，出自我的元精。如果不行，如果我的靈不……足夠，就請讓愛拉懷她想要的寶寶，誕生在我的火堆地盤，我會把那個孩子當成是我自己的。」

喬達拉準備把朵妮像放回去，又覺得還沒全部說完。他停下來，雙手握住雕像：「還有一件事。假如愛拉懷的孩子出自我的靈，我希望知道那孩子是出自我的靈。」

有趣的請求，蘿莎杜那心想，大部分男人可能想知道，但不是眞的那麼要緊。爲什麼那對他來說這麼重要？而且他說，如愛拉所相信……出自他元精的孩子，這是什麼意思？我想問她，但這是私人儀式，我不能透漏他在這裡說的話。也許我們以後可以從哲學的觀點來討論這件事。

愛拉看著兩個男人離開儀式火堆地盤，確信他們都完成了預定要做的事情。然而，身高較矮的男人神情疑惑，肩膀的姿勢流露著不滿足；高挑的男人緊繃僵硬，看起來非常不開心卻意志堅決。兩人暗藏的古怪神情，讓她更加好奇到底在裡面進行了什麼樣的事情。

「我希望她會改變心意。」蘿莎杜那在兩人靠近愛拉時說：「我認爲她要克服可怕的經驗，最好的方法就是行初夜交歡禮，不過我們必須非常小心爲她選擇對象。眞希望你能留下來，喬達拉，她似乎逐漸對你有好感。以目前的情況來看，我覺得她對一個男人有好感是一件好事。」

「我也想幫忙，但我們眞的不能留下來。如果可能的話，我們必須儘快在明後天離開。」

「當然，你說的沒錯。季節可能隨時轉換，如果發現你們有人變得暴躁，那就要當心了。」蘿莎杜那說。

「躁鬱。」喬達拉說。

「什麼是躁鬱？」愛拉問。

「那是伴隨春天融雪的焚風而來。」蘿莎杜那說：「那種來自西南方的風既溫暖又乾燥，強勁得足以將樹木連根拔起，雪急速融化，堆高的漂積物可能一天之內就消失。如果你們正在冰川上，又吹起那種風，很可能會過不去。冰層也許在你們腳下融化，導致你們掉入冰川縫隙，或造成河流橫過路徑，或者在你們前方出現裂縫。由於快得讓喜歡寒冷的惡靈閃避不及，焚風可以清除惡靈，把它們掃出隱蔽處，往前推離。因此惡靈通常乘著融雪的頂頭風早一步到達，帶來躁鬱。如果及早知道會發生什麼事，並且加以控制，那可以是一種警告。不過惡靈難以捉摸，要善用惡靈也不容易。」

「要怎麼知道惡靈已經來了？」愛拉問。

「據我所說，開始感到暴躁時就要當心。惡靈可能讓你生病。如果原本就生病了，可能會惡化。不過它們通常只是讓人想爭論或打鬥。有些人會大發脾氣，每個人都知道那是躁鬱造成的。一般人不會怪罪，除非他們造成嚴重傷害，即使那樣也多半會被原諒。大家都高興之後的融雪帶來新產物、新生命，但沒人期待躁鬱。」

「來吃吧！」索蘭妮雅說。他們都沒看見她過來。「大家已經開始吃第二份。你們再不快點，就什麼都沒了。」

他們走向中央火堆，來自洞口的氣流吹得大火熊熊燃燒。雖然不像在嚴寒戶外穿得那麼多，大部分人還是穿著保暖衣物，置身在洞裡沒有遮蔽而寒冷受風的區域。烤羊臀中間還沒熟透，不過持續的熱度使羊肉更熟了一點。新鮮的肉受到大夥兒歡迎，還有乾肉、猛獁象、少許乾燥植物根和山桑煮成的豐富肉湯，幾乎用盡他們儲存的植物和水果。每個人都等不及想吃春天的新鮮蔬菜。

嚴寒冬季依舊籠罩。儘管期盼春天，喬達拉更希望冬天能再維持久一點，只要持續到他們越過前方的冰川。

第三十八章

晚餐過後，蘿莎杜那宣布儀式火堆地盤提供了某樣東西，愛拉和喬達拉聽不懂那個名稱，但很快得知那是種熱飲，味道很不錯，有種隱約的熟悉感。愛拉認爲可能是以藥草調味的輕度發酵果汁。當索蘭蒂雅告知飲料的主要成分是樺樹汁液，而果汁只是部分配方，愛拉覺得很訝異。

沒想到味道會騙人，那種飲料比愛拉想像得更濃烈。經過詢問，索蘭蒂雅透露大部分的後勁是藥草造成，愛拉因此領悟出那股隱約熟悉的味道是來自苦艾。這種藥效很強的藥草，一旦攝取過多或使用過於頻繁，可能造成危險。由於味道宜人、香氣濃郁的車葉草和其他香味，她之前很難察覺其中有苦艾，這讓她納悶飲料裡還加了什麼，更加認眞地品嘗分析起來。

愛拉向索蘭蒂雅詢問這種強效藥草，提到可能的危險性。索蘭蒂雅解釋，她很少使用這種她稱爲「苦艾」的植物，只有在爲大媽慶典調製飲料時才用到。基於神聖性，索蘭蒂雅通常不願洩漏飲料的特殊成分，但愛拉提問十分精確又知識淵博，她忍不住回答她。愛拉得知這種飲料完全不像表面上那樣。原本她以爲簡單、味道宜人的溫和飲料，其實效力強大、成分複雜，尤其用來激發適合榮耀大媽慶典的放鬆、自然與熱情互動。

洞穴的人開始進入儀式火堆地盤，愛拉先是發現品嘗飲料造成她知覺更靈敏，也很快就感到愉悅、慵懶、溫暖，使她忘卻分析。她發現喬達拉與其他幾個人正在和美黛妮雅交談，突兀地離開索蘭蒂雅，向他們走過去。每個人看到她來都很高興，她微笑走向那群人，喬達拉一如以往，因她的微笑喚起了強大愛意。即使藉助大媽侍者慫恿他喝下的放鬆飲料，遵循蘿莎杜那的指示，鼓勵她徹底去體驗這種大媽慶典，對他來說也很不容易。他深深吸了一口氣，把杯中剩下的飲料一仰而盡。

她稍早見過的費洛妮雅，特別是她的配偶達拉帝，也在那群熱情問候愛拉的人當中。

「妳的杯子空了。」他說著，從木碗舀出一杓飲料，盛滿愛拉的杯子。

「你也可以替我多倒一點。」喬達拉用過度親切的聲調說。蘿莎杜那注意到他強裝友善，認爲其他人不會留意，然而有個人發現了。愛拉瞥了他一眼，發現他下顎抽動，知道有事情困擾他，也撞見蘿莎杜那迅速察覺到。她領悟兩人之間有什麼事發生，可是她仍受那種飲料影響，把這件事放在心中，留待以後再思索。忽然間，封閉的空間中充斥著鼓聲。

「開始跳舞囉！」費洛妮雅說：「來吧，喬達拉，讓我爲你示範舞步。」她牽起他的手，帶他走向中央區域。

「美黛妮雅，妳也去吧。」蘿莎杜那慫恿。

「對啊，」喬達拉說：「妳也來吧，知道舞步嗎？」他對她微笑，愛拉認爲他似乎放鬆下來。

喬達拉一整天都留意著美黛妮雅，與她交談。儘管她羞怯沉默，卻對這個高挑男人的出現很敏感。每當他用引人注目的眼睛望著她，她立刻心跳加速。他牽起她的手，帶她走向舞區，使她同時感覺到寒顫與發熱的酥麻，就算再怎麼努力也難以克制。

費洛妮雅一度皺起眉頭，但隨即對女孩微笑。「我們可以一起教他舞步。」她說著帶領兩人走向舞區。

「可以讓我示範……」達拉帝對愛拉開口時，拉杜尼也同時說話：「我很樂意……」兩人相互微笑，想讓對方有機會說話。

愛拉對兩人微笑：「也許你們可以一起示範舞步給我看。」

達拉帝點頭默許，拉杜尼開心地對她咧嘴，兩人各牽起她的一隻手，帶她走向舞者聚集的區域。眾人排成一圈，為訪客示範某些基本舞步，然後在笛聲響起時，所有人手拉著手。那聲響令愛拉大吃一驚。自從在馬木特伊氏夏季大會聽馬南吹笛後，她就沒再聽過笛聲。距離他們離開大會還不到一年嗎？那似乎是好久以前的事了，而她再也見不到他們。

想到這一點，她眨掉眼淚。當舞蹈開始，她便沒什麼時間沉湎在深刻的回憶中。剛開始還容易跟上節奏，隨著時間過去，節奏愈來愈快，而且舞步繁複。愛拉無疑是眾人關注的焦點，每個男人都難以抗拒她，圍聚到她周圍，爭取注意、嘲諷甚至吵嚷邀約，一點都不像在開玩笑。喬達拉稍微與美黛妮雅調情，對費洛妮雅則較露骨，他也察覺所有男人都圍繞著愛拉。

舞蹈變得更複雜，腳步錯綜，位置變換，愛拉和所有人一起舞動起來。當眾人暫時離開，重新盛滿杯子，或雙雙退到隱蔽角落，她對他們的玩笑及淫穢言詞發笑。拉杜尼跳到中間精力充沛地獨舞，他的配偶在接近尾聲時加入。

愛拉覺得口渴，有幾個人和她一起再去拿飲料。她發現達拉帝走在她身旁。

「我也想要一些。」美黛妮雅說。

「抱歉，」蘿莎杜那說，把手捂在她的杯子上。「親愛的，妳還沒行過初夜交歡禮，只能喝茶。」美黛妮雅皺眉想要反駁，但還是去拿了一杯她原本喝的乏味飲料。

在她完成女人儀式前，蘿莎杜那不打算讓她擁有任何女人的權利。他盡了一切努力鼓勵她認同那個重要儀式，同時也讓所有人知道，儘管遭遇可怕的經歷，她已經淨化，恢復原本的狀態，也和所有即將成為女人的女孩一樣，受到同樣的限制和特殊關注。他覺得唯有如此，她才可能克服殘酷襲擊與輪暴的傷害。

愛拉和達拉帝是最後去拿飲料的人。當其他人四處散開，只剩他們兩人時，他轉向她。

「愛拉，妳真美。」他說。

在成長過程中，她一直被認爲又高又醜。雖然喬達拉經常說她美，她總認爲那是因爲他愛她，不認爲自己眞有那麼美，因此他的讚美令她訝異。

「不，」她大笑著說：「我不美！」

她的話令他吃驚，那不是他預期的回應。

「可是……可是，妳眞的很美。」

達拉帝整晚都在設法吸引她注意，認爲她的言談友善溫暖，而且顯然喜歡跳舞，她自然而性感地擺動，促使他更賣力於擦出火花，希望能更進一步。他知道自己並非不迷人，何況這是大媽慶典，竟然怎麼做都無法讓她知道自己的渴望。他終於決定採取更直接的方式。

「愛拉，」他伸出一隻手臂環繞她的腰，感覺到她一度僵住。他沒有罷手，靠向她的耳邊磨蹭：「妳是美麗的女人。」他低語。

她轉身面對他，無意靠向他，反而抽身後退。他用另一隻手臂環繞她的腰，將她拉近。她往後傾，把手搭在他肩膀上，看著他整張臉。

愛拉一直不太明白這個大媽慶典的眞正涵義，以爲這只是溫暖友善的聚會。儘管大家都在談論「榮耀」大媽，她也知道那通常代表什麼。她發現眾人兩兩成對，有時是三人以上一同退到隔離獸皮附近的陰暗區域，她愈來愈有概念。直到她看著達拉帝，察覺他的渴望，才終於明白他期待什麼。

他把她拉過來，傾身親吻她。愛拉對他有股熱情，帶著些許感覺回應著。他的手探觸她的胸，試圖把手伸進她的束腰上衣內。他有魅力，讓人感覺愉快，她放鬆而且傾向願意，卻又希望有時間思考。由於神智不清，她很難抗拒，接著就聽見律動聲響。

「讓我們回去跳舞吧。」她說。

「爲什麼?已經沒剩多少人在跳了。」

「我想跳馬木特伊氏舞。」她說。他勉強同意，她已經有反應了，他不在乎多等一會兒。

他們抵達中央區域，愛拉發現喬達拉還在那裡，正和美黛妮雅跳著舞，握著她的雙手，爲她示範他向夏拉木多伊人學習的舞步。費洛妮雅、蘿莎杜那、索蘭蒂雅和其他幾個人在附近拍著手，吹笛者和敲擊節奏的人因而找到搭檔。

愛拉和達拉帝加入他們一起拍手。喬達拉注意到她時，她從雙手互拍改成馬木特伊氏風格拍擊大腿。美黛妮雅停下來觀看，然後在喬達拉加入愛拉用複雜節奏拍擊大腿時退開了。喬達拉和愛拉迅速靠攏又退開，互相環繞，回頭相望。再度面對面時，兩人對彼此伸出雙手。打從引起喬達拉注意後，愛拉眼中就只有喬達拉。那一刻，他那雙無比澄藍的眼睛望著她。他眼中的渴望、需要、愛意，使她產生強烈的反應。她先前對達拉帝產生的普通熱情和友善，頓時消失無蹤。

每個人都看出兩人的熾烈，蘿莎杜那仔細觀察了一陣子，微微點著頭：大媽顯然揭示了她的旨意。達拉帝聳聳肩，然後對費洛妮雅微笑。美黛妮雅張大眼睛，知道自己目睹了罕見的美麗事物。

愛拉和喬達拉停止跳舞，兩人相互擁抱，全然忘卻周圍的人。索蘭蒂雅開始鼓掌，留下來的人也加入鼓掌。兩人終於聽見掌聲，尷尬地退開，感覺有點難爲情。

「我想還剩下一兩杯飲料，」索蘭蒂雅說：「我們來喝光吧？」

「好主意！」喬達拉說，他親暱地摟著愛拉，如今他不打算讓她離開了。

達拉帝拿起大木碗，倒光特殊飲料，然後望著費洛妮雅。我眞的非常幸運，他心想，她是個美麗女人，而且爲我的火堆地盤帶來兩個孩子。沒必要因爲大媽慶典，他就非得和配偶以外的人榮耀大媽。

喬達拉一口喝完飲料，放下杯子，陡然抱起愛拉，把她帶到兩人的床褥。她感到莫名暈眩，充滿愉悅，彷彿避開了某種不如意的命運。不過她的喜悅絲毫比不上喬達拉。他觀察了她整晚，看到所有男人都想要她，試圖如蘿莎杜那所建議的，給她所有機會，而且確信她最後會選擇別人。

他自己原本也有很多機會可以和其他人離開，可是他沒有在她確定要走之前離開，反而和美黛妮雅在一起。他知道還沒有男人能要她。他喜歡注意美黛妮雅，看到她在自己身邊放鬆，欣賞她蛻變爲女人的初期。儘管他不會怪費洛妮雅和其他人一起離開，她也有過很多機會，卻很高興她仍然待在附近。假如愛拉選擇了別人，他也不願意孤零零留下來。他們談了很多事：索諾倫及他倆同行的旅程、她的孩子，尤其是索諾莉雅、達拉帝，以及她有多在意他。但喬達拉不願意一再提到愛拉。

後來當她終於來找他，他幾乎不敢相信。他小心把她放在他們的床台上望著她，看到她眼中的愛。他忍住淚水，感覺喉嚨疼痛。他做到蘿莎杜那所說的每件事，給她所有機會，甚至設法鼓勵她，她卻來找他，使他納悶大媽是否藉此告訴他，假如愛拉懷孕了，孩子就是出自他的靈？

他把可以挪動的隱私遮簾移位，在她準備起身脫去衣服時，他又輕輕將她推倒。「今晚屬於我，」他說：「全都由我來做。」

她重新躺下來，帶著淺笑點頭，感到興奮期待。他走出遮簾，帶回一根點燃的木棒，點亮一盞小燈，把木棒放在壁龕。光線並不亮，只夠勉強看見。他準備脫掉她的衣服，然後停下來。

「你覺得我們能用這個，找到去熱泉的路嗎？」他指著那盞燈問。

「他們說熱泉會耗竭男人，使陽具軟化。」愛拉說。

「相信我，今晚不會發生那種事。」他咧著嘴說。

「好吧，說不定會很有趣。」她說。

他們穿上毛皮兜帽外套，拿起燈悄悄往外走。蘿莎杜那納悶兩人是不是打算放鬆一下，他又多想一下，然後微笑起來。熱泉從未使他喪失雄風，有時恰好讓他多了點控制力。然而不只蘿莎杜那看見他們離開。

大媽慶典從不排除孩童參與，他們透過觀察成人，學習長大後應該知道的技巧、活動。遊戲時，他們經常仿製果汁，在無法眞正性交時，男孩模仿父親跳到女孩身上，女孩模仿母親假裝生娃娃。等到擁有性能力時，他們會藉由儀式進入成人時期，不僅擁有成人的地位，也承擔成人的責任，儘管他們可能好幾年都不一定要選擇配偶。寶寶自然會在大媽選擇賜福給某個女人的時候誕生，但太年輕的女人很少生孩子。所有寶寶都會受到組成洞穴的延伸家族和摯友們歡迎、支持和照顧。

有記憶以來，美黛妮雅就一直旁觀大媽慶典，而這回有了新的意義。她觀察到幾對男女，那種行爲看起來不像會傷害任何人，和她所受的傷害截然不同，即使有些女人選擇了好幾個男人。她對愛拉與喬達拉特別感興趣，一當兩人離開洞穴，她就穿上毛皮兜帽外套，尾隨而去。

他們找路來到雙層帳篷，進入第二隔間，迎接蒸騰熱氣。他們站在裡面環顧四周，把燈放在高起的土台上。兩人脫下外衣，坐在鋪蓋地面的羊毛氈墊。

喬達拉先脫掉愛拉的靴子，接著脫掉自己的靴子。他充滿愛意地吻了她許久，一邊解開她束腰上衣、內衣的綁繩，從她頭上脫下，接著彎身親吻兩個乳尖。他鬆開並脫去她的毛皮襯裡腿套、類似腰布的內衣，停下來愛撫她覆蓋著柔軟毛髮的陰阜——他們沒有費事穿上毛皮朝外的表層腿套。他脫下自己的腿套、內衣，將她擁入懷中，欣喜兩人肌膚相親的感覺。他在刹那間立刻想要她。

他帶她進入冒著蒸氣的水潭，兩人泡了一會兒，便前往洗滌區。喬達拉從碗裡撈出滿手柔滑的肥皀，抹在愛拉背上和雙臀，暫時避開誘人的溫熱溼潤處。他喜愛細滑肥皀在她肌膚上的觸感。愛拉閉上雙眼，感覺他的手以他知道最能取悅她的方式輕撫她，在他美妙滑順的碰觸中，盡情忘我地享受陣陣酥麻。

他又撈了一把肥皀抹在她腿上，一一抬起她的腳，感覺她因腳底搔癢而輕微抽搐。他把她轉身面對自己，不斷地親吻她，溫柔徐緩地探索她的唇和舌，試探她的反應。他自己的反應增強，陽具似乎自主活動，奮力探向她。

他繼續撈起小撮肥皂，將宜人的滑溜泡沫輕輕從她的腋下抹到豐滿堅挺的胸部。當他碰觸她驚人敏感的乳尖，陣陣的顫抖如閃電般傳遍她全身，直達渴望他的身體深處。他下移到她的腹部、大腿，她期待地呻吟。他用仍沾著肥皂的雙手愛撫她的陰道皺摺，覓得她的快感處輕輕摩擦，然後拿起清洗用的碗，從熱池裝滿水，接連淋了幾碗在她身上，才帶她回到熱水裡。

兩人坐在石椅上彼此緊抱，溫熱的肌膚相貼，沉入水中直到僅剩頭部露出水面。隨後喬達拉牽起愛拉的手，再度帶她離開水中。兩人躺在軟墊上，有段時間他只是凝視潮濕發亮的她等待著他。

出乎她的意料，他首先扳開她的大腿，舌頭沿著她的皺摺游移。他沒嘗到鹹味，她的特殊味道也消失無蹤。這是全新的體驗，品嘗她卻嘗不到她。在發現這份新奇時，他聽到她開始呻吟大叫。雖然十分突然，她知道自己完全準備好了，感覺亢奮到極點，愉悅的抽搐反覆襲來，而他忽然品嘗她。

她朝他伸出手，在他攀到她身上插入時引導他進入。她向上迎，他向下插，兩人帶著深沉的滿足喘息呻吟著。他抽出時，她渴望他重新進入，他感覺她盈滿的溫熱愛撫並徹底含納他的陽具，讓他幾乎瀕臨衝動爆發。他再次抽回，高聲呻吟脫口而出，他知道自己準備好了。她挺身迎合，他準備好衝刺釋放，注入她的深井，混合她自己的溼熱，他叫喊出她的徹底歡愉。

他在她身上休息了一會兒，因爲知道那種時刻她喜歡他壓在身上的重量。他終於翻過身來俯視她，看到她慵懶的笑容，忍不住親吻她。兩人的舌頭輕柔不帶刺激地探索，她又開始感到少許亢奮。他留意到她的反應增強，做出相對的回應。這回他不太急迫地吻著她的嘴，接著一一吻過雙眼，覓得她的耳朵、喉嚨的敏感怕癢處。他往下游移到她的乳尖，從容吸吮、輕咬其中一個，輕撫擠弄另一個，然後相互替換，直到她壓向他。隨著感覺漸增，她的渴望愈來愈多。

他的情欲也在增強，疲軟的陽具再度脹起。她察覺時陡然坐起，彎身將陽具含入口中助長鼓脹。他重新躺下，享受她傳遍全身的感覺。她盡可能地含入，用力吸吮後放開，讓陽具滑回去，找到裡側的堅硬隆起，用舌頭快速摩擦後，拉回少許包皮，舌頭在平滑頂端畫圈，速度愈來愈快。他隨著全身流竄的熱潮呻吟，拉著她，轉爲跨坐在他身上，探身品嘗她溫熱的陰瓣。

兩人幾乎同時感覺到彼此的激情持續高漲，他再度品嘗她之後抽回，讓她轉身跪著引導他進入，又一次感覺她盈滿的深井。隨著每回搖擺、移動、插入、拉回，她反推著感覺每回推拉，然後又達到高潮。他也在接下來的衝刺中，感受到大媽偉大的交歡恩典驚奇湧現。

兩人都癱軟虛脫，出奇愉悅地筋疲力竭，一度感覺到有風卻動也不動，甚至打起盹來。醒來後，他們起身再次沖洗，然後泡在熱水裡。他們走出去時，在入口旁訝異地發現有天鵝絨般柔軟潔淨的乾皮氈，剛好可以用來擦乾身體。

美黛妮雅走回洞穴，體驗到她從來不知道的感覺。喬達拉強烈卻節制的熱情與溫柔愛意，愛拉的熱切回應，毫不保留地願意將自己交給他，徹底信任他，在在都令美黛妮雅動容。他們的經驗完全不像她所承受過的，兩人熱烈的肉體歡愉並不粗暴，不是單由一方滿足另一方的欲望，而是透過給予、分享來取悅和滿足彼此。愛拉說的是眞的，大媽賜予的交歡可以是刺激的感官歡愉、愛的愉悅慶祝。

儘管不太知道該怎麼辦，美黛妮雅在生理上、情感上都受到激發，眼中含著淚。那一刻，她想要喬達拉，希望和他共享她的女人儀式，不過她知道不可能。但她就在那時決定，假如能找到像他那樣的人，她願意在下回夏季大會完成儀式，行初夜交歡禮。

第二天早上，大家似乎還很疲累，沒有人顯得有朝氣。愛拉泡了「次晨茶」，那是她在獅營針對慶典過後的頭痛所研發的飲料。她剩下的藥材只夠泡給儀式火堆地盤的人喝。她仔細檢查每天早上要喝的避孕茶藥材存量，幸好用量不需要很多，應該可以支撐到植物生長的季節。到時候，她就可以採集更多藥材。

美黛妮雅還不到中午就來見訪客，靦腆地對喬達拉微笑，宣告她決定要行初夜交歡禮。

「太好了，美黛妮雅，妳不會後悔的。」這個高挑英俊又無比溫柔的男人說。她抬頭看著他，眼中充滿愛慕，促使他彎腰親吻她的臉頰，以鼻子磨蹭她的頸脖，在她耳邊呼氣，然後直起身子對她微笑。她迷失在他醒目的藍眼睛中，心跳快得幾乎無法呼吸。就在那一刻，她熱烈盼望可以選擇喬達拉做爲行初夜交歡禮的對象。她隨即感到難爲情，怕他知道自己在想什麼，陡然跑出火堆地盤區域。

「眞可惜我們不能住得離蘿莎杜那氏更近一點。」他說，看著她離開。「我想幫助那少女，相信他們也會找到人幫她。」

「對，我相信他們找得到，但願她不會期望太高。喬達拉，我告訴她，有一天可能會找到像你的人，値得她所受的苦。爲了她好，我希望如此。」愛拉說：「不過像你的人不多。」

「所有少女都期望很高，」喬達拉說：「但在經歷第一次之前，全都只是想像。」

「但是她的想像有根據。」

「當然，她們或多或少都知道該期待什麼。她們周遭並不是沒有男人女人。」他說。

「不只那樣，喬達拉。你認爲昨晚是誰留下那些乾毯子給我們？」

「我想是蘿莎杜那，或者可能是索蘭蒂雅。」

「他們比我們還早上床，也要榮耀大媽。我問過了，他們甚至不知道我們去聖水那裡，儘管蘿莎杜那看起來特別高興。」

「如果不是他們，那會是誰……美黛妮雅？」

「我幾乎可以確定是她。」

喬達拉因專注而皺起眉頭：「我們獨自旅行了那麼久……以前我從未眞的說出口，但……我覺得有點……我不知道……我想，我不願意有旁人在時那麼衝動隨性。我以爲昨晚只有我們倆，如果知道她在那裡，我可能不會那麼……放縱。」他說。

愛拉微笑著說：「我知道。」她愈來愈清楚他不喜歡顯露天性中深沉敏感的那一面。她很高興他在言語和行動上對她坦白。「幸好你不知道她在那裡，對我們、對她都好。」

「爲什麼對她好？」

「我想那是說服她完成女人儀式的理由。她周遭經常有男女交歡，使她不以爲意。直到那些男人強迫她之後，她想到的只有痛苦，以及被當作東西使用，而非只是女人的恐懼。這很難解釋，喬達拉，那種事情讓人感覺眞……可怕。」

「我相信那是眞的，但我想不只那樣。」他說：「有過初經卻還沒行初夜交歡禮的女人最脆弱，也最有魅力。也許是因爲還不能碰觸她，每個男人都受她吸引。女人在其他時候可以自由選擇或不選擇任何男人，但那段時期對她很危險。」

「就像拉蒂甚至不該看她的兄弟，」愛拉說：「馬木特解釋過。」

「也許不完全是。」喬達拉說：「在那段時期，少女必須表現矜持，不過那未必容易。尤其她是受大家關注的焦點，每個男人都想要她，特別是年輕男人，讓她很難抗拒。他們繞著她打轉，嘗試各種方式使她屈服。有些女孩會屈服，尤其是那些長時間等待夏季大會的女孩。假如她允許自己未經適當儀式就被打開，她會……得到不好的評價，而且有時大媽會在她成爲女人前賜福給她，讓每個人都知道她被打開了。一般人可能殘酷地譴責她、取笑她。」

「他們爲什麼責備她？他們應該譴責不放過她的男人。」愛拉厭煩這種不公平。

「大家說，如果她不能表現矜持，就缺乏承擔母親及領導者責任的特質。她永遠不會被指派出席母親決議團、姊妹決議團或任何族群最權威的會議。她會因此喪失地位，讓男人不想選擇她作配偶。她並不會失去母親或火堆地盤的地位，她與生俱來的不會被剝奪，但地位高的男人絕不會選擇她，連可能獲得崇高地位的男人都不會。我想美黛妮雅也怕那種情況發生。」喬達拉說。

「難怪薇黛琪雅說她毀了。」愛拉憂心地皺起眉頭：「喬達拉，她的族人會接受蘿莎杜那的淨化儀式嗎？你知道的，她一旦被打開，就永遠無法眞正恢復原本的狀況。」

「我想會的，她不是不矜持，而是被強迫。大家非常氣憤查羅里，藉由這件事來反制他。也許少數人有所保留，但會有很多人願意護衛她。」

愛拉沉默了一會兒：「人很複雜，對吧？有時我懷疑所有事情是不是眞的像表面上那樣。」

「我認爲行得通，拉杜尼。」喬達拉說，「我眞的認爲行得通！讓我再說一次。我們用碗形船載運需要的補給，包括乾草、足夠的燃燒石用來融冰取水，還有設置火堆的幾顆額外石頭，加上鋪在石頭下的厚猛獁象皮，這樣石頭就不會在變熱後沉到冰裡。我們可以用行囊籮筐和背框載運我們兩人的食物，或許還包括沃夫的。」

「那樣的負載太重了。」拉杜尼說：「你們可以節省燃燒石的用量，不必把水煮滾，只要把冰融化到讓馬兒能喝、你們和那隻狼也能喝的程度，不需要很熱，但要確保不冰。你們一定要喝足夠的水，這不能省。只要穿得暖、充分休息、飲水足夠，就能抵禦寒冷。」

「我認爲他們應該先測試看看，確認他們需要的分量。」拉蘿妮雅說。

看到提議者是拉度尼的配偶，愛拉說：「那是個好主意。」

「不過拉度尼說的對，負載會很重。」拉蘿妮雅補充。

「我們必須整理行囊，盡可能再捨棄一些東西。」喬達拉說：「我們需要的不多，只要一越過冰川，就接近達拉納的營地了。」

實際上，他們的東西已經精簡到最起碼的必需品，還能再捨棄多少呢？愛拉在集會結束後心想。她走回就寢處，美黛妮雅與她並肩同行。這個少女不僅逐漸強烈迷戀喬達拉，對愛拉也有點英雄崇拜，讓愛拉不太自在。不過她喜歡美黛妮雅，詢問少女想不想在她整理東西時過來坐坐。

打開行囊、攤開個人物品，愛拉試圖回想這趟旅程中同樣的動作做了多少回。下決定很難，每樣東西對她都有意義。但假如他們要和嘶嘶、快快、沃夫一起越過喬達拉從一開始就擔心的可怕冰川，她必須盡可能捨棄。

她第一個打開的包袱，裝有羅夏麗歐送的那套軟岩羚羊皮製成的美麗服飾，她捧起來在面前抖開。

「哦！眞漂亮！我從來沒見過這種縫紉樣式和剪裁方式。」美黛妮雅忍不住伸手觸摸：「而且這麼柔軟！我從沒摸過這麼柔軟的東西。」

「這是一個夏拉木多伊女人送我的，他們住的地方離這裡很遠，靠近大媽河的盡頭。大媽河在那裡是一條大河，妳無法想像這條河變得多大。夏拉木多伊人包含兩個族群，夏木多伊氏住在陸地上，獵捕岩羚羊。妳知道那種動物嗎？」愛拉問。美黛妮雅搖搖頭。「那是一種山地動物，有點像原羊，但體型比較小。」

「嗯，我知道，我們叫牠別的名字。」美黛妮雅說。

「另一個族群是拉木多伊氏，他們待在河上，獵捕大鱘魚，那種魚很大很大。夏拉木多伊人用了特殊方法加工岩羚羊皮，才讓毛皮這麼柔順。」

愛拉拿起刺繡的束腰上衣，想著她遇到的夏拉木多伊人，那似乎是好久以前的事了。她依然覺得自己原本可以和他們一起生活。如今知道自己不會再見到他們，她不願意捨棄羅夏麗歐的禮物。愛拉專注看著美黛妮雅讚嘆時發亮的眼睛，然後做出決定。

「妳想要嗎，美黛妮雅？」

美黛妮雅猛然收回雙手，好像碰到發燙的東西。「不行！那是妳的禮物。」她說。

「我們必須減輕重量。既然妳這麼喜歡，我想羅夏麗歐會很高興妳能收下。這本來是要當作配對服，但我已經有一套了。」

「妳確定嗎？」美黛妮雅問。

看見她的眼睛閃閃發光，對這麼美麗、奇特的衣服感到難以置信，愛拉說：「對，我確定。如果合適的話，妳可以考慮在配對禮穿。妳就把這套服飾當成記住我的禮物好了。」

「我不需要禮物就能記住妳。」美黛妮雅熱淚盈眶地說：「我永遠不會忘記妳。因爲妳的緣故，我將來也許會行配對禮。如果我有的話，到時候我就會穿它。」她迫不及待想展示給母親看，也在夏季大會展示給所有朋友與年齡相近的人看。

愛拉爲自己的決定感到高興：「妳想看我的配對服嗎？」

「噢，想啊。」美黛妮雅說。

愛拉展開妮姬在她打算和雷奈克配對時，爲她做的束腰上衣。這件土黃色衣服與她的髮色相同，裡面另外包裹了一隻雕刻馬，還有兩個幾乎完全相同的蜂蜜色琥珀。美黛妮雅無法相信愛拉擁有兩套如此奇特美麗又截然不同的配對服。但她不敢再多說什麼，怕愛拉覺得這一套也必須送她。

愛拉仔細端詳衣服，想著到底該怎麼做，最後她搖搖頭。不，她割捨不下，那是她的配對服，她要在和喬達拉配對時穿。從某方面來說，這衣服也帶有一部分的雷奈克。她拿起猛獁象牙刻成的小馬，心不在焉地溫柔撫摸著，這個她也要留下。她想到雷奈克，不知道他現在怎麼樣。沒有人比他更愛她，而她也永遠不會忘記他。她原本可以跟他配對，和他快樂地在一起，要是她沒有那麼愛喬達拉。

美黛妮雅努力壓抑自己的好奇心，終究還是忍不住問了：「那些石頭是什麼？」

「這叫琥珀，是獅營女頭目送我的。」

「那雕像雕的是妳的馬嗎？」

愛拉對她微笑：「沒錯，這雕的是嘶嘶。為我製作的男人有一雙會笑的眼睛，他的膚色和快快的皮毛一樣，連喬達拉都說沒看過比他更優秀的雕刻匠。」

「褐色皮膚的男人？」美黛妮雅懷疑地問。

愛拉苦笑，沒法責怪她的質疑。「對，他是馬木特伊氏人，名叫雷奈克。第一次看到他，我忍不住盯著他瞧，當時恐怕非常失禮呢。據說他母親黑得像……那種燃燒石。她住在大海另一邊的遙遠南方，一個名叫偉麥茲的人與她配對，他們還做了趟長途旅行。她的兒子誕生在他的火堆地盤，她卻在他們回程的路上過世，因此他只帶了男孩回去，讓他的姊姊幫忙撫養男孩長大。」

美黛妮雅興奮得微微顫抖，她原以為南方只有綿延不絕的山。愛拉旅行了那麼遠，知道那麼多，也許將來她也能像愛拉一樣長途旅行，認識為她製作美麗雕刻馬的褐色皮膚男人，認識送她漂亮衣服的人，找到讓她騎在背上的馬、喜愛孩子的狼、像喬達拉一樣會騎馬和她一起長途旅行的男人。美黛妮雅整個人陷入了偉大冒險的白日夢境。

她從沒認識過像愛拉這樣的人，崇拜這個美麗女人過著如此精采刺激的生活，希望自己也能在某方面像她。愛拉說話帶有奇特口音，那只是更添神祕而已。更何況她也在小女孩時遭受男人強迫侵害，不是嗎？愛拉克服了那種經歷，能理解別人的感受。身處在周遭人士充滿了溫暖、愛和理解中，美黛妮雅正要開始從那場意外的恐懼中復原。她想像成熟睿智的自己，告訴遭受這種侵害的年輕女孩自己的經歷，協助她克服恐懼。

作起白日夢的美黛妮雅看著愛拉拿起一個巧妙打結的包袱，卻沒有打開。這個女人清楚知道裡面是什麼，而且無意捨棄。

「那是什麼？」愛拉把包袱放到一旁，女孩問。

愛拉又拿起包袱，她自己也有段時間沒翻看裡面的東西了。她環顧四周，確定喬達拉不在視線範圍內，然後解開繩結。裡面是一件裝飾著白鼬尾巴的純白色束腰上衣。美黛妮雅的眼睛睜得又大又圓。

「那像雪一樣白！我從沒看過那麼白的皮革。」她說。

「製作白皮革是鶴火堆地盤的祕密，我向一個年長女人學習製作方法，而她是跟母親學的。」愛拉解釋：「她沒有對象可以傳承那份知識，所以我請她教我，她很快就同意了。」

「所以那是妳做的？」美黛妮雅問。

「對，爲喬達拉做的，但他不知道。想到我們的配對禮，我打算在我們抵達他家鄉時送給他。」愛拉說。

她舉起皮革時，有個小包跟著掉出來。美黛妮雅看出皮革是男用束腰上衣，除了白鼬尾巴以外沒有任何裝飾，沒有刺繡圖樣或設計，沒有貝殼或珠子，也不需要會分散注意力的其他裝飾。光是這件衣服的簡樸和純白的顏色，就已經夠讓人驚豔了。

愛拉打開較小的包袱，裡面有個刻著面孔的奇怪女人雕像。若不是接連見識過一個又一個的驚奇，這女孩會因爲朵妮從沒有面容而受到驚嚇。可是不知怎地，她覺得愛拉可以擁有這種雕像而無妨。

「喬達拉替我做的。」愛拉說：「他告訴我，他製作雕像是爲了抓住我的靈，爲了在我的女人儀式中，初次教我大媽的交歡恩典。沒有其他人參與那場儀式，但我們也不需要。喬達拉讓那成爲一種儀式，後來他把雕像送給我保管，因爲他說雕像擁有巨大的力量。」

「我相信。」美黛妮雅說。她無意碰觸雕像，卻不懷疑愛拉可以控制雕像具有的力量。

愛拉感覺到美黛妮雅的不自在，把雕像重新包起來，塞入小心折好的白色束腰上衣內，包進縫在一起用來保護的細緻薄兔皮，然後綁上細繩。

另一個包袱裡，有她在被馬木特伊氏收養的儀式中收到的禮物，她要留下來。醫藥袋、打火石、生火用具、縫紉用具、一套替換的內衣、毛氈靴子襯裡、鋪蓋捲、狩獵武器，這些當然都要帶走。她仔細檢查碗和烹煮器具，減少到最精簡。她必須跟喬達拉商量，才能決定該怎麼處置帳篷、繩子和其他配備。

正當她和美黛妮雅要走出去，喬達拉來到居住空間。他和幾個其他人剛扛回褐煤，打算回來整理自己的東西。另外幾個人也跟著進來，包括索蘭蒂雅，以及和沃夫玩在一起的孩子們。

「我真依賴這隻動物，我會懷念牠的。我想你不會捨得留下牠。」索蘭蒂雅說。

愛拉對沃夫比手勢。即使熱愛那些孩子，牠還是立刻站到她腳邊，期待地看著她。「不會，索蘭蒂雅，我辦不到。」

「我想也是，可是我總得問問。妳知道，我也會想念妳的。」她補充。

「我也會想念妳。這趟旅程最困難的部分，就在於告別結交的朋友，而且知道彼此可能不會再見面。」愛拉說。

「拉度尼，」喬達拉說，搬出幾片刻有奇怪記號的猛獁象牙。「獅營男頭目塔魯特刻了這個遙遠東方的地圖，指示了我們旅程的第一階段。我原本想留下來紀念他，雖然不是必需品，我不願意扔掉它。你能幫我保管嗎？說不定將來哪天我也許會為了它回來。」

「好啊，我幫你保管。」拉度尼說，收下象牙地圖仔細檢視：「這看起來很有趣，或許你離開前可以幫我解說。我希望你真的會回來，如果沒有的話，也許我會託付要去你們那裡的人，請他交給你。」

「我還想捨棄一些工具，你要不要保留都可以。我一直不願放棄常用的錘石，但我確信一抵達蘭薩朵妮，就能找到替代品，達拉納手邊總是有上等的補給品。我也會捨棄骨錘和幾片刀刃，不過我會保留手斧和長柄斧，用它們來砍鑿冰塊。」

他們走到就寢處，喬達拉問：「妳帶了什麼，愛拉？」

「床台上的這些都要帶。」

喬達拉看到那個神祕包袱也在其中：「那裡面的東西一定非常珍貴。」

「我會帶走。」她說。

美黛妮雅暗自微笑，她欣喜自己知道祕密，感覺很特別。

「這些是獅營的禮物。」她說著打開包袱給他看。他發現偉麥茲送的漂亮槍尖，拿起來給拉度尼看。

「你看這個！」他說。

這個大槍刃長過他的手，寬如他的手掌，厚度比小指末端還薄，邊緣逐漸尖銳，而且極爲鋒利。

「這槍刃兩面都經過處理。」拉度尼翻轉槍尖：「不過要怎麼樣才能讓槍刃這麼薄？我以爲只有製造簡單長柄斧之類的粗製技術，才會處理石頭的兩面。可是這個槍尖一點都不粗糙，和我見過的工藝品一樣精緻。」

「偉麥茲做的，」喬達拉說：「我說過他很棒。他在處理前先加熱燧石，改變了石頭質地，讓它更容易分離出薄片，才讓槍尖這麼薄。我等不及要把這個拿給達拉納看了。」

「他一定會很賞識。」拉度尼說。

喬達拉把槍尖還給愛拉，她又重新小心包好。「我想我們只帶一個防風的帳篷就好了。」他說著。

「鋪地布呢？」愛拉問。

「我們帶的石頭很重，我不想帶不需要的東西。」

「冰川很冰，到時候我們會很慶幸有鋪地布。」

「說的也是。」他說。

「這些繩子呢？」

「妳眞的認爲我們需要嗎？」

「我建議你們帶著。」拉度尼說：「繩子在冰川上可能很實用。」

「既然你這麼說，我決定採納你的建議。」喬達拉說。

他們前一晚已經打包得差不多，今晚要向他們所關心的對象一一道別。薇黛琪雅特意來找愛拉說話。

「我要謝謝妳，愛拉。」

「不用謝我，我們需要感謝這裡每一個人。」

「我是爲妳替美黛妮雅所做的謝謝妳。老實說，我不確定妳對她說了什麼或做了什麼，我只知道妳讓她改變了。在妳來之前，她躲在陰暗角落，希望自己死去。她甚至不跟我說話，完全不想成爲女人，我以爲一切都完了。可是現在，她幾乎就像原來一樣，期待她的初夜交歡禮。我只希望夏天之前，別再發生任何事情讓她改變心意。」

「我想她會沒事的，只要每個人持續支持她。」愛拉說：「那樣的幫助最大，妳知道的。」

「我還是想看到查羅里受到懲罰。」薇黛琪雅說。

「我認爲每個人都想。既然所有人都同意追捕他，我想他終究會受到懲罰。美黛妮雅會受到眾人的維護，而且也會行初夜交歡禮而成爲女人。妳一定會有孫子女的，薇黛琪雅。」

第二天早上他們早起完成最後的打包，然後回洞穴與蘿莎杜那氏共進臨別早餐。每個人都到場告別。蘿莎杜那讓愛拉多記了幾段傳說，在與她擁別時顯得有些激動，他很快又去和喬達拉交談。索蘭蒂雅覺得自己的感覺理所當然，她告訴他們自己有多遺憾他們離開。連沃夫和那些孩子似乎都知道彼此不會再相見，牠舔舔寶寶的臉，第一次看見米迦利哭了。

他們走出洞穴，美黛妮雅卻讓他們大吃一驚。她穿上愛拉送的美麗華服，緊抓著愛拉，強忍住淚水。喬達拉告訴她那樣穿很美，他眞的這麼覺得。那套衣服賦予她特別美麗而成熟的風采，預示了她將來眞正成爲女人時的模樣。

兩人騎上正在休息而渴望出發的馬兒，回頭望著圍繞洞口站的人，美黛妮雅在當中格外醒目。她依然稚嫩，在他們揮手時淚流滿面。

「我永遠不會忘記你們。」她大喊後跑進洞穴。

他們往回騎向大媽河，愛拉覺得自己永遠忘不了美黛妮雅和她的族人。喬達拉也對分離感到遺憾，但把心思放在他們終將面對的困難，知道旅程中最嚴峻的部分還在前方。

第三十九章

喬達拉和愛拉往北走回多腦河，也就是引導他們走過漫長旅途的大媽河。抵達之後，他們再度轉往西行，持續沿著溪流走回源頭。這時大水道已經改變，不再蜿蜒澎湃地流過平原，而是挾帶無數支流及大量淤泥，分岔出河道，形成牛軛湖。

靠近源頭的大媽河更加純淨有活力，是一條比較窄淺的溪流，湧過寬闊岩床，迅速流下陡峭山坡。旅行者沿著湍急河流朝西前進，持續往上攀高。前方崎嶇高地的廣闊高原，覆蓋著不會融化的厚冰層，距離無從迴避的兩人愈來愈近。

冰川的外形與陸地的輪廓相似。山頂冰層嶙峋險峻，平地冰層延伸如薄煎餅，厚度幾乎一致，中央略高起，留下的礫石淺灘，以及鑿出的窪地將來會變成湖泊池塘。廣闊的大陸冰川近乎平坦的表面，和他們周圍的山一樣高。位在最前緣的極南端圓突處，與山地冰川北端的緯度相差不到五度，再這兩者之間是地表最寒冷的陸地。

不像山地冰川從山坡緩緩向下蔓延，這片圓得幾乎平坦的高地上的不融冰層，位在他們西方。而讓喬達拉十分擔心的高原冰川，是廣布大陸北方平原宏偉厚冰層的縮影。

愛拉和喬達拉繼續沿著河流攀高。爲了減輕馬兒的負擔，他們多半牽著馬步行。愛拉特別關注嘶嘶，因爲嘶嘶拖了大部分的燃燒石。兩人希望那些石頭能支撐一同旅行的馬兒，越過牠們絕不會自己嘗試的冰層表面。

除了嘶嘶拖著東西，兩匹馬也都馱了沉重包袱，只不過母馬背上的負載比較輕，所以讓牠拖著拖橇。快快的負載高高疊起，有點笨重，不過連這對男女的背包也塞得鼓鼓脹脹。唯有狼沒有額外負荷，愛拉開始注意牠無拘無束的行動，認爲牠或許可以分攤一些。

「費了這麼大勁搬石頭。」某天早上愛拉背起背包時說道：「有些人可能認爲我們很古怪，拖著這麼重的石頭，辛苦爬上這一座又一座的山。」

「更多人覺得我們和兩匹馬、一隻狼一起旅行很古怪，」喬達拉反駁：「假如我們要帶牠們越過那片冰，就必須帶這些石頭上去，而且還有一件事值得高興。」

「什麼事？」

「一旦我們到達另一邊時，就會覺得很輕鬆。」

河流上游橫過南方山系的北部前沿。這片山地實在太過龐大，旅行者搞不清楚它到底有多廣闊。蘿莎杜那氏居住的地區河流南岸，是斷層塊狀石灰岩山地，廣布著相對平坦的高原。儘管長期受風和水侵蝕，這片高地仍然高聳得足以經年承載閃閃發光的冰冠。河流和山地之間的砂岩複理層，原本覆蓋著休眠植物，如今又鋪上少量冬雪，模糊了不融冰層的下緣。唯有閃爍的冰川藍揭露了它的本質。

更南方位於中央地帶的高突峭壁，在太陽下隱約可見，如同條紋大理岩的巨大碎片，幾乎成爲大片抬升地表中的獨立山脊，高高聳立在附近的高地之上。兩名旅人繼續攀上複雜山系地勢更高的西部山脈。中部的山一路默默伴隨，遠高於一切的兩座鋸齒狀頂峰盤旋、俯視著。

河對面的北方，古老結晶岩斷層陡峭聳立，起伏的表面偶爾有岩石峭壁兀立，之間覆蓋著大片高起的草地。往西邊望過去，更高聳的圓丘有些頂端原本就戴著小冰冠，綿延過結成一片冰的河面，連結到南部山脈層層疊疊的山脊，那是較晚形成的冰層。

隨著兩人接近大陸最寒冷的地帶，也就是山地冰川最北端，以及橫跨大陸的廣袤冰層最南端之間的區域。乾燥細雪更少飄落，連東部平原多風的黃土大草原，也不及這裡嚴寒，唯有近海因爲受西部海洋調節，才免於成爲荒涼冰原。

少了海洋的暖空氣阻絕冰層入侵，他們計畫越過的高原冰川會持續擴張到無法橫越。海的影響力巨大，不僅讓西部大草原與苔原得以通行，也讓冰川遠離齊蘭朵妮的土地，使得那裡不像其他同緯度的地區一樣，覆蓋厚冰層。

喬達拉和愛拉輕易回歸到往常的旅行，儘管愛拉覺得兩人好像一直在旅行，心裡渴望盡快抵達終點。兩人沉重緩慢地走過單調冬景，她腦海中閃現獅營土屋那個寧靜冬天的記憶，一一細數著愉快的瑣事，而忘卻她以爲喬達拉不再愛她的那段悲苦日子。

他們的水完全靠融化得來，而且通常是河上的結冰，而不是降雪。這片蕭瑟荒涼的土地降雪量太過稀少，愛拉判定這種凍寒仍然是有好處。匯入大媽河的支流比較小，而且結冰堅固，容易越過。儘管如此，他們還是必須迅速越過右岸的開口，因爲疾風陣陣呼嘯，穿過了河流與溪流的山谷，匯集來自南部山地高壓區的凜冽空氣，把風寒灌入本來就已經夠冰冷的空氣。

愛拉連穿著厚毛皮都冷得瑟瑟發抖。兩人終於越過寬闊河谷，受到近處較高的地勢屛障保護，她才終於鬆了一口氣：「眞希望能暖和一點。」

喬達拉神情恐慌：「千萬不要期待暖和，愛拉！」

「爲什麼？」

「我們必須在氣候轉變前越過冰川。暖風代表融雪的焚風來了，會融化冬季冰凍的河面，到時我們就必須繞到北方，通過扁頭地界，花費更久時間。而且查羅里對他們造成那麼多困擾，我不認爲他們會歡迎我們。」喬達拉說。

她理解地點點頭，望著河流北岸。仔細觀察了一段距離，愛拉說：「他們那一岸比較得天獨厚。」

「怎麼說？」

「連從這裡都能看到對岸有青草茂盛的平原，想必會引來更多獵物。這一岸大多是矮松樹，代表砂質土壤、青草稀疏，只有少數地區例外。這邊一定是因爲更靠近冰層，所以更冷、更貧瘠。」她解釋。

「妳說的沒錯。」喬達拉認爲她觀察敏銳，評斷正確：「我不知道這裡夏天是什麼樣子，我只在冬天來過。」

愛拉的判斷相當精準。大河山谷北岸平原的土壤，主要是石灰岩床上的黃土，比南岸肥沃。南方的山地冰川較密集，不僅冬天更嚴寒，夏天也較涼爽，溫暖的程度也足夠融化冬天的積雪和結冰的地面，大致回復前一年夏天的雪線。大部分冰川都再度緩緩蔓延，可見整個大環境恐怕已經從略微回暖期，回復到更寒冷。經過最後一次擴張，冰川才開始長期融化，最後只剩下極地還留有冰層。

愛拉經常要嘗過細枝尖端、苞芽或少許內層樹皮，才能確定休眠樹木的品種。她知道聳立著赤楊的河邊，以及支流低谷沿岸，到了夏天是泥炭沼澤林；柳樹與白楊混雜生長處最潮濕；偶然有木質灌木的梣木、榆木、鵝耳櫪，象徵較乾燥的土地；罕見的矮橡樹在更隱蔽的區域掙扎求生，公開暗示大片橡樹林有一天會占據更溫暖的土地；隆起荒地的砂質土壤讓樹林完全絕跡，只供養了石南花、金雀花、稀疏的禾草、苔蘚。

即使氣候嚴峻，某些鳥類和動物仍然生生不息。大草原和山地充滿適應寒冷的動物，讓他們打起獵來顯得很容易。兩人很少使用蘿莎杜那氏提供的補給品，他們也希望留到橫越冰川，因爲抵達了那片結凍荒地，他們必須完全仰賴辛苦攜帶的資源。

愛拉看見一隻稀有的小雪鴞，連忙指給喬達拉看。他變得擅長尋找柳雷鳥，這種鳥嘗起來就像他愈來愈愛的白毛松雞，特別是以愛拉的方式烹煮。混雜的毛色使牠容易藏身在沒有完全被雪覆蓋的環境裡。喬達拉隱約想起上回經過時，雪似乎比現在多。

這個區域同時受到東邊陸地與西邊海洋的影響，原本很少相鄰的植物與動物，在這裡都罕見地混雜在一起。毛茸茸的小生物就是愛拉注意到的例子，不過結冰季節很少看到老鼠、睡鼠、野鼠、地松鼠、倉鼠，只有當她破巢搜尋牠們儲藏的蔬食，才會發現這些動物。愛拉有時也會幫沃夫抓捕牠們，尤其在她爲兩人找到大倉鼠的時候。這些小動物其實是貂、狐狸、小野貓賴以維生的食物。

他們經常在高原和河谷看到長毛猛獁象，通常是一群有親緣關係的母象，偶爾也有公象隨行陪伴。不過公象群在寒冷季節通常聚集在一起。而犀牛總是獨來獨往，只有母犀牛會帶著一兩隻年幼的小犀牛。在暖和的季節裡，野牛、原牛，以及從龐大的巨角鹿到害羞的小獐鹿等各種鹿，數量眾多。到了冬天，只有馴鹿留下來。相反地，歐洲盤羊、岩羚羊、原羊則從夏季棲息的高處往下遷徙，喬達拉從沒看過這麼多麝牛。

麝牛數量在這一年似乎達到循環的高峰，牛群數量可能第二年就會銳減到最少。愛拉與喬達拉再次見識到標槍投擲器的價值。受到威脅的麝牛，特別是好戰的公牛，會朝外壓低頭角，緊密排成一圈，保護小牛和某些母牛。這種行爲能夠有效對抗大多數掠食者，卻抵擋不了標槍投擲器。

不必靠近到讓自己身陷被撞的危險，愛拉和喬達拉可以在安全距離外，瞄準這些站定的動物，幾乎有點太容易了。不過他們必須用力精準投擲，確保標槍刺穿濃密的底層皮毛。

由於有幾種不同動物可供選擇，他們不常欠缺食物，而且經常遺留次等的肉給其他食肉動物及食腐動物。這麼做是出於需要，而非浪費。他們所吃的高蛋白質瘦肉往往無法滿足他們，即使已經吃飽，他們還是需要內層樹皮和樹木的針葉、細枝尖端泡成的茶，來提供有限的紓解。

雜食的人類可以靠多種食物維生，蛋白質是不可或缺的，但只有蛋白質卻不夠。當然，也有人因爲完全沒有吃蔬食或脂肪而死於蛋白質匱乏。在冬末旅行，可以食用的植物少得可憐，他們需要脂肪維生。問題是，他們獵捕的動物到了這麼晚的時節已經消耗掉自身儲藏的大多數脂肪。兩名旅行者揀選最富含脂肪的肉和內臟，拋下瘦肉，或留給沃夫吃，而牠可以沿途自己從樹林和平原補充足夠的營養。

還有一種動物也棲息在這個區域。兩人都會注意到，但都不願意獵馬。粗糙乾草、苔蘚，甚至是小細枝和薄樹皮還足夠他們的旅伴吃。

愛拉和喬達拉往西邊前進，沿著河道稍微轉往南方，河對岸的斷層塊伴隨著他們。當河流略轉向西南方，喬達拉知道他們愈來愈接近了。古老北部高地和南部山脈之間的窪地，往上傾斜，朝向崎嶇峭壁中出現的荒野。過了三條溪流交會形成的大媽河起點，他們渡河沿著位在中間的中母河左岸前進。喬達拉聽說這條河被認爲是眞正的大媽河，儘管這三條河都可能是。

抵達大河的源頭，並不是愛拉原本想像的那種深刻體驗。大媽河沒有明確的發源地，不像盡頭是巨大的內陸海。不僅缺乏明顯源頭，連被認爲是扁頭地界的北部邊界也模糊不清。喬達拉對於置身的區域倒是有一股熟悉感，認爲他們接近實際冰川的邊緣，只不過在雪地已經行進一段時間，覺得很難判定。

儘管才下午，兩人決定開始尋找紮營地點。他們橫過陸地抵達上游支流的右岸，有一條相當大的溪流從北邊匯入。他們打算在前方溪谷的另一邊落腳。

愛拉看到河邊露出一片礫石沙洲，停下來挑選幾顆適合用在拋石索的平滑圓石，想著傍晚或第二天早上可以獵雷鳥或白野兔。

與蘿莎杜那氏短暫相處的記憶逐漸淡去，取而代之的是對前方冰川的擔憂，尤其是喬達拉。負重徒步行進的速度，比他預期的緩慢，他擔心漫長冬季太快結束。春季究竟什麼時候會來，總是難以預測，他只希望今年春天晚一點到。

兩人卸下馬兒的負載，開始搭設帳篷。由於時間還早，他們決定找尋新鮮肉類。兩人進入林木稀疏處，驚訝地發現了鹿腳印。喬達拉感到憂心，希望鹿的重返不是預告春天即將到來。愛拉示意沃夫放慢速度，他們繼續穿過那列樹木，喬達拉走在前面，愛拉緊跟著他，沃夫則尾隨她的腳跟。她不希望牠匆匆嚇跑獵物。

他們沿著足跡穿過開闊樹林，走向遮蔽前方視線的高突露頭。愛拉看見喬達拉的肩膀鬆弛地垂下來，追蹤時的緊繃已經緩和。她在鹿腳印大幅跨開躍離時，明白了原因。顯然有什麼嚇跑了牠。

沃夫發出低吼，讓兩人同時屏氣凝神。牠覺察到什麼，而他們重視牠的警告。愛拉確信自己聽到擋住路的大岩石另一邊傳來扭打聲響，與喬達拉彼此對望，他也聽見了。兩人緩緩往前繞過露頭，隨即傳出叫喊，幾乎同時伴隨痛苦尖叫的重重落地聲。

那尖叫聲有種特質，使愛拉背脊發涼，又因爲認出而起了寒顫。「喬達拉！有人遇到麻煩！」她說著，迅速繞過石頭。

「等一下，愛拉！可能有危險！」他的叫喊警告太遲了，只得緊握標槍連忙追上去。

露頭附近有幾個年輕人，和一個在地上企圖擊退他們卻沒什麼勝算的人纏鬥。其他人粗鄙數落著跪趴在女人上方的男人，他下面的女人被另外兩個人壓倒。

「快點，戴納西！你還需要多少人幫你忙？這個人已經在掙扎了。」

「也許他需要人幫忙找。」

「他只是不知道該怎麼做。」

「那就把機會給其他人啊。」

愛拉瞥見金色頭髮，嫌惡惱怒地領悟他們壓倒一個女人，而她知道他們想做什麼。她跑向他們，突然有了另一個直覺，可能是手腳的輪廓或聲音，她陡然明白那是穴熊族女人，金髮的穴熊族女人！她目瞪口呆，不過很快便恢復鎮定。

沃夫急切低吼，也自制地觀看愛拉。

「一定是查羅里那幫人！」喬達拉追到她身後說著。

他丟下狩獵背包和標槍套，跨出幾個大步，來到調戲女人的三個男人身旁。他抓住趴在女人身上那個男人頸背的毛皮外套背面，把他拉離那個女人，然後站在附近，握緊拳頭猛擊男人的臉。男人倒在地上，另外兩人震驚得說不出話來，放開女人轉而攻擊陌生人。一人跳到他背上，另一人用拳猛擊他的臉和胸膛。高大男人甩開背上那個人，狠狠打了對方肩膀一拳，再猛力還擊另一位在他面前男人的腹部。

兩個男人去追打喬達拉，女人翻身退後逃離，跑向另一群纏鬥的男人。喬達拉趁著其中一人痛得彎下腰時，連忙轉向另一人。愛拉看見第一個男人掙扎著要站起來。

「沃夫！去幫喬達拉！抓住那些男人！」她喊著，同時對那隻動物比出手勢。

大狼急忙加入混戰，愛拉放下背包，解下纏在頭部的拋石索，伸手從囊袋拿石子。三個男人其中一人再度倒下，她看著另一人眼神恐懼地舉起手臂，擋開迎面而來的大狼。牠用後腳蹬躍，牙齒陷入厚冬衣，撕扯袖子。這時，喬達拉用力打了第三個人下顎一拳。

愛拉在拋石索凹處放好石子，把注意力轉移到另一群纏鬥的男人。一人雙手舉起粗骨棒，準備往下砸，她迅速擲出石子，持棒男人隨即跌落在地。另一人手握標槍脅迫在地上的人，一臉疑惑地看著朋友跌倒。他甩甩頭，沒看見第二顆石子射來，被擊中時痛得大叫，緊抓著受傷的手臂，標槍也掉落地面。

六個男人與在地上的人纏鬥，陷入了苦戰。她用拋石索擊倒兩人，之前受襲擊的女人用拳頭連續攻擊第三人，充分發揮效果，那個男人揚起雙臂抵擋。另一人太靠近他們企圖制服的男人，慌亂中也被一記重拳擊中，整個人往後搖晃。愛拉又準備好兩顆石子，一顆瞄準不致命的結實大腿，先讓地上的男人脫困。那個如愛拉所猜測是穴熊族的男人雖然坐著，卻抓起最靠近他的男人，把對方抬離地面，扔向另一個男人。

穴熊族女人持續狂亂攻擊，終於趕走與她纏鬥的男人。雖然不習慣打鬥，穴熊族的女人和男族人一樣強壯，體型也不輸男人。她先前選擇不抗拒那些想利用她發洩需求的男人。但此刻，這個女人爲了保衛受傷的配偶，拚了命似地跟那幫人搏鬥。

那群年輕人已經沒本事繼續打鬥下去了。一人失去意識躺在穴熊族男人腳邊，頭部傷口腫起來，呈現瘀傷，流出的血造成他骯髒的金髮糾結。另一人搓揉疼痛的手臂，怒視著握好拋石索的女人。其他人都挨打受傷，有一人閉起一隻腫脹的眼睛。追逐女人的那三個男人衣著破爛地蹲縮在地上，畏懼那隻露齒厲聲咆哮、站著監視他們的狼。

喬達拉也遭受痛擊，他不以爲意地走過來，確認愛拉沒有受傷，然後細看地上的男人，突然意識到對方是穴熊族。他在兩人初抵現場時就知道這一點，可是一直到此刻才留下深刻印象。喬達拉納悶那個男人爲什麼還不起身，順手幫他拉開腳邊失去意識的男人，把他翻過身來——他還在呼吸。這時他才明白穴熊族男人爲什麼沒起身。

理由很明顯，他膝蓋上方的右大腿彎曲成不自然的角度。喬達拉敬畏地看著那男人。他斷了一條腿，居然還能抵擋六個男人！他知道扁頭強壯，可是不了解他們到底有多壯，或者意志力有多堅強。那男人必然極度疼痛，仍然硬撐著，沒有顯露出來。

忽然間，另一個完全沒參與打鬥的男人大搖大擺現身，他環視被毆的眾人，挑起一邊的眉毛。那些年輕男人在他的鄙夷下，不自在地扭動身體，不知怎麼解釋眼前發生的事情。前一刻他們還在毆打、戲弄不幸遇上他們的兩個扁頭，下一刻他們就受制於猛力投擲石子的女人、拳頭硬得跟石頭一樣的高大男人，以及他們所見過最大的狼！更別提還有那兩個扁頭。

「發生什麼事？」他問。

「你的手下終於嘗到一點報應。」愛拉說：「下回就輪到你了。」

這個陌生女人怎麼知道這些人是他的手下，還有他們的事情？她說著他的語言，卻帶有奇特口音，讓他猜不透她究竟是誰。穴熊族女人把頭轉向發出聲音的愛拉，仔細端詳她。頭部有腫塊的男人醒了，愛拉過去查看他傷勢有多嚴重。

「離他遠一點。」那個男人說。她在他聲音裡察覺他只是虛張聲勢。

愛拉停下來公然打量男人，領悟他是基於整幫人的利益而反對，並不是特別關心傷者。

她繼續檢查：「他頭痛個幾天就沒事了。如果我眞想傷害他，手下不留情，他是會死的，查羅里。」

「妳怎麼知道我的名字？」年輕男人脫口而出，試圖掩飾他的害怕。這個陌生女人怎麼知道他是誰？

愛拉聳聳肩：「我們不只知道你的名字。」

她瞥著那對穴熊族男女。對在場的大多數人來說，他們似乎面無表情，但愛拉可以從表情、姿勢的細微變化，看出兩人震驚不安。他們小心觀察這些異族人，設法理解整件事情古怪離奇的轉折。

穴熊族男人判斷，他們暫時不會再遭受攻擊或威脅，但那個高大男人爲什麼幫助他們……或者看起來在幫助他們。爲什麼異族男人會與同族男人打鬥來幫助他們？還有那個女人？假如她是女人的話。她使用他了解的武器，用得比大多數他認識的男人都好。什麼樣的女人會使用武器對抗同族的男人？

更令人不安的是那隻狼。那隻動物似乎在威脅那些男人，而他們傷害他的女人……他所擁有的新女人。那個高挑男人可能具有狼的圖騰，而圖騰是靈，然而那隻狼卻是眞狼。他能做的只有等待，忍住體內的痛楚，等待著。

愛拉看到穴熊族男人瞥著沃夫，決定一併解決所有的震撼。她吹出類似鳥叫的獨特急切哨音，而且是沒有人聽過的鳥叫。每個人都擔憂地盯著她瞧，發現其實沒什麼事發生，眾人開始鬆懈下來。很快的，他們就聽見馬蹄聲，兩匹溫馴的馬出現了，一匹母馬和一匹不尋常的棕色種馬，直奔向女人身邊。

怎麼會有這種怪事？難不成他已經死去，置身靈界了嗎？穴熊族男人納悶著。

兩匹馬對那群年輕男人造成的驚嚇，更甚於兩個穴熊族人。雖然用嘲諷和虛張聲勢來掩藏，激發彼此做出愈來愈大膽的可恥行爲，他們內心深處卻緊緊糾結著自責和恐懼。每個人都確信自己有一天會被發現，並付出代價。其中有些人眞心期待那一天到來，在情況更惡化之前終結一切，假如沒有太遲。

戴納西因爲無法壓制穴熊族女人而被嘲笑，他和自己信賴的幾個人談過。女扁頭是一回事，但那個哭泣反抗的女孩甚至還沒成爲女人。就算當下令人興奮——那個時期的女性總是令人興奮，事後他卻感到羞愧，害怕杜那的懲罰。她會對他們怎麼樣？

現在，這裡突然冒出這個陌生女人，帶著高大的金髮男人——大媽的戀人不就應該比其他男人更高大俊美嗎？另外，還有一隻狼！而且兩匹馬聽她的召喚，奔上前來。從沒有人見過她，可是她知道他們是誰。她說話的方式很奇特，一定來自遙遠的地方，何況她也知道他們的語言。他們說過他們來自何方嗎？她是杜那嗎？化成人形的大媽幽靈？戴納西發起抖來。

「你們想要我們怎麼樣？」查羅里說：「我們沒有打擾你們，只是稍微作弄幾個扁頭，稍微戲弄幾隻動物，有什麼不對呢？」

喬達拉看著愛拉努力壓抑自己。「那麼美黛妮雅呢？」他問：「她也是動物嗎？」

他們居然知道！這群年輕男人面面相覷，向查羅里尋求指示。這男人的口音和她不同，他是齊蘭朵妮氏人。假如齊蘭朵妮氏知道了，必要時他們就不能依計畫，假裝在長途旅行而躲到那裡去。還有誰知道？他們有地方去嗎？

「這些人不是動物。」愛拉說，冰冷的憤怒讓喬達拉多看了她一眼。他從沒見過她這麼生氣，但她如此自制，他不確定那些男人明不明白。「假如他們是動物，你們會想強迫他們嗎？你們會強迫狼嗎？會強迫馬嗎？不會，你們尋找女人，而沒有女人要你們。這些是你們唯一找得到的女人。然而這些人不是動物，」她看了一眼那對穴熊族男女，回頭繼續對那幫人厲聲斥責：「你們才是動物！是鬣狗！嗅聞糞堆和你們自身邪惡的腐臭氣味，傷害人，強迫女人，偷走不屬於你們的東西。我告訴你們，要是你們現在不回去，你們就會失去一切。沒有家人、沒有洞穴、沒有族人，你們的火堆地盤也不會有女人。你們一輩子都會像鬣狗一樣，永遠在撿別人吃剩的殘渣！永遠必須偷你們自己族人的東西！」

「他們也知道那件事。」其中一個男人說。

「閉嘴！」查羅里說：「他們什麼都不知道，只是胡亂猜測。」

「我們知道。」喬達拉說：「每個人都知道。」他無法熟練使用他們的語言，卻還是能讓人充分理解。

「那是你說的，我們根本不認識你。」查羅里說：「你是陌生人，甚至不是蘿莎杜那氏人。我們不會回去，我們不需要任何人，我們有自己的洞穴。」

「所以你們才需要偷食物、強迫女人嗎？」愛拉說：「沒有女人在你們的火堆地盤，那就不算洞穴。」

查羅里設法裝出輕鬆的語調：「我們不需要聽這些。我們在想要的時候，奪取我們想要的食物和女人，從前沒有人阻止我們，現在也不會有。走吧，我們離開這裡。」他說著轉身離開。

「查羅里！」喬達拉在年輕男人身後叫喚，跨了幾大步追上去。

「怎麼樣？」

「我有東西要給你。」高大男人說。

喬達拉不預警地握拳，痛擊查羅里的臉。他的頭猛然往後仰，那驚人的一拳使他雙腳騰空飛起。

「這是為美黛妮雅打的！」喬達拉說，俯視癱在地上的男人，隨即轉身走開。

愛拉看見那個頭暈的年輕男人嘴角流血，不打算提供協助。他的兩個朋友把他扶起來，她於是轉而注意這幫年輕男人。他們看起來很糟，骯髒邋遢，衣服破爛，憔悴的臉還透露出飢餓，難怪要偷食物。

他們需要洞穴的親友協助，也許已經對查羅里黨羽任意遊盪的不羈生活失去興趣，他們準備回去了。

「他們在找你們。」她說：「所有人都認爲你們太過分了，連身爲查羅里親戚的托馬西也一樣。如果你們回到自己的洞穴，承擔一切後果，也許還有機會和家人團聚。要是等到他們找來，你們的下場會更慘。」

大媽是因此而來到這裡？在一切太遲之前來警告他們？戴納西納悶著。假如他們在被找到前回去，設法改過自新，他們的洞穴會重新接納他們嗎？

查羅里那幫人離開後，愛拉走近那對穴熊族男女。他們訝異愛拉直接對抗那些男人，以及喬達拉最後打倒另一個男人。穴熊族男人從來不打同族男人，但異族男人很奇怪，他們看來有點像男人，行爲卻不太像，尤其是那個被打倒的男人。部落的人都知道那個男人，他得承認自己很高興見到那個男人被打倒，更高興他們全部離開了。

他但願另外兩人也離開，因爲他們的行爲太出乎意料，讓他感覺不安。他只想回自己的部落，雖然不知道腿斷了該怎麼回去。愛拉接下來的動作讓那對男女嚇了一跳，連喬達拉都看得出兩人震驚困惑。她優雅地盤腿坐在穴熊族男人面前，低頭端莊地望著地面。

喬達拉自己也吃了一驚。她偶爾會對他擺出那種姿勢，通常是她有重要事情要告訴他，而且不知道怎麼用言語表達而感到挫折的時候。這是他第一次看到她正確地使用那個姿勢。那是尊敬的姿勢，她請求他許可發言。看到極爲能幹、獨立的愛拉如此順服地接觸這個扁頭、這個穴熊族男人，喬達拉十分錯愕。她曾經試圖對他解釋那是禮儀和傳統，是他們的說話方式，不必然是貶損自己。但喬達拉知道齊蘭朵妮氏女人或他認識的其他女人，都不會用那種方式接觸任何人，不論男女。

愛拉坐著，耐心等待那男人拍她的肩膀。實際上，她根本不確定這些穴熊族人使用的手語是不是和養大她的部落一樣，畢竟兩地相隔遙遠，這些人的長相也不同。她注意到口說的語言基本上都會有相似處。儘管住得愈遠，使用的語言愈不同，她也只能寄望這些人使用相似的手語。

如同穴熊族大部分的知識和行爲模式，她認爲他們的手語來自記憶——每個孩子與生俱來近乎直覺的族群記憶。假如這些穴熊族人源於她所知道的那個遠古初始，他們的語言至少會類似。

她不安地等待，開始懷疑這個男人知不知道她想做什麼，接著她感覺到有人輕拍她的肩膀，深吸了一口氣。她很久沒和穴熊族人說話，自從被詛咒之後就沒有了……她必須忘記那件事，不能讓這些穴熊族人知道自己被咒死，否則他們就不會再看她，當作她不存在。她抬頭望著男人，彼此仔細端詳。

他完全看不出她有穴熊族的影子。她是異族女人，不像這陣子頻繁誕生的那些混合靈造成的畸形模樣。到底這個異族女人在哪裡學會和男人說話的正確方式？

愛拉已經很多年沒看過穴熊族人的臉。眼前這個男人確實有一張穴熊族的面容，只是不太像她認識的族人。他的頭髮、鬍子呈淡褐色，看起來柔軟，沒那麼捲曲。他的眼睛也是淡褐色，不像她族人的眼睛深邃明澈，近乎黑色。他的輪廓比較深而且明顯：眉脊更粗、鼻子更挺、面部更凸出、額頭甚至看起來更突兀地向後傾斜、頭部更長。他看起來好像比她部落的人更像穴熊族。

愛拉開使用布倫的部落使用的手勢和語言說話，發現他不明白這種她自幼學習的穴熊族語言。接著，男人發出幾個帶有穴熊族語調及聲調的音，相當沙啞且母音含糊不清，她極力想弄懂。

這個男人腿斷了，她想幫助他，也想更認識這些穴熊族人。就某方面來說，她覺得和穴熊族相處，比和異族相處自在。但要幫助他，就必須和他溝通，讓他了解。他再度開口並比畫手勢，那些手勢看起來似曾相識，可是她仍然無法理解其中的含意，也完全不熟悉他發出來的語音。她部落的語言眞的這麼怪異，讓她無法和這一帶的穴熊族溝通？

第四十章

愛拉思索如何讓這個穴熊族男人了解自己，瞥見坐在一旁看來緊張不安的年輕女人，隨即想起各部落大會。她試著使用那種靜默的古老正式語言，以及跟靈界或日常用語不同的其他部落溝通時使用的語言。

男人點點頭比出手勢，愛拉發覺自己理解時大大鬆了一口氣，湧現一股興奮。這些人的確和她的部落源自相同的初始！在遙遠過去的某個時空點，這個男人和克雷伯、伊札擁有相同的祖先。她頓悟地回想起一個奇怪畫面，知道自己和他在更久遠的時空點也有共同的根源，只不過她的家系和他們分道揚鑣，各自步上不同的路徑。

喬達拉著迷地看著兩人開始用手勢交談，很難跟上他們快速流暢的動作。他意識到這種語言比他想像得更複雜微妙。回想愛拉教導獅營的人某些部落手語，讓萊岱格生平第一次能和他們溝通，她其實只教了基本雛型，畢竟年輕一輩比較容易學會這種正式語言。那男孩一直最愛和她交談，喬達拉當時猜測萊岱格比較能與她充分溝通。現在，他開始理解這種語言的博大精深。

愛拉訝異這個男人略過某些正式介紹，沒有確認名字、地點或族系。「異族女人，這男人想知道妳在哪裡學會說話。」

「小時候，這女人的家人和族人在地震中喪生，是被穴熊族養大的。」她解釋。

「這男人不知道有穴熊族人收養異族小孩。」男人比出手勢。

「這女人的部落住在離這裡很遠的地方。這男人知道異族所說的大媽河嗎？」

「那是邊界。」他不耐地比畫。

「那條河，流得比許多人知道的更遠，注入遙遠東方的大海。這女人的部落住在比大媽河盡頭還遠的那一邊。」愛拉示意。

他帶著懷疑的神情，仔細觀察她。穴熊族的語言包含理解無意識的肢體動作和姿勢，說的和想的幾乎不可能不同，他知道用聲音說話的異族不一樣。他對她沒有把握，雖然看不到偽裝的跡象，但她的故事聽起來實在太牽強了。

「這女人從上個溫暖季節開始旅行到今天。」她補充。

他又開始不耐煩，愛拉明白他十分疼痛。「妳想怎麼樣？異族人走了，妳怎麼還不離開？」他知道她可能救了他的命、幫助他的配偶，代表她對他有恩，讓他們的關係僅次於親戚，想到這一點令他不安。

「這女人是女巫醫，想看看你的腿。」愛拉解釋。

他嗤之以鼻。「這女人不可能是女巫醫，這女人不是穴熊族人。」

愛拉沒有爭論，她想了一會兒，決定嘗試另一種方法。「這女人想和那個異族男人說話。」她請求，他點頭認可。她站起身退開之後，轉身走過去和喬達拉交談。

「妳能和他順暢溝通嗎？」他問：「我知道妳很努力，但妳生活的部落在那麼遠的地方，我擔心妳的努力效果有限。」

「剛開始我用我部落的日常語言，可是我們都無法彼此理解。我早該知道他們的一般手勢和語言不同，當我使用古老的正式語言，我們的溝通就沒有障礙了。」愛拉解釋。

「我沒誤解妳的意思嗎？妳是說，穴熊族可以用所有人都能理解的方式溝通？不論他們住在哪裡？眞是不可思議。」

「我想就是這樣，」她說：「不過那種古老的溝通方式存在他們的記憶裡。」

「妳的意思是，他們天生就知道那樣的語言？每個嬰兒都會？」

「不一定，他們天生就有那種記憶，但必須有人『教』他們怎麼使用。我不確定那是怎麼發生的，因爲我沒有那種記憶，可是似乎比較像『提醒』他們知道的事物。通常只需要提醒一次，他們就會了。部落裡有些人因此認爲我不太聰明，我學得非常慢，直到我自己學會快速記憶，不過即使這樣，還是不容易。萊岱格擁有那種記憶，但沒有人可以教他……提醒他，直到我出現之後，他才知道那種手語。」

「妳學得慢？我從沒看過有人學語言這麼快。」喬達拉說。

她對他的評論不以爲意：「那不一樣，我認爲異族對口語有記憶，而我們只是學說周遭人發出的聲音。要學習不同的語言，只需要記憶另一套聲音，有時是另一種組合方式。」她說：「即使說得不流利，你們還是能彼此理解。他的語言對我們來說，比較困難。可是，我和他的問題不在於溝通，而是在於恩惠。」

「恩惠？我不明白。」喬達拉說。

「他很痛苦，雖然他絕不會讓你知道。我想幫他治療那條腿。我不知道他們要怎麼回到部落，但現在還用不著擔心那一點，我首先需要治療他的腿。可是他已經虧欠我們，他知道假如我懂他的語言，就明白這種恩惠。要是他認爲我們救了他的命，這就是親情債，他不想欠我們更多。」愛拉設法簡單解釋某種極爲複雜的關係。

「什麼是親情債？」

「那是一種恩惠……」愛拉想辦法表達得更清楚：。「通常存在部落的獵人之間。假如有人救了另一個人的命，就『擁有』一部分對方的靈，因爲那個原本會死的人放棄一部分的靈而復活。由於沒有人希望自己有部分的靈先死去——在自己死去前就到了另一個世界。所以，另一個人一旦擁有自己一部分的靈，他就會做任何事情挽救對方的命。那讓他們成爲親人，比兄弟還親。」

「嗯，有道理。」喬達拉點點頭。

「男人一起打獵時，」愛拉繼續說：「必須互相幫助，經常挽救彼此的生命，所以通常擁有彼此的靈，那讓他們成爲有點超越家人的親人。部落的獵人可能彼此有親戚關係，但家族關係不會強過獵人之間的連結，因爲他們得一視同仁，必須相互依賴。」

「這種觀念蘊含著智慧。」喬達拉沉思地說。

「那就叫親情債。這個男人不知道異族的習俗，而沒有多想他知道的事情。」

「遇見查羅里那幫人，誰還能鎭定地想事情？」

「不僅如此，喬達拉，他不喜歡虧欠我們。」

「這些都是他告訴妳的嗎？」

「不，當然不是。但穴熊族的語言不只是手勢，一個人的坐姿、站姿、面部表情等小細節，全部都有含意。我在部落長大，那些細節對我的重要性，也對他一樣重要，我知道什麼困擾著他。假如他相信我是穴熊族女巫醫，就會有幫助。」

「有什麼差別嗎？」喬達拉說。

「那代表我已經擁有一部分他的靈。」愛拉說。

「可是妳根本不認識他！妳怎麼會擁有他一部分的靈？」

「女巫醫挽救生命，有權擁有被她拯救的人一部分的靈，可能過不了很多年就『擁有』所有人一部分的靈。所以當她成爲女巫醫時，就把自己一部分的靈獻給部落，相對也擁有部落裡所有人一部分的靈。那樣一來，不論她救了誰，對方的債都已經還清，也因此女巫醫有自己的地位。」愛拉露出沉思的模樣：「這是我第一次慶幸部落的靈沒有被收回……」她停住，沒再往下說。

喬達拉正要說話，發現她凝視空中，明白她在反觀自身。

「……我被咒死時，」她繼續說：「擔心了很長一段時間。伊札過世後，克雷伯收回所有的靈，以免那些靈跟著她去到另一個世界。當布勞德詛咒我時，沒有人收回我擁有的靈，儘管對部落而言，我已經死了。」

「如果他們知道那一點，會怎麼樣？」喬達拉問，謹愼地用頭指著正在觀察他們的兩個穴熊族人。

「對他們來說，我再也不存在了。他們不會看我，不會讓自己看到我。就算我站在他們面前尖叫，他們也會充耳不聞，認爲我是惡靈，企圖誘使他們到另一個世界。」愛拉說著閉上雙眼，顫抖地回憶。

「可是妳爲什麼說慶幸自己還保有那些靈？」喬達拉問。

「因爲我不能說的和想的不一樣，我無法對他說謊，他會知道，但我可以避免提起。出於禮貌，那是被允許的隱私。我不需要提到詛咒，雖然他可能知道我有所保留，但我可以說，我是部落的女巫醫，因爲那是事實。我仍然是，我依舊擁有那些靈。」然後她擔心地皺起眉頭：「但有一天我眞的會死，喬達拉。如果我帶著部落裡所有人一部分的靈去到另一個世界，他們會怎麼樣？」

「我不知道，愛拉。」他說。

她聳聳肩，拋開這個念頭：「也罷。我現在該擔心的是這個世界。如果他相信我是穴熊族女巫醫，就不會那麼在意虧欠我。對他來說，欠異族親情債已經夠糟了，更糟的是對方還是個女人，尤其是使用武器的女人。」

「但是妳在部落生活時，就已經開始打獵了。」喬達拉提醒她。

「那是例外，我爲了打獵和使用拋石索，經歷一個月亮周期的死咒存活了下來。布倫同意我打獵，因爲我的穴獅圖騰保護我。他把那當成一場試煉，我是認爲那終於給了他理由，接納擁有如此強大圖騰的女人。是他送我狩獵護身物，叫我『狩獵女人』。」

愛拉觸摸一直戴在脖子上的皮袋，想著伊札做給她的第一個簡單拉線囊袋。伊札是愛拉的母親，當愛拉被部落接納時，她放了一顆紅赭石在囊袋裡。那個護身囊完全不同於如今這個裝飾精緻的皮袋。這個皮袋是她在馬木特伊氏收養儀式中受贈的，仍然保存著她的特殊紀念物，包括最初那顆紅赭石。袋裡還有圖騰給她的所有信號、取自猛獁象牙末端的染紅卵形狩獵護身物。另外，還有一小塊黑色二氧化錳石，那是愛拉成爲布倫部落的女巫醫時受贈的，保有部落成員部分的靈。

「喬達拉，如果你能和他說話，我想會有幫助。他對我沒有把握，而且行爲模式非常傳統，再加上發生了太多不尋常的事情。如果可以和男人交談，即使是異族都勝過女人，這樣他或許就能安心。你還記得男人問候男人的手勢嗎？」

喬達拉比出手勢，愛拉點點頭，她知道他的動作不靈巧，但意思很清楚。「先別問候那個女人，那樣不禮貌，他可能覺得羞辱。除非有好理由，男人和女人交談不合乎慣例，也不適當，尤其是陌生人，就算有再好的理由也需要他同意。親人之間比較不正式，親近的朋友甚至可以用她來發洩需求，也就是和她交歡，不過要先尋求他許可才算禮貌。」

「尋求他許可，不需要她許可嗎？爲什麼女人讓自己被對待得好像不如男人重要？」喬達拉問。

「她們不會這麼想。她們知道女人和男人一樣重要，但穴熊族的男人女人彼此截然不同。」愛拉試圖解釋。

「當然不同，所有男人女人都不同……我很高興這麼說。」

「我指的不只是看得見的差異。喬達拉，你可以做任何女人能做的事，除了生孩子。儘管你比較壯，你能做的事情我幾乎都能做。可是部落的男人沒辦法做很多女人做的事情，就像女人不能做男人做的事情，因爲他們沒有那樣的記憶。當我自己學會打獵，許多人訝異我有能力。而我甚至還很想要學習。他們訝異這些，更勝於訝異我違逆部落的行事風格。就算你生下孩子，他們也不會更驚嚇害怕。我認為女人對我的反應，是比男人更震驚的，因為部落的女人從來沒出現過那種念頭。」

「我以為妳是要說，穴熊族和異族非常相像。」喬達拉說。

「是很相像沒錯。在某些方面，他們比你所能想像的更不同，連我也想像不到，而我曾經有一段時間是他們其中的一份子。」愛拉說：「你準備好跟他交談了嗎？」

「我想可以了。」他說。

高挑的金髮男人走向健壯有力的男人。他還是坐在地上，大腿彎曲成不自然的角度。愛拉跟隨在後，喬達拉坐在男人面前，瞥一眼愛拉，她點頭認可。

他從未這麼靠近成年扁頭，第一個念頭是想到萊岱格。看著眼前這個男人，他就更清楚那個孩子不全然是穴熊族。喬達拉回憶那個奇特、聰明的病弱孩子，意識到萊岱格的五官相對有很大差異，他覺得可以用柔和來形容。這個男人有張大臉，又長又寬，還略微突出，鼻子大而且尖挺，細鬍子看起來最近才修齊，沒有完全掩蓋十分內縮的下顎，看起來好像沒有下巴。

他的鬍子混入大片濃密柔軟捲曲的淡褐色頭髮，覆蓋大大長長的頭，後腦勺飽滿渾圓，粗眉脊占去了大部分前額，向後傾斜至低髮線。喬達拉忍住不伸手摸摸自己高聳的前額和圓頂狀的頭部，明白了他們為什麼被叫作「扁頭」。就好像有人用類似溼淤泥那種有延展性的材質，重新塑形，做成形狀相近卻比他更大的頭，然後再往下壓平額頭，迫使整個頭向後傾。

濃密的睫毛凸顯出男人的粗眉毛，摻雜金色、近乎淺褐色的眼睛透著好奇、智慧和潛藏的痛苦。喬達拉了解愛拉為什麼想幫助他。

喬達拉覺得自己的問候手勢比得笨拙。可是又從穴熊族男人回應問候時臉上的驚訝神情，受到了激勵。他不確定接下來該怎麼辦，努力回想自己遇見其他洞穴或營地的陌生人時會怎麼做，設法想起他和萊岱格一起學習的手勢。

他比畫著：「這男人叫……」，然後說出自己的名字和主要本源：「齊蘭朵妮氏的喬達拉。」

喬達拉說得太富有旋律，充滿太多音節，這個穴熊族男人一時無法聽清楚。他搖搖頭，好像要讓耳朵暢通一點，然後把頭部傾斜，彷彿那樣有助於他聽得更清楚。接著，他輕拍喬達拉的胸膛。

了解他的意思並不難，喬達拉心想。他再次比畫：「這男人叫……」接著只說出自己的名字，並且放慢速度：「喬達拉。」

男人閉上眼睛集中注意力，然後張開雙眼，吸了一口氣，大聲說出：「迪翁達。」

喬達拉微笑著點頭肯定。他的聲調深沉，咬字不太清楚，母音含糊，但已經足夠接近了，而且有種莫名的熟悉感。然後他突然想到，當然啦！那就是愛拉的口音嘛！她的咬字帶有那種特質，儘管不很明顯。那是她特有的口音，難怪沒人認得出來。她有穴熊族口音，可是大家都不知道穴熊族會說話！

愛拉驚訝那男人把喬達拉的名字說得那麼好，懷疑自己第一次是不是也說得那麼好。如果他曾經被選中代表他的族人或和異族作某種接觸，代表他地位崇高。她明白他擔心與異族產生親戚關係，尤其是地位不明的異族，最重要的原因是，他不想貶低自己的地位。然而，恩惠就是恩惠，不論他或他的配偶是不是準備好要承認，他們仍然需要幫助。在某種程度上，她需要讓他相信他們明白其中的重要性，並且是值得產生關聯的異族。

男人面朝喬達拉拍了一下自己的胸膛，稍微往前傾。「古邦。」他說。

喬達拉複誦他名字的難度，就如同古邦複誦「喬達拉」，而古邦接納這個高挑男人錯誤的發音，就像喬達拉一樣。

愛拉感到寬慰，儘管交換名字不是那麼重要，卻是個開始。她看一看那個女人，訝異看到比自己髮色更淺的穴熊族女人。她的頭髮捲曲鬆軟，顏色淺得幾乎呈白色。她年輕而且非常迷人，也許是古邦的火堆地盤第二個女人。古邦正值壯年，那個女人可能來自不同部落，並且對古邦來說相當寶貴。

女人望著愛拉，隨即轉開視線。愛拉有點納悶，因為她在女人的眼中發現了憂懼，因此更仔細觀察，和那年輕女人一樣，用著微妙的方式。她的腰好像變粗了？裹身衣物的胸部看起來有點緊？嗯，她懷孕了！難怪她會擔心，斷腿療癒不良的人就不再處於顛峰。這個男人可能地位崇高，無疑也就擔負了重責大任。愛拉心想，她得想辦法說服古邦，讓她幫忙治療才行。

兩個男人坐著相互對望。喬達拉不確定接下來該做什麼，而古邦等著看他要做什麼。最後，喬達拉把心一橫，轉向愛拉。

「這女人是愛拉。」他比畫簡單的手勢，然後說出她的名字。

愛拉剛開始以為他可能犯下社交的重大錯誤，看到古邦的反應，判定或許不然。喬達拉這麼快介紹她，代表她極受尊敬，符合女巫醫的身分。喬達拉繼續說著，她懷疑他是不是看透了自己的心思。

「愛拉是治療者，非常棒的治療者，好巫醫，想幫助古邦。」

對這個穴熊族男人來說，喬達拉的手勢近乎幼稚，沒有細微的語意變化，沒有隱含的差異，完全不複雜，可是有一種明顯的真誠。發現異族男人能正確說話已經夠令人吃驚，畢竟他們總是喋喋不休、喃喃自語，或者像動物一樣咆哮，就像幼稚的孩子，過度仰賴聲音來表達，也因此被認為不太聰明。

另一方面，那女人理解的深度驚人，精確掌握細微差異，明顯有表達能力，可以溝通無礙。但他還是很難相信她是被某個部落扶養長大，而且旅行了那麼遠。她說話這麼流利，讓人幾乎要認為她是穴熊族。

古邦從未聽過那女人所說的部落，而他知道很多部落。她使用的普通語言非常陌生，連他的黃髮女人隸屬部落使用的語言，也沒那麼奇特。但這個異族女人知道古老的神聖手語，使用得非常巧妙、精確，對女人來說這太罕見了。她有點像隱藏了某件事，不過他無法確定。她終究是異族女人，他無論如何都不會過問——女人喜歡有所保留，尤其是女巫醫。

他的斷腿抽痛，幾乎超出他所能控制，他一度必須專注忍耐。

然而她怎能成爲女巫醫？她不是穴熊族，沒有那樣的記憶。迪翁達宣稱她是醫治者，高度肯定她的醫術……而他的腿斷了——古邦往內縮，咬緊牙根忍著痛。也許她是醫治者，異族一定也有醫治者，但那不會造就她成爲穴熊族的女巫醫。他受的恩惠已經這麼大，虧欠這個男人親情債已經夠糟了，他還要虧欠一個女人嗎？而且還是使用武器的女人？

可是，要是沒有他們幫忙，他和他的黃髮女人會怎麼樣？他的黃髮……懷孕了。想到她，他的內心柔軟了起來。他從沒像那些男人追逐、傷害她、企圖占有她時那麼憤怒，急得直接從岩石頂端跳下來。他花了很久才爬上去，他不可能花同樣時間慢慢回到地面。

當時他看到鹿腳印，爬上去搜尋，看看能獵捕什麼。而她在收集內層樹皮，並且爲很快就會冒出的樹汁開孔。她說，天候不久就會回暖，不過有些人並不相信。她仍是個陌生人，可是她說自己有那樣的記憶，而且知道那一點。他要讓她證明給其他人看，所以同意帶她出來，雖然明知……那些男人帶來危險。

天候寒冷，他認爲如果他們待在冰層上就能避開那些男人。那塊岩石上端似乎很適合偵查環境，猛然著陸並感覺到腿斷時的劇痛使他暈眩。他不能就此屈服，那些男人正在欺負她，不管多痛，他都得對抗他們。想起她當時如何奮不顧身地衝過來，使他感到一陣溫暖，也訝異看到她狠狠痛打那些男人。他從來沒看過女人那樣做，也不打算告訴任何人，卻很高興她那麼努力幫他脫困。

他轉移重心，控制劇烈難忍的刺痛。對他來說，疼痛不是那麼重要，他老早就學會忍痛，其他恐懼反而比較難掌控。假如他也不能走路會怎麼樣？手腳斷裂可能需要長時間療養，假如骨頭癒合不當、扭曲、變形或太短……假如他再也不能打獵了，怎麼辦？

如果無法打獵，他就會失去地位，不再是首領。他答應她部落的首領會照顧她，雖然她受寵，但他的地位崇高，而她希望跟他走，甚至在被窩裡私下說，她一直渴望他。

他的第一個女人不太高與他帶回年輕漂亮的第二個女人，但她是個善良美好的部落女人，一直妥善照料他的火堆地盤，維持第一個女人的地位。他答應照顧她和她的兩個女兒。他不介意卻一直期望能有兒子。他配偶的女兒讓火堆地盤洋溢歡樂，不過她們很快就會長大離開。

然而，假如他不能打獵，就無法照顧任何人。他會像個老人一樣，反而需要部落來照顧他。還有，那位可能生下兒子的美麗黃髮，他又該怎麼照顧她？她要找男人接納自己並不難，他很可能會失去她。

要是他不能走動，連回部落都辦不到，她就必須回去求助，而他們會來帶他。如果不能靠自己回去，他的部落也許會輕視他。更糟的是，斷腿可能導致他行動遲緩、喪失打獵技巧或永遠無法打獵。

或許我應該和這位異族醫治者談一談，即使她使用武器。她的地位一定很崇高，迪翁達非常尊重她，而他的地位也必然崇高，否則不會與女巫醫配對。她趕走那幫男人所盡的力，和那男人一樣多……她和那隻狼。為什麼一隻狼會幫助他們？他看到她對那隻動物說話，信號簡單直接。她告訴牠在馬兒附近的樹等待，牠聽懂並照辦，一直在那裡等著。

古邦轉開視線，想起那些動物而能夠不對幽靈感到恐懼，已經算是很不容易了。還有什麼會讓那隻狼或馬兒受他們吸引？還有什麼會讓動物表現得這麼……不像動物？

他可以看出他的黃髮很擔心，怎麼能怪她呢？既然迪翁達認為適宜承認他的女人，或許他提及自己的女人也很恰當。他不希望他們認為，她在他心目中的重要地位不如迪翁達的女人。古邦對女人做了個非常微妙的動作。她把一切看在眼裡，卻像個部落好女人，設法讓自己不引人注意。

「這女人是……」他比出手勢，輕拍她的肩膀說：「優兒嘉。」

喬達拉隱約記得有個捲舌的「兒」隔開了兩個模糊的音，但他根本無法複誦。愛拉看出他的掙扎，想辦法體面地處理這個狀況。她用喬達拉能夠複誦的方式，說出那女人的名字，但以女人身分說話。

「優兒嘉，」她加上手勢，「這女人問候妳，這女人叫……」非常緩慢仔細地說出：「愛拉。」接著併用手勢和語音，好讓喬達拉明白：「這個叫迪翁達的男人，也問候古邦的女人。」

那不是穴熊族的表達方式，古邦心想，但他們是異族，這並不會讓自己不高興。他好奇優兒嘉會怎麼反應。

她非常短暫地把視線瞥向喬達拉，然後重新低頭望著地面。古邦改變姿勢，讓她知道自己很滿意。她確認了迪翁達的存在，但也僅只於此。

喬達拉比較不敏銳，他從未這麼靠近穴熊族女人……他感到著迷，目光停駐許久。她的輪廓類似古邦，但帶有女性特質，他原先就注意到她健壯卻矮小，身高如女孩。除了淡黃色鬆軟的捲髮，她一點都不美，至少就他看來。不過他能理解古邦爲什麼覺得她美。突然留意到古邦看著自己，他草率地點點頭，連忙別開視線。他應該謹愼的，這個穴熊族男人沉著臉。

古邦不喜歡喬達拉那樣注意他的女人，只是沒感覺到對方意圖不敬。他愈來愈難忍住疼痛，必須更了解這個醫治者。

「我想和你們的……醫治者說話，迪翁達。」古邦示意。

喬達拉了解他的意思，點點頭。旁觀的愛拉迅速向前，以尊敬的姿勢坐在男人前方。

「迪翁達說妳是醫治者，妳說妳是女巫醫。古邦想知道異族女人怎麼成爲部落的女巫醫。」

愛拉邊說話邊比手勢，好讓喬達拉能確實了解她對古邦說了什麼。「收養我、扶養我長大的女人，是地位最高的女巫醫。伊札來自最古老的女巫醫世家，就如同這女人的母親，訓練誕生在她家系的女兒和這女人。」愛拉解釋。她看出他存疑，卻有興趣知道更多。「伊札知道這女人不像她的親生女兒擁有那種記憶。」

古邦點點頭，當然沒有。

「伊札讓這女人記住，要這女人不斷講述、示範給她看，直到她知道這女人不會忘記。這女人樂意反覆練習許多次，學習女巫醫的行爲模式。」

隨著她持續解釋，她的手勢雖然依舊正統，言語卻變得比較不道地。

「伊札告訴我，她認爲這女人也來自久遠的女巫醫世家，異族的女巫醫。伊札說我的想法像女巫醫，但她教導我如何像部落的女人斟酌使用醫術。這女人不是天生就擁有女巫醫的記憶，但伊札的記憶如今成了我的記憶。」

在場所有人都把注意力放在愛拉身上。「伊札罹患連她都無法醫治的咳嗽病，我開始做得更多，連首領都很高興我治療了燙傷，不過伊札讓部落有地位。由於她病得太重，無法旅行參加各部落大會，她的親生女兒年紀又太小，首領和莫格烏爾決定讓我成爲女巫醫。他們說，既然我有她的記憶，我就是她家系的女巫醫。各部落大會中其他的莫格烏爾和首領原先並不喜歡這個主意，但最後也接受了我。」

愛拉看得出古邦覺得好奇，覺察他想相信她，但仍有些懷疑。她取下脖子上的飾袋，解開細繩，倒出幾樣東西在手掌中，然後挑出一顆小黑石拿給他看。

古邦知道那是什麼，會留下記號的黑石是個謎，小小一顆就能保留部落所有人一小部分的靈，在女巫醫一部分的靈被取走時賜予她。他心想，她戴的護身囊很古怪，是異族製作東西的典型方式，但他不知道他們會戴護身囊。也許他們未必全都是無知而野蠻的吧。

古邦留意到另一個從護身囊倒出來的東西，用手指了指。「那是什麼?」

愛拉把其他東西裝回去，放下護身囊，禮貌地回答：「那是我的狩獵護身物。」

那不可能是眞的，古邦心想，由此可以證明她說錯了。「穴熊族女人不打獵。」

「我知道，但我不是天生的穴熊族人，我是被保護我的部落圖騰選中，引導我到那個接納我的部落，而我的圖騰希望我打獵。我們的莫格烏爾回溯尋找到的古老幽靈告訴他的。他們舉行特殊典禮，我被命名爲『狩獵女人』。」

「什麼部落圖騰選中妳?」

出乎古邦的意料，愛拉竟掀起束腰上衣，鬆開環繞腰部的腿套繩結，拉低側邊到足以露出她的左腿。四條平行線，在她還是小女孩時，大腿被抓傷留下的爪痕清楚顯現。「我的圖騰是穴獅。」

穴熊族女人屛住呼吸，那圖騰對女人太強了，她很難擁有孩子。

古邦咕噥著承認，穴獅是最強的狩獵圖騰，男人的圖騰。他從沒認識過擁有穴獅圖騰的女人。當圖騰爲穴獅的男孩殺死第一頭獵物而成爲男人時，標誌會刻在他的右大腿。「那是左腿，那種標誌是刻在男人的右腿上。」

「我是女人，不是男人。女人的標誌刻在左腿。」

「你們的莫格烏爾在那裡替妳畫上標誌?」

「當我還是小女孩，在我的部落找到我之前，穴獅親自替我畫上標誌。」

「那可以說明妳使用武器。」古邦比畫手勢，「但孩子呢?這個髮色和優兒嘉一樣的男人，有足夠強大的圖騰能打敗這種圖騰嗎?」

喬達拉顯得不自在，他自己也納悶類似的問題。

「穴熊也選中他，在他身上留下標誌。我知道是因爲**獨一無二的莫格烏爾**告訴我，穴獅選中我，在我的腿畫上標誌來證明，就像穴熊選中他，取走他的眼睛……」

古邦坐起身來，明顯顫抖著。他不自覺沒有使用正式語言，但愛拉理解他的意思。

「獨眼莫格烏爾!妳認識獨眼莫格烏爾?」

「我住在他的火堆地盤，他扶養我長大。他和伊札是兄妹，她的配偶過世後，他收養她和她的孩子。在各部落大會上，他叫莫格烏爾，但對住在他火堆地盤的人來說，他是克雷伯。」

「就連我們的各部落大會都在談論獨眼莫格烏爾，還有他法力強大的……」他本來要繼續說下去，又臨時改變主意。男人不應該在女人身邊談論私密的男性典禮。如果是獨眼莫格烏爾教導她，就能解釋她爲什麼擅長古老手語。古邦確實記得那位偉大的獨眼莫格烏爾有個手足是受人敬重的女巫醫，出自古老世家。古邦忽然顯得放鬆，讓臉上閃現痛苦神情。他深深吸了一口氣，然後望著愛拉。她低頭盤坐，擺出部落女人合乎體統的姿勢。他輕拍她的肩膀。

「受人尊敬的女巫醫，這男人有個……小問題。」古邦比畫穴熊族古老的無聲語言。「這男人想請女巫醫看看腿，這條腿可能斷了。」

愛拉閉上雙眼、吐出氣息，她總算說服他了，他願意讓她治療他的腿。她對優兒嘉比手勢，要她爲他準備就寢處。斷骨沒有刺穿皮膚，她認爲他很有機會完全復原。爲了讓那條腿正確癒合，她必須把腿導正，回歸原位，然後製作樺樹皮模牢牢固定，因此他不能移動。

「導正腿會痛，但我有東西可以鬆弛腿，讓他入睡。」然後她轉向喬達拉。「你能把我們的營地移到這裡嗎？我知道搬那些燃燒石是苦差事，可是我想幫他搭帳篷。他們沒有預定在外過夜，而他需要避寒，尤其當我讓他入睡時。我們也需要柴火，我不想用燃燒石，另外還得砍些木材當夾板。我會趁他入睡時去找樺樹皮，也許能替他做拐杖，過一陣子他會想四處活動。」

喬達拉看著她接掌一切，兀自露出微笑。他不願耽擱，連一天都顯得太久，不過他也確實想幫忙。再說，愛拉這時候一定不會離開，他只盼望兩人不要耽擱太久。

喬達拉帶馬兒回到原先的紮營處，重新打包、搬移、再度卸下行囊，然後牽著嘶嘶、快快到一處能搜尋乾草的空地。那裡有一些挺立的乾草，平貼在舊雪底下。新的紮營處有點距離，也較隱蔽，讓這些動物不會那麼困擾這些穴熊族人。他們似乎認爲，這些溫馴動物是異族行徑怪異的另一證明。愛拉注意到兩匹異常順服的馬兒離開視線後，古邦和優兒嘉顯然放鬆了下來，她很高興喬達拉事先想到了這一點。

喬達拉一回來，愛拉就從行囊籮筐拿出醫藥袋。古邦已經決心接受她以女巫醫的身分提供幫助，看到實用無裝飾的穴熊族風格舊水獺皮醫藥袋，讓他感到寬慰。愛拉也確保了沃夫遠離他們。奇怪的是，雖然沃夫通常會好奇並接近兩人結交的朋友，那隻動物顯得不想主動親近這些穴熊族人，甘願待在隱蔽處，以不帶威脅的方式警戒著。愛拉猜想牠是不是也覺察到他們因牠而感到不安。

喬達拉協助優兒嘉和愛拉把古邦移進帳篷，訝異這男人竟然這麼重。稍後想想，連六個男人都很難壓制的強壯身軀，必然充滿了肌肉，他這麼重也是理所當然。喬達拉了解移動造成了劇烈痛楚，不過古邦面無表情，不露痕跡，拒絕承認疼痛，讓他納悶古邦並不覺得有那麼痛，直到愛拉解釋穴熊族男人這種冷靜自制的特性，是打從小時候就根深柢固了。他對這男人益發尊敬，穴熊族不是軟弱的族群。

這女人也出奇強壯，比男人體型小，但沒有相差太多。她和喬達拉分攤相同的重量，手施力抓握時令人難以置信地有力，還能精確控制自己的手。他開始著迷於發覺穴熊族人和自己族人的相似處與不同處。雖然不太確定什麼時候產生這種感覺，但有那麼一瞬間，他領悟到自己完全不再質疑他們是人類。他們確實和大家不同，不過穴熊族人千眞萬確是人類，不是動物。

愛拉最後還是用了少許燃燒石，生起旺火，加快泡製曼陀羅茶，把烹煮石直接加入水裡煮沸水。但古邦拒絕喝下她認爲他應該喝的分量，聲稱他不想花太久時間等藥效減退。愛拉納悶，他是不是懷疑她有能力妥當地調製曼陀羅茶。在優兒嘉和喬達拉協助下，愛拉治療斷腿，製作堅固的夾板。當一切都結束，古邦才終於睡著。

優兒嘉堅持做晚餐，而喬達拉很好奇烹煮過程和口味，令她難爲情。夜晚，他在火堆旁開始替古邦削製一對拐杖，愛拉則樂於熟悉優兒嘉，跟她解釋如何調製止痛藥，描述拐杖的用法，告訴她拐杖需要墊在腋下。優兒嘉不斷驚訝愛拉對穴熊族了解的深度和廣度，也注意到愛拉的穴熊族「口音」。最後，她對愛拉談起自己，愛拉則爲喬達拉翻譯。

優兒嘉想收集內層樹皮，也要在某些樹上開孔取汁液，古邦跟來保護她。由於太多女人受到查羅里那幫人攻擊，女人再也不准單獨外出。這讓部落陷入了困境，男人打獵時間減少，因爲他們必須花時間陪伴女人。所以古邦那時才決定爬上大岩石，尋找可以獵捕的動物，讓優兒嘉收集內層樹皮。查羅里的手下可能以爲她獨自一人，如果他們看到古邦，或許就不會攻擊她。當古邦一看到他們攻擊她，想也不想，立刻就跳下岩壁保衛她。

「我很驚訝他只斷了一條腿。」喬達拉說著，抬頭望著岩壁頂端。

「穴熊族的骨骼非常粗重，」愛拉說：「不太容易斷裂。」

「那些男人不需要對我那麼粗暴，」優兒嘉用手勢說道：「要是他們給我信號，而且我沒聽見他尖叫，我就會擺好姿勢配合他們。可是情況不是這樣，當時我就知道事情很嚴重。」

她繼續講述幾個男人攻擊古邦，三個男人同時強迫優兒嘉就範。她從古邦的痛苦尖叫，得知他出了狀況，所以試圖逃離那些男人。當時另外兩個男人壓制她，接著喬達拉突然現身，痛打那些異族男人，那隻狼也撲上去咬他們。

優兒嘉淘氣地望著愛拉：「妳的男人很高，鼻子很小，但是當我看到他對抗那些男人時，這女人可以把他當成孩子。」

愛拉先是神情困惑，繼而露出微笑。

「我不太懂她說的是什麼意思。」喬達拉說。

「她開了個小玩笑。」

「玩笑？」他不認爲穴熊族有能力開玩笑。

「她的意思大概是這樣，雖然你是個醜男人，當你來拯救她時，她有可能吻你。」愛拉說完，然後對優兒嘉解釋。

她神情尷尬卻瞥了喬達拉一眼，接著又看著愛拉：「我感激妳的高挑男人。或許，如果我懷的是男孩，而且古邦允許我建議名字，我會告訴他，迪翁達這名字也不壞。」

「那不是玩笑，對吧，愛拉？」喬達拉驚訝這份突然湧現的情感。

「不，我不認為那是玩笑。但她只能建議，何況那個名字與眾不同，如果穴熊族男孩那樣命名，成長的歷程可能會比較辛苦。不過古邦可能願意。以穴熊族男人來說，他特別能接納新點子。優兒嘉告訴我他們的配對，我認為他們彼此相愛，這種情況相當罕見。大部分的配對都經過規畫安排。」

「妳怎麼會認為他們彼此相愛？」喬達拉很有興趣聆聽穴熊族的愛情故事。

「優兒嘉是古邦的第二個女人。她的部落離這裡非常遠。古邦為一個龐大的各部落大會傳話到那裡，打算討論我們這些異族。一來是查羅里騷擾他們的女人——我告訴她蘿莎杜那氏計畫阻止他們。假如我沒有弄錯的話，某些異族人為了交易，接觸過幾個部落。」

「眞意外！」

「嗯，溝通是最大的問題，但部落的男人不信任異族，包括古邦在內。古邦拜訪那個遠方部落時注意到優兒嘉，而她也注意到他。古邦想要她，他的理由是：如果能和遠方部落的聲音建立更緊密的連結，他們就能互通消息，尤其是各種新點子。於是他帶了她一起回去！穴熊族男人通常不會這麼做，他們會先知會首領，回去和自己的部落討論，也給他的第一個女人機會，適應和另一個女人分享火堆地盤的點子。」愛拉說。

「他火堆地盤的女人不知道？他可眞勇敢。」喬達拉說。

「他的第一個女人有兩個女兒，他想要會生兒子的女人。穴熊族男人很重視配偶的兒子。當然，優兒嘉也希望她懷的是他想要的男孩。她適應新部落時遇到困難，他們過了很久才接納她。如果古邦的腿沒有適當療養，失去了地位，她擔心他們會怪罪她。」

「難怪她看起來那麼苦惱。」

愛拉避免向喬達拉提及她告訴優兒嘉，她也正前往自己男人的家鄉，遠離族人。她看不出有什麼理由得在這個時候增加喬達拉的憂慮，但她還是擔心他的族人能不能完全接納她。

愛拉和優兒嘉彼此都希望將來有機會拜訪對方，分享自已的經驗。又因爲古邦和喬達拉之間可能有親情債，兩人覺得對方幾乎是親人。優兒嘉對愛拉特別有一種親切感，短時間內對彼此的認識，勝過她遇到的其他女人。只不過，穴熊族和異族之間是不會互相拜訪的。

古邦半夜醒來依舊迷迷糊糊，到了早上才恢復意識。前一天耗盡心神對抗壓力，讓他筋疲力竭。喬達拉下午低頭走進帳篷，古邦訝異自己竟然這麼高興看到這個高挑男人。可能是他不知道手上的拐杖該怎麼用，需要這個男人的幫忙吧。

「我被獅子攻擊後也用這種東西，」喬達拉解釋：「它能協助我走路。」

古邦突然興致勃勃想試用。愛拉不允許，因爲太快了。古邦最後同意，聲明他第二天就要試用。傍晚時，優兒嘉讓愛拉知道古邦想和喬達拉談論某些非常重要的事情，需要她幫忙翻譯。愛拉知道事態嚴肅，也猜測出是什麼事情，預先告訴了喬達拉，協助他了解可能發生的問題。

除了接受和女巫醫交換靈，古邦仍然在意虧欠愛拉親情債，因爲她用武器救了他一命。

「喬達拉，我們需要說服他虧欠的是你。要是你告訴他，你是我的配偶，就可以說你爲我負責，虧欠我，實際上就是虧欠你。」

喬達拉同意了。經過些許開場白，他們開始更認眞討論。「愛拉是我的配偶，她屬於我。」他說完，愛拉鉅細靡遺地翻譯。「我爲她負責，虧欠她就是虧欠我。」出乎她意料的是，喬達拉接著補充：

「我的靈也受了恩惠，我欠穴熊族一筆親情債。」

古邦感到好奇。

「我的靈欠下的債很深，我不知道到底該怎麼償還。」

「告訴我怎麼回事，」古邦比畫：「或許我能幫上忙。」

「一隻穴獅攻擊我，就像愛拉提過的。我被穴獅選中，畫上標誌，如今那已經成爲我的圖騰。發現我的是愛拉，當時我快要死了，和我同行的弟弟已經到了另一個世界。」

「很遺憾聽到這件事，失去兄弟的痛苦非常難熬。」

喬達拉只是點點頭。「假如愛拉沒有發現我，我也會死。愛拉小時候也曾瀕臨死亡，當時是穴熊族收養她，扶養她長大。如果小時候沒被穴熊族收養，她不會活下來。如果愛拉沒有活下來，沒有穴熊族女巫醫教導她醫術，我也不會活下來，現在早就到另一個世界了。我虧欠穴熊族一條命，可是不知道怎麼償還，或者對誰償還那筆債。」

古邦點頭，深感認同，那是嚴重的問題和巨大的債。

「我想請求古邦。」喬達拉繼續說：「既然古邦虧欠我親情債，我請求他接受我對穴熊族的親情債，作爲交換。」

穴熊族男人認眞考慮他的請求，並感激得知這個問題。對他來說，交換親情債，遠比純粹欠異族男人一命並給對方一部分的靈更能接受。最後他點點頭。「古邦接受交換。」他說完覺得如釋重負。

古邦取下掛在脖子上的護身囊，打開來將內容物倒入手中，挑出一個東西——一顆他自己的乳臼齒。雖然沒有蛀洞，他的牙齒磨損的方式特殊，主要因爲他把牙齒當成工具。實際上，他手中的牙齒磨損的程度，還遠不及他的恆齒那麼嚴重。

「請接受這個，當作親戚關係的信物。」古邦說。

喬達拉覺得困窘，他不明白要交換私人信物表明交換親情債，也不知道該給這個穴熊族男人什麼同樣有意義的東西。他們輕裝旅行，能給的很少。忽然間，他想到了。

他從腰帶環圈取下一個囊袋，把內容物倒進手裡。古邦神情驚訝。喬達拉的手中有幾隻爪子和兩顆穴熊的犬齒，取自他在兩人剛展開長途旅行的前一個夏天獵殺的那隻穴熊。他遞出一顆牙齒：「請接受這個親戚關係的信物。」

古邦按捺著渴望。穴熊牙齒是有力的信物，具有崇高地位，顯示出送禮者莫大的尊敬。他高興地認爲這個異族男人承認他的地位，而喬達拉欠整個穴熊族的債又如此恰如其分。這使得他在告訴其他人有關這次的交換時，會產生適當的效果。他收下親戚關係的信物，緊緊握在手裡。

「很好！」古邦總結，彷彿完成一項交易。接著，他提出請求。「既然我們現在是親戚，或許我們應該知道彼此的部落和活動範圍。」

喬達拉描述家鄉的大略位置，冰川另一邊大多是齊蘭朵妮氏或有親戚關係的族群活動的範圍，然後他仔細描述齊蘭朵妮氏的第九洞穴。古邦描述他的家鄉，而愛拉隱約覺得兩地之間不如她原先認爲的遠。

結束前，他們提到查羅里。喬達拉談起那個年輕男人對所有人造成的問題，解釋眾人打算如何制止他的細節。古邦認爲這些重要資訊需要告知其他部落，又私下擔心他的斷腿可能讓他不能發揮太大用處。

古邦有很多事情要告訴他的部落。不僅異族本身，那個男人也出現問題，計畫採取行動，而且有異族願意對抗自己的同類，幫助穴熊族人，還有人可以正確地說話！一個女人可以溝通得非常順暢，一個男人的溝通能力有限卻實用。因爲他是男性，如今又成爲親戚，就某些層面來說，顯得更加寶貴。和異族有了這樣的接觸，洞察並了解他們，可以使他更有地位，尤其如果他的腿能完全復原。

愛拉那天傍晚敷上樺樹皮模，古邦就寢時感覺非常好，腿也幾乎不痛了。

第二天早上，愛拉醒來後非常不安，因爲她又作了一場逼眞的怪夢，洞穴和克雷伯都在夢境中。她對喬達拉提起，然後兩人談論如何讓古邦回到族人身邊。喬達拉建議利用馬匹，卻非常擔心繼續耽擱。愛拉覺得古邦不會同意，因爲那兩匹溫馴馬兒讓他心煩意亂。

他們起身後，協助古邦離開帳篷。愛拉和優兒嘉準備早餐，喬達拉則示範如何使用拐杖。古邦不顧愛拉反對，堅持要試用，稍加練習之後，他很驚訝拐杖的效果，他眞的可以完全不在腿上施加重量就能走路。

「優兒嘉，」古邦放下拐杖，叫喚他的女人。「準備離開了，早餐之後就走，我們該回部落了。」

「太快了，」愛拉邊說邊用穴熊族手勢：「你的腿需要休息，否則不能適當地療養復原。」

「我用這個走路，不需要用到我的腿。」他朝拐杖比畫。

「要是你一定得走，可以騎馬。」喬達拉建議。

古邦神情震驚。「不!古邦用自己的腿走，借助這些拐杖。和新親戚再共進一餐，我們就上路。」

第四十一章

共進早餐後，兩對男女準備分道揚鑣。古邦和優兒嘉打點妥當，兩人只看了喬達拉和愛拉一會兒，迴避那隻狼和兩匹馱著行囊的馬，然後古邦撐起拐杖，開始跛行離去，優兒嘉跟隨在後。

沒有道別，沒有感謝，穴熊族人沒有這種觀念，顯然不習慣道別。協助或友好的舉動是意料中事，尤其來自親戚。明白恩惠不需要感謝，唯有回饋才是必要的。愛拉了解，假如古邦必須回報會有多困難。在他心裡，他欠他們的，已經超過他所能償還。他不只挽回性命，而且有機會維持身分地位，那對他的意義勝過單純活著——尤其是殘廢地活著。

「希望他們不需要走很遠，拄著拐杖不論遠近都不容易。」喬達拉說：「但願他辦得到。」

「他會辦到的，」愛拉說：「不管要走多遠。即使沒有拐杖，就算必須沿路爬，他都回得去。別擔心，喬達拉，古邦是穴熊族男人，他會辦到……或者努力撐到最後一口氣。」

喬達拉沉思地皺起眉頭，看著愛拉牽起嘶嘶的引導繩，然後搖著頭去找快快的引導繩。撇開古邦的困難，他得承認自己高興他們拒絕他的建議，沒有騎馬返回他們的部落，畢竟他們已經耽擱太久了。

兩人從紮營處騎過開闊樹林，直到抵達制高點，才停下來俯瞰來時路。高聳松樹如哨兵般站得直挺挺，守衛著大媽河堤岸一段很長的距離。從下方眾多針葉樹蜿蜒而出的樹列，遍布從南方靠近的山坡。

前方的坡暫時變得平坦，從河邊開始蔓延的松樹林橫跨一座小山谷。他們下馬牽著馬兒走進茂密林地，來到寂靜無聲的詭異微亮空間。筆直的暗色樹幹，支撐著長針葉大樹枝展開形成的低矮林冠，遮蔽了陽光，抑制林下植物生長。一層堆積了好幾百年的棕色針葉，讓腳步聲和馬蹄聲都減弱了。

愛拉注意到一棵樹基部聚生著菌蕈，蹲下來檢視。這些菌蕈遭逢前一個秋天驟然產生而從未緩和的霜，已經完全結冰。再加上不知何時落下的雪，彷彿收穫的時機受到抑制，懸而未決，只得保存在依舊寒冷的森林裡。沃夫出現在她身旁，將口鼻塞進她脫下手套的手掌。她搓弄牠的頭頂，發現牠和自己冒著蒸氣的氣息，瞬間意識到這些小旅伴是唯一的活物。

山谷遠側的爬坡變陡，穩重的深綠色雲杉凸顯出亮銀色冷杉。長針葉松樹隨著海拔高度增加逐漸矮小，終至消失，留下雲杉和冷杉隨侍中母河。

喬達拉一邊騎著馬，思緒仍回到兩人遇到的穴熊族人身上，他再也無法把他們當成人類以外的任何動物。我需要說服哥哥，如果他還是首領，也許可以設法跟他們接觸。兩人停下來休息並煮熱茶，喬達拉毫無保留地大聲說出他的想法。

「愛拉，我們到家時，我要和約哈倫談談穴熊族。如果其他族群能和他們交易，我們也可以。他應該知道他們會見了遠方部落，討論他們和我們發生的問題。」喬達拉說：「那有可能造成困擾，而我不想對抗像古邦那樣的人。」

「我不覺得這件事有那麼急迫。穴熊族要花很長的時間才會做出決定，要做任何改變，對他們來說都很困難。」愛拉回應。

「那麼交易呢？妳認爲他們會願意嗎？」

「我覺得古邦會比大多數人更願意。他有興趣更了解我們，雖然不騎馬，不過他願意試用拐杖。從遠方部落帶回這麼與眾不同的女人，這也顯示他的特質：他在冒險，即使她很美。」

「妳認爲她美嗎？」

「你不認爲嗎？」

「我可以看得出古邦爲什麼覺得她美。」喬達拉說。

「我猜男人對美的評斷，取決於他是誰。」她說。

「對，而我覺得妳美。」

愛拉露出微笑，讓他更深信她的美。「很高興你這麼認爲。」

「這是事實，妳知道的。記得妳在大媽典禮獲得那麼多關注嗎？我有沒有說過，我有多高興妳挑選了我？」他因那段回憶微笑著。

她想起他對古邦說的某件事。「唔，我屬於你，不是嗎？」她說完露齒而笑。「幸好你還沒有太熟悉穴熊族語，否則當你說我是你的配偶時，古邦就會看出你沒有說眞話。」

「不，他不會看出來，我們可能還沒行配對禮，但在我心裡，我們已經配對了。那不是謊言。」喬達拉說。

愛拉深受感動。「我也這麼覺得，」她輕聲說，因爲想對自身洋溢的情感表示尊重而低下頭。「從在山谷時就開始了。」

喬達拉感覺內心充滿強烈愛意，覺得自己就要爆開了。他伸手將她擁入懷中，感覺在那一刻的三言兩語間經歷了配對禮。他是不是經歷過族人認可的配對禮並不重要，他會行配對禮，讓愛拉高興。但他不需要配對禮，他只需要把她安全帶回家。

突然一陣風冷卻了喬達拉，驅走他感受的那股熱情，留下古怪的矛盾情緒。他起身離開小火堆的溫暖，深深吸了一口氣。乾燥的冰凍空氣燒灼他的肺，他喘起氣來。他縮入毛皮兜帽內，把兜帽拉緊圍繞他的臉，讓體熱溫暖他呼吸的空氣。儘管最不希望感覺到暖風，他知道這種嚴寒極度危險。

他們北方的廣闊大陸冰川朝南傾斜，彷彿奮力要將美麗的覆冰山地擁入無法抗拒的冰凍懷抱。兩人置身地表最寒冷的陸地，位在閃耀的嶙峋岩山和無垠的北部冰層之間，而此刻又値深冬。竊取水氣的冰川吸乾了空氣，貪婪地侵占每一滴水，擴增壓碎岩床的膨脹體積，累積能量，以便抵禦夏季高溫的猛烈攻擊。

冰川的冷和融冰的熱，對掌控大媽土地的戰爭幾乎暫時停頓下來。但風水輪流轉，一旦冰川占了上風，就會再次進擊到歷來的最南端，然後才退敗至極地。不過即使是到了那裡，也只是在等待時機。

兩人持續攀上高地，溫度愈來愈低。逐漸增加的海拔高度，一步步引領他們去和冰層相會。馬兒愈來愈難找到草料，堅實結冰的溪流附近，凋萎的枯草平貼著結凍地面，只有隨風擺盪的帶刺乾硬穀物妝點著雪。

兩人默默地騎馬。紮好營後，他們溫暖地在帳篷裡相互依偎著，隨意閒聊談心。

「優兒嘉的頭髮很美。」愛拉說，蜷縮在被子裡。

「嗯，的確。」喬達拉也坦白承認。

「眞希望伊札或布倫部落的人看過。他們總以爲我的頭髮與眾不同，儘管伊札總說那是我最好看的地方。以前我的頭髮就像她一樣淺，但現在比較深了。」

「愛拉，我喜歡妳的髮色，還有妳頭髮放下來呈現的波浪。」喬達拉說著，觸摸她臉旁的一撮頭髮。

「我不知道穴熊族人住得離半島這麼遠。」

喬達拉看得出她的心思不在頭髮，或任何身邊或個人的事物，她在想穴熊族，如同他稍早一樣。

「不過，古邦看起來不一樣，他似乎……我不知道，很難解釋。他的眉毛比較粗，鼻子比較大，臉比較……突出。他的一切都看起來更……醒目，某種程度上更像穴熊族。我想他的肌肉比布倫更發達，看起來也沒那麼怕冷，連躺在結凍的地面上，他的皮膚摸起來都是溫熱的，而且他的心跳比較快。」

「他們可能適應了寒冷。拉杜尼說，很多穴熊族人住在這裡的北方，那裡幾乎完全不會變暖，即使是夏天。」喬達拉說。

「或許你說的對，可是他們的想法很相似。對了，你怎麼會想到要告訴古邦，你要償還虧欠穴熊族的親情債？那是個再好不過的理由。」

「我不確定，不過那是事實，我眞的欠穴熊族一條命。如果沒有他們收養，妳不會活下來，那我也就沒命了。」

「還有你送他的那顆穴熊牙齒，沒有比那更適合的信物了。喬達拉，你很快就理解他們的方式。」

「他們的方式也沒那麼不同，齊蘭朵妮氏一樣很愼重看待恩惠。當你到了另一個世界，你虧欠的對象可以因爲你這輩子沒有償還的恩惠，而控制你的靈。我聽過少數大媽侍者設法讓人虧欠他們，以便控制那些人的靈，不過那也可能只是謠傳。一般人說的話，未必是事實。」他說。

「古邦相信你們兩人這輩子和下輩子的靈已經相互糾纏。你有一部分的靈永遠伴隨他，如同他有一部分的靈永遠伴隨你，所以他才這麼在意。你救他的時候，他喪失了一部分的靈，但你回贈他一部分的靈，因此現在沒有空洞了。」

「不是只有我救了他的命，妳跟我做的一樣多，而且更多。」

「我是女人，而穴熊族女人和男人不一樣，那不是對等的交換，因爲一方不能做另一方做的事情，他們沒有那樣的記憶。」

「可是妳導正、治療了他的腿，他才能回去。」

「他原本也回得去，這我倒不擔心。我怕的是他的腿如果沒有妥善治療，他就不能打獵了。」

「不能打獵有那麼糟嗎？他難道不能做其他事情？像那些沙木乃氏男孩一樣？」

「穴熊族男人的地位，取決於他的狩獵能力，而地位對他來說，比性命還重要。古邦有責任，他的火堆地盤有兩個女人，第一個女人有兩個女兒，優兒嘉也懷孕了。他承諾要照顧她們所有人。」

「要是他辦不到呢？」喬達拉問：「她們會怎麼樣？」

「她們不會挨餓，他的部落會照顧她們。可是她們的狀態，包括生活方式、衣食、受到的尊重，全都取決於他的地位。而且他會失去優兒嘉。她年輕漂亮，別的男人會樂意接納她。假如她生下古邦夢寐以求的兒子，她會帶他一起走。」

「當他老到不能打獵了，會怎麼樣？」

「年長男人可以體面地逐漸放棄打獵。如果配偶的兒女仍然在同一個部落，他會和他們一起生活，不至於成爲整個部落的負擔。祖格培養出使用拋石索的技術，可以持續有貢獻，連多夫的忠告都依舊有價值，儘管他幾乎看不見。但古邦正值壯年，而且身爲首領，瞬間失去一切，這會使他意志消沉。」

喬達拉點點頭。「我想我明白。不能打獵沒那麼困擾我，可是如果發生什麼事讓我不能再處理燧石，我會怨恨。」他停頓下來想了想：「愛拉，妳爲他做了那麼多，即使穴熊族女人不一樣，那難道不算什麼嗎？他不能至少表達一下感謝嗎？」

「喬達拉，古邦已經對我表達了他的感謝，只是很微妙，他非得那樣。」

「眞的很微妙，因爲我根本看不出來。」喬達拉說著，神情驚訝。

「他直接和我溝通，沒有透過你，而且他關注我的看法。他允許他的女人跟你說話，承認我和她是平等的。由於他的地位很高，所以她的地位也很高。他對你評價非常高，你知道的，他讚美你。」

「有嗎？」

「他認爲你的工具製作精良，賞識你的技藝，否則不會接受你的拐杖或信物。」愛拉解釋。

「不然呢？我也收下他的牙齒啊。我認爲那是個奇怪的禮物，但我明白他的意思。不論他給我什麼信物，我都會接受。」

「假如覺得不適當，他會拒絕。其實那個信物不只是禮物，他接受了重大恩惠。要是他不尊敬你，不會接受你一部分的靈交換他一部分的靈。他太重視自己的靈了，寧可有空洞，也不願接受沒有價值的靈。」

「妳說的對，穴熊族人太微妙了，細微的差異中還有更細微的差異。我不知道自己能不能完全搞清楚。」喬達拉說。

「你覺得異族不同嗎？我仍然難以理解各種細微差異中的細微差異，」愛拉說：「不過你這類人比較包容，你比穴熊族更常旅行，更適應陌生人。我確信我犯過錯，我想你這類人因爲我是訪客才忽略它，明白我這類人的習俗可能不一樣。」

「愛拉，我和妳是同一類人。」喬達拉輕聲說。

她望著他，彷彿剛開始不太明白他的意思，然後說：「但願如此，喬達拉，但願如此。」

隨著兩名旅行者持續攀高，雲杉和冷杉逐漸稀疏，變得矮小，使他們可以望過植被。不過，沿著河的路徑又把他們帶往露頭附近，並穿過深谷，俯瞰周圍的視野因此又被遮蔽了。一條高地溪流往下注入來自更高處的中母河一處河灣，冷到骨子裡的空氣凝結流淌的水，乾燥強風又將它蝕刻成奇形怪狀，滑稽的模樣，像是被霜擄獲的生物，維持著準備順著長河往前俯衝的姿勢。它們看似不耐地等待著，彷彿知道季節正在轉變，不久就能自由。

這對男女小心牽著馬，越過混亂的碎冰，繞到結凍瀑布的高處地面，然後在廣闊高原冰川突然聳現時，著迷地停下腳步。他們先前一路走來瞥見的冰川，如今看來近得好像碰觸得到。實際上，這種驚人印象只是錯覺罷了，宏偉盤踞的冰層表面近乎平坦，距離他們還很遙遠。

一旁的溪水結凍，他們的目光依然追隨蜿蜒的水道，溪流曲折轉向後隱沒消失，在更高處又再度顯現，伴隨另外幾條長短不一的狹窄渠道延伸出冰川，像一把裝飾龐大冰帽的銀絲帶。遠山和較近山脊的陡峭冰凍頂端，崎嶇地環繞著高原，冰川藍極端白的底色，看起來好像只是反射了天空鮮明的深色調。

先前有段時間陪伴兩人行進的一對南方高峰已經消失不見。過去出現在遙遠西方的另一座高聳尖峰也逐漸退到東邊。只有南部山脈的頂峰一路追隨他們，依舊展現閃閃發亮的山頂。

北方是岩石更古老的雙重山脊。遇到穴熊族人之前，河流從極北點轉向折回時，他們就遠離了形成河谷北緣的斷層塊。隨著兩人朝西北攀向河流源頭，河流逐漸靠近，接管了北緣的石灰岩高地的景觀。

植被在他們攀高時持續改變，雲杉和銀樅消失在岩床上。那裡稀薄覆蓋著酸性土地，植物主角變成落葉松和松樹。只是這些樹已不像低海拔處那些威嚴哨兵，艱困環境讓它們不再昂然挺立。他們來到一片山地針葉林，這些矮小常綠樹的頂端覆蓋著一層密實的冰雪，一年中大部分時間都黏掛在樹枝上。雖然還算相當茂密，一旦有嫩枝突出於其他樹，很快會受到風霜修剪，把所有樹修剪得高度一致。

小動物沿著牠們在樹下走出來的路徑自由活動，大型獵物卻傾足全力開創路徑。喬達拉決定離開依循最終會成爲大河源頭之一的無名小溪，沿著一條獵物足跡，穿過矮小針葉樹林濃密的外緣。

隨著兩人靠近森林界線，樹木愈漸稀疏，他們可以看到筆直的木本植物在界線另一邊完全絕跡。然而生命自有頑強的一面，那些低矮的灌木、香草，以及埋在雪裡的廣大綠色草地，仍然欣欣向榮。

北部大陸的低海拔處也有類似區域，不過廣闊多了。溫帶落葉木殘存在某些隱蔽地帶和低緯度區域。北邊的極北區出現更耐寒的常綠針葉樹，而生長在更北方的樹木多半矮小。由於冰川廣布，相對於高地草原，這裡是一片浩瀚的大草原和苔原，圍繞著山區的永久冰層。唯有能迅速完成生命循環的植物，才能在那裡存活。

森林界線的上方，有許多適應嚴酷環境的耐寒植物。愛拉牽著母馬好奇地留意這些變化，但願能有更多時間好好觀察這些差異。她生長的山區位在遙遠南方，受到內陸海增溫的影響，植被主要屬於冷溫帶品種。眼前這些生存在酷寒乾燥地區高海拔處的植物，令她非常著迷。

威嚴柳樹幾乎妝點了每條河流和大小溪流，靠著少許水分供養，長得好像矮灌木。高聳結實的樺樹和松樹，在這裡變成了倒伏在地上的木本植物，沿著地面匍匐蔓延。藍莓和山桑開展如厚厚的植物毯子，高度只有十公分。她納悶這些植物能不能結出飽滿甜美的果實，就像生長在北部冰川附近的漿果一樣。枯萎樹枝的光禿骨幹顯示了這裡有很多植物，愛拉並不知道每一種植物的品種，或者她熟悉的植物在不同環境下，會生長成什麼模樣。另外，她也很想知道高地草原在溫暖季節又會形成哪一番奇特的景觀。

冬季呈現一片死寂，愛拉和喬達拉看不到這片高地春夏季節的美。在春天第一股暖意到來前，沒有野生薔薇或杜鵑花用粉紅色花朵彩繪地景，也沒有番紅花、銀蓮花、美麗的藍色龍膽或黃色水仙，頂著嚴酷的風掙扎生存，不見報春花或紫羅蘭綻放繽紛色彩，更沒有風鈴草、匍匐風鈴草、草本植物、千里光、雛菊、百合、虎耳草、附子和美麗的小火絨草，緩解冬季冰凍曠野的單調酷寒。

取而代之的，是另一種更令人敬畏的景象。閃爍冰層的炫目堡壘橫跨了路徑，在太陽下亮得如同壯觀的完美切割鑽石，純粹的水晶白散發出少許亮麗的藍，掩蓋了瑕疵——遍布在巨大寶石之中的冰川裂縫、河道、洞穴和凹地。

他們抵達冰川了。

兩人靠近覆蓋平頂冰冠的原始山地磨蝕後的殘留頂端，甚至不確定一旁的細長山溪是不是那一條相伴許久的河流。少量的結冰，看來就和眾多冰凍的小水道一樣，都在等待春天來臨，解放奔瀉的水流，迅速流下高原的結晶岩。

他們從大媽河注入內陸海的寬廣三角洲，一路沿著河流走，引導他們行過漫長艱難旅程的大水道已經消失無蹤，連冰封的小野溪也將遠離。再也沒有令人安心的牢靠河流，為兩名旅行者指示方向。他們必須藉由推測，繼續往西行進，只有太陽、星辰及喬達拉腦海裡的地標充當指引。

高地草原之上的植被更時有時無，越過了伏地植物和少數罕見的品種，只有岩石和小石塊上還可見到典型的藻類、地衣、青苔掙扎求生。愛拉開始餵馬兒吃他們攜帶的草。少了蓬鬆粗毛和濃密底毛，馬兒和狼其實很難存活，幸好大自然已經讓牠們適應了寒冷。本身沒有毛皮的人類則必須靠自己動腦筋適應，取下獵物的毛皮，仰賴它們度過酷寒。話說回來，如果沒有毛皮和火庇護，他們的祖先根本不可能往北走。

原羊、岩羚羊和歐洲盤羊非常熟悉高山草原，有些出沒在更陡峭崎嶇且更高的地區，但不是在這麼晚的時節。兩匹馬能夠出現在海拔這麼高的地方，還眞是異數。即使斷層塊的坡面緩和，也不常吸引牠們的同類爬這麼高。難得的是，嘶嘶和快快在這裡居然步履穩健。

兩匹馬兒彎低了頭，馱著決定生死的補給品和黑褐色燃燒石，沉重緩慢地從冰層基部走上斜坡。兩人牽著馬走向牠們通常不可能有興趣的地方，努力尋找平坦地點，準備搭帳篷紮營。

厭倦了抵禦嚴寒刺骨的風，以及辛苦攀爬陡峭地形，大夥兒都已筋疲力竭，連狼也乖乖待在附近，失去了探索的興致。

「我好累。」他們設法在陣陣大風中紮營時，愛拉說：「我厭倦了風、厭倦了冷，感覺天氣好像永遠不會變暖。我不知道天氣竟然可以冷成這樣。」

喬達拉點點頭，承認天候寒冷，並且知道還會再更冷。他看到她瞥見巨大冰層後迅速轉開視線，完全不想多看一眼，猜測她擔心的不只是寒冷。

「我們眞的要越過那一整片冰嗎？」她終於承認她的恐懼。「有可能嗎？我連我們怎麼到那上面都不知道。」

「不容易，但有可能。」喬達拉說：「索諾倫和我都曾經辦到。趁天還亮時，我想尋找最適合讓馬兒爬上去的路。」

「我感覺我們好像永遠在旅行。喬達拉，我們到底還要走多遠？」

「距離第九洞穴還有段距離，但不會太遠，比我們走過的路近多了。而且一越過冰層，就離達拉納的洞穴很近了。我們會在那裡停留一陣子，讓妳有機會見見他、潔莉卡和其他人——我幾乎等不及要給達拉納、約普拉雅看我向偉麥茲學的敲燧石技巧。不過即使我們停留拜訪，也應該能在夏天之前回到家鄉。」

愛拉感到洩氣。夏天！現在才冬天，她心想。如果早知道路途這麼遙遠，她懷疑自己還會不會那麼熱切想和喬達拉一起回家。她可能會更努力說服他，留下來和馬木特伊氏一起生活。

「讓我們仔細瞧瞧那條冰川，」喬達拉說：「規畫最適合上去的路徑，確保我們準備周全，能夠越過那片冰。」

「今晚我們必須用燃燒石生火。」愛拉說：「這附近沒什麼東西能燒，而且我們必須融冰取水……要找到足夠的冰應該不難。」

除了少數隱蔽凹地有微量積雪，他們紮營的地區完全沒有雪，沿著斜坡往上跋涉的途中，也很少看到雪跡。喬達拉從前只走過那條路一回，而整個區域看起來比他記憶中乾燥多了。他想的沒錯，他們位在高地的雨蔭，也就是背風坡。稍早，季節開始轉換時，這一帶通常有零星降雪，他和索諾倫在下坡途中就遇過暴風雪。

在冬季，含有水分的溫暖空氣，乘著來自西部海洋的盛行風，沿著斜坡升高到上方，凝聚了高氣壓的大片平坦寒冰，對著高聳斷層塊產生巨大漏斗效應，造成潮濕空氣冷卻凝結，轉變成只落在下方冰層的雪，滿足冰川需索無度的飢餓胃口。

冰層完全覆蓋古老斷層塊磨蝕的平圓頂部，讓降雪延伸整片區域製造出幾乎平坦的表面，只有周圍例外。吸乾水分的冷空氣沿著坡面疾速下沉，越過冰層邊緣後，因為溫度不夠低，失去了降雪的條件。

喬達拉與愛拉沿著冰層底部繞行，尋找最適合往上走的路徑。他們注意到看似新近產生擾動的地區，有塵土和岩石被前進的冰川分支給挖了起來。

在許多地區，高地的古老岩石裸露在冰川底部。受到南方山脈造山運動龐大壓力摺疊和抬升的斷層塊，曾經是組成西方類似高地的堅固花崗岩塊。這無法撼動的古老山脈，是地表最古老的岩石。它所承受的推力，以大裂縫的形式留下了證據，產生分離岩塊的斷層。

正西方冰川另一側的斷層塊西坡陡峭，裂谷對面還有對稱的面東平行邊坡。一條河水流過斷層山谷的寬闊底部，受到兩側平行的高聳碎裂斷層塊庇護。但喬達拉計畫往西南方走，斜斜越過冰川，走下較和緩的斜坡。他希望趁河流還沒繞過冰川覆蓋的斷層塊，並穿過裂谷之前，在更靠近源頭的南部山地高處渡河。

「這是哪兒來的？」愛拉舉起一個東西問。二塊卵形木片嵌入框架，牢牢固定住，彼此相當貼近，外側邊緣還繫著皮帶。卵形木片中間刻有幾乎等同木片長度的細溝，把木片一分爲二。

「這是在我們離開前做的，我也做了一個給妳，用來保護眼睛。有時候冰川冰的光線太刺眼，只能看見一片白茫茫——一般人稱作『雪盲』。那種眼盲通常過一陣子就消失，但眼睛可能嚴重紅痛。這可以保護眼睛，戴上吧。」喬達拉說。看到她不熟悉地摸弄著，他補上一句：「來，我示範給妳看。」喬達拉戴上這個奇特的遮陽物，把皮帶綁在腦後。

「你怎麼看得見？」愛拉問。她只能勉強辨識水平長切口後方他的眼睛。等到她戴上他給她的那一副：「哇，幾乎什麼都看得見！只是看旁邊時需要轉頭。」她很驚訝，接著露出微笑：「你空空的大眼睛看起來眞好笑，好像某一種奇怪的幽靈……或者蟲子，也許是蟲子的幽靈。」

「妳看起來也很好笑啊，」他回以微笑：「可是這些蟲眼是能保命的，因爲攀登冰層時特別需要看清楚去路。」

「有美黛妮雅母親送的這些盤羊毛靴子襯裡眞好，」愛拉說著，一邊把襯裡放在能輕易拿到的近處。「連濕了都能保持腳的溫暖。」

「我們到了冰上，可能也會感激有多餘的襯裡。」喬達拉說。

「我以前在部落的時候，常用苔草塡塞腳套。」

「苔草？」

「對，可以讓腳維持溫暖，而且迅速變乾。」

「嗯，知道這一點很實用。」喬達拉說完拾起一雙靴子。「穿這雙用猛獁象皮作底的靴子，幾乎防水而且堅固強韌。冰有時很尖銳，加上猛獁象鞋底夠粗糙，人也不容易滑倒，尤其在爬坡時。好了，讓我們來看看裝備。我們需要手斧碎冰，」他把工具放在堆起的補給上。「還有繩子、十分強韌的細繩。帳篷、獸皮被、食物當然也需要。愛拉，我們可以捨棄部分烹煮器具嗎？在冰上時用不了很多，而且我們可以從蘭薩朵妮氏拿到更多。」

「我們會利用旅行食物。我不打算烹煮了，決定用索蘭蒂雅那個附有框架的大皮壺來融冰取水，直接放在火上烤比較快，也不需要把水煮沸，只要把冰融化就好。」愛拉說。

「一定要帶把標槍。」

「爲什麼？冰上不是沒有動物嗎？」

「對，但可以用來戳戳看前方冰層夠不夠堅固。那這塊猛獁象皮呢？」喬達拉問：「我們從出發就帶著走，可是眞的需要嗎？這很重。」

「這是塊好獸皮，柔順又舒適，而且防水，適合用來遮蓋碗形船。你說過冰上會下雪。」她不願割捨。

「我們可以用帳篷來遮擋。」

「話是沒錯……可是……」愛拉噘起嘴思索，然後她注意到其他東西：「你在哪裡拿到那些火炬？」

「拉杜尼給的。我們會在日出前上去，需要光線才能打包裝備。我想在太陽高照之前，到達高原上，趁一切還堅固結冰的時候。」喬達拉說：「即使天氣這麼冷，太陽還是能融化一些冰，那時候就很難走上高原了。」

兩人早早就寢，愛拉卻無法入眠，既緊張又興奮，畢竟喬達拉從一開始就在談論這條冰川了。

「怎……怎麼了？」愛拉在驚愕中清醒過來。

「沒事，該起床了。」喬達拉舉起火炬。他將握把插入礫石中支撐，然後遞給她一杯熱騰騰的茶：「我生了火，喝點茶吧。」

她露出微笑，而他神情愉悅。旅程中，她幾乎天天替他泡早茶，他很高興有一天能先起床替她泡茶。事實上，他完全沒睡，他辦不到，因爲太緊張、太興奮，也太擔憂了。

沃夫看著兩人，眼中閃著光芒。牠覺察到有點不尋常，蹦蹦跳跳來回踱步。兩人就著火光打包帳篷、獸皮被、少許工具，捨棄一些零星雜物：一個空的穀類容器、幾個石製工具。愛拉在最後一刻，還是把那塊猛獁象皮扔到碗形船裡的褐煤上，捨不得丟掉。

喬達拉拿起火炬照路，牽著快快的引導繩出發。然而火光四散，他只能看見鄰近地區有小光圈，即使他把火炬舉高，再遠一點就看不清楚了。月亮接近滿月，他開始覺得沒有火炬更能找到路。終於他丟下火炬，往前走入黑暗，愛拉跟隨在後，兩人的眼睛一會兒就適應了。他們走遠時，身後的火炬仍在礫石地面燃燒。

在將近滿月的月光中，巨大的冰層要塞閃現詭異短暫的光芒。漆黑的天空隱約有星星，空氣冷冽，連蒼穹似乎也賦予了屬於自己的生命。

儘管已經這麼冷，他們走近巨大冰壁，冰凍的空氣更加冰冷，但愛拉的顫抖是因爲敬畏與期待造成的激動。喬達拉看見她的眼睛閃閃發光，嘴角微開，呼吸愈來愈深而且快。向來因她的興奮而激動的他，感到鼠蹊部位出現動靜。他搖搖頭，現在沒有時間，冰川在前方等待。

喬達拉從行囊拿出一條長繩：「我們需要綁在一起。」他說。

「馬兒也要嗎？」

「不，我們也許有能力支撐彼此，但如果馬兒打滑，會把我們也帶走。」儘管不願意失去快快或嘶嘶，他最在意的是愛拉。

愛拉皺起眉頭，卻只能點頭認同。

兩人悄聲耳語，四周籠罩的靜默冰層使他們壓低音量，似乎不想擾動那份壯麗，或讓冰層發現兩人即將突襲。

喬達拉把繩子一端綁在腰際，另一端環繞愛拉，捲起鬆弛的部分，用手臂穿過，背在肩膀上。兩人各自牽起一匹馬的引導繩，而沃夫得自己走。

準備動身之前，喬達拉一度感到驚慌。他當初是怎麼想的？爲什麼認爲他能帶愛拉和馬兒越過這條冰川？他們應該繞遠路才對。雖然耗時久卻比較安全，至少他們辦得到。他甩掉這些負面的思緒，堅決地踏上冰層。

冰川底部的冰通常與陸地分離，冰層下方會產生類似洞穴的空間，或者有懸垂的冰架，向外延伸到冰川丘堆積的礫石上方。喬達拉選擇攀爬處的懸頂已經崩解形成緩坡，還混雜著礫石，更好立足。他們從崩解處邊緣起步，大量堆積的冰磧石連通冰層側面，如同明確的小路。除了靠近頂端之外，其他地方看起來對他們或步伐穩健的馬兒都不算太陡。越過頂端邊緣會是問題，不過也只有到了那裡，才會知道究竟有多困難。

喬達拉帶路，他們開始走上斜坡。快快躊躇了片刻，牠的負載已經減少，卻依然龐大沉重，從和緩處進入陡坡的高度變化，讓牠覺得不安。年輕種馬穩住了一隻打滑的蹄，然後帶著些許遲疑跟著主人出發。接下來，輪到愛拉和拖著拖橇的嘶嘶。母馬許久以來拖著木竿越過各種地形，已經適應了，而且遠遠隔開的木竿還有助於穩定母馬，不像快快背上馱著龐大的負載物。

沃夫抬高臀部，爬坡對牠而言較容易，畢竟牠的高度比較貼近地面，生繭的腳掌也產生摩擦力，避免打滑。不過牠感受到同伴面臨的危險而殿後，像是在後方警戒，留意某些沒被查覺的威脅。

月光明亮，來自突出冰露頭的反射則閃爍不定，平坦如鏡子的峭立表面深深帶有水的特質，像靜止的黑水潭。如沙河般緩緩流動的散落冰磧，在月光中還算清楚可見。但夜晚的光線模糊了物體的規模和外觀，隱藏住小細節。

喬達拉的步伐緩慢謹慎，小心牽馬繞過障礙。愛拉留神尋找最適合馬兒走的路徑，更勝於顧慮自身的安全。隨著坡度漸陡，馬兒因爲劇烈的傾斜及沉重負荷而失去平衡，掙扎著站穩腳步。當喬達拉試圖牽快快走上靠近頂端的陡坡時，牠一腳打滑，開始嘶鳴，並企圖揚起前蹄。

「來吧，快快。」喬達拉驅策著，拉緊牠的引導繩，好像單憑蠻力就把牠拉上去：「我們快到了，你一定辦得到！」

種馬奮力一搏，但馬蹄在覆雪微薄的危險冰層打滑了，喬達拉感覺自己被引導繩往後拉。他放鬆繩子，讓快快的頭自由，最後完全放開。他不願失去行囊裡的東西，更痛心失去那匹動物，可是他怕種馬爬不上來。

幸好馬蹄踩到礫石，快快瞬間止住打滑。少了束縛的牠揚起頭往前衝，迅速翻過邊緣，到了路徑平坦處，敏捷地越過一處冰川裂縫末端的狹窄縫隙。喬達拉撫摸種馬，激動地讚美牠，同時注意到天空的顏色由黑轉爲深紫藍，東方地平線上出現了微弱光影。

忽然，他感覺肩上的繩子拉動。愛拉一定是往後滑了，他一邊想，一邊放出更多繩子，她現在正在那處陡坡。突然間，繩子滑過他的手，直到腰間感受到一股猛拉的力道。她一定緊握著嘶嘶的引導繩，他心想，她得放手。

他用雙手抓住繩子大喊：「放手，愛拉！牠會把妳拉下去！」

愛拉沒有聽見，或者就算她聽見也沒聽懂。嘶嘶走上斜坡，但馬蹄找不到任何著力點，一直向後滑。愛拉緊緊拉住引導繩，好像她能夠阻止母馬滑落。但她也開始向後滑。喬達拉覺得自己被拉到邊緣岌岌可危，他抓住快快的引導繩尋求支撐，種馬嘶鳴著。

原來阻止嘶嘶往下滑落的是拖橇，因爲其中一根木竿卡在縫隙，時間久到足以讓母馬恢復平衡。牠衝過能穩住步伐的雪堆，踩在礫石上。喬達拉感覺拉力減緩，放開快快的引導繩，一隻腳緊緊抵著冰川縫隙，把腰間的繩子往上拉。

「再多放點繩子給我。」愛拉叫喊。她緊握引導繩，嘶嘶正向前推進。

沒多久，他奇蹟似地看見愛拉翻過邊緣，連忙把她拉過來。接著，嘶嘶出現了。牠往前一躍，凌空跨過縫隙，落腳在平坦冰面，拖橇的木竿突出地面，碗形船傾靠著他們剛剛攀上的邊緣。喬達拉大大鬆了一口氣，這時清晨的天空出現一道粉紅，顯出大地的邊界。

沃夫陡然躍過冰川邊緣跑向愛拉，準備撲到她身上。她感覺自己沒站得很穩，示意牠下來。牠退開，看看喬達拉，再看看馬兒，抬起頭先吠叫了幾聲，然後發出綿長響亮的狼嗥。

爬上陡峭斜坡後，冰層變得平坦，但他們還沒到達冰川最頂端。冰川裂縫分布在邊緣，以及大片冰層的聳立碎塊附近。喬達拉越過覆蓋邊緣的後方，堆積著鋸齒狀碎冰的雪丘，終於踏上冰原的平坦表面。快快跟著他，把彈跳滾動的碎冰塊劈哩啪啦踢落邊緣。他持續拉著綁在腰際的繩子，愛拉追隨他的腳步，沃夫往前跑，嘶嘶尾隨在後。

天空開始出現轉瞬即逝的獨特藍色曙光，大地邊界的另一邊射出閃爍光芒。愛拉回頭俯瞰陡峭坡面，納悶他們是怎麼攀上斜坡，從頂端往下看，她覺得眞是不可思議。愛拉轉身正要繼續走，頓時屏住了呼吸。

升起的太陽隱隱越過東緣，迸發炫目光芒，照亮令人驚奇的景象。西方全無特色的亮白平原在他們面前延伸，上方的天空呈現她這輩子從未見過的藍，吸收了幾分紅色曙光的反射，以及冰川的藍綠底色，呈現出一種美麗的藍。但這種藍明亮得令人屏息，彷彿自行散發著色彩難以形容的光亮，卻又在西南方遙遠的地平線上變化成晦暗的藍黑色。

隨著太陽從東方升起，他們黎明前醒來時，漆黑天空中的圓月已經淡去了身影，盤旋在遙遠西邊，模糊紀念著稍早的光華。廣闊冰原的神祕光輝依然不受干擾，沒有樹木、沒有岩石、沒有任何變化損及完好無缺的壯麗表面。

愛拉驟然吐出氣息，不知道自己原先屛住呼吸。「喬達拉！這太壯觀、太雄偉了！你先前怎麼沒告訴我？我願意旅行兩倍的距離，只爲了見識這一幕。」她語帶敬畏地說。

「是很壯觀。」他對她的反應露出微笑，也同樣深受震撼。「我沒辦法告訴妳，因爲我以前也沒看過這種景象。天候不常這麼穩定，這上面的暴風雪也很驚人。我們邊走邊看吧，冰層不像表面看起來那麼堅固。這麼清澈的天空和明亮的太陽可能造成縫隙裂開，或者讓懸垂的雪簷崩落。」

他們開始橫越冰原，前方拉出長長的身影。太陽尚未高懸，穿著厚衣的兩人已經開始冒汗。愛拉準備脫掉罩在外面的毛皮兜帽外套。

「如果妳想的話，可以脫掉，」喬達拉說：「但要繼續遮蓋自己。妳可能在這裡嚴重晒傷，不只來自上方。當陽光照耀時，冰層的反光也會把妳晒傷。」

早上形成的小積雲，到了中午就聚集成大積雲，下午開始起風。兩人決定停下來融化冰雪取水，愛拉很高興能穿回溫暖的外衣。承載水氣的積雨雲掩蔽了太陽，灑落少量乾燥細雪到兩名旅行者身上。冰川正在擴增。

他們越過的高原冰川大量來自遙遠南方崎嶇山脈的頂峰。潮濕空氣沿著那些高聳屏障上升，凝結成迷濛霧滴，由溫度決定落下成為冷雨，或微量飄落成雪。冰川不是由永久結凍產生，而是經年累積的雪，逐漸造就出最後橫跨大陸的冰層。除了少數炎熱的日子不算，殘餘冰雪的低溫寒冬和多雲涼爽的夏季，左右著冰川紀元的消長。

南部山地的高聳尖峰太過陡峭，無法積雪，下方邊坡形成的小窪地冰斗才是冰川的誕生處。微量的水在縫隙中結凍後膨脹，鬆動大量岩石，使得山地高處產生凹陷。少量乾雪花飄入後開始堆積，細雪片最後被大片凍水的重量粉碎，結合成雪粒，也就是小圓冰球。

雪粒形成於冰斗深處，而非表面。當降雪增多，愈來愈重的結實雪粒因為堆積而推升，越過冰斗邊緣。隨著雪愈積愈多，近乎圓形的雪粒被上方的十足重量緊密地壓在一起，在溫度升高時因為雪粒表層融化而彼此碰觸，產生摩擦力。就在剎那間，眾多接觸點融化又立即再度結凍，使雪粒連結在一起。冰層逐漸變厚，漸增的壓力又把這些微粒的結構重組，成為堅固的結晶冰，和雪粒不同的是，這些結晶冰會流動。

形成於龐大壓力下的冰川，表面上的冰更緊密，但廣大堅固的冰下層卻像任何液體一樣，平滑地流動。冰川依循陸地的輪廓流動，行經時，碾磨並重新形塑陸地，在高聳山頂等障礙物附近分離，又在另一側聚合——通常會帶走大塊岩石碎片，留下尖頂銳利的島狀物。

堅實的冰構成的河有潮流、漩渦、停滯的水潭、急速流動的中心，但移動的時間快慢不同，愈是廣闊巨大的冰川，流動得愈沉重緩慢，可能好幾年才移動幾公分。對冰川來說，不管花費多少時間都沒關係，它有的是時間。只要溫度維持在臨界點之下，冰川就會持續擴增。

冰川不僅出現在山區冰斗，也在平地產生，一旦覆蓋了足夠大的區域，降溫作用會促使聚集反氣旋漏斗中央的降水，擴散至冰川最邊緣，使整片冰層幾乎一樣厚。

冰川永遠不會完全乾燥，總會有水因爲壓力而融化，滲落並塡滿小裂縫。等到水冷卻又再度結凍，就會朝四面八方擴張。冰川從發源地往外四處擴張的速度，取決於表面的坡度，而不是冰川底下地面的坡度。如果表面坡度大，冰川內的水就比較快往下流過冰層縫隙，在重新結凍時擴張冰層。冰川若是較晚生成、接近大海，或者有高峰確保降雪夠多的山地，就會擴增得比較快。冰川蔓延之後，擴增速度會減緩，因爲寬廣表面把日光反射開來，導致水氣無法凝聚，結果就是冰川中央上方的空氣變得更乾冷而少雪。

南方山地的冰川從高峰向外蔓延，把山谷塡平到與高山通路一樣高度後，再湧過去。冰川前進的早期，山地冰川塡滿分離山地前沿和古老斷層塊的斷層線深溝，等到冰川覆蓋了高地，就會延伸到古老侵蝕山脈的北緣。在即將結束的暫暖期，冰層後退，在裂谷低地融化，產生一條大河，以及冰磧阻塞而成的長形湖。目前兩人穿越位在高地的高原冰川，依舊是結凍的。

他們無法直接在冰上生火，打算把碗形船墊在用來生火的河石下。他們必須先把所有燃燒石搬出圓船。愛拉拿起厚重猛瑪象皮，想到也可以用來墊在下面生火，就算略微燒焦也沒關係——她很滿意自己帶了這塊獸皮。他們全都喝了水，吃了點食物，包括馬在內。

兩人停下來休息，太陽消失在厚厚雲層的後方。再度上路之前，大雪開始冷酷而堅決地落下。北風呼嘯穿過寬闊冰面，覆蓋斷層塊的廣大冰層上，完全沒有任何東西可以擋住風，暴風雪正在成形。

第四十二章

降雪變大，來自西北方的風也突然轉強。他們被一陣冷空氣猛力推著走，彷彿只是周圍白色水平帷幕中，無關緊要的一部分。

「我想我們最好等這陣風雪過去。」喬達拉大喊，讓自己的聲音能在呼嘯風聲中被聽見。

兩人奮力搭起帳篷。這時冰冷強風席捲這處小小的庇護所，把木樁扯離冰層，導致帳篷鼓起飄動。猛烈強勁的風即將撕裂兩個渺小活人緊抓的這片皮革。暴風雪正肆虐著平坦的冰面。

「我們怎麼定住帳篷？」愛拉問：「這上面的狀況總是這麼糟嗎？」

「我不記得以前風有這麼強，不過我不驚訝。」

馬兒垂著頭安靜站著，堅忍地承受風雪。沃夫在牠們附近為自己挖了個洞。「也許我們可以把一匹馬牽到鬆脫的那端，壓住帳篷，直到我們用樁固定好。」愛拉建議。

兩人循序漸進地想出替代辦法，利用兩匹馬充當柱子和帳篷支撐物。他們把皮帳篷披在馬背上，接著愛拉勸誘嘶嘶站在帳篷一端，轉入帳篷底下，期望母馬不會移位太多，造成帳篷翻起。愛拉和喬達拉擠在一起，幾乎坐在馬腹下，那隻狼在他們彎曲的膝蓋邊，帳篷另一端圍繞著他們下方。

暴風雪停歇時，天已經黑了。他們必須就地紮營，還好已經先搭了帳篷。第二天清晨，嘶嘶站過的帳篷邊緣附近有幾處黑漬，讓愛拉很疑惑，兩人匆忙拔營時，她一邊納悶著。

除了攀過碎冰壓力丘，再努力繞過有幾條方向一致的大裂縫區域，第二天他們有了較多進展。下午又出現暴風雪，不過風勢沒那麼強，也比較快停止，讓他們稍晚得以繼續前進。

接近傍晚，愛拉發現嘶嘶跛著腳。她定神仔細查看，看到冰上有血污，感覺心跳加速，一陣恐懼襲上心頭。她拉起嘶嘶的腳，檢視馬蹄，發現蹄肉割傷，流著血。

「喬達拉，看看這個，牠的腳都割傷了，這是什麼造成的？」愛拉緊張地說著。

愛拉查看嘶嘶的其他部位，他看了看後也檢查快快的蹄，發現同樣的傷口。喬達拉皺起眉頭。「一定是冰。」他說：「妳最好也檢查一下沃夫。」

那隻狼腳掌的肉墊也有傷口，不過沒像馬蹄那麼嚴重。「我們該怎麼辦？」愛拉說：「牠們跛了，或者也快跛了。」

「我沒想到冰會這麼銳利，銳利到連馬蹄都割得開。」喬達拉十分煩亂。「我盡全力設想了一切，卻沒想過這一點。」懊悔衝擊著他。

「馬蹄很硬，但不像石頭，而是更像會受損的指甲。喬達拉，牠們不能繼續走。再多走一天，牠們就會完全無法走動。」愛拉說：「我們非幫牠們不可。」

「我們能做什麼呢？」喬達拉說。

「我還有醫藥袋，可以治療牠們的傷口。」

「我們不能在這裡待到牠們痊癒，而且只要牠們又開始走，情況還是一樣糟。」他停止說話，閉上雙眼，甚至不願去想他正在想的事情，更不願說出口。他只想到一個擺脫困境的方法。「愛拉，我們必須留下牠們。」他盡可能溫柔地說。

「留下牠們？『留下牠們』是什麼意思？我們不能留下嘶嘶或快快，牠們要去哪裡找水、找食物？冰上沒有草可以吃，連細枝尖端都沒有，我們不能這麼做！」愛拉表情悲痛：「我們不能就這樣把牠們留在這裡！我們不能，喬達拉！」

「妳說的對，我們不能就這樣把牠們留在這裡。這不公平，牠們會受太多苦……不過……我們有標槍和投擲器……」喬達拉說。

「不！不！」愛拉尖聲說：「我不准你這麼做！」

「總比把牠們留在這裡受苦慢慢死去來得好，也不是沒有馬……被獵捕過，大多數人都那樣做。」

「但牠們和其他馬不一樣，嘶嘶和快快是朋友，我們一同經歷了這麼多事情。牠們一路幫我們，嘶嘶還救過我的命，我不能丟下牠。」

「我也和妳一樣不想丟下牠們，」喬達拉說：「可是我們還能怎麼辦？」想到要殺死一同旅行了這麼久的種馬，他幾乎無法承受，而他知道愛拉對嘶嘶也有同樣感覺。

「我們回去，只要回頭就可以了。你說過，附近還有另一條路！」

「我們已經在這片冰上走了兩天，馬兒幾乎跛了。愛拉，我們可以試著回去，但我不認爲牠們辦得到。」喬達拉說。他連沃夫能不能辦到都不確定，內心充滿自責和懊悔。「對不起，愛拉，都是我的錯。我笨得以爲能和馬兒一起越過這條冰川。我們應該繞另一條遠路，但現在恐怕太遲了。」

愛拉看到他眼中含淚，她不常看他掉淚。儘管異族男人哭泣並沒有那麼不尋常，但他生性會隱藏情緒。在某種程度上，這使得他對她的愛更強烈，幾乎完全將自己給了她，而她也爲此愛著他。但她無法放棄嘶嘶。這匹馬是她的朋友，是她在山谷時唯一的朋友，直到喬達拉出現。

「我們非得做些什麼才行，喬達拉！」她啜泣。

「要做什麼呢？」他從來沒覺得這麼悲涼，對自己無力找出解決辦法，陷入了沮喪和挫折的深淵。

「唔，現在，」愛拉說著擦拭眼睛，淚水在她的臉上凍結：「我要治療牠們的傷口。無論如何，我還能做到那一點。」她拿出水獺皮醫藥袋：「我們必須生起大火，熱得足以煮滾水，不是只融化冰而已。」

她取下褐色燃燒石上的猛獁象皮，在冰上攤開來，發現柔順獸皮上有幾處焦痕，但無損這塊堅韌老皮。她把河石另外放在靠近中央的地方，準備在上面生火。至少他們不需要再擔心節省燃料，他們可以捨棄大部分燃料。

她沒有說話，因爲辦不到。喬達拉也無話可說，整個人看起來很難堪。投注在跋涉冰川的顧慮、規畫、準備，全因爲他們想都沒想到的事情就停擺了。愛拉凝視小火堆，沃夫蜷縮在她身旁哀鳴，不是因爲疼痛，而是因爲知道事情不對勁。愛拉再度查看牠的腳掌，狀況沒那麼糟。牠更能掌控落腳處，而且會在他們停下來休息時，仔細舔掉冰雪。她也不願想到會失去牠。

她有段時間沒意識到自己在想杜爾克，不過他一直存在，她永遠忘不了那份回憶、那份冰冷的痛苦。她發現自己正默默想著杜爾克，他開始和部落的人一起打獵了嗎？他學會使用拋石索了嗎？烏芭會是個好母親，她會照料他，爲他煮食，爲他製作溫暖冬衣。

想到寒冷，愛拉發起抖來，隨即想起伊札爲她做的第一件冬衣。她喜愛內有毛皮的兔皮帽，冬季腳套也有內層毛皮。她回憶自己穿著新腳套到處踩踏，而且還記得那種腳套製作起來有多簡單。那不過是一片獸皮，收攏起來綁在腳踝，一陣子後就會合腳，雖然剛開始十分笨拙，卻也是穿新腳套的樂趣。

愛拉繼續凝視火堆，看見水即將沸騰。有件事不斷糾纏她，某件重要的事，她確信，關於……

她突然吸了一口氣：「喬達拉！啊，喬達拉！」

他覺得她看起來很激動：「怎麼了，愛拉？那裡又不對勁了？」

「不是有事情不對勁，而是有事情對了，」她喊道：「我剛剛想起一件事！」

他認爲她的舉止古怪。「我不明白。」他納悶失去兩匹馬是不是對她打擊太大了。她拉扯火堆下厚重防水的猛獁象皮，把一塊熱煤直接敲在皮革上。

「給我一把刀，喬達拉，你最銳利的刀。」

「我的刀？」他說。

「對，你的刀，」她說：「我要替馬做靴子！」

「妳要做什麼？」

「我要替馬做靴子，還有沃夫，用這塊猛獁象皮！」

「妳怎麼替馬做靴子？」

「我先把猛獁象皮裁成圓形，在邊緣割洞，用細繩穿過去，綁在馬的腳踝周圍。如果猛獁象皮可以避免我們的腳被冰割傷，一定也能保護牠們的腳。」愛拉解釋。

喬達拉想像了一下她描述的狀態，然後露出微笑：「愛拉！我想這行得通。大媽啊，這應該行得通！這點子眞妙！妳怎麼會想到？」

「伊札就是那樣替我做靴子，那是穴熊族人製作腳套的方式，手套也是。我試圖回想古邦和優兒嘉是不是也穿那種東西，但很難分辨，因爲一段時間後，腳套就合腳了。」

「那塊獸皮夠嗎？」

「應該夠。趁著火繼續燃燒，我會準備好治療割傷的藥，也許替我們泡些熱茶。我們已經好幾天沒喝了，而且可能要離開冰上才會再泡茶。我們需要節省燃料，但我想這時來一杯熱茶會很棒。」

「妳說的沒錯！」喬達拉同意，再度微笑並感到愉悅。

愛拉非常仔細檢查兩匹馬的每隻蹄，修剪粗糙處並敷藥，然後綁上猛獁象皮馬靴。剛開始牠們試圖甩開奇怪的腳套，但腳套綁得牢固，馬兒很快就適應了。她接著拿起爲沃夫做的腳套，嘗試替牠穿上。牠咀嚼囓咬腳套，企圖擺脫陌生的累贅。一陣子過後，牠也不再抗拒，腳套穿在牠的特大狼腳上，顯得合腳多了。

第二天早上馬兒的負荷稍微減輕。他們用掉了一些褐煤，沉重的猛獁象皮如今也穿在馬腳上。停下來休息時，愛拉卸下牠們的行囊，讓自己多背一點東西，可是仍然負荷不了健壯馬兒的搬運量。儘管繼續前進，那晚馬蹄和馬腳看起來改善許多，沃夫的腳掌看起來也沒有異樣，兩人都大感欣慰。那些靴子還提供了意外的效益，在牠們走在雪深處時發揮了雪鞋的功能，避免這些又大又重的動物陷得太深。

第一天的天候模式固定下來，伴隨著些許變化。他們早上的進展最多，下午的風雪強弱不一。有時暴風雪過後，他們還能再走一小段路，其他時候則必須在同一處從下午待到晚上，有一回還停留了兩天，但沒有再碰上第一天那麼強烈的暴風雪。

冰川表面並不如第一天在太陽下閃閃發光時看來那麼平滑，局部暴風雪造成大量飄落的柔軟細雪積高，他們掙扎著穿越。強風掃過冰川表面，他們嘎扎嘎扎地踏過尖銳突出物，滑進淺溝，腳卡在狹窄空間，腳踝在凹凸不平的表面不斷扭曲。瞬間狂風沒有預警便吹颳起來，幾乎從未停歇。兩人一直擔憂有看不見的裂縫，覆蓋在脆弱雪橋或懸垂的雪簷下。

他們繞過開闊裂縫，尤其在冰川中央附近，那裡的乾空氣溼度太低，積雪無法厚到足以填滿裂縫。深刻嚴酷的徹骨寒冷從未停止，兩人的氣息凍結在嘴巴附近的兜帽毛皮上，而杯子溢出的水滴在落地前就結凍了。他們的臉受到風吹日曬，龜裂、脫皮、變黑，凍傷持續造成威脅。

壓力開始出現，兩人的反應和判斷力逐漸變差。一場午後的強烈暴風雪延續到晚上。第二天早晨喬達拉急著上路，他們損失的時間比他預期多出許多。嚴寒中加熱水費時更久，燃燒石的存量減少。

愛拉查看行囊，接著開始搜尋獸皮被。她記不得他們在冰川上待了多少天，對她來說已經夠久了，她邊搜尋邊想著。

「快點，愛拉！妳怎麼這麼慢？」喬達拉厲聲說。

「我找不到我的護目鏡。」她說。

「我說過別弄丟的。妳想瞎掉嗎？」他勃然大怒。

「不想，我不想瞎掉。不然你認爲我爲什麼要找？」愛拉反駁。喬達拉搶走她的毛皮，猛力搖晃，木製護目鏡掉在地上。

「下回要小心放。」他說：「現在我們出發吧。」

兩人迅速收拾營地，愛拉氣嘟嘟的，拒絕和喬達拉講話。他一如往常過來二度查看她的綁繩，愛拉抓起斷斷的繩子搶先上路，他還來不及檢查，她就把馬帶走了。

「難道你不相信我會幫馬打包好嗎？既然你說要上路，幹麼還浪費時間檢查？」她猛然扭頭。

他只是想謹慎一點，喬達拉氣憤地想。她連路線都不知道，等她兜了一會兒圈子，就會自動過來請我帶路，落在她身後的他心想。

極度疲勞的行進讓愛拉又冷又累，她往前衝，不留意周遭環境。他那麼想快，我們就快，她心想。要是我們眞能到這片冰層盡頭，但願我永遠都不要再見到冰川。

沃夫在領頭的愛拉和尾隨的喬達拉之間緊張奔跑，不喜歡兩人位置驟然改變，這個高挑男人以前總是走在前頭。女人盲目跋涉前進，顯然只在意糟透的寒冷和自己受傷的情緒。這隻狼跑到女人面前，突然在她前方停下腳步，阻擋她的去路。

愛拉牽著母馬繞過去，牠又回頭擋在她前方，她置之不理。牠輕觸她的腿，被她推到一旁。牠往前跑一小段，坐下來哀鳴，喚起她注意，她完全不理會，自顧踏著重步越過去。牠往回跑向喬達拉，在他面前騰跳哀鳴，然後一路哀鳴著朝愛拉躍進幾步，又再次跑向他。

「有什麼事不對勁嗎，沃夫？」喬達拉終於注意到牠的焦慮。

忽然間，他聽見駭人的低沉巨響。猛然抬頭，前方空中滿是紛飛的輕雪。

「不！哦，不！」喬達拉往前奔跑，悲痛大喊。當雪落定，一隻孤獨的動物佇立在敞開的裂縫邊緣，沃夫揚起口鼻，發出綿長淒涼的哀號。

喬達拉仆倒在裂縫邊緣的冰上，仔細察看。「愛拉！」他絕望叫喊：「愛拉！」他的胃部緊緊糾結，知道叫喊無濟於事。她永遠聽不見他了，她死於深邃裂縫的底部。

「喬達拉？」

他聽見遠處傳來恐懼的微弱聲音。

「愛拉？」他湧現希望往下探看。遠遠下方緊貼深溝壁面的狹窄冰架上，站著害怕的女人。「愛拉，別動！」他指揮著：「直直站著，小心那片冰架也會崩塌。」

她還活著，他心想。難以置信，這眞是個奇蹟。可是，現在我該怎麼把她救出來？

冰川深淵內，愛拉驚呆恐懼地傾靠壁面，緊緊攀附裂縫及突出處。她在深及半膝的雪地跋涉，迷失在自己的思緒中。她累了，厭倦一切：厭倦寒冷，厭倦賣力穿越深深雪地，厭倦冰川。橫越冰層耗竭了她的精力，她筋疲力竭，累到骨子裡。儘管掙扎前進，她唯一的念頭就是抵達廣大冰川的盡頭。

響亮的爆裂聲讓她從沉思中驚愕回神。她作嘔地覺察到堅固的冰在腳下解體，突然想起多年前一場地震。她本能地伸手設法攀附東西，但滾落的冰雪根本無法提供支撐。愛拉感覺自己往下掉，差點在腳下崩解的雪橋中窒息，不知道自己最後是如何站上狹窄的冰架上。

她戰戰兢兢往上看，害怕連最輕微的重心轉移，都會震鬆不穩定的支撐。上方的天空看起來近乎漆黑，她彷彿看到隱微星光。偶爾有不牢固的冰片或雪球從邊緣鬆脫，零星掉落在女人身上。

她立足的冰架位在不規則大圓石上，長期埋在新雪中的狹突舊冰面。那是冰層緩慢填滿山谷，並從相鄰山谷邊往下漫溢時，從堅固岩石分離出來的。流動的宏偉冰川積聚大量從堅硬岩石散落的砂石塵土，緩緩帶往流速較快的中央。這些冰磧在流動途中，在表面產生了長條狀碎石。當溫度最後升高到足以溶解廣闊冰川時，冰川流經的山脊、山丘就會留下種類不一的岩石。

她直挺挺站著等待，動也不敢動一下。聽見冰洞深處有微弱聲響和轟隆聲，起初她還以爲是自己的想像。然而這片冰層並不如上方的堅硬表面看起來那麼堅固，持續重組、擴張、移位、滑動。冰川表面或深處轟隆爆開新裂縫，或在遠處閉合時，都會振動到整片異常黏著的冰層。這座巨大冰山滿布地下通道，包含驟然終止的通路、蜿蜒曲折又高低起伏的長廊、凹地，以及敞開後又閉合的誘人洞穴。

愛拉開始環顧四周，陡峭冰壁閃現令人難以置信的明亮藍光，底色還帶著濃濃的綠。她突然意識到自己看過那種色彩，不過只有在一個地方。喬達拉的眼睛就是同樣驚人的亮藍色！她渴望再看到那雙眼睛。巨大結晶冰的破碎面，使她感覺周遭視野外有神祕的東西迅速移動。假如她轉頭的速度夠快，也許就能看到短暫的形影消失在反射的冰壁中。

但那完全是錯覺，是角度與光線的幻影。結晶冰過濾了空中火球大部分的紅色光譜，留下深藍綠色。而這些就像是染色鏡面的邊緣及平面互相玩起折射和反射的遊戲。

感覺到一陣雪落下來，愛拉往上掃視，看到喬達拉的頭伸出裂縫邊緣，接著看到一條繩子曲折垂向自己。

「把繩子綁在妳腰上，愛拉，」他叫喊：「一定要綁好。當妳準備好了，告訴我一聲。」

他又來了，喬達拉對自己說。在知道她自己能做得很好時，他爲什麼非要再確認一次？他爲什麼要指示她去做理所當然應該做好的事情？她一定知道繩子必須綁牢，當他不僅指示她，還要再進一步確認時，她才氣得不顧一切，跺步往前走。如今身處險境……但他應該更清楚的。

「我好了，喬達拉。」把繩子纏繞自己，用許多繩結綁牢後，她叫喊：「這些繩結綁得很牢，不會鬆脫的。」

「好，現在抓緊繩子，我們會把妳拉上來。」他說。

愛拉感覺到繩子逐漸拉緊，將她抬離冰架。她的雙腳懸空，緩緩升向裂縫邊。她看見喬達拉的臉和擔憂的美麗藍眼睛，抓著他伸過來的手。在他的協助下，她翻過了邊緣，終於再度回到冰上。喬達拉將她緊緊抱入懷中，她也同樣牢牢抓住他。

「我以爲妳死了。」他說著親吻、擁抱她。「對不起，我不該對妳吼叫。愛拉，我知道妳可以自己裝載行囊，我只是太擔心了。」

「是我的錯。我不應該那麼輕忽護目鏡，而且不該那樣匆促搶在你前面。我根本不熟悉冰層。」

「是我放任妳，我應該更清楚的。」

「我應該更清楚的。」愛拉也同時說。兩人對彼此不經意的異口同聲露出微笑。

愛拉感覺腰部被拉動，看到繩子另一端綁在褐色種馬身上——是快快將她拉出了裂縫！她笨拙地拆解纏繞腰部的繩結，喬達拉將健壯的馬兒牽到一旁。由於她打了太多結，並且把結拉得很緊，繩結在她被升起時又變得更緊，以致無法解開。最後她只得用刀子割開繩子。

迂迴繞過差點釀成悲劇的裂縫，他們持續朝西南方越過冰層，愈來愈擔憂即將用盡的燃燒石。

「喬達拉，我們還要多久才能到另一邊？」早晨爲所有成員把冰融化成水後，愛拉問：「因爲燃燒石剩下不多了。」

「我知道。我原本希望現在已經到了那邊。暴風雪造成的延遲，比我預估的還多。我很擔心氣候轉變時，我們還在冰上。氣候確實有可能迅速轉變，」喬達拉一邊說，一邊仔細掃視天空：「恐怕很快就會發生。」

「爲什麼？」

「我想過了，在妳掉進裂縫之前，我們發生無謂的爭執。記得大家是怎麼警告我們，惡靈會比融雪的風早到一步嗎？」

「對噢！」愛拉說：「索蘭蒂雅和薇黛琪雅說，那會讓人暴躁。我眞的覺得非常暴躁，直到現在還是。我眞厭惡、厭倦這片冰，必須強迫自己持續前進。這有可能就是嗎？」

「我就是這麼懷疑。愛拉，如果這眞的是，我們必須動作快一點。要是焚風出現，我們還在冰川上，可能都會掉進裂縫裡。」喬達拉說。

他們設法更加仔細分配褐色泥炭石，飲水僅稍微融化。兩人開始在兜帽毛皮大衣內背著裝滿雪的水袋，用體熱融化足夠的水供兩人和沃夫喝。但如此節省還是不夠，他們的身體無法融化足夠多的水給馬兒。一旦燃燒石全部用完，馬兒就沒水可喝了。她也沒有草料供應牠們，但水更重要。愛拉注意到牠們咀嚼冰，更爲此擔心。脫水、吃冰都可能使牠們受寒，導致牠們無法維持足夠體熱，在冷颼颼的冰川上保持溫暖。

兩人搭起帳篷，兩匹馬都來找她討過水，但愛拉只能給牠們幾口自己喝的水，爲牠們碎冰。那天下午沒有暴風雪，他們一直走到天色暗得幾乎看不見。走了很長一段距離，照理說應該覺得到高興，可是她卻非常不舒服，整晚睡不著覺。她試圖置之不理，告訴自己：我只是在擔心馬兒。

喬達拉也清醒地躺了很久。他認爲地平線看起來更近了，卻怕只是自己一廂情願的想法，但不願提起。他終於打起盹，半夜醒來發現愛拉也完全清醒。兩人在黑暗略微轉藍時便起身，趁著天空還有星星就出發。

早晨過了一半，風向開始轉變，喬達拉確信他最擔憂的事情就快來了。風並沒有那麼溫暖，只是比較不冷，而且是來自南方。

「快點，愛拉！我們得快點。」他幾乎要奔跑起來。她點點頭跟上他的腳步。

到了中午，天空清澈，吹在他們臉上的清新微風，溫暖得讓人舒服極了。風力逐漸增強，直到減緩他們逆風行進的速度。這股吹過寒冷冰面的溫暖是致命的撫觸，堆積的粉狀乾雪變得潮濕緊實，接著轉爲雪泥。表面的小窪地開始形成小水坑，而且愈來愈深，染上從冰層中央射出來的亮藍色彩。這對男女完全沒有時間和心情欣賞這份美麗。馬兒對水的需求輕易獲得滿足，兩人有一種說不出的欣慰。

薄霧開始升起，貼近冰層表面。霧氣在高升前就被溫暖南風帶走。喬達拉用長標槍碰觸前方路徑，速度近乎奔跑，讓愛拉很難跟上。她希望能跳到嘶嘶背上，讓馬兒帶著她走，可惜冰層出現愈來愈多裂縫，她只得打消念頭。喬達拉幾乎確定地平線近了，但低迴的霧氣使距離失真。

小溪開始流過冰層表面，連結了水坑，路變得難走而且危險。他們涉水而過，感覺冰冷滲透，隨即嘎吱穿透靴子。忽然間，就在他們前方幾步的地方，看似堅固的大片冰層崩落下來，露出敞開的深淵。沃夫吠叫哀鳴，馬兒恐懼尖叫著驚避，喬達拉趕緊沿著裂縫邊緣找路繞過去。

「喬達拉，我沒辦法繼續了，我已經筋疲力盡，非得停下來不可。」愛拉哽咽說完開始哭泣。「我們辦不到的。」

他停下腳步，回頭安撫她：「愛拉，我們就快到了。妳看，邊緣離這裡多近啊。」

「可是我們差點掉進裂縫。有些水坑變成藍色深洞，還有小溪流進來。」

「妳想待在這裡嗎？」他說。

愛拉深吸了一口氣。「不想，當然不想。」她說：「我不知道自己爲什麼哭。要是待在這裡，我們必死無疑。」

喬達拉努力繞過那條大裂縫。當他們再度往南走時，風勢已經和北風一樣強烈，他們感受到溫度升高。小溪變成溪流交錯流過冰層，逐漸形成河流。他們艱辛地繞過另外兩條更大的裂縫，看見冰層的另一邊，兩人跑過最後一小段距離，站在邊緣俯瞰。

他們抵達冰川的另一邊了。

乳白色的冰川乳水瀑就在下方，從冰層底部大量湧出，遙遠的雪線下薄薄覆蓋著淡綠色。

「妳想在這裡休息一會兒嗎？」喬達拉問，但神情擔憂。

「我只想離開這片冰，我們可以到那片平原再休息。」愛拉說。

「那裡看起來還挺遠的，我們不適合輕率地貿然前進。我們兩個還是要綁在一起，妳走前面先下去，如果妳打滑，我可以在後面支撐妳的重量。只要小心挑選下去的路，我們可以牽著馬走。」

「不，這樣不好。我覺得應該卸下馬兒的籠頭、行囊、拖桿，讓牠們自己找路走下去。」愛拉說。

「或許妳說的沒錯，但那樣我們就得把行囊留在這裡……除非……」

愛拉順著他的視線望過去：「我們把東西放進碗形船，讓小船自己滑下去！」她說。

「除了一小包我們能隨身攜帶的必需品。」他微笑說。

「如果我們徹底綁好，看著小船的去向，應該就能找到。」

「要是小船解體了呢？」

「會嗎？」

「船框有可能裂開，」喬達拉說：「不過就算那樣，獸皮或許能避免小船整個解體。」

「裡面的東西也會好好的，對吧？」

「應該是。」喬達拉露出微笑：「我覺得這是個好主意。」

重新裝載好圓船，喬達拉拿起一小包必需品，愛拉牽著嘶嘶。儘管有點害怕打滑，兩人沿著邊緣找路下去。彷彿彌補了橫越冰川時忍受的耽擱和危險，他們很快找到一處冰磧緩坡，那兒有可以行走的砂礫，就在過了略陡的滑溜冰坡之後。兩人將船拖到冰坡，然後愛拉解開拖橇。他們卸下兩匹馬身上所有的繩索、籠頭，只保留猛獁象皮馬靴。愛拉檢查靴子，確認綁得牢固，靴子如今已經成爲馬蹄形，而且非常合腳。他們把馬兒牽到冰磧頂端。

嘶嘶嗚叫著，愛拉安撫牠，以牠最熟悉的嘶聲叫喚牠，用手勢、聲音、拼湊字眼構成的專屬語言鼓勵牠：「嘶嘶，妳必須自己下去，」她說：「沒人比妳更清楚該怎麼在這片冰上走。」

喬達拉安撫年輕種馬。下坡危險，什麼事都可能發生，但至少他們已經讓馬兒越過冰川，現在牠們得靠自己下去。沃夫緊張地在冰層邊緣來回踱步，一如先前牠害怕跳進河裡的不安舉動。

在愛拉驅策下，嘶嘶首先踏過邊緣，謹慎揀選路徑。快快緊跟在後，很快便超越牠。兩匹馬在滑溜處打滑，加速往下移動，以跟上增加的衝力。愛拉和喬達拉也抵達冰層底部，不管待會兒還要冒多大風險，牠們已經到下面了。

沃夫夾著尾巴在頂端哀號，看見馬兒離去，不怕羞地表露出牠的恐懼。

「我們把船推過去就出發，下去的路又長又不容易。」喬達拉說。

兩人將船推到陡峭冰坡邊緣時，沃夫突然跳了進去。「牠一定以爲我們準備乘船渡河。」愛拉說：「眞希望我們能漂滑過這片冰。」

兩人相視而笑。

「妳覺得怎麼樣？」喬達拉說。

「爲什麼不？你說船應該不會解體。」

「但是我們呢？」

「試試看會怎樣吧！」

兩人把幾樣東西挪到一旁騰出空間，和沃夫一起爬進碗形船。喬達拉向大媽祈求後，利用拖橇的長竿推船離開。

「抓緊！」喬達拉說，他們開始越過邊緣。

他們的速度飛快增加，先是直直向前，撞上隆起處後，小船彈跳打轉。他們往旁邊滑上一處略斜坡面，然後凌空而行，兩人都害怕地激動尖叫。他們顚簸著陸，連那隻狼都跟著騰空飛起，接著小船再度打轉。他們抓緊船緣，沃夫設法蹲伏下來，把鼻子伸出船邊。

愛拉和喬達拉只能拚命緊抓，完全無法控制順著冰川邊迅速滑落的小圓船。小船轉向下滑、彈跳打轉，彷彿欣喜跳躍著，而沉重的負載剛好讓底部重得不至於翻倒。這對男女不由自主地尖叫，卻都忍不住微笑。這是他們經歷過最快速、最振奮的船程，不過一切還沒結束。

兩人沒想過航程到底會怎麼結束。接近底端時，喬達拉想起冰層底部和下方地面之間通常有裂縫，小船在砂礫上猛力著陸可能會把他們拋出去，導致受傷或更嚴重的狀況。不過他剛聽到聲響時沒有留神，直到小船猛力碰撞著陸，濺著大水花進入轟鳴的混濁水瀑中，他才意識到他們已經順著溼滑冰層往下滑回底部大量湧出的融水河。

小船再度濺著水花落到瀑布下，不久就平穩地漂浮在濁綠色冰川融水的小湖中央。沃夫欣喜萬分地舔過兩人的臉，終於坐下來，仰頭嗥叫致意。

喬達拉望著女人：「愛拉，我們辦到了！我們辦到了！我們越過冰川了！」

「對啊！」她露出大大的微笑。

「不過這樣做很危險，」他說：「我們可能受傷，甚至沒命。」

「沒錯，這樣可能很危險，可是很有趣。」愛拉眼中依然閃現興奮。

她的興奮對他來說，永遠具有感染力。儘管一路掛心能不能安全帶她返鄉，此刻他也不免露出微笑：「妳說的對，很有趣，而且一切配合得剛剛好，這太奇妙了。不過，我應該不會再想越過冰川，一輩子有兩次經驗已經足夠了。我很高興自己辦到了，我也永遠忘不了這段旅行。」

「現在，我們只需要到那片陸地上，」愛拉指著岸邊：「然後找到蜥蜥和快快。」

夕陽西斜，地平線的炫目光亮和黃昏虛無的暮色之間，視線並不好，傍晚的寒冷也讓溫度再度降到冰點。他們可以看見堅實土地上安穩牢靠的黑壤土，湖周圍夾雜著片片雪地，不知道怎麼到達那裡。他們沒有槳，而且把木竿遺留在冰川上。

這座湖看似平靜，快速流動的冰川融水卻形成暗流，把他們緩緩帶向岸邊。他們靠近時，兩人一同跳出小船，沃夫也隨後跳離。他們把小船拉上岸。沃夫甩動身子濺灑水花，可是愛拉和喬達拉完全沒有注意到。他們相擁，對於眞的抵達堅實土地互表愛意與寬慰。

「我們眞的辦到了。我們幾乎到家了，愛拉，我們幾乎到家了。」喬達拉抱著她。能在這裡擁著她，他心裡充滿了感激。

湖邊的雪又開始結凍，柔軟雪泥轉爲表面堅硬的冰。在近乎漆黑的夜色中，他們牽著手走過砂礫，直到抵達一處空地。沒有木頭可以生火，但他們不以爲意。兩人吃著在冰上賴以維生的壓縮旅行乾糧，喝著水袋裡在冰川上塡裝的水，然後搭起帳篷，攤開獸皮被。鑽進被窩前，愛拉看著眼前漆黑的景象，不知道馬兒身在何處。

她吹口哨召喚嘶嘶，等著聽見馬蹄聲，但沒有馬出現。她抬頭看著上方盤繞的雲朵，猜測牠們會在哪裡。接著，她再度吹起口哨。現在已經暗得沒辦法尋找牠們了，只能等到早上。愛拉爬進被窩，躺到高挑男人身邊，伸手探向蜷縮在一旁的狼。當她筋疲力竭墜入夢鄉時，心裡還想著那兩匹馬。

這個男人看著身旁女人的蓬亂金髮。她的頭舒適地放在他肩膀凹處，他改變主意不起身。再沒有需要持續行進，憂慮消失讓他無所事事。他得一直提醒自己：他們已經越過冰川，不必再趕路了。如果他們願意，可以在獸皮被裡躺上一整天。

冰川如今在他們的後方，而愛拉安然無恙。他顫抖著想到她的千鈞一髮，不自覺地更用力抱緊她。這個女人用手肘撐起自己看著他，她喜愛看著他。獸皮帳篷內光線微弱，使他的亮藍色眼睛更加柔和，專注或擔心時皺起的額頭，如今也放鬆下來了。她用一根手指輕輕滑過那些憂愁紋，然後探索他的面容。

「你知道我還沒遇到你以前，我試著想像男人的模樣，不是穴熊族男人，而是我這類人的男人，可是都辦不到。你很美麗，喬達拉。」她說。

喬達拉笑出聲來：「愛拉，美麗的是女人，不是男人。」

「那男人呢？」

「妳可以說他強壯或勇敢。」

「你強壯又勇敢，可是那和美不一樣。你們怎麼說一個美麗的男人？」

「我想是英俊吧。」他有些難爲情，他過去太常被說英俊了。

「英俊，英俊，」她對自己重複說：「我比較喜歡美麗，我所懂的美麗。」

喬達拉又大笑，驚人而有活力的嘹亮笑聲，意外蘊含著不羈的熱情，愛拉意識到自己不自覺盯著他瞧。這趟旅途中他非常嚴肅，儘管會微笑，卻很少大聲笑出來。

「如果妳想說我美麗，請便吧。」他說著把她拉向自己：「我怎麼拒絕得了美麗的女人說我美麗呢？」

感覺到他的陣陣笑聲，愛拉開始咯咯笑：「喬達拉，我喜愛你笑出聲來。」

「我愛妳，有趣的女人。」

兩人停住笑之後，他抱著她，感覺到她的溫熱和柔軟豐滿的胸部，伸手探向一個乳房，把她往下拉以便親吻她。她將舌頭滑進他的嘴，感覺到自己回應出對他的異常渴望，領悟兩人已經有段時間沒有交歡。他們在冰川上太緊張、太疲憊，沒有心情，也無法那麼放鬆。

他覺察到她熱切主動，感覺自己的需求乍現。兩人親吻時，他將她翻身，然後移開獸皮被，一路親吻她的喉嚨、脖子，直到覓得她的胸部，用嘴包住她堅挺的乳尖吸吮。

難以置信的歡愉貫穿全身，強烈得令她喘息。她隨之呻吟，卻也被自己的反應嚇到。幾乎還沒被他碰觸，她就準備好了，感覺無比的渴盼。有那麼久沒交歡了嗎？她迎向他。

喬達拉往下探觸她大腿間的快感處，觸摸按揉她的肉核，她叫喊了幾聲便迅速達到高峰。她爲他準備好了，渴望著他。

他感覺到她瞬間的溼熱，明白她準備好了。他的需索呼應著她高漲的渴望。她推開毛皮，對他敞開自己，他用雄偉的陽具探入她的深井。

當他往前推進深深插入，她將他拉近，歡喜地大叫。他感覺被她徹底含納。她需要他，而他感覺如此滿意，超越了歡喜和愉悅。

他和她一樣準備好了，抽回後僅僅再一次插入就忽然沒有保留，感覺高潮升起、到達、氾濫。在最後幾回衝刺中耗竭後，他推進，在她身上歇息。

她閉上雙眼靜靜躺著，感受他壓在她身上的重量，美妙得動都不想動一下。直到他終於起身俯看她，忍不住親吻她，她才張開眼睛看著他。

「眞美妙，喬達拉。」她感到慵懶而滿足。

「好快，妳準備好了，我們都準備好了。而且剛才妳臉上的笑容怪極了。」

「那是因爲我好開心。」

兩人默默躺在一起，再度打起瞌睡。喬達拉比愛拉早醒來，看著沉睡的她再度浮現奇怪的小笑容，納悶她到底夢見什麼。他克制不了地輕輕吻著她，愛撫她的胸部。她張開雙眼，明澈烏黑的大眼睛充滿深沉的祕密。

他一一親吻眼皮，然後陸續頑皮囓咬一個耳垂和一個乳尖。她對他微笑，溫柔順服地任由他探向她的陰阜，觸摸她柔軟的陰毛，即使不算再次準備好，也使他期望他們才要開始交歡，而不是剛剛結束。突然間，他抱緊她，猛力親吻她，撫摸她的身軀、胸部、臀部、大腿，他的手幾乎無法離開她，彷彿就要失去她。那一刻，他產生了如同差點帶走她的冰川裂縫那麼深的需索，他怎麼碰她、抱她、愛她都不夠。

「我從來沒想過我會墜入愛河。」他說著，再度放鬆下來，輕鬆隨意愛撫她腰背凹處及平滑的臀部。「爲什麼我得旅行到越過大媽河的盡頭，去尋找能愛的女人？」

他醒來之後就在想這件事，意識到他們幾乎到家了。到了冰川的這一邊眞好，他充滿期待，想知道所有人如何渴望見到他們。

「因爲我的圖騰想要你我相遇，穴獅引導你。」

「那麼大媽爲什麼讓我們誕生的地方相隔那麼遠？」

愛拉抬起頭看著他：「我一直在學習，對於大地母親的行事知道得還很少，對穴熊族圖騰的守護靈也知道不多。但我知道，是你找到了我。」

「然後我差點失去妳。」一股冰冷的恐懼驟然攫住他。「愛拉，要是我失去妳怎麼辦？」他聲音嘶啞，帶有鮮少坦然顯露的感情。他翻身壓在她身上，將頭埋入她的頸脖，緊緊抱住她，使她幾乎無法呼吸。「我怎麼辦？」

她抓緊他，希望她有辦法能成爲他的一部分。當她再度感覺他湧現需索，她愉快地對他敞開自己。在她帶著同樣猛烈的需索迎向他時，他帶著和她的愛一樣，渴求地急迫接受她。

這一次他們結束得更快，伴隨著解放，他們強烈的情感化爲溫暖餘韻。當他正要挪向一旁，她抱住他，想要緊抓那一刻的激情。

「喬達拉，沒有你，我也不想活了。」愛拉說，接續兩人交歡前的話題：「一部分的我會隨著你到靈界，我就再也不完整了。我們眞的很幸運，想想那些從來沒找到愛的人，還有那些所愛對象無法回饋他們愛的人。」

「像雷奈克？」

「對，像雷奈克，想到他，我還是會心痛。」

喬達拉翻身坐起：「我也覺得遺憾。我喜歡雷奈克，或者該說，我應該會喜歡他。」他陡然渴望動身：「這樣我們永遠到不了達拉納的洞穴。」他說著開始捲起獸皮被：「我等不及要再見他。」

「不過我們得先找到馬兒。」愛拉說。

第四十三章

愛拉起身走出帳篷，地表附近瀰漫著霧氣，裸露的皮膚感覺空氣又冷又濕。她可以聽見遠方轟鳴的瀑布，水氣在湖泊後端凝聚成濃霧，狹長的淺綠色水體混濁得近乎不透明。

她確信那種地方一定沒有魚，就像湖邊也沒有植物生長一樣。對生物來說，那裡太陌生、太原始了，只有水和石頭，有種生命開始之前的遠古特質。愛拉發著抖，徹底體驗到大地母親在創造一切生物之前的極度孤寂。

她停下來小便，接著匆匆越過邊緣尖銳的碎石堤岸，涉水而入，迅速潛入水裡。湖水冰冷，帶有鹽粒，她想洗澡，但不是在這種水裡，儘管先前橫越冰川時沒辦法洗澡。她在意的並不是寒冷，而是希望有清澈的淡水。

她起身返回帳篷穿衣服，也幫忙喬達拉收拾，不時抬起頭透著霧望過毫無生機的景色，隱約看見下方的樹。她突然露出微笑。

「你們終於來了！」她說著吹出響亮的哨音。

喬達拉立刻走出帳篷，看到兩匹馬疾奔向兩人，笑得和愛拉一樣燦爛。沃夫跟在馬兒後面，愛拉認爲牠看起來很得意。那天早上牠不在附近，她猜想是不是跟馬兒回來有關。她搖搖頭，明白自己可能永遠不會知道。

兩人以擁抱、輕撫、友善的搔抓、感性言詞迎接兩匹馬，愛拉同時仔細查看牠們，想確定牠們沒有弄傷自己。嘶嘶右後腿的馬靴掉了，愛拉檢查馬腿時，牠看起來很畏縮。牠該不是衝破冰川邊緣的冰層，爲了脫身扯掉靴子，造成了腿瘀傷？這是她唯一想得到的狀況。

愛拉脫下母馬的其他靴子，喬達拉則站在一旁穩住牠。快快的馬靴都在，不過喬達拉發現靴子被尖馬蹄磨薄了。原來，連猛獁象皮都禁不起馬蹄長時間踩踏。

他們收拾所有東西，把碗形船拉到近處，發現船底潮濕浸水，產生了裂縫。

「我們應該不會再用這艘船渡河了。」喬達拉說：「妳覺得我們要把船留在這裡嗎？」

「非得這麼做不可，除非我們想自己拖著走。之前滑下那片冰，我們捨棄了木竿，現在也沒辦法用拖橇了，這附近又沒有樹可以用來做新木竿。」愛拉說。

「嗯，那就這樣吧！」喬達拉說：「不必再拖著石頭眞好！負載減輕了這麼多，我想我們可以自己背所有東西，就算沒有馬也行。」

「如果牠們沒有回來，我們就會那樣一邊找牠們。」愛拉說：「我眞高興牠們找到我們。」

「我也擔心牠們。」喬達拉說。

古老斷層塊磨蝕的頂端，承載著那片折騰人的冰原。他們走下陡峭的西南面時下起了小雨，沖去填滿在開闊雲杉林中隱蔽凹地的髒雪。這場雨就像是爲傾斜草地棕土上色的綠色水彩，也刷過了一旁的雲杉頂端。透過林間空地的濛濛霧氣，他們瞥見下方有條河流受限於周圍高地，沿著深邃裂谷由西往北蜿蜒。河對岸的南邊，崎嶇的高地前沿隱沒在紫色薄霧裡。如幻影般突出於薄霧外的高聳山脈，冰層覆蓋了整個半山腰。

「妳會喜歡達拉納的。」兩人並肩騎馬時，喬達拉說：「妳會喜歡所有的蘭薩朵妮氏人。他們原本大多是齊蘭朵妮氏人，和我一樣。」

「他爲什麼決定建立新洞穴？」

「我不確定。他跟我母親分開時，我還很小，直到和他一起生活，我才眞正認識他。他教約普拉雅和我怎麼處理石頭。我不認爲他在遇到潔莉卡之前就決定安頓下來，建立新洞穴。他之所以選擇這個地方，是因爲他找到了燧石礦藏。我從小就聽大家在談論蘭薩朵妮氏的石頭。」喬達拉解釋。

「潔莉卡是他的配偶，而……約普拉雅……是你的表妹，對吧？」

「對，親表妹，潔莉卡的女兒，誕生在達拉納的火堆地盤，也是個優秀燧石匠，但妳別告訴她我這麼說。她老愛開玩笑。不知道她是不是找到配偶了。大媽啊！好久囉，他們看到我們會非常驚訝！」

「喬達拉！」愛拉急切地耳語，他馬上停步。「看那邊，那些樹附近，有一隻鹿在那裡！」

他露出微笑：「我們來抓牠！」他伸手去拿標槍，一邊拿出投擲器，用膝蓋示意快快。儘管他引導馬的方法和愛拉不太一樣，但經過一年的旅行，他也和她一樣擅長騎馬。

她掉轉嘶嘶，和他們前後縱排，享受自由而不受拖橇妨礙的轉變，把標槍放上投擲器。他們快速的移動，驚擾了那隻鹿，牠嚇得高高跳開。他們從兩邊追上去，在標槍投擲器的輔助下，輕易獵殺這頭缺乏經驗的年輕公鹿。兩人卸下他們最喜愛的部位，精心挑選其他部位，當作禮物送給達拉納的族人，然後讓沃夫揀選剩下的部分。

接近傍晚，他們發現一條湍急冒泡的壯觀溪流，沿著溪流走到大片開闊空地，水邊有少許樹木和一些灌木叢。他們決定提早紮營，烹煮一些鹿肉。雨已經停了，而且再也不需要趕路了——他們得持續那樣提醒自己。

第二天早上，愛拉踏出帳篷停下腳步，對眼前的景象驚奇地瞪大眼睛。景色看起來很不眞切，像是特別逼眞的夢境，因爲幾天前他們還在忍受最嚴酷的極端冬季天候，忽然春天就到了！

「喬達拉！啊，喬達拉，過來看看！」

男人睡眼惺忪地把頭探出帳篷口。她一看見他，隨即綻開了笑容。

他們位在低海拔處，明亮朝陽取代了前一天的細雨和霧，鮮艷的蔚藍天空妝點著成堆的白。樹木、灌木叢匯集了新葉的鮮明亮綠，空地上的草看起來已經能吃了。長壽花、百合、樓斗草、鳶尾花等花朵盛開，種類繁多的各色鳥類在空中急飛盤旋、吱喳鳴唱。

愛拉認得大部分鳥類：畫眉、夜鶯、藍喉鴝、星鴉、黑頭啄木、河鶯，吹出牠們的鳴聲回應。喬達拉起身後，及時走出帳篷，讚賞地觀看她耐心將一隻灰色伯勞哄在手邊。

「眞不知道妳怎麼辦到的。」鳥兒飛走時，他說。

愛拉微笑：「今天早上我要找點新鮮可口的食物。」她說。

沃夫再度消失，愛拉確信牠去探索或打獵了，春天也爲牠帶來冒險的興致。她走向馬兒，牠們正在那片春季草地中央吃細短的甜草葉。這是個富饒的季節，陸地上到處充滿生機。

廣闊平原和高山草地被好幾公分厚的冰層包圍，一年當中大多乾冷，僅有少量雨或雪飄落到這片陸地。這是因爲冰川通常把循環在空氣中的大部分水氣據爲己有。雖然這些古老大草原和日後更潮濕的北部苔原一樣，遍布著永久凍土層，冰川風讓夏季維持乾燥，乾硬的陸地只有少數沼澤。冬季細雪隨風吹積，使大片結凍地面幾乎沒有雪，覆草變乾，成爲乾草，供養著無數大型食草動物。

然而，並非所有草地都一樣。孕育出冰川時期豐饒平原的主要因素，不在於降水量——降水只要足夠就可以了，而是溼度和乾風在適當時間以適當比例結合，才造就了平原的差異。

由於陽光照射的角度，太陽在冬至後不久，就開始溫暖了低緯度地區的土地。早春的陽光在冰雪堆積處大多被反射回空中，極少被吸收轉化爲熱力，融化覆雪，直到植物能夠生長。

那些因風而裸露的古老草地，在太陽把能量注入深色土壤時，獲得了溫暖。永凍土乾燥結凍的表層開始增溫解凍，雖然冰冷依舊，豐富的太陽能驅使種籽和大量的根準備發芽。不過，它們還得有可以利用的水，才能夠蓬勃生長。

閃亮的冰抗拒春季的溫暖光線，把日光反射回去。如山那麼高的冰層因爲飽含水分，無法完全拒絕太陽入侵或微風輕拂，冰川頂端開始融解。有些水滴落穿過裂縫，緩緩注滿溪流，繼而注滿河流，爲後來夏季的乾燥陸地帶來珍貴的水源。但更重要的是，從廣大冰川結凍的水蒸發成霧氣，讓天空布滿了降雨雲。

春天的溫暖陽光，促使大片冰層釋放水氣，更勝於吸收水氣，幾乎成爲整年當中唯一會降雨的時節。而雨並不是落在冰川上，而是落在周圍乾渴肥沃的陸地。冰川時期的夏季可能炎熱卻短暫，遠古的春季漫長潮濕，植物無不茂盛地生長。

冰川時期的動物也在春季成長。這時萬物清新翠綠，恰巧在牠們需要的時候，蘊含牠們所需的豐富營養。無論豐饒或乾燥，一年當中，動物天生就在春季汰舊換新，包括長出新骨、增長舊牙或頭角。有些會長出更大的鹿角，有些動物的冬季厚毛脫落，開始長出新毛。因爲春季早早開始，而且延續很久，動物生長的季節也因此延長，往往會體型過大，或者長出令人印象深刻的頭角裝飾。

漫長的春季中，所有品種不分彼此共享富饒綠草。隨著生長季節結束，牠們彼此爲了成熟及營養較少或較不易消化的禾草和香草，展開激烈競爭。這種競爭並非表現在誰先吃到、吃得最多或守衛邊界，而是能搶食到多少。實際上，平原上的群居動物沒有地域性，牠們進行遠距離遷徙，具高度社會性，在旅行時尋求同類陪伴，和其他適應開闊草地的動物分享牠們的山脈。

但是，一旦超過一個品種的動物擁有幾乎一致的覓食及生存習慣時，無法避免的，只有一個品種會占優勢，其他品種則會演化出新方法，開發新的生態棲位，利用可取得食物的其他元素，或者遷徙到新地方，不幸的甚至會成群死去。眾多不同的食草動物都不會直接彼此競爭完全相同的食物。

爭鬥總是發生在同種雄性動物之間，而且限於發情季節。通常只要展示特別顯眼的叉角、頭角、長牙，就足以建立優勢及交配權。這就是爲什麼春季茂盛生長會激發雄偉的裝飾，畢竟這是基於遺傳上沒法討價還價的理由。

一旦春季暴食結束，在大草原上巡迴居住的生物便以既有模式定下來，這從來都不是件容易的事。牠們夏季必須維持春季造就的驚人發育，同時爲之後的嚴酷季節長胖並增補油脂。秋季是某些動物勞神的交配季節，其他動物則長出厚毛皮及發展其他保護措施。到了最難捱的冬季，牠們就必須傾注全力以求生存。

冬季操控了陸地的容納量，決定誰生誰死。冬季對雄性動物來說是很難熬的，牠們需要維持或再生較大的體型和沉重的社交裝飾。冬季對雌性動物也一樣不好過，體型較小的牠們，不僅要以相同分量的食物維生，還要供養在牠們體內發育或已經出生的下一代，甚至得兼顧兩者。不過最難熬的，要算是年幼的動物。在冬季，牠們缺乏成熟體型可以儲備能量，累積的能量全部得消耗在生長上。如果牠們能活過第一年，生存的機會就大多了。

鄰近冰川的古老乾冷草地上，種類繁多的動物分享複雜而多產的陸地，各個品種因爲覓食和生存習慣和其他動物互補，因而得以維持，連食肉動物都各有偏好的獵物。然而一個有創造力的新品種開始展現他們的存在，改變環境來適應自己，更勝於去適應環境。

兩人在另一條潺潺流動的山溪旁休息，吃光早上烹煮的野味和新鮮蔬菜，愛拉出奇地安靜。

「距離不遠了。索諾倫和我離開時，在這附近停留過。」喬達拉說。

「眞令人讚嘆。」她回答，卻只有一部分心思在欣賞令人讚嘆的風景。

「愛拉，妳怎麼這麼安靜？」

「我一直在想你的親人，這讓我意識到自己沒有親人。」

「妳有親人！馬木特伊氏呢？妳不是馬木特伊氏的愛拉嗎？」

「那不一樣。我想念他們，永遠愛他們，但離開他們並不太難，離開杜爾克才是眞正的難題。」她的眼神充滿痛苦。

「愛拉，我知道離開兒子一定很難捱。」他將她擁入懷中：「他不會回到妳身邊了，但大媽可能會賜予妳其他孩子……將來有一天……也許還是出自我的靈。」

她彷彿沒有聽見他說話。「他們說杜爾克是畸形，但他不是。他是穴熊族，也是我的孩子，擁有兩種血統。他們不認爲我是畸形，只是覺得我醜。我比所有的部落男人都高……又大又醜……」

「愛拉，妳不是又大又醜，妳很美。而且妳要記住，我的親人就是妳的親人。」

她抬頭望著他：「喬達拉，在你出現之前，我沒有親人。如今我有你可以愛，而且將來也許會生下你的孩子，那樣我就很開心了。」她微笑著說。

她的笑容令他寬慰，尤其她還提到孩子。他仰望太陽在空中的位置：「如果我們不快一點，今天就到不了達拉納的洞穴了。來吧，愛拉，馬兒需要好好跑一下。我們來比賽跑過那片草地。都已經這麼近了，我可不想再住一晚帳篷。」

沃夫跳出樹林，充滿活力和玩興，牠撲上來把腳掌放在她的胸口，舔著她的下顎。這就是她的家人，她心想，一邊抓住牠的頸毛。這隻大狼、忠心有耐性的母馬、活潑的種馬、關愛她的好男人，而她很快就會認識他的家人。

她默默收拾少許東西，然後忽然間開始翻找另一個行囊裡的東西。「喬達拉，我要在這條溪裡洗澡，穿上乾淨的束腰上衣和腿套。」她說著，脫掉身上的皮上衣。

「到了那裡再洗吧，我擔心妳會凍僵。愛拉，那溪水可能直接來自冰川。」

「我不在乎，我不想渾身髒兮兮地去見你的親人。」

兩人來到一條因冰川逕流而呈濁綠色的高水位河流。這條洶湧河水將會在晚春到達滿水量時，更加高漲。他們轉往東方朝上游走，直到發現足夠淺的地方涉水而過，繼續往東南方攀高。傍晚時，他們抵達在岩壁附近變得平坦的緩坡，懸垂的岩架下藏著一個漆黑洞穴。

一個年輕女人背對他們坐在地上，四周都是燧石碎片和團塊。她一手把當作鑽孔器的尖木棒對準暗灰色石頭的中心，準備用另一手握著的粗骨槌，敲擊鑽孔器。她全神貫注地工作，沒有注意到喬達拉悄悄溜到她身後。

「繼續練習，約普拉雅，將來有一天妳會和我一樣優秀。」他咧嘴說。

骨槌落點偏了，粉碎她正要剝落的刀刃。她轉過身，臉上帶著不可置信的震驚神情。

「喬達拉！哦，喬達拉！眞的是你嗎？」她叫喊著撲到他懷裡。他用雙臂環繞她的腰，抱起她轉圈圈。她緊抓著他，彷彿永遠不想放開。「媽！達拉納！喬達拉回來了！喬達拉回來了！」她大喊。

眾人跑出洞穴，一個和喬達拉一樣高的年長男人快速走向他，兩人抓住彼此，往後退一步互相看了看，然後再度擁抱。

愛拉對擠在身旁的沃夫比手勢，退後站著觀看，手裡握著兩匹馬的引導繩。

「所以你回來了！你去了好久。我以爲你不會回來了。」男人說。

年長男人的視線隨後越過喬達拉的肩膀，發現了最駭人的景象。兩匹馬背上披著獸皮並綁著籮筐和包袱，旁邊還有一隻大狼，在一個高挑女人身邊徘徊。她身穿剪裁特殊、裝飾圖案陌生的兜帽毛皮大衣和腿套，兜帽往後掀，垂落臉旁的深色金髮呈波浪狀。她無疑有張異族臉孔，正如她身上剪裁陌生的衣物，更使她美麗出眾。

「我沒看到你弟弟，但你不是一個人回來。」男人說。

「索諾倫死了。」喬達拉不由地閉上雙眼：「我本來也會死，如果不是愛拉救了我。」

「眞遺憾聽到這個消息，我喜歡那個男孩。威洛馬和你母親會很痛心。不過我發現你對女人的品味沒有改變，你眞的一直偏愛美麗的齊蘭朵妮亞。」

喬達拉猜不透他爲什麼認爲愛拉是大媽侍者，然後望著被動物圍繞的她，突然像年長男人一樣看待她，露出了微笑。他邁著大步走向空地邊緣，牽起快快開始往回走。愛拉、嘶嘶、沃夫尾隨在後。

「蘭薩朵妮氏的達拉納，請歡迎馬木特伊氏的愛拉。」他說。

達拉納掌心朝上伸出雙手，坦率友善地致意。愛拉用雙手抓住他的手。

「奉大地母親朵妮之名，歡迎妳，馬木特伊氏的愛拉。」達拉納說。

「你好，蘭薩朵妮氏的達拉納。」愛拉用正規禮節回應。

「對一個來自那麼遙遠地方的人來說，妳的齊蘭朵妮氏語說得相當好。很高興認識妳。」他的微笑蓋過了拘謹。他留意到她的說話風格，覺得無比好奇。

「喬達拉教我說的。」她說，幾乎無法不盯著他瞧。她瞥了喬達拉一眼，又望著達拉納，兩人相像得令她吃驚。

達拉納的金色長髮在頭頂略顯稀疏，腰稍微粗了點，但藍眼睛同樣明亮，眼角有少許皺紋，額頭一樣高，眉間皺紋略深。他們的聲音特性也相同，音調、語氣都一樣，甚至會用同樣方式強調愉快的字眼，使它帶有雙重意義。離奇的是，他溫暖的手引發她的悸動，那份相似感甚至使她身體一度錯亂。

達拉納察覺她的反應，露出喬達拉式的微笑，他明白原因並爲此對她產生好感。擁有這麼奇特的口音，他心想，她一定來自很遠的地方。他放下手時，那隻狼突然毫不畏懼地走向他，儘管他不能說自己也同樣不害怕。沃夫把頭鑽進達拉納的手下，尋求關注，就像牠認識這個男人。達拉納驚訝地發現自己在撫摸這隻漂亮的動物，彷彿輕撫活生生的大狼是十分自然的事。

喬達拉露齒而笑：「沃夫以爲你是我。每個人都說我們長得很像。接下來，你會騎上快快的背。」

他把引導繩遞給男人。

「你說『快快的背』嗎?」達拉納說。

「沒錯。來這裡的路上，我們大都騎在這兩匹馬背上。『快快』是我替這匹種馬取的名字。」喬達拉解釋:「愛拉的馬叫『嘶嘶』。而這隻對你這麼有好感的大動物叫『沃夫』，那是馬木特伊氏語對狼的稱呼。」

「你怎麼會有一隻狼和兩匹馬……」達拉納開了口。

「達拉納，你講不講禮貌啊?你不覺得其他人也想認識她，聽聽他們的故事嗎?」

依舊為達拉納與喬達拉驚人相像而慌亂的愛拉，轉向說話者，發現自己又盯著對方瞧。這個女人完全不像愛拉以前見過的人，烏黑有光澤的頭髮往後梳，在後腦盤成一圈，鬢角少許灰白。吸引愛拉注意的是她又圓又平的臉，顴骨高，鼻子小，黑眼睛斜睨著。她的笑容和嚴厲的聲音互相矛盾，達拉納笑著俯視她。

「潔莉卡!」喬達拉欣喜微笑著。

「喬達拉!你回來了眞好!」兩人眞情流露地相擁。「既然我這個粗野男人毫無禮貌，你何不向我介紹你的同伴?然後你也可以告訴我，那些動物為什麼乖乖站在那裡。」女人說。

她在兩個男人間游移，顯得相對矮小。他們身高完全相同，她的頭頂幾乎只及他們胸膛的一半。她走路快又有活力，讓愛拉聯想到鳥，嬌小的身軀更加深了那種印象。

「蘭薩朵妮氏的潔莉卡，請問候馬木特伊氏的愛拉，她為那些動物的行為負責。」喬達拉帶著達拉納式的表情，對嬌小的女人微笑。「她比我更能清楚告訴妳，牠們為什麼這麼乖。」

「歡迎妳來，馬木特伊氏的愛拉，」潔莉卡伸出雙手說:「也歡迎那些動物，假如妳保證牠們會持續這種不尋常的行為。」她邊說邊注視著沃夫。

「妳好，蘭薩朵妮氏的潔莉卡。」愛拉回以微笑。這個嬌小女人握力驚人，愛拉也覺察到她直率的個性。「這隻狼不會傷害任何人，除非有人威脅我們兩人。牠友善，可是很有防衛性。而馬兒處在陌生人周圍會緊張，人群密集時可能揚起前腳造成危險。在牠們更認識大家之前，最好是遠離牠們一點。」

「感覺得出來，很高興妳告訴我們。」她回應後，以令人慌亂的率直看著愛拉。「妳跋涉了好遠。馬木特伊氏住在多腦河盡頭的另一邊。」

「妳知道猛獁象獵人的土地？」愛拉驚訝地問。

「對，還有更東邊的地方，不過我記得的不多。荷查曼會樂意和妳談，他最高興有新人聽他的故事。我母親和他來自鄰近無邊海的土地，就在這片陸地遙遠的最東邊。我在路途中誕生，我們和許多族群一起生活過，有時一住就是好幾年。我記得馬木特伊氏，人很好，擅長打獵，他們要我們留下來。」潔莉卡描述。

「你們怎麼沒留下來呢？」

「荷查曼還沒準備要安頓下來。他夢想旅行到世界的盡頭，看看這片陸地有多大。我母親死後不久，我們遇到達拉納，決定留下來幫他開發燧石礦場。不過荷查曼真的實現了夢想。」潔莉卡說，瞥了她的高挑配偶一眼。「他從東方的無邊海一路旅行到西方的大水。幾年前，達拉納協助他完成長途旅行，沿路大多背著他走。荷查曼看到西邊的大海時哭了起來，然後用鹹水洗去眼淚。他現在已經不太能走了，但沒人像他旅行過那麼遠。」

「還有妳，潔莉卡。」達拉納自豪地補充：「妳也差不多旅行了那麼遠。」

「唉，」她聳聳肩：「說得好像我有選擇。不過剛剛我才責備達拉納，自己卻說了更多。」

喬達拉的雙臂環抱在受他驚嚇的女人腰間。「我想認識你的旅伴。」約普拉雅說。

「抱歉，當然，」喬達拉說：「馬木特伊氏的愛拉，這是我表妹，蘭薩朵妮氏的約普拉雅。」

「歡迎妳，馬木特伊氏的愛拉。」她伸出雙手說著。

「妳好，蘭薩朵妮氏的約普拉雅。」愛拉忽然察覺到自己的口音，也很高興外套內穿著乾淨的束腰上衣。約普拉雅和她一樣高，可能還稍微高一點，顴骨和母親一樣高，但她的臉沒那麼平，鼻子像喬達拉，只是鼻形更細緻。平滑的黑眉毛呼應著黑色長髮，睫毛濃而黑，眼睛略帶母親的斜視，但有一種驚人的綠！約普拉雅是令人驚豔的美女。

「很高興看到妳，」愛拉說：「喬達拉經常說起妳。」

「總而言之，很高興他沒忘記我。」約普拉雅回應。她往後站，喬達拉再度環抱她的腰。

其他人群聚四周，愛拉一一正式問候洞穴的每個成員。他們全都對喬達拉帶回來的女人感到好奇。他們密切的關注和詢問，令她不自在，她很高興潔莉卡介入。

「我們應該留些問題晚點再問。我相信他們有很多故事要說，但一定累了。來吧，愛拉，我帶妳去看你們住的地方。這些動物有特別需要什麼嗎？」

「我只需要卸下牠們的負載，找地方讓牠們吃草。如果妳不反對，沃夫會和我們待在裡面。」愛拉說。

她看見喬達拉正和約普拉雅深談，獨自卸下馬兒的行囊。他匆忙趕來，幫她把東西搬進洞穴。

「我知道馬兒可以去哪裡，」他說：「我帶牠們過去。妳要保留嘶嘶的引導繩嗎？我要用長繩綁住快快。」

「不，我不想，牠會待在快快附近。」愛拉發現他整個人顯得非常自在，連問都不需要問。怎麼會不自在呢？這些人是他的家人。「不過我會跟你一起去，讓牠適應。」

他們走到一座綠油油的小山谷，貫穿的小溪從側邊附近流出來。沃夫與他們同行。喬達拉綁牢快快的引導繩後，準備回去。「一起走嗎？」他問。

「我想多陪蜥蜥一會兒。」她說。

「那我把我們的東西搬進去囉？」

「嗯，去吧。」他看起來急著回去，她不怪他。她示意沃夫待在身邊，一切對牠來說，也是完全陌生的。他們都需要時間適應，除了喬達拉以外。她回去尋找喬達拉，發現他和約普拉雅深談，正猶豫要不要打斷兩人。

「愛拉，」他發現了她：「我正和約普拉雅談起偉麥茲。妳晚點能給她看他送妳的槍尖嗎？」

她點點頭。喬達拉又轉向約普拉雅：「等著看吧。馬木特伊氏是出色的猛獁象獵人，他們用燧石取代骨頭製作槍尖，燧石槍尖比較能穿透厚獸皮，尤其要是刀刃夠薄。偉麥茲研發出新技術，槍尖兩面都經過敲製，完全不像粗製的斧頭。兩者的差異是他加熱了石頭，所以可以剝下更細、更薄的石片。他能製作長度超過我的手的槍尖，而且很薄，邊緣非常利，妳不會相信的。」

喬達拉興奮地詳細解說新技術，兩人站得近到身體相互接觸，那份輕鬆親密，令愛拉不自在。他們青春期住在一起，他告訴過她什麼祕密？兩人一同經歷過什麼悲喜？在學習敲燧石這種艱深手藝時，他們共享過什麼成功與挫折？約普拉雅比她更了解他多少？

從前在旅途中遇到的人，把兩人都當成陌生人。可是如今，只剩下她是陌生人。

他再度轉向愛拉：「我自己去拿那個槍尖吧，放在哪個籮筐？」他邁開步伐。

她告訴他，在他離開後對黑髮女人緊張地微笑。兩人都沒有開口，喬達拉幾乎馬上就回來。

「約普拉雅，我要達拉納過來，我一直想給他看這個槍尖。妳看了就知道。」

達拉納走近時，喬達拉打開包裹，露出漂亮的燧石槍尖。達拉納看到精緻的槍尖，從喬達拉手裡接過來仔細察看了一番。

「哇，了不起的傑作！我從來沒看過這麼精巧的技術。」達拉納高喊：「瞧，約普拉雅，兩面都經過處理，卻非常薄，小石片都剝除了，想想這需要多精準的掌控。這燧石的觸感不一樣，還有光澤，看起來近乎……光滑。你在哪裡找到的？東方有不同種類的燧石嗎？」

「不是，那是一種新手法，是一位名叫偉麥茲的馬木特伊氏男人研發出來的。達拉納，他是我遇過唯一能和你媲美的燧石匠。他把石頭加熱，才會產生這種光澤和觸感。但更重要的是，加熱以後就可以把細石片剝除。」喬達拉十分起勁地解釋。

愛拉發現自己在觀察他。

「那些細石片幾乎自己裂開來，因此可以掌控。我會示範給你看，我不像他那麼擅長，技巧還需要琢磨精進，但你會明白我的意思。我想趁我們在這裡時，多找一些好燧石。有了馬，我們可以載得更多。我想帶一些蘭薩朵妮氏的石頭回家。」

「這裡也是你的家，喬達拉。」達拉納輕聲地說。「這沒問題，我們明天可以去礦場，採一些新石頭。我很想看看這是怎麼做的。這眞的是槍尖嗎？看起來這麼薄又細緻，用來打獵好像太容易損壞。」

「他們用這種槍尖來獵猛獁象。老實說，它確實比較容易損壞，可是鋒利燧石比骨製尖端更容易穿透厚獸皮，滑進肋骨之間。」喬達拉說：「我還有樣東西要給你看，那是我被穴獅抓傷後，在愛拉的山谷療傷時研發的標槍投擲器，可以讓標槍射程延長一倍。你等著看吧！」

「他們要我們進去吃東西了，喬達拉。」注意到洞口有人招手，達拉納說：「每個人都想聽你們的故事。進來裡面比較舒服，而且所有人都聽得到。聽話的動物、穴獅抓傷、標槍投擲器、敲燧石的新技術，這些已經挑起我們的好奇。還有什麼其他冒險的驚奇故事嗎？」

喬達拉大笑：「我們都還沒起頭呢。你相信我們見過能生火還有能燃燒的石頭嗎？用猛獁象建造的居所、拉線的象牙尖端、用來捕大魚的大船，那種大魚的長度，從頭到尾足足有你五倍的身長！」

愛拉從未見過喬達拉這麼開心放鬆、自在隨意而且直率，明白他有多高興和族人在一起。

他們走向洞穴，他左擁愛拉、右抱約普拉雅。「妳選定配偶了沒，約普拉雅？」喬達拉問：「我沒看到哪個人像是妳的配偶。」

約普拉雅大笑：「還沒，我一直在等你，喬達拉。」

「妳又在開玩笑了。」喬達拉笑著，轉頭對愛拉解釋：「親表兄妹不能配對，妳知道的。」

「我都計畫好了。」約普拉雅繼續說：「我們可以一起私奔，建立自己的洞穴，就像達拉納一樣。不過，當然，我們只接納燧石匠。」她看起來笑得勉強，而且只看著喬達拉。

「明白我的意思了嗎，愛拉？」喬達拉說著，轉向她卻摟了摟約普拉雅：「老是愛開玩笑，約普拉雅最喜歡捉弄人。」愛拉不確定她理解這個玩笑。

「說眞的，約普拉雅，妳一定有婚約了。」

「艾丘札問過我，但我還沒決定。」

「艾丘札？我不認識他，是齊蘭朵妮氏人嗎？」

「他是蘭薩朵妮氏人，幾年前加入我們的。達拉納救了他的命，當時他差點溺斃。我想他還在洞穴裡，他很害羞，你見到他就會知道原因。他看起來……呃，不一樣。他不喜歡遇到陌生人，不想和我們一起去齊蘭朵妮氏的夏季大會。不過當你熟悉之後，就會覺得他可愛，而且他會爲達拉納做任何事。」

「你們今年會去夏季大會嗎？我希望會，至少去參加配對禮，愛拉和我會結爲配偶。」這回他摟了摟愛拉。

「我不知道，」約普拉雅看著地面說，然後望著他：「我知道你不會和一直等著你的瑪羅那配對，但沒想到你會帶個女人回來。」

提到自己拋下允諾配對的女人，令喬達拉臉紅。他沒注意到愛拉在約普拉雅匆忙走向剛出洞穴的男人時，整個人僵住了。

「喬達拉！那個男人！」他察覺她震驚的語調，轉過頭來。她臉色蒼白。

「怎麼了，愛拉？」

「他看起來像杜爾克！或者說像我兒子長大後的模樣。喬達拉，那個男人有一半的穴熊族血統！」

喬達拉定睛細瞧，是眞的，被約普拉雅催促走過來的男人，有張穴熊族的臉孔。隨著他們靠近，愛拉注意到這個男人和她認識的穴熊族男人之間的明顯差異：他幾乎和她一樣高。

他走近時，愛拉比畫出其他人幾乎很難察覺的微妙手勢，這個男人的褐色大眼詫異地睜得好大。

「你在哪裡學的？」他問，比出同樣的手勢。他的聲音低沉卻清楚分明，說話沒有障礙，無疑顯示他是混合靈。

「一個穴熊族部落撫養我長大。被他們發現時，我還是個小女孩，我已經不記得那之前的家人。」

「穴熊族部落？我母親因爲生下我而被他們詛咒，」他憤恨地說：「什麼部落會撫養妳？」

「我不認爲她的口音是馬木特伊氏口音。」潔莉卡插話。有幾個人站在他們周圍。

喬達拉深吸了一口氣，並挺起胸膛。他打從一開始就知道愛拉的背景遲早會被揭露。「我們相遇時，她甚至不會說話，潔莉卡，至少不是使用口語。我被穴獅攻擊後，她救了我的命。她被馬木特伊氏的猛獁象火堆地盤收養，因爲她的醫術非常高明。」

「她是馬木特？大媽侍者？她的標記呢？我沒看見她的臉頰有刺青。」潔莉卡說。

「愛拉是向撫養她的女人學習醫術，一個她稱爲穴熊族、一般人稱爲扁頭的女巫醫。不過，她和所有齊蘭朵妮一樣優秀。我們離開之前，馬木特才剛開始訓練她如何侍奉大媽。她從未受到啓蒙，因此沒有標記。」喬達拉解釋。

「我知道她是齊蘭朵妮，所以才能那樣控制動物。可是，她怎麼向女扁頭學習醫術？」達拉納大嚷：「認識艾丘札前，我以爲他們不過是動物，是他讓我明白他們能以某種方式交談，而現在你說他們有醫治者。艾丘札，你應該告訴我的。」

「我怎麼知道？我又不是扁頭！」艾丘札尖聲刻薄地說，「我只認識我母親和安多文。」

他聲音裡充滿了仇恨，令愛拉訝異：「你說你母親被詛咒，卻又活下來撫養你？她一定是個非比尋常的女人。」

艾丘札直直望著這個高挑金髮女人的灰藍色眼睛，她不遲疑也不退縮地盯著他瞧。他受到這個從未見過的女人吸引，因爲她而感到愉快。

「她說的不多。」艾丘札說：「她被一些男人攻擊，他的配偶是部落頭目的弟弟，在企圖保護她時被殺死了。她因此被怪罪，那個頭目說她招來厄運。後來她發現自己懷孕了，他收留她爲第二個女人。我出生時，他說這證實她是運氣不好的女人，不僅害死她的配偶，還生下畸形兒，於是對她下死咒。」他對這個女人說話比平常還要坦率，連自己都感到驚訝。

「我不太確定死咒是什麼意思，」艾丘札繼續說，「她只跟我說過一次，然後就沒機會再說了。她說，每個人都遠離她，彷彿看不見她。他們說她死了，即使她試圖讓他們看她，他們卻表現得好像她不存在似的，當作她已經死了。那一定很可怕。」

「的確，」愛拉柔聲說：「如果所愛的人認爲自己不存在，那眞的很難繼續活下去。」她的眼神因回憶而縹緲迷濛。

「我母親帶著我離開他們去赴死，就像她應該做的那樣。幸好安多文救了我們。他那時已經老了，而且一個人獨自生活。他從來沒確實告訴我，爲什麼離開他的洞穴，好像和一個殘酷頭目有關……」

「安多文……」愛拉插話，「他是沙木乃氏人嗎？」

「嗯，應該是，」艾丘札說：「他沒有多談他的族人。」

「我們知道他們的殘酷頭目。」喬達拉冷冷地說。

「安多文照顧我們，」艾丘札繼續說：「他教我打獵，向我母親學會用穴熊族手語說話，但她一直都只能說幾個字。我學會兩種語言，不過我能說出他的語言，令她很驚訝。安多文在幾年前過世了，也帶走我母親求生的意志，死咒終於奪走她的生命。」

「那時你怎麼辦？」喬達拉問。

「我一個人獨自生活。」

「那不容易。」愛拉說。

「對，很不容易。我試圖找人一起生活，但穴熊族人都不讓我靠近他們，對我丟石頭，說我是畸形，會帶來厄運。洞穴也都不想與我有任何牽連，他們說我是半人半獸的雜交靈孽種。一段時間之後，我厭倦了這一切，不想再一個人孤零零活著。有一天，我從懸崖上跳進河裡。接下來，我所知道的就是達拉納看著我。他收養我住在他的洞穴，如今我是蘭薩朵妮氏的艾丘札。」他自豪地說完，瞥向他崇拜的高挑男人。

愛拉想到她的兒子，感激他在嬰兒時期就被接納，感激在她必須離開時有人愛他、要他。

「艾丘札，別恨你母親的族人。」她說：「他們不壞，只是太古老了，很難改變。他們的傳統追溯得非常久遠，因此不理解新的方式。」

「而且他們是人，」喬達拉對達拉納說：「那是我在這趟長途旅程中學到的。在橫越冰川之前，我們遇到一對穴熊族男女——那又是另一個故事了。他們計畫開會討論和我們當中某些人發生的問題，尤其是某些年輕的蘿莎杜那氏男人。甚至有人向他們接洽交易。」

「扁頭開會？交易？這世界改變得比我所能理解的還快。」達拉納說：「遇到艾丘札之前，我根本不會相信。」

「一般人可能叫他們扁頭、動物。但你知道妳母親很勇敢，艾丘札。」愛拉說完對他伸出雙手：

「我能理解沒有族人的感覺，如今我是馬木特伊氏的愛拉。你歡迎我嗎，蘭薩朵妮氏的艾丘札？」

他握住她的手，她感覺到他雙手顫抖。「歡迎妳來，馬木特伊氏的愛拉。」他說。

喬達拉伸出雙手往前站：「你好，蘭薩朵妮氏的艾丘札。」

「歡迎你，齊蘭朵妮氏的喬達拉，」艾丘札說：「不過你來這裡不需要被歡迎。我聽說過達拉納的火堆地盤兒子，你無疑出自他的靈，你們倆長得很像。」

喬達拉露齒而笑：「每個人都這麼說，但你不認爲他的鼻子比我大了一點嗎？」

「我不認爲，我覺得你的比我還大。」達拉納大笑，輕拍這個年輕男人的肩膀：「到裡面來吧，食物要涼了。」

愛拉流連了一會兒，與艾丘札交談。她準備走進洞穴時，約普拉雅攔下她。

「我想和愛拉說話，艾丘札，你先別進去，我也有話跟你說。」她說。他快步走開，留下兩個女人獨處，不過愛拉還是看見他望著約普拉雅時的愛慕眼神。

「愛拉，我……」約普拉雅開口，「我想，我知道喬達拉爲什麼愛妳，我想說的是……我祝你們幸福。」

愛拉仔細端詳這個黑髮女人，覺察到她變得親近，有股堅強了結某種事情的感覺，陡然明白對方爲什麼令自己這麼不自在。

「謝謝妳，約普拉雅。我非常愛他，沒有他，我很難活下去。我幾乎無法承受那種巨大的空虛。」

「對，幾乎無法承受。」約普拉雅說著，一度閉上雙眼。

「妳們要進來吃了嗎？」喬達拉走出洞穴說。

「妳去吧，愛拉，我還有事要做。」

第四十四章

艾丘札瞥了一眼大塊黑曜石，然後轉開視線。這塊閃亮黑玻璃上的波紋扭曲了他的投影，卻改變不了什麼——他今天不想看見自己。他身穿鹿皮束腰上衣，邊緣有叢毛，裝飾著用中空鳥骨、乾燥剛毛、動物尖牙製成的珠子。他從未擁有過這麼精緻的東西，那是約普拉雅爲了蘭薩朵妮氏第一洞穴正式收養他的儀式，特地爲他做的。

走進洞穴主區，他觸摸柔軟皮革，懷著敬意，撫平她親手做的衣物。僅僅想到她，他心裡幾乎感到陣陣刺痛。他對她一見鍾情，她對他說話、聽他說話，試圖把他拉出來。若不是因爲她，那年他不會在夏季大會面對那些齊蘭朵妮氏人。當他看到男人如何成群圍繞她，他眞想死。他花了好幾個月才鼓起勇氣問她：他這種長相的人竟敢奢望要她那樣的女人？她沒有拒絕，令他始終懷抱希望，但她拖延許久，一直沒有給他答案。他確信那是她說「不」的方式。

愛拉和喬達拉抵達那一天，當她問他是否還想要她，他根本不敢置信。要她！當然要她！他這輩子從沒這麼渴望過任何事情。他等待能和達拉納單獨說話的時機，但訪客總是在達拉納身邊。他不想打擾他們，也怕開口問。唯有想到可能會失去更幸福的機會，才給足了他勇氣。

達拉納說她是潔莉卡的女兒，他必須先和她討論。他只問約普拉雅同不同意、他愛不愛她。他愛她嗎？他愛她嗎？啊，大媽啊，他眞的愛她！

艾丘札置身人群中，期待地等候著，看見達拉納起身走向洞穴中央的火堆時，感覺自己心跳加速。一個豐滿女人的小木雕立在火堆前方地上，精確刻畫出朵妮的豐胸、圓腹、寬臀，但頭部不過是個球形突出物，沒有臉孔，手腳也只是粗略點出部位。達拉納站在火堆旁，面對聚集的群眾。

「首先我要宣布，今年我們會去參加齊蘭朵妮氏的夏季大會，」達拉納開始說，「並且邀請任何想加入我們的人同行。對我們來說，這段旅程遙遠，但我希望說服一位年輕的齊蘭朵妮跟我們回來定居。我們沒有蘭薩朵妮，而且需要大媽侍者。我們愈來愈壯大，很快就會有第二個洞穴。有朝一日，蘭薩朵妮氏會有自己的夏季大會。

「另一個參加理由，除了喬達拉和愛拉會在配對禮受認可，結爲配偶，今年我們還有另一個慶祝的理由。」

達拉納說完，拾起大地母親的木製象徵物，然後點點頭。艾丘札知道這不過是宣告典禮，遠比包括淨化儀式和禁忌的繁複配對禮輕鬆多了，內心仍然緊張。兩人站在達拉納面前，聽他繼續說話。

「艾丘札，受朵妮賜福的女人之子，蘭薩朵妮氏第一洞穴之子，你請求約普拉雅，達拉納的配偶潔莉卡之女，成爲你的配偶，對嗎？」

「對。」艾丘札用微弱得幾乎聽不見的聲音回答。

「約普拉雅，達拉納的配偶潔莉卡之女……」

用字不同，意思卻一樣。愛拉嗚咽顫動，想起在類似的典禮中，她身旁站著一個深膚色男人，用艾丘札望著約普拉雅的眼神看著自己。

「愛拉，別哭，這是開心的場合。」喬達拉溫柔地摟著她。

她幾乎無法言語，知道站在不對的男人身旁是什麼感覺。但約普拉雅沒有希望了，根本無法幻想自己所愛的男人會爲她罔顧習俗。他甚至不知道她愛他，而她也說不出口。他是表哥，比表哥血緣還深的親表哥，是不能和她配對的男人，並且愛著另一個女人。愛拉站在她們都愛的男人身旁啜泣，對約普拉雅的痛苦感同身受。

「我想到自己曾經那樣站在雷奈克身邊。」她終於說。

喬達拉記得再清楚不過，感覺胸腔一緊，喉嚨疼痛，於是猛力抱住她：「喂，女人，妳很快就會讓我哭出來了。」

他看了一眼潔莉卡，只見她僵硬端莊地坐著，淚水滾落臉頰。「女人爲什麼總在這種情況落淚？」他不解地問愛拉。

潔莉卡帶著複雜深奧的表情望著喬達拉，再看看他懷中無聲啜泣的愛拉。「這是她配對的時刻，放棄不可能夢想的時刻，我們無法全都擁有最好的男人。」愛拉輕聲耳語，然後將注意力轉回典禮。

「……蘭薩朵妮氏第一洞穴認同這樁配對嗎？」達拉納抬起頭問。

「我們認同。」眾人一致回應。

「艾丘札、約普拉雅，你們倆已有婚約，願大地母親朵妮賜福你們的配對。」頭目以木雕碰觸艾丘札的頭部和約普拉雅的腹部作爲結束。他將朵妮像放回火堆前，把釘形的腿插進土中，讓雕像無須支撐便能直立。

這對男女轉身面對聚集的族人，開始緩慢繞行中央火堆。在神聖的靜默中，難以形容的憂傷氣息圍繞著這個令人讚嘆的美麗女人，使她更顯秀美動人。

她身旁的男人比她略矮，大鷹勾鼻突出於沒有下巴而向前伸的大下顎；橫過額頭的濃亂一字眉，彰顯了交會於中間的突出眉脊；手臂肌肉厚實，多毛彎曲的短腿支撐著寬大的胸膛和長長的身體。這些是他身爲穴熊族的特徵，但他無法被叫作扁頭。和他們不一樣，艾丘札不具有扁頭之稱的那種扁平外觀，他的前額不低，沒有向後朝長形大頭傾斜。相反地，他的前額直挺高聳於瘦骨嶙峋的眉脊上方，和洞穴的其他成員一樣。

然而艾丘札難以置信地醜怪，和身旁女人形成強烈對比，唯獨掩飾差異的眼睛相當引人注目。一雙水汪汪的褐色大眼，對他所愛的女人充滿溫柔愛慕，甚至蓋過約普拉雅移動時氣氛中盤旋的難言悲傷。

即使見證到艾丘札的愛，愛拉仍無法不爲約普拉雅心痛。因爲不忍觀看，她將頭埋在喬達拉的胸膛，努力克服她感受到的悲涼。

這對男女繞行完第三圈，眾人起身祝福，打破了沉默。愛拉退縮著，設法鎮靜下來，最後在喬達拉催促下，兩人前去致上祝福。

「約普拉雅，眞開心你們會和我們一起慶祝配對禮。」喬達拉說著，給了她一個擁抱。她緊緊抱住他，熱烈的擁抱令他驚訝，慌亂地感覺她在道別，彷彿她不會再見到他。

「我不需要再祝你幸福，艾丘札，」愛拉說：「反而要祝你永遠像現在一樣快樂。」

「和約普拉雅在一起，怎麼可能不快樂呢？」他說。愛拉主動擁抱他。對她而言，他不醜，他的臉孔令人愉快而熟悉。他一時之間反應不過來，不常有美麗的女人擁抱他，而他對這個金髮女人有一種溫暖的情感。

接著，她轉向約普拉雅。當她望進綠得如同喬達拉那麼藍的眼睛時，她原本想說的話全部哽在喉嚨。愛拉痛哭著伸手探向約普拉雅，被絕望的接納徹底擊敗。約普拉雅抱住她，輕拍她的背，彷彿需要安慰的是愛拉。

「沒關係，愛拉。」約普拉雅說，聲音聽起來空洞無力，眼裡沒有淚水。「我還能怎麼辦？我絕對找不到像艾丘札這麼愛我的男人。很久以前我就知道自己會和他配對，只是現在再也沒有推遲的理由了。」

愛拉往後站，奮力控制她的淚水——爲了這個無法掉淚的女人而流。然後，愛拉看到艾丘札靠近。他試探地用一隻手環繞約普拉雅的腰，還不太能相信，害怕醒來發現這一切全都是夢。他不知道自己只擁有所愛女人的軀殼。沒有關係，軀殼就夠了。

「唔，不，我沒有親眼看見，」荷查曼說：「也說不上相信。可是如果你們能騎馬，可以教導狼跟著你們，那爲什麼不可能有人騎猛獁象呢？」

「你說是在哪裡發生的？」達拉納問。

「當時我們剛啓程不久，在遙遠的東方。那一定是四趾猛獁象。」荷查曼說。

「四趾猛獁象？我沒聽過，」喬達拉：「連馬木特伊氏人都沒說過。」

「不是只有他們獵猛獁象，你知道的，」荷查曼說：「而且他們住得不夠東邊。相信我，比較起來他們算是近鄰了。眞正到了東方，無邊海附近的猛獁象是四趾，而且通常更黑，其中很多幾乎是黑色。」

「假如愛拉能騎穴獅，我不懷疑有人能學會騎猛獁象。妳覺得呢？」喬達拉望著愛拉。

「如果能抓到的猛獁象年紀夠小。」她說：「幾乎所有動物，我認爲只要你從小把牠養在人類身邊，就可以教牠點什麼，至少讓牠不怕人。猛獁象很聰明，可以學得很多。我們看過牠們碎冰取水的方式，許多其他動物也那樣做。」

「牠們還可以從很遠的距離外聞到水。」荷查曼說：「東邊乾燥多了，那裡的人總說：『沒有水，跟著猛獁象就對了。』要是情況迫不得已，牠們沒水也能支撐好一陣子，但終究會帶你找到水。」

「知道這一點很有用。」艾丘札說。

「對，尤其如果你經常旅行。」約普拉雅說。

「我沒打算經常旅行。」他說。

「但你會來齊蘭朵妮氏的夏季大會。」喬達拉說。

「當然，爲了我們的配對禮。」艾丘札說：「我也想再見到你們。」他笑了一下：「要是你和愛拉住在這裡就好了。」

「對啊，希望你們考慮我們的提議。」達拉納說：「喬達拉，你知道這裡永遠是你的家，而且除了沒眞正受過訓練的潔莉卡，我們沒有醫治者。我們需要蘭薩朵妮，也都認爲愛拉最合適。你可以拜訪你母親，在夏季大會後跟我們一起回來。」

「相信我，我們很感謝你們的提議，達拉納，」喬達拉說：「我們會考慮。」

愛拉瞥向約普拉雅，她自我封閉地退開來。愛拉喜歡這個女人，但兩人大多談論瑣碎的事。愛拉曾經差點處於相似的情境，她無法不爲約普拉雅的婚約感到憂傷。然而，她自身的幸福不斷提示著約普拉雅的痛苦。儘管已經開始喜歡大家，她很高興他們早上就要離開。

她會特別懷念潔莉卡和達拉納，懷念兩人的熱烈「討論」。潔莉卡身材嬌小，可以從達拉納攤開的手臂下方穿過，而且綽綽有餘。可是她不服輸，兩人同樣是洞穴首領，意見相左時，她會大聲爭論。達拉納會認眞聽她說，卻絕不會一直讓步。他最關切族人的福祉，經常與他們談論問題，實際上大多是他做決定，就像任何天生的首領一樣。他從未要求，卻受到敬重。

在最初幾次誤解過後，愛拉喜歡聽兩人爭論，看到孩子身材的女人和巨人般的男人激烈辯論，她幾乎毫不掩飾地微笑。最令她驚奇的是，兩人會用感性的溫柔字眼，或轉而談論其他事情，打斷你來我往的爭論，就好像他們不曾針鋒相對。不久，兩人又繼續以銳利言詞交鋒，好像是誓不兩立的敵人。當爭論一解決，兩人迅速遺忘，卻似乎對鬥智樂此不疲。儘管體型懸殊，這場鬥爭勢均力敵。他們不僅相愛，也十分尊敬對方。

愛拉和喬達拉再度上路，天候變暖，春日正盛。達拉納對齊蘭朵妮氏的第九洞穴寄予祝福，再次提醒兩人他的建議。他們都很高興，但愛拉對約普拉雅的敏感，讓她很難考慮和蘭薩朵妮氏一起生活。那對她們倆都太辛苦了，可是她無法跟喬達拉解釋。

喬達拉確實覺察兩個女人的關係有一種罕見的緊繃，儘管兩人看起來對彼此有好感。約普拉雅對待他的方式也不一樣，變得比較有距離，不像以往那樣隨意開玩笑和揶揄。但她最後的熱切擁抱令他驚訝，他提醒眼中充滿淚水的她，自己不是要繼續長途旅行。他才剛回來，而且很快就會在夏季大會碰面。

他對於兩人都受到這麼溫暖的歡迎感到寬慰，他一定會考慮達拉納的提議，尤其萬一齊蘭朵妮氏沒有那麼接納愛拉。知道他們有容身之地很好，他也愛達拉納和蘭薩朵妮氏，不過在他心裡，齊蘭朵妮氏才是他的族人。如果可能的話，他希望和愛拉在家鄉生活。

他們終於離開，愛拉如釋重負。除了雨之外，她很高興天候變暖了，晴朗美好的天氣不久便驅散了她的悲傷。她是個戀愛中的女人，和她的男人一起旅行，正要去見他的族人，前往她的新家。她滿懷著希望，也不免矛盾地感到擔憂。

這是喬達拉熟知的地域。他興奮迎接每個熟悉地標，經常說說這個，聊聊那個，有一籮筐的往事和故事。他們騎馬穿過兩道山脊間的隘口，沿著一條大致向右蜿蜒的河流前進。從源頭離開後，渡過幾條由北往南流過一處低谷的大河，攀上頂端有火山的大斷層塊，其中一座火山仍冒著煙，其他斷層則靜悄悄，沒有任何活動。橫越一條河流源頭附近的高原時，他們行經幾處熱泉。

「我確信這就是流過第九洞穴前方的河流源頭。」喬達拉欣喜若狂地說：「我們快到了，愛拉！日落時，我們就到家了。」

「這就是你告訴我的，那些具有療效的熱水嗎？」愛拉問。

「對，我們稱爲朵妮醫水。」他說。

「我們今晚待在這裡吧。」她說。

「可是我們就快到了，」喬達拉說：「我們的長途旅行要結束，而我已經離開了好久好久。」

「所以我才想在這裡過夜。這是我們旅程的終點，我想泡個熱水澡，和你獨處最後一夜——在我們見你所有的親人之前。」

喬達拉看著她微笑：「妳說的對。已經過了這麼久，多一晚又有什麼關係呢？而且這是我們長時間獨處的最後時刻。再說，」他的笑容熱烈起來：「我喜歡和妳一起泡在熱泉裡。」

他們在一處顯然曾被利用過的地方紮營。馬兒被放開去吃高原上的新鮮禾草，愛拉感覺牠們有點焦躁。她先前看到一些嫩款冬和酸模葉，去採集時又發現了春季菌蕈、莎果樹的花和老枝。她返回營地，把束腰上衣前端捧起，像個籃子般裝滿新鮮蔬菜和其他佳餚。

「我覺得妳在準備大餐。」喬達拉說。

「這主意不壞。我看到一個鳥巢，想回去看看有沒有蛋。」愛拉說。

「那妳覺得這個怎麼樣？」他說著舉起一尾鱒魚。愛拉欣喜微笑。「我隱約看見牠在溪裡，把綠樹枝削尖成爲環紋狀，挖出蟲子穿繞在上面。這條魚很快就過來吃餌，好像在等著我。」

「這樣絕對能煮成大餐！」

「不過可以等一下吧？」喬達拉說：「我現在寧願先泡熱水澡。」他的藍眼睛充滿對她的想望，引發她的反應。

「太好了。」她說，在火坑旁脫下束腰上衣，迎向他的懷抱。

兩人在火堆略後方並肩坐著，感到無比滿意、徹底放鬆，他們看著火花曼妙飛舞，消失在黑暗中。一旁打盹的沃夫突然抬起頭，朝著漆黑高原豎起耳朵。他們聽見響亮的陌生馬嘶，接著嘶嘶尖叫、快快嘶鳴。

「空地有一匹陌生的馬。」愛拉說著跳起來。這晚沒有月亮，很難看得見。

「今晚夜色太黑，絕對找不到路，我得設法找東西做火炬。」

嘶嘶再次尖叫，那匹陌生的馬也嘶鳴著。接著，他們聽見馬蹄聲迅速消失在黑暗中。

「又來了，」喬達拉說：「我想牠已經被那匹馬拐走了。」

「這回是牠自己想離開。我覺得牠看起來有點緊張，我應該更注意的。」愛拉說：「牠的發情期到了，喬達拉。我確信那是匹種馬，而且我認爲快快也跟著牠們走了。牠還太年輕，我相信其他母馬也在發情，牠會受牠們吸引。」

「現在要找牠們實在太暗了，還好這一帶我很熟，明天早上我們可以追蹤牠們。」

「上一次我帶牠出去，有隻褐色種馬來找牠。後來牠自己回來，生下快快。我想牠又要出去準備生寶寶了。」愛拉說著在火堆旁坐下，望著喬達拉，露齒而笑：「我們倆同時懷孕似乎很合適。」

她的話過了一會兒才產生效果：「你們倆……同時……懷孕？」

「對，」她點點頭說：「我就要有你的寶寶了，喬達拉。」

「我的寶寶？妳就要有我的寶寶？愛拉！愛拉！」他抱起她轉圈圈，不斷親吻她。「妳確定嗎？我的意思是，妳確定妳就要有寶寶了？寶寶的靈可能出自達拉納洞穴，甚至蘿莎杜那氏的男人……那不要緊，只要是大媽想要的就好。」

「我過了月經期卻沒有出血，而且有懷孕的感覺，早上甚至會有點噁心，不過不嚴重。我想是我們下了冰川後才發生的。」愛拉說：「而且這是你的寶寶，喬達拉，我確定，不可能是別人的，是由你的元精、你的陽具促發的。」

「我的寶寶？」他說，眼神略帶驚奇，把手放在她的腹部。「妳這裡懷了我的寶寶？我一直好希望妳有寶寶。」他轉開視線，眨掉眼淚。「妳知道嗎，我甚至向大媽祈求。」

「你不是告訴我，大媽總會應允你的請求，喬達拉？」她因兩人的幸福而微笑：「告訴我，你祈求男孩或女孩？」

「只要有寶寶就好，愛拉，男女不重要。」

「所以你不介意我這次希望生女孩嗎？」

他搖搖頭：「只要是妳的孩子都好，而且可能也是我的。」

「徒步追蹤馬的難度，在於牠們行進的速度比我們快太多了。」愛拉說。

「我想我知道牠們可能去哪裡，」喬達拉說：「而且我知道攀越那道山脊的捷徑。」

「如果牠們不在你認爲的地方呢？」

「那我們就必須回來重新追蹤牠們的足跡。看起來牠們的足跡就是往那個方向。」他說：「別擔心，愛拉，我們會找到牠們的。」

「非找到不可，喬達拉，我們經歷了這麼多，我已經無法讓牠回歸馬群。」

喬達拉帶路前往他從前經常看到馬的隱蔽空地，他們發現那裡有很多馬。愛拉不一會兒就認出她的朋友，兩人往下爬到綠草如茵的河邊低地邊緣。喬達拉謹慎盯著愛拉，有點擔心她可能做出不應該做的事情。她吹出熟悉哨音。

嘶嘶抬起頭，急奔向女人，後面跟著淡色大種馬和年輕棕色種馬。淡色種馬繞行挑釁年輕種馬，牠迅速退開。儘管因爲發情母馬出現而興奮，牠還沒準備好爲母親挑戰老練的馬群種馬。喬達拉手握標槍投擲器跑向快快，準備保護牠不受這匹種馬傷害。但牠的反應保護了自己，淡色種馬掉頭，回到溫馴母馬身旁。

愛拉站著用雙臂環繞嘶嘶的頸脖，那匹種馬抵達時揚起前腳，徹底展現牠的潛力，嘶嘶從女人身邊退開回應牠。喬達拉用拴住籠頭的堅固繩子牽著快快走近，神情擔憂。

「妳可以替牠套上籠頭。」喬達拉說。

「不，我們今晚得在這裡紮營，牠還沒準備要走。牠們準備交配，生育小寶寶，嘶嘶想要，我也想讓牠有寶寶。」愛拉說。

喬達拉聳聳肩認同：「有何不可？反正我們不急，可以在這裡紮營一陣子。」他看著快快往馬群的方向使勁拉：「快快也想加入其他馬，妳覺得放牠走安全嗎？」

「我不認爲牠們會去別處。這片空地廣大，如果牠們眞的離開，我們可以爬到高處，查看牠們去哪裡。和其他馬相處一陣子可能對牠也好，或許牠能向牠們學習。」愛拉說。

「妳說的沒錯。」他鬆開籠頭，看著快快急奔到空地。「快快會不會成爲馬群種馬？和所有母馬交歡。」而且或許在牠們體內孕育幼馬，他心想。

「我們也該找個地方紮營，舒舒服服待著。」愛拉說：「再想想獵什麼來吃，那條溪旁的樹林裡可能有柳雷鳥。」

「可惜這裡沒有熱泉。」喬達拉說：「熱水澡的放鬆效果眞棒。」

愛拉從極高處俯瞰沒有盡頭的水體，另一個方向是綿延不絕的廣闊綠草原。近處熟悉的山區草地邊緣的岩壁有個小洞穴，榛樹叢貼著岩壁生長，遮住入口。

她很害怕，洞穴外下著雪，阻塞洞口。但當她推開樹叢走出去，眼前是一片春天的景象。花朵綻放，鳥兒歌唱，到處都是新生命，洞穴裡傳來新生兒嚎啕大哭的聲音。

她跟著某人走下山，借助背負斗篷，把嬰兒背在臀部上。對方跛著腳用拐杖行走，背上鼓起的斗篷內背著某樣東西。是克雷伯，他在保護她剛出生的寶寶。他們彷彿要一直走下去，走了很長的距離，越過山地和廣大平原，直到抵達一座山谷。那裡綠油油的隱蔽空地經常有馬出沒。

克雷伯停下來卸下鼓脹的斗篷，放在地上。她彷彿看到裡面有白骨，但一匹年輕棕馬走出斗篷，跑向灰黃色的母馬。她朝牠吹口哨，牠卻和一匹淡色種馬急奔而去。

克雷伯轉身對她招手，她卻不太明白他的手勢，那是她不知道的日常用語。他比畫另一個手勢：「走吧，我們可以在天黑前到達那裡。」

她置身在洞穴深處的長隧道，前方有光影晃動，那是通往外面的開口。她沿著乳白色岩壁走上陡峭通路，跟隨急急跨著大步的男人。她知道地方，趕忙追上前。

「等一下！等我一下，我來了。」她大喊。

「愛拉！愛拉！」喬達拉搖晃她：「妳在作噩夢嗎？」

「怪夢，但不是噩夢。」她說，起身感到一陣反胃，於是再度躺下，希望那種感覺消失。

喬達拉朝淡色種馬揮舞皮革鋪地布，沃夫吠叫並騷擾那匹種馬。此時愛拉把籠頭套到嘶嘶頭上，牠只馱了一小包行囊；牢牢繫在樹上的快快則馱著大部分東西。

愛拉躍上母馬的背，驅策牠沿著長形空地邊緣急奔。那匹種馬追上來，在他們遠離其他母馬時放慢速度，最後停下來揚起前腳嘶叫，召喚嘶嘶。牠再度揚起前腳，然後回頭奔向馬群，逼近已經試圖取而代之的幾匹種馬，揚起前腳尖叫挑釁。

愛拉繼續騎著嘶嘶前進，不過從快奔減慢速度。聽到身後傳來馬蹄聲，她停下來等候喬達拉、快快及尾隨他們的沃夫。

「如果我們快一點，天黑前就能抵達。」喬達拉說。

愛拉和嘶嘶與他們並排而行，她好像感覺自己以前曾經這樣做過。

兩人以舒適的速度騎馬。「我想，我們倆都要有孩子了。」愛拉說：「我們的第二個孩子，而我們之前都生兒子。這是好事，我們這回可以一起分享。」

「有許多人會和妳一起分享。」喬達拉說。

「我相信你說的對，但能和嘶嘶一起分享也很好，既然我們在這趟長途旅程中都懷孕了。」兩人默默騎了一段時間。「不過牠比我年輕很多，對於生孩子這件事來說，我已經算老了。」

「妳沒那麼老，愛拉，我才是老男人。」

「今年春天我就十九歲了，這種年齡生孩子算是老了。」

「我老多了，我已經二十三歲，男人到這種年齡才第一次在自己的火堆地盤安頓下來，這才眞是老了。妳知道嗎？我已經離開五年了。我甚至懷疑有沒有人記得我。」喬達拉說。

「他們當然會記得你。達拉納完全沒忘記，約普拉雅也是。」愛拉說。每個人都認識他，卻沒人認識我，她心想。

「瞧！看到那邊那塊岩石了嗎？就在河灣的那一邊？我在那裡獵殺了第一隻獵物！」喬達拉說，驅策快快稍微加速。「那是頭大鹿。我不知道當時最怕的是什麼，到底是那些大鹿角，還是失手而空手回家。」

愛拉微笑，高興他記得。然而在這裡，她沒有任何回憶，只是再度成爲陌生人。他們全都會盯著她瞧，詢問她古怪的口音及來自何方。

「我們在這裡辦過一次夏季大會，」喬達拉說：「這裡到處都設置火堆，那是我成爲男人後第一次參加。哦，當時我多麼神氣，努力想表現得非常老成，卻很怕沒有年輕女人邀我行初夜交歡禮。結果我白擔心了，有三個女人邀請我，這讓我更恐慌！」

「那邊有些人在看我們，喬達拉。」愛拉說。

「是第十四洞穴！」他說著揮揮手，但沒人回應，反而消失在深邃懸頂下。

「一定是因爲馬兒。」愛拉說。

他皺眉後搖搖頭：「他們會習慣的。」

但願如此，愛拉心想，希望我也是。這裡我唯一熟悉的就是喬達拉。

「愛拉！到了！」喬達拉說：「齊蘭朵妮氏的第九洞穴。」

她望著他指的方位，感覺自己臉色變白。

「因爲頂端有露頭，很容易找到。看到沒？好像有一塊石頭快落下的地方？不過那種狀況不會發生，除非洞穴整個崩塌。」喬達拉轉頭看著她：「愛拉，妳是不是生病了？看起來好蒼白。」

她停下腳步：「我看過那裡，喬達拉！」

「怎麼可能？妳從沒來過這裡。」

忽然間，一切全部拼湊在一起了。那是我夢見的洞穴！那個洞穴來自克雷伯的記憶，她心想，現在我知道他想在夢裡告訴我什麼了。

「我告訴過你，我的圖騰要我遇見你，派你來找我，希望你帶我回家。我的穴獅靈在那裡會快樂。就是這裡，喬達拉，我也回家了，你的家就是我的家。」愛拉說。

他微笑，還來不及回應時，兩人就聽見有人大喊他的名字。「喬達拉！喬達拉！」

他們抬起頭，順著路徑望著突出的懸崖，看見了一個年輕女人。

「母親！快來，」她說：「喬達拉回來了，喬達拉到家了！」

我也到家了，愛拉心想。

你喜歡貓頭鷹出版的書嗎？

請填好下邊的讀者服務卡寄回，
你就可以成爲我們的貴賓讀者，
優先享受各種優惠禮遇。

城邦讀書花園
www.cite.com.tw

貓頭鷹讀者服務卡

謝謝您購買： ______________________________ (請填書名)

為提供更多資訊與服務，請您詳填本卡、直接投郵（免貼郵票），我們將不定期傳達最新訊息給您，並將您的建議做為修正與進步的動力！

姓名：________________ □先生 □小姐　民國______年生　□單身　□已婚

郵件地址：□□□ ________縣市________鄉鎮市區________________

聯絡電話：公 (0　) ____________　宅 (0　) ____________　手機 ____________

■**您的E-mail address：** ______________________________

■**您對本書或本社的意見：**

您可以直接上貓頭鷹知識網（http://www.owls.tw）瀏覽貓頭鷹全書目，加入成為讀者並可查詢豐富的補充資料。
歡迎訂閱電子報，可以收到最新書訊與有趣實用的內容。大量團購請洽專線 (02) 2356-0933轉282。
歡迎投稿！請註明貓頭鷹編輯部收。

讀者服務卡請沿虛線剪下，填妥寄回即可，免貼郵票

廣	告	回	信
台灣北區郵政管理局登記證			
台北廣字第000791號			
免	貼	郵	票

104

台北市民生東路二段141號2樓

英屬蓋曼群島商家庭傳媒（股）城邦分公司

貓頭鷹出版社　收